피 웃 는
사나이

제15회 문학동네소설상 수상작

피리 부는 사나이

김기홍 장편소설

문학동네

0

열다섯 살이 될 무렵 내가 두려워하던 일은 오직 하나, 그해에 세계가 멸망하리라는 노스트라다무스의 예언이 실현되는 것이었다. 한 번도 여자와 자보지 못한 채 죽을지도 모른다는 생각은 내게 절망에 가까운 두려움을 안겨주었다. 그때 이미 나는 막연하게나마 남자와 여자 사이에 이루어지는 비밀스러운 일들에 대해 알고 있었다. 그 비밀의 문을 통과하는 일은 내 또래의 소년들이 가질 수 있는 가장 커다란 환상이었다. 결국 노스트라다무스는 그 환상의 세계에 발 들이지 못한 채 내 생이 끝날 거라고 예언한 것과 다름없었다.

당시 내가 느끼던 두려움은 상당히 실재적인 것이었다. 밤마다 은밀한 쾌감과 섬뜩한 공포가 뒤섞인 꿈을 꾸었고, 깨어 있을 때는 두려움에 대한 반동으로 순간순간 알 수 없는 충동에 휩싸이곤 했다. 그럴 때면 어김없이 내 심장 뛰는 소리가 들려왔다. 충동은 나로 하여금 누가 봐도 위험하다고 느낄 일들을 거리낌 없이 저지르도록 만들었다.

가장 대담한 친구들조차 내 돌발적인 행동에 질려 고개를 젓곤 했다. 내 행동은 친구들에게는 경탄을, 어른들에게는 경악을 불러일으켰지만 어느 쪽도 내가 원한 것은 아니었다. 나는 그저 나를 움직이는 고동소리에 몸을 맡긴 것뿐이었다.

결과적으로 나는 20세기의 마지막 해를 이런저런 사고로 채웠다. 싸우다가 다친 일은 셀 수도 없었고, 친구들과의 내기로 학교 건물 4층에서 뛰어내려 다리가 부러진 적도 있었다. 교통사고도 몇 번 있었는데, 가장 심각했던 것은 친구와 한밤중에 오토바이를 타다가 자동차와 충돌했을 때였다. 내 쪽은 운좋게 타박상 정도로 그쳤으나 운전을 한 친구는 뼈가 으스러져 평생 다리를 절게 되었다. 나는 내가 다친 어떤 사건보다 더 큰 충격을 받았다. 같이 사고를 당한 두 사람의 삶이 완전히 달라져야 한다는 사실을 받아들일 수 없었다. 그 사건이 있은 후 나는 비로소 노스트라다무스의 예언을 필연적인 일로 여기게 되었다. 그 친구를 위해서라도 모든 사람에게 똑같은 종말이 와야만 했다.

기대와 의심, 조바심과 두려움이 뒤섞인 복잡한 마음으로 나는 그날이 오길 기다렸다. 그러나 온갖 사건과 사고 속에서도 1999년은 아무 일 없이 지나갔고, 여느 날과 다름없는 하루로 새로운 밀레니엄이 시작되자 나는 말할 수 없이 허탈해졌다. 그것은 밤새 친구들과 신나게 쏘다니다가 날이 희붐할 무렵 혼자 터덜터덜 집으로 돌아갈 때의 느낌과 비슷했다. 뭔가 중요한 걸 잃어버린 것 같은 상실감, 이제 와서 몸부림쳐봤자 아무것도 달라지지 않으리라는 허무. 새로운 세기의 시작과 동시에 나는 모든 일에 의욕을 잃었다. 말수가 줄었고 친구들과 어울리는 일 역시 시들해졌다. 나를 내몰던 심장 소리도 더이상 들려오지 않았다.

덕분에 고등학교 시절은 조용하게 흘러갔다. 나는 가족이라는 존재를 귀찮아하면서도 가출 같은 것은 꿈도 꾸지 않았고, 지겨워하면서도 매일 학교와 학원에 나갔으며, 세상의 기준이나 관습 따위는 중요하지 않다고 생각하면서도 한편으로는 항상 대입시험을 걱정하고 있었다. 대개의 시간을 혼자 틀어박혀 책을 읽으며 보냈지만 그것도 평범함의 범주를 벗어날 정도는 아니었다.

2002년 여름, 한반도 남쪽은 하나의 리듬이 지배하고 있었다. 누구도 그 단순한 리듬이 만들어내는 파동에서 자유로울 수 없었다. 한국이 포르투갈을 꺾고 월드컵 16강 진출을 확정지은 날이 절정이었다. 그날 밤 거리는 승리를 만끽하기 위해 쏟아져나온 사람들로 넘쳐났다. 신촌로터리는 원래 그곳에 있던 사람들에, 인근 대학교들에서 쏟아져나온 학생들, 그리고 시청 앞과 홍대 앞에서 행진해온 사람들이 더해져 다섯 갈래 교차로가 가득 메워졌다. 붉은 옷의 물결이 끊임없이 흘러오고 흘러갔다. 반면 멋모르고 로터리로 진입한 버스와 자동차 들은 인파 속에 발이 묶인 채 옴짝달싹하지 못했는데, 그 상황이 사람들에게 카타르시스를 더해주었다. 그건 드물게 보는, 기계에 대한 인간의 승리였으니까. 나는 줄지어 선 버스들 중 한 대에 탄 채 그 모습을 지켜보고 있었다. 이미 상당수의 사람들이 더이상 움직이지 못하는 버스에서 내린 다음이었으나, 내겐 그곳에서 집까지 갈 다른 방법이 없었다. 게다가 하루 종일 학교와 학원을 오간 후라 피곤한 상태였다. 언젠가는 움직이겠지, 될 대로 돼라는 맘으로 유리창에 머리를 기대고 있는 사이 깜짝 놀랄 일이 벌어졌다. 흥분한 사람들이 버스 지붕 위로 올라가 뛰기 시작한 것이었다. 갑자기 천장이 무너지는 것 같은 소리가 들려왔다. 마치 커다란 운석들이 쏟아져내리며 버스를 두드리는 것 같았다. 곧이어 버스 옆에 있던 사람들이 올라간 사람들과 호응하여 그날을 지배하던 리듬을 두드리기 시작했다. 지나가는 사람들이 리듬에 호응하여 구호를 외쳤다. 버스 운전사가 빨개진 얼굴로 창문을 열고 뭐라고 외쳤지만 사람들의 소리에 묻혀버렸다. 창밖으로 보이는 그들의 환희에 찬 표정에서 나는 뭐라고 설명하기 어려운 두려움을 느꼈다. 심장이 무섭게 두근거렸다. 나 혼자만 이 세계로부터 분리되어 있는 것 같았다. 독서실에서 쓰던 귀마개를 꺼내 귀를 막자 조금씩 소리와 함성이 멀어졌다. 눈을 감자 사람들의 모습도 사라졌다. 오직 차체를 두드리는 둔중한 진동만이 끊임없이 나를 뒤흔들었다. 그것은 마치 종말을 예고하는 지진처럼 느껴졌다.

*

귀마개에 대해서 좀더 이야기해보자. 귀마개는 당근과 비슷한 주홍색이고 칼로 잘라놓은 것 같은 평평한 밑면과 끝이 둥근 원뿔 부분으로 이루어져 있다. 이 원뿔을 엄지와 검지로 꾹 누른 뒤 귓속에 밀어넣으면 원래 모양으로 부풀어오르며 귀를 막아주는 것이다. 귀마개가 제 형태를 되찾는 모습은 마치 수십 배속으로 재생되는 꽃의 개화 장면과 비슷하다. 찌부러뜨려진 귀마개가 주름을 펴고 형태를 되찾는 과정에는 꽃봉오리에서 꽃잎이 하나하나 펼쳐질 때와 같은 섬세함이 있다.

고등학교 때 나는 항상 귀마개를 가지고 다녔다. 아침에 일어나서 잠자리에 들 때까지 귀마개를 낀 채 생활하는 날도 많았다. 그것은 내게 말을 걸지 말아달라는 신호였다. 그런데 어느 날부턴가 이상한 현상이 나타났다. 귀마개를 끼지 않았는데도 소리가 사라지기 시작한 것이다. 단지 주머니 속의 귀마개를 만지작거렸을 뿐인데 갑자기 상대의 말소리가 사라지고, 아무 소리도 들리지 않았다. 그리고 한참 뒤에야, 소리가 돌아왔다. 이명 같은 다른 증상이 있는 것도 아니었다. 그저 한

동안 아무 소리도 들리지 않는 정적이 지속될 뿐이었다. 대화 도중에 소리가 사라지는 일을 몇 번 겪은 뒤 나는 병원을 찾았다. 하얗게 센 머리카락을 곱게 빗어넘긴 의사는 별로 자세히 살펴보지도 않고 술 담배를 과하게 해서 나타나는 현상이라고 했다. 내가 "고등학생인데요"라고 말하자 턱을 문지르며 다 알고 있다는 듯한 표정을 지었다. 의사는 내게 군것질과 적당한 운동을 권하더니, 갑자기 게이트볼의 매력과 운동 효과에 관해 늘어놓기 시작했다.

"골프 같은 상업적인 스포츠와는 달라." 의사가 말했다. "타이거 우즈란 놈이 골프를 망쳐놨지."

"그렇군요."

달리 대답할 말이 떠오르지 않았다. 돌아오는 휴일에 의사의 시합을 보러 가겠다고 약속한 뒤에야 나는 겨우 진찰실을 빠져나올 수 있었다.

의사의 말이 전적으로 틀린 것은 아니었다. 그즈음 나는 밤마다 소설책을 읽으며 맥주를 마시곤 했다. 그래봐야 한 캔 내지 두 캔이었다. 그 정도로 귀에 문제가 생긴다면 전 세계 이비인후과 의사들은 모두 떼돈을 벌었을 것이다. 당시 나의 독서는 말 그대로 마구잡이였다. 맥락도 없고 체계도 없이 닥치는 대로 소설만을 읽었다. 집 베란다에는 이 년 전 미국으로 유학을 간 삼촌이 남겨놓은 책들이 쌓여 있었는데, 나는 밤마다 제목이나 작가 이름도 살피지 않은 채 손에 잡히는 대로 한 권을 빼들고 침대로 돌아오곤 했다. 잠이 올 때까지 시간을 보내기 위한 소일거리에서 시작된 그 습관은 꽤 오랫동안 지속되었다. 돌이켜보면 그때 나는 늘 뭔가를 찾고 있는 듯한 기분이었는데, 그게 무엇인지는 그때나 지금이나 알 수 없다.

귀에 대한 의학적인 치료를 포기하는 대신 나는 입모양을 읽는 기술을 연습했다. 대화 도중 말소리가 사라져버리면 상대의 눈을 바라보며 입모양에 맞춰 고개를 끄덕였다. 응. 그래. 그렇군. 그다지 많은 연습이 필요하진 않았다. 누구도 내게 무슨 딴생각을 하느냐고 묻지 않았기 때문이다. 사람들은 그들의 말에 내가 어떤 반응을 보이는지, 별로 관심이 없었다. 나는 사람들이 내게 들려주기 위해서가 아니라, 그저 떠들고 싶기 때문에 이야기한다는 사실을 깨달았다. 어쩌면 그들 자신에게 들려주고 싶어서인지도 모른다.

세상을 채우고 있는 말의 홍수 속에서, 반드시 들어야 할 이야기는 없었다. 듣고 싶은 이야기도 없었다. 사람들의 이야기는 너무 시끄럽거나, 지루하거나, 거슬렸다. 그럴 때마다 나는 귀마개를 만지작거리며 말소리가 사라지길 기다렸다. 때문에 그 시절의 기억 중 많은 부분에는 소리가 없다. 수업시간에서부터, 친구들과의 잡담, 가족들과의 일상적인 대화에 이르기까지 수많은 순간들이 소리가 빠진 채 이미지로만 남아 있다. 각각의 장면은 매우 선명하다. 사람들의 행동, 표정이나 몸짓 같은 것은 제법 구체적으로 기억해낼 수 있다. 그 순간의 분위기나 냄새는 물론이고 촉감까지도 손가락만 뻗으면 느껴질 것 같다. 단지 소리만이 빠져 있다. 모든 행위와 사건이 무성영화처럼 흘러간다. 배경음악조차 없는 무성영화.

소리가 빠진 기억은 어딘가 과장되고 뒤틀려 보이는 구석이 있다. 마치 찰리 채플린의 코미디영화처럼.

*

이렇게 살아온 내가 대학에 들어간 해의 봄부터 약 일 년여간, 그토록 많은 이야기에 귀 기울일 수밖에 없었던 것은 생각할수록 이상한 일이다. 나는 많은 사람을 만났고, 많은 이야기를 들었다. 지금 와서 돌이켜보면 그 모든 이야기는 피리 부는 사나이에게로 다가가는 여정이었다. 그러나 동시에 그것은 이야기로 만들어진 미로이기도 했다. 나는 오랫동안 그 미로 속을 헤매었고, 그러느라 내 삶에서 가장 중요한 존재들을 잃어버렸다. 과연 미로의 출구를 찾아다니는 일이 그 정도로 가치 있는 일이었을까? 나는 알지 못한다. 언젠가 미로를 빠져나가면 진정한 세계를 만나게 될까? 어쩌면 그곳은 또다른 미로일 뿐이지 않을까? 나는 여전히 그 답을 알지 못한다.

1

"어쨌든 그런 느낌은 처음이었어." 그녀는 천천히 고개를 끄덕이며 말했다. "마치 땅속 깊은 곳으로 한없이 빨려들어간 것 같은 느낌이랄까. 하긴, 땅속이라고 해도 아주 틀린 말은 아니지."

온화한 봄의 햇살이 옆에 놓인 알루미늄 캔 표면에 부딪혀 눈부시게 부서졌다. 이따금 바람이 불어 머리 위의 벚나무 가지가 흔들렸다. 얼마 전까지만 해도 앙상하던 벚나무들은 어느새 온통 하얀 꽃망울로 가지를 감싸고 있었다.

눈이 부신지 그녀는 살짝 얼굴을 찌푸린 채 말을 이었다.

"처음엔 무의식중에 꿈이라고 생각했어. 더 자려고 했던 것 같기도 해. 그런데 점점 이상한 기분이 드는 거야. 어딘가 축축하기도 하고. 그래서 눈을 떠봤더니 정말 생전 처음 보는 곳이었어. 아니, 어두워서 별로 보이는 게 없었으니까 생전 처음 느끼는 곳이었다고 해야 하나?"

"놀랐겠구나."

나는 말했다.

우리는 낯선 곳에서 눈을 뜨는 것에 관해 이야기하고 있었다. 어느날 문득 완전히 낯선 곳에서 눈을 뜬다면 어떤 기분일까? 우리는 종종 그런 엉뚱한 주제를 놓고 이야기를 나누곤 했다. 혼자서 우주공간에 남겨진다면 어떤 기분이 들까? 혼자 사막을 헤매게 된다면? 어느날 갑자기 태양이 떠오르지 않는다면? 그날도 그렇게 시작된 이야기였다. 그런데 그녀가 실제로 낯선 곳에서 깨어난 경험이 있다고 했다.

"이상한 건, 어둡고 낯선 곳이었는데도 왠지 무서운 기분은 들지 않았다는 거야. 정말 하나도 무섭지 않았어. 조금 춥긴 했지만."

"추워?"

"응, 겨울이었거든. 게다가 깨어나보니 시멘트 바닥에 누워 있더라고. 겨울옷을 입고 있었는데도 깨어났을 때는 지하실의 냉기에 온몸이 얼어붙을 정도였어."

멀리 한 무리의 여학생들이 서로 팔짱을 끼고 운동장을 가로지르는 모습이 보였다. 도서관 뒤편의 잔디밭은 교내 곳곳의 잔디밭 중에서도 외진 곳에 위치하고 있어서 찾는 사람이 드물었다. 커다란 벚나무와 은행나무 들이 가지를 펼쳐 그늘을 드리우고 있어 햇살이 따가운 날에는 몸을 피할 수 있었지만 그늘 쪽의 잔디는 햇빛을 못 받아서인지 어딘가 색이 바랜 듯 보이기도 했다.

그해, 2004년 봄. 그녀와 나는 어느 사립대학의 신입생이었다. 나는 스무 살이었고 그녀는 나보다 두 살 위였다. 다른 대학에 다니다가 학교를 옮기는 것은 드문 일은 아니었다. 하지만 그녀가 다니던 학교의 이름을 듣고는 놀라지 않을 수가 없었다. 누구나 첫손에 꼽는 유명한 학교였기 때문이다. "뭣 때문에 이 학교로 온 거지?" 그렇게 묻자 그녀는 웃기만 했다.

이상하게도 그녀를 처음 만난 순간이 기억나지 않는다. 언젠가 그 사실을 깨닫고 몇 번이나 떠올리려 애써봤지만 소용없었다. 마치 누군 가가 지우개로 지워버리기라도 한 것처럼 그녀를 처음 본 순간은 하얀 여백으로 남아 있다. 하루하루가 정신없이 지나가던 시기였기 때문일 까? 대학 입학을 전후한 시기에는 갓 번데기를 열고 나온 나비처럼 만 나는 모든 일들이 새로웠다. 낯선 공간과 생활환경은 나를 다른 사람 이 된 것처럼 느끼게 만들었다. 매일 새로운 얼굴을 익혔고, 인사를 나 누는 사람들의 숫자가 늘어갔다. 날마다 조금씩 나의 존재가 확장되어 가는 것 같았다. 비록 그런 느낌이 지속된 건 학기 초의 몇 주 동안에 불과했지만.

처음 알게 된 계기야 어찌됐든 우리는 금세 가까워졌다. 같은 과도 아닌 우리가 친해질 수 있었던 것은 학교 도서관의 구조 덕분이었다. 도서관은 분류기호 100번대와 200번대 도서들, 즉 철학과 종교학 서 적들을 2관 꼭대기 층에 배치시켜놓았는데, 이용하는 학생이 많지 않 아서 시험 때를 제외하곤 대개 자리가 비어 있었다. 그나마 학생들이 오가는 오후가 지나고 저녁이 되면 자주 보이는 몇몇 얼굴들만 남아 책장을 뒤적였다. 강의가 끝나고 나면 나는 대개 그곳에서 시간을 보 냈다. 물론 책을 읽기 위해서였지만 다른 이유도 있었다. 그곳에서 보 이는 풍경, 특히 전면의 커다란 창으로 하루의 마지막 햇살이 비쳐들 고 낡은 공대 건물 너머 서쪽 하늘이 조금씩 얼굴빛을 바꿔나가는 해 질 무렵의 풍경은, 대학에 들어온 이후 나를 가장 매료시킨 것 중의 하 나였다. 때가 되면 언덕 아래로 조그맣게 내려다보이는 건물들, 빨갛 고 파란 지붕을 가진 집들, 골목과 가로수 들이 얼마 동안 눈부시게 빛 으로 물들었다가 서서히 밀려오는 어둠 속으로 침몰해갔다. 빛과 어둠 이 교차하는 그 광경은 내게 사라지기 직전의 고대문명을 연상시켰고,

비극적인 장엄함을 느끼게 했다. 지상의 모든 움직임이 정지하고 자전이라는 가장 커다란 운동만이 남아 있는 것 같은 착각이 들었다. 책에 정신을 쏟고 있다가도 나는 해질녘이면 기다리던 장면을 놓칠까봐 몇 번씩 고개를 들고 창밖을 살피곤 했다. 어느 날 몇 자리 건너 창가에 앉아 있던 그녀와 눈이 마주친 것도 그렇게 창밖을 쳐다보고 난 다음이었다. 이미 어딘가에서 얼굴을 익힌 사이임에도 나는 그녀를 알아보지 못했다. 그녀가 먼저 살짝 고개를 숙여 보였다. 간결하면서도 좋은 느낌을 주는 인사였다. 나도 엉겁결에 고개를 숙였지만 내 모습은 어딘가 어색하게 느껴졌다.

그날 이후 우리는 매일같이 마주쳤다. 그제야 비로소 내가 그녀의 존재를 의식하게 되었다고 말하는 편이 더 정확할 것이다. 그러한 마주침은 우연이라면 우연이었지만 그럴 수밖에 없었다는 점에서 필연이기도 했다. 나는 날마다 조금씩 그녀와 가까운 자리로 옮겨 앉았다. 마침내 그녀의 맞은편에 다다랐을 때는 도서관에 오면 자연스럽게 서로를 찾아 인사를 건네고 종종 휴게실이나 잔디밭에 나란히 앉아 이야기를 나누는 사이가 되어 있었다. 스물, 스물둘. 그럴 만한 나이였다.

학기 초의 소란이 잦아들고 낯설던 주위 환경이 차차 일상이 되어가자 우리가 함께 있는 일 또한 보다 자연스러워졌다. 점심을 같이 먹게 되었고, 종종 영화를 보러 가기도 했다. 나는 영화 보는 것을 즐기지 않는 편이었으나 그녀와 함께 있을 때면 지루한 영화에도 얼마든지 관대해질 수 있었다. 그녀와 나는 책에 집착하는 공통점이 있었고 책 읽는 스타일도 비슷했다. 내가 거의 아무런 사전 지식 없이 무작정 문학전집과 철학서적들을 읽어나가던 것처럼, 그녀도 특별한 기준 없이 종교학 책과 신화 관련 서적들을 읽고 있었다. 그녀는 엄청난 속도로 방대한 양의 책들을 읽어냈는데, 어떤 때는 그 모습이 거의 의무감에

의한 것처럼 보일 정도였다.

그녀와 내가 가까워진 데는 인문학의 위기에서 비롯한 이유 외에 다른 것도 있었다. 그것은 그때까지 계속되고 있던 내 '귀마개 현상'이 유독 그녀 앞에서는 나타나지 않는다는 사실이었다. 마치 때와 장소를 가리지 않고 제멋대로 사라져버리던 소리를 그녀가 붙잡아주고 있는 것 같았다. 그 사실이 신기해서 그녀와 같이 있을 때마다 의식적으로 주머니 속의 귀마개를 만지작거리곤 했지만 여전히 아무 일도 일어나지 않았다.

그녀가 남달리 뛰어난 말솜씨나 흥미로운 이야깃거리들을 가지고 있었던 것은 아니다. 그럼에도 그녀의 이야기에는 어딘가 사람들로 하여금 귀를 기울이게 만드는 구석이 있었다. 굳이 특징을 꼽자면 그녀의 말은 남들보다 '사이'가 긴 편이었다. 일단 시작된 문장은 막힘없이 흘러갔지만 문장에서 문장으로, 혹은 절에서 절로 넘어가는 마루턱에서의 휴식이 다른 사람보다 조금 길었다. 그 텅 빈 공간이 묘하게 마음을 끌어당겼다.

"나중에야 깨달은 사실이지만 거긴 어느 건물의 지하실이었어. 왜, 보일러실이나 전기실 같은 데 말이야. 배관들이 이리저리 얽혀 있고, 거대한 기계들이 웅웅 소리를 내는 그런 곳."

"어째서 그런 데서 자고 있었던 거야?"

"글쎄, 나도 잘 모르겠어. 술을 마시고 있었긴 한데, 별로 많이 마신 건 아니었거든. 잘 알지 못하는 사람들이 대부분이었고…… 음, 뭐라고 설명해야 할지 모르겠다."

그녀는 조그만 얼굴을 찡그리며 생각에 잠겼다. 하늘색 블라우스로 감싸인 그녀의 어깨 너머로 머리카락이 바람에 출렁였다.

"그러니까, 그날은 아는 사람의 생일이었어."

그녀는 기억을 더듬는 듯 천천히 말했다.

"친구의 동아리 선배였는데 나와는 그저 인사를 나누는 정도의 사이였어. 그 선배의 남자친구가 호텔의 커다란 룸을 빌려서 파티를 연 거야. 그런데 파티가 있기 얼마 전에 학교에서 우연히 만나 이야기를 나누다가 그 선배와 내가 같은 고등학교를 나왔다는 사실을 알게 되었어. 그녀가 시간이 있으면 파티에 오라고 말했지. 사실 그냥 인사치레로 한 말이었는데 같이 있던 친구가 그 말을 핑계로 날 끌고 갔던 거야."

"남자친구가 그 선배를 무척 좋아했나보군."

"그랬던 것 같아. 그리고 남자는 직장인이었으니까 아무래도 여유가 있었겠지. 유명한 외국계 회사에 다닌다고 했던 것 같아. 나는 그때 스무 살이었고 신입생이었어. 지금 너처럼 말이야. 그 선배는 스물셋이었고."

그녀가 이야기를 이어나갔다.

"사람이 무척 많고 떠들썩한 파티였어. 음악소리가 커다랗게 흘러나오는데 한쪽 구석에서는 누군가 뚱땅거리며 피아노를 치고 있고, 노래를 부르는 사람이 있는가 하면 춤을 추는 사람들도 있고. 정신이 없을 정도였어. 나는 그런 자리는 처음인데다 떠들썩한 분위기에 익숙하지 않아서 구석자리에 내내 혼자 앉아 있었지. 같이 간 친구가 어느 틈엔가 사라져서 보이질 않았거든."

함께 간 친구는 그녀가 대학에 와서 사귄 몇 안 되는 사람 가운데 하나였다. 파티에 같이 가자는 제의를 거절하지 못한 것은 그 때문이었다. 새로운 장소와 사람들에 대한 호기심이 없는 것은 아니었지만, 그녀는 굳이 고르라고 한다면 새로운 것이 주는 신선함보다는 익숙한 것이 주는 편안함을 택하는 편이었다.

파티는 생각했던 것보다 훨씬 복잡했지만 그로 인해 그녀에게 아무도 신경쓰지 않았으므로 오히려 마음이 편했다. 그녀는 잔을 들고 구석자리에 앉아 사람들을 바라보았다. 파티에 온 여자들은 대개 그녀보다 조금 나이가 많아 보였다. 저마다 한껏 멋을 낸 모습이었다. 그중에서도 생일을 맞은 여자가 가장 돋보였다. 여자는 몸매가 드러나는 붉은색 계열의 원피스를 입고 목에는 같은 색깔의 스카프를 두르고 있었다. 가슴 부분이 브이자로 깊게 파이고, 갈라지는 지점에는 풍성한 느낌의 꽃장식이 달려 있는 옷이었다. 살짝 드러난 여자의 쇄골과 꽃의 조화가 멀리서 보기에도 퍽 아름다워서 그녀는 한동안 눈을 떼지 못했다. 남자들은 학생에서부터 직장인으로 보이는 사람들까지, 여자들에 비해 연령대가 다양해 보였다.

그날은 여자의 생일파티면서 크리스마스파티이기도 했다. 크리스마스가 코앞으로 다가와 있었다. 몇몇 사람들이 산타 모자며, 루돌프 코, 사슴 뿔 따위를 가져다 사람들에게 나누어주었다. 처음 보는 남자들이 차례로 다가와 그녀에게 인사를 건네고 술을 권했다. 그녀는 거리낌없이 사람들과 대화를 나눴지만, 술은 잘 하지 못했으므로 콜라에 위스키를 약간만 타서 천천히 마셨다. 상대방의 이름과 얼굴을 기억해두려 했으나, 어찌된 일인지 상대가 다시 사람들의 무리로 섞여들어가고 나면 그것들이 소독용 알코올처럼 머릿속에서 순식간에 휘발되어버렸다.

시간이 흐르면서 그녀는 점차 피곤함을 느꼈다. 전날까지 계속된 기말시험과 과제로 인해 잠이 부족한 상태였다. 그녀가 그만 집에 돌아가야겠다고 생각했을 때 누군가가 테이블 위에 있던 케이크에 불을 붙였다. 곧 실내에 불이 꺼지고 사람들이 웅성거리며 테이블 주변으로 모여들었다. 주위가 어둠에 휩싸이자 바라보는 곳마다 빛의 잔상이 어른거렸다. 그녀는 케이크 커팅이 끝나면 돌아가야겠다고 생각하고 다시 자리에 앉아 사람들과 그들에 둘러싸인 붉은 원피스의 여자를 바라보았다. 누군가가 피아노를 치며 축가를 불렀다. 처음 듣는 노래였다. 아름다우면서도 쓸쓸함이 배어나는 곡이었다. 무슨 노래일까, 그녀는 왠지 축가로는 적당하지 않은 것 같다고 생각했다. 케이크 위의 촛불이 사람들의 얼굴에 명암을 드리우며 일렁이는 걸 지켜보다가, 그녀는 갑자기 가슴이 두근거리는 걸 느꼈다. 어찌된 일인지 조그맣던 심장이 점점 팽창해서 온몸으로 퍼져가는 것 같았다.

"……그건 매우 복잡한 기분이었어. 어떻게 표현해야 할까? 뭔가 굉장히 어색하기도 하고 어딘가 한구석이 크게 잘못된 것 같기도 하고, 그런 기분이었어. 두렵기도 하고 슬프기도 했어. 그리고 무엇보다, 화가 났어."

"왜? 왜 갑자기 그런 기분이 든 거야?"

"몰라. 어쨌든 매우 격렬한 증오였어. 순식간에 다른 모든 감정들이 사라지고 증오로 가슴이 끓어오르는 것 같았지. 그런데 그 증오의 대상이 무엇인지 알 수가 없었어. 왜 그런 감정이 생겨난 것인지도…… 혼자 당황해서 허둥거리다가 문득 주위를 둘러봤는데 내 옆에 챙이 달린 모자를 쓴 어떤 남자가 앉아 있었어. 분명 내 주변에는 아무도 없었는데 언제부터 거기 있었는지 지금도 모르겠어. 사람들은 대부분 테이블 앞에 모여 있었거든. 남자는 꼼짝도 하지 않고 선배 쪽을 바라보고 있었는데 그 표정이 좀 이상했어. 어두워서 분명히 보이지는 않았지만 슬픈 것 같기도 했고 화가 난 것처럼 보이기도 했지. 마치 방금 전에 내가 느꼈던 감정을 그 사람의 표정에서 확인하는 것 같은 기분이었어."

그녀는 한동안 멍하니 남자의 옆얼굴을 바라보았다. 어렴풋이 와닿는 불빛에 드러나는 얼굴의 윤곽과 입술의 모양, 희미하게 빛나는 눈빛 같은 것들을.

문득 남자가 그녀 쪽으로 고개를 돌렸다. 눈이 마주치자 남자가 살짝 고개를 끄덕였다. 그리고 다시 케이크 앞에 서 있는 여자에게로 시선을 돌렸다. 축가가 계속되고 있었다. 여기저기서 사람들의 웃음소리와 말소리가 들려왔다. 커다란 물결이 방 전체에 넘실거리는 느낌이었다. 붉은 원피스의 여자는 행복한 듯 웃음을 머금고 있었다. 촛불이 일렁이자 빛을 받은 여자의 모습 전체가 마치 하나의 커다란 불꽃처럼 흔들렸다. 가슴에 달린 꽃이 화염 속에서 너울거렸다.

"……여기까지가 내가 기억하고 있는 전부야. 그러고 나서 눈을 떴더니 그 지하실이었던 거야. 그사이에 무슨 일이 있었는지, 어쩌다가 그런 곳에서 눈을 뜨게 되었는지는 기억이 없어."

그녀가 짧게 한숨을 내쉰 후 허공을 바라보았다. 그녀는 방금 한 이야기를 후회하고 있는 듯했다. 나 역시 좀 당황하고 있었는데, 그것은 그녀의 이야기가 이런 방향으로 흘러가리라곤 전혀 예상치 못했기 때문이었다. 엉뚱한 주제를 놓고 우리가 나누는 대화들은 유쾌한 공상과 농담으로 채워지는 경우가 대부분이었다. 간혹 진지해질 때도 밝은 분위기가 사라진 적은 없었다. 그런데 조금 전 그녀의 이야기는 우리가 그때껏 해왔던 이야기들과는 달랐다. 그녀의 이야기 속에는 뭔지 모를 어두운 분위기가 서려 있었다.

"지루했지? 이상한 이야기를 한참 동안 늘어놓아서."

"아냐, 재미있었어."

"네가 이해할 수 있을지 모르겠지만 그 일은 내게 아주 커다란 사건이었어. 내 삶 전체를 흔들어놓을 정도로."

"어떤 점에서?"

"그건 설명하기 어려워. 나 스스로도 다 정리가 되지 않았거든. 네 입장에선 더 이해하기 어렵겠지만 그냥 그렇다는 것만 알아줘."

그녀의 표정이 다시 진지해졌다. 나는 일부러 심각하지 않게 물었다.

"그래서 그다음엔 어떻게 됐어?"

"그다음?"

"지하실에서 깨어난 다음 말이야."

"아까 말한 것처럼 그 지하실에서는 이상하게 전혀 무섭지 않았어. 어둡고 축축했지만 오히려 뭔가 만족스러운 듯한 기분이 들었을 정도야. 어딘가 안전한 곳에 숨어 있는 것 같은 느낌이었다고 할까."

"잘 이해가 안 되는데. 어떻게 그럴 수가 있지?"

"나도 잘 모르겠어. 그렇지만 머릿속 한구석으로는 그 느낌이 사라지면 내가 느낄 두려움을 알고 있었던 것 같아. 그래서 그런 기분이 사라질까봐 내내 눈을 감고 웅크리고 있었던 거지."

"집에는 어떻게 돌아갔는데?"

"그게 말이야, 나도 모르게 다시 잠이 들었던 것 같아. 다시 깨어나니까 내 침대더라구. 정말 이상하지?"

나는 웃음이 나오려는 걸 억지로 참았다. 그녀가 고개를 기울여 내 얼굴을 빤히 들여다봤다.

"꿈이었을 거라고 생각하는 거지? 거짓말이거나. 그렇지?"

"아냐, 아냐. 놀라울 만큼 사실적인 이야기라고 생각해. 세부묘사도 잘 살아 있고."

"소설이라고 말하고 싶은 거군."

그녀가 살짝 웃었다. 그리고 오른손으로 천천히 왼팔을 쓰다듬으며 말했다.

"나도 몇 번이나 꿈이 아닐까 생각했어. 그런데 그 지하실 시멘트의 차가운 느낌이 지금도 선명해. 파티에서 느꼈던 이상한 기분만큼이나. 그리고……"

"그리고, 뭐?"

"음…… 아냐. 아무것도 아냐."

무슨 말을 하려던 거였냐고 물어보려 할 때 그녀가 자리에서 일어났다. 각자 강의실로 가야 할 시간이었다. 헤어지기 전에 그녀는 다른 사람에게 이 이야기를 한 것은 처음이라고 말했다.

"다른 사람에게 할 만한 이야기가 아니잖아?"

나는 고개를 끄덕였다.

"네게는 한 번쯤 이야기해두고 싶었어. 이렇게 빨리 하게 될 줄은 몰랐지만."

"궁금한 게 있어."

"뭔데?"

"그 지하실 말이야, 어딘가 이상한 점은 없었어? 그냥 보통의 지하실이었어?"

"글쎄, 어두웠기 때문에 사실 자세히는 기억나지 않아."

"그럼 그후로 그 남자를 다시 본 적은?"

"없어. 단 한 번도."

그렇게 말하는 그녀의 표정은 왠지 어두워 보였다.

그날 이후 나는 종종 그녀의 이야기를 떠올렸다. 여러모로 기이한 이야기였다. 격렬한 증오와 기묘한 표정의 남자. 축축하고 어두컴컴하며 각종 기계와 배관용 파이프가 미로처럼 얽힌 고립된 공간. 감미로우면서도 쓸쓸한 생일 축가 또한 인상적이었다. 그것은 대체 어떤 노래였을까. 그날 이후로 우리는 한 번도 그것에 관해 다시 이야기하지 않았다. 그 이야기는 우리가 나눈 다른 수많은 이야기들처럼 이미 우리 곁을 지나가버린 것 같았다. 그러나 시간이 흐른 뒤, 내가 오래 전 읽은 책의 줄거리를 떠올리듯 이따금씩 그녀의 이야기를 머릿속으로 더듬고 있던 어느 날, 그녀는 갑자기 내 앞에서 사라져버린다. 그날 우리가 나눈 이야기가 여전히 그녀를, 그리고 나를 놓아주지 않고 있었다는 사실을 알게 된 것은 그후의 일이다.

모든 소중한 것들에 대해 그러하듯이, 그녀가 사라져버리고 난 뒤에야 나는 그녀에 대한 나의 감정이 얼마만큼 깊었는지를 깨달을 수 있었다. 지루한 강의시간에도, 해질 무렵 텅 빈 운동장을 가로질러 집으로 돌아오는 길에도, 창가에 기대서서 멀리 보이는 도로에 늘어선 가로등을 하나씩 세어보는 밤에도 나는 마음속으로 그녀의 이름을 불러보곤 했다. 수연. 그 이름은 되풀이될 때마다 조금씩 조금씩 가벼워졌고, 나중에는 더이상 아무것도 담겨 있지 않은 텅 빈 공간처럼 느껴졌다. 그 공동은 채워넣으려고 애쓸수록 점점 깊어졌다. 나는 안타까운 마음으로 깊고 어두운 내 그림자가 자라나는 걸 지켜볼 수밖에 없었다.

2

대학 입학을 앞두고 나는 얼마간 지하에서 살았다. 정확히 말하면 반지하 원룸이었지만 지하나 다름없는 방이었다. 대학 합격이 결정되고 얼마 후, 어머니는 서울의 집을 정리하고 동생과 함께 아버지가 있는 동해안의 한 도시로 내려갔다. 일 년 전 고등학교 교사인 아버지가 처음 지방근무를 신청했을 때부터 계획되어 있던 일이었다. 부모님은 두 분 모두 시골생활에 대한 향수가 있었고, 또 중학교에 올라가는 동생에게는 서울이 아닌 곳에서 교육을 받게 하고 싶어했다. 그런 생각에는 아마 중학교 때의 내 모습이 알게 모르게 영향을 미쳤을 것이다.

내가 저지른 수많은 사건들에도 불구하고 부모님이 내게 싫은 소리를 한 적은 거의 없었다. 지금 생각해보면 그분들은 내가 더 큰 문제를 일으키지는 않을까, 부모에게 대들거나 집을 나가버리지는 않을까 걱정했던 것 같다. 실제로 그런 학생들을 많이 보아온 아버지 때문이었다. 그러나 나는 애초부터 반항이나 가출 따위에는 관심이 없었다. 오히려 내 멋대로 행동할 수 있는 생활이 부모님 덕분에 가능하다는 사실을 일찍부터 깨닫고 있었고, 최소한의 의무감으로 성적은 중간 이상을 유지하려고 애썼다. 덕분에 나와 부모님과의 관계는 표면적으로는 평화를 유지할 수 있었으나, 그것은 어디까지나 무언의 거래 혹은 계약에 기초한 평화였다. 중상위권을 유지하는 성적표를 보여드리는 대신 나는 늘 친구들과 밖으로 나돌며 내 안의 충동을 좇기에 바빴다. 어쩌다 일찍 집에 들어가도 방 안에만 틀어박혀 있었다. 부모님과 제대로 된 대화를 나눈 기억은 없다. 시간이 흐른 뒤 결국 내게 남은 건 가족들과의 단절, 그리고 가족들과 끈끈한 유대를 이루고 있었던 내 유년 시절과의 단절이었다. 사람 사이의 관계란 한번 형성되고 나면 그 양상을 바꾸기가 쉽지 않다. 한번 생겨난 물길을 바꾸려면 커다란 공사가 필요하듯, 일단 관계에 일정한 흐름이 생겨나면 그 흐름은 특별한 노력 없이는 달라지지 않는다. 고등학교에 올라와 내가 잃어버린 것들을 깨닫게 된 후에도 부모님과의 관계는 변하지 않았다.

가족들이 서울을 떠난 뒤, 나는 한동안 아는 사람의 집에 머물게 되었다. 원래 살던 집을 처분하는 날짜와 내가 학교 앞에서 방을 구하는 데 걸린 시간이 맞지 않아서 생긴 일이었다. 길어야 일주일 정도일 줄 알았는데 예상보다 시일이 오래 지체되었다. 마음에 드는 방을 구하는 일이 쉽지 않았던 것이다.

그곳은 오래된 연립주택의 지하로, 지하가 가질 수 있는 모든 조건을 갖춘 듯한 집이었다. 원룸치고는 넓은 편이었지만 항상 어두웠고, 벽지와 이불은 습기로 인해 눅눅했다. 조금 과장해서 말하면, 비틀어 짜면 금방이라도 물기가 뚝뚝 떨어질 것만 같았다. 주변의 건물들 때문에 채광이 되는 시간은 거의(동 틀 무렵에 잠시 손바닥만큼 새어들어오는 빛을 제외한다면 전혀) 없었다. 마음만 먹으면 언제라도 바퀴벌레를 관찰할 수도 있었다(방 안의 어느 가구든 조금 흔들어주기만 하면 됐다). 어느 모로 보나 바퀴벌레가 좋아할 만한 환경이었으므로 뭐라고 불평할 마음조차 생기지 않았다.

그 방의 주인은 아버지의 사촌형의 아들로, 나와는 아주 어릴 때 몇 번 본 일밖에 없는 사이였다. 그런 그에게 아버지가 날 부탁한 것은, 그가 내가 다닐 학교와 이웃한 또다른 사립대학의 박사과정에 다니고 있었기 때문이었다. 갑작스러운 부탁이었음에도 불구하고 그는 기꺼이 나를 맞아주었고, 그 주변을 대강 안내해주기도 했다. 사실 그에게는 다른 사람이 자신의 집에 머무르는 일이 그리 신경쓰일 문제가 아니었다. 그는 인류의 운명이 달린 연구라도 하는지 엄청나게 바빴다. 대개 학교 연구실에서 숙식을 해결했고, 출장도 잦았다. 내가 그 방에 있던 보름 남짓 동안 얼굴을 대한 일이 손가락으로 꼽을 정도에 불과했다.

처음 며칠간 나는 어떻게든 그 방의 환경을 바꿔보려 했다. 잠시 머물다 떠날 곳이라 해도 방의 상태가 워낙 심각했다. 게다가 집을 보러 다니는 일 말고는 별달리 할 일도 없었다. 바퀴벌레 약을 사다가 집 안 곳곳에 설치했고 물 먹는 하마도 여러 개 준비했다. 이불은 주인집에 양해를 얻은 후 앞뜰에 널어 볕에 말렸고 추운 날씨에도 되도록 창문을 자주 열어 환기를 시켰다. 그러한 노력은 앞으로의 내 생활을 위한 예행연습 같은 것이었다. 가족들 앞에서는 큰소리쳤지만, 이제부터 모든 생활을 혼자서 관리하고 책임져야 한다는 사실에 나는 부담을 느끼고 있었다. 그 방의 환경을 개선하려는 노력은 생활의 기본적인 조건들을 스스로 바꿀 힘이 있는가에 대한 나름의 시험이었던 셈이다.

그러나, 시험은 결국 실패로 끝났다. 혼자 하는 일에는 나름 끈기가 있는 편인데도 나는 사흘 만에 포기라는 결론에 도달했다. 그 방은 말하자면 커다란 늪과 같았다. 어떤 노력도 바다에 떨어진 눈송이처럼 흔적조차 남기지 못했다. 햇볕에 보송보송해진 이불은 방에 들여놓은 지 몇 시간 만에 원래 상태로 되돌아왔다. 물 먹는 하마는 금세 배가 찼다. 하마는커녕 코끼리가 스무 마리쯤 있어도 부족할 것 같았다. 바퀴벌레는 생존에 위협을 느끼자 더욱 번식에 열을 올리는지 오히려 발견되는 빈도가 늘어났다.

모처럼의 노력에 대해 실패를 인정할 수밖에 없게 되자 나는 금세 무기력해졌다. 밖에 나가지 않을 때면 습기를 머금은 이불처럼 늘어진 채 침대에 기대앉아 몇 시간이고 창밖을 바라보았다. 그 집에는 TV나 컴퓨터는 물론 읽을 만한 소설책 한 권 없었고, 내 책들은 방을 구할 때까지 이모 댁에 맡겨둔 터였다. 창은 밖에서 보면 지면에 맞닿은 높이에 위치해 있어서, 지나가는 사람의 종아리부터 허리까지만이 시야에 들어왔다. 나는 간간이 눈앞을 지나가는 다리들을 바라보며 다리 주인의 모습과 얼굴을 상상해보곤 했다. 처음에는 옷과 신발에만 신경을 썼으나 차차 다른 요소들이 눈에 들어왔다. 걸음걸이와 걷는 속도, 그리고 발소리 같은 것들이었다. 걸음을 이루는 요소들은 사람마다 모두 제각각이었다. 앞뒤로 팔을 흔드는 방식이나 그때의 손 모양조차도 사람들마다 조금씩 달랐다. 그것은 제법 흥미로운 발견이어서, 나는 길을 다니면서도 사람들의 걸음걸이를 유심히 관찰하게 되었다. 과연 무엇이 그 사람을 그런 방식으로 걷도록 만든 걸까, 그 질문의 답을 구할 수 있다면 그 사람의 핵심에 단번에 다가갈 수 있을 것만 같았다.

나는 내 걸음걸이도 관찰했는데, 나는 고개를 조금 숙이고, 되도록 발소리를 내지 않으며, 팔도 거의 움직이지 않고 좁은 보폭으로 걷고 있었다. 그것은 나의 성격을 그대로 반영하고 있었다. 그 사실을 깨달고 한동안 나는 크고 경쾌하게 걸으려고 노력했다. 걸음걸이가 바뀌면 나에게 어떤 변화가 생길지 궁금했던 것이다. 그러나 걸음걸이를 바꾸는 일은 생각보다 쉽지 않았다. 의식하는 동안은 그런대로 되는 것 같다가도 조금만 방심하면 몸에 익은 원래의 걸음걸이로 되돌아왔다. 그것은 몸이 기억하고 있는 역사였다. 걸음걸이에는 내가 지금까지 걸어온 시간이 층층이 쌓여 있었다. 나는 그런 식으로 걸어왔기 때문에 앞으로도 그렇게 걸어갈 것이다. 그 생각을 하자 왠지 우습기도 했고 서글프기도 했다.

걸음걸이를 관찰하게 된 뒤로는 지나가는 사람을 자세히 보기 위해 창가에 바싹 붙어 서 있을 때가 많았다. 창에는 어른 남자 엄지손가락 정도 굵기의 검정색 금속 창살이 일정한 간격으로 늘어서 있었는데, 창밖을 바라보다 무심코 양손으로 창살을 붙잡으면 추위에 차가워진 금속의 싸늘한 느낌이 뼛속까지 전해져왔다. 그럴 때마다 마치 세상으로부터 유폐된 것 같은 기분이 들었다. 그것은 막 새로운 시작을 앞두고 있는 청년에게는 정말이지 적절하지 않은 기분이었다.

창살이 없고 볕이 오래 드는 창문을 가진 방. 내가 방을 구하는 기준은 점점 하나의 조건으로 압축되었다. 처음 방을 보러 다니면서 세웠던 여러 가지 조건들은 전부 폐기되었다. 나중에는 그 방만 아니면 어디든 좋겠다는 생각까지 들었다. 수연에게 지하실에 대한 이야기를 들었을 때 내가 처음 떠올린 것은 바로 그 검은 광택이 나는 차갑고 견고한 창살의 이미지였다. 그녀가 눈을 뜬 곳에는 아마도 그런 창문조차 없었을 것이다. 그 어둠과 습기, 냉기를 내뿜는 벽과 낯선 기계들 틈에서 그녀는 어떻게 평온함을 느낄 수 있었을까.

  마침내 하숙집을 구했을 때는 입학식이 일주일 앞으로 다가와 있었다.

  하숙집은 흔히 볼 수 있는 삼층짜리 빌라로 일층은 주인집이고 이층과 삼층을 하숙생들이 썼다. 이층은 여학생, 삼층은 남학생으로 정해져 있었다. 삼층 현관에 들어서면 복도를 사이에 두고 양편에 대칭으로 문이 세 개씩 있는데, 모두 혼자 쓰는 방이었다. 복도는 현관 반대편 끝에 이르면 오른쪽으로 돌아간다. 그곳에는 전자레인지 같은 간단한 조리기구와 공동으로 사용하는 조그만 냉장고, 정수기, 빨래걸이 등이 있고, 복도 끝엔 역시 공동으로 사용하는 화장실이 있다. 정수기는 하얀색 표면이 누렇게 변색될 정도로 오래된 물건으로, 당연히 물을 채워놓는 일은 없었다. 각자 음료수를 사다 냉장고에 넣어두고 먹었는데, 마트에서 파는 음료수에 이름표가 붙어 있을 리 없는 만큼 누구의 것인지 구별할 수 없게 되는 일이 잦았다. 새로 사온 1.5리터 생수병이 다음날 텅 비어 있거나, 분명 우유를 사다놨는데 아침에 열어보니 반쯤 남은 사이다병만 들어 있다거나 하는 일이 종종 있었다. 그런 반면 고체로 된 음식, 이를테면 과일이나 아이스크림, 즉석 냉동식품 등등의 경우에는 아무리 오래 넣어두어도 다른 사람이 손대는 일은 없었다. 이러한 무언의 합의가 신기해서 한동안 유심히 지켜봤으나 내가 그 집을 떠나던 날까지 이 불문율이 깨진 일은 없었다. 우진과 가까워진 뒤 그에게 이 룰이 어쩌다 생겨난 것 같냐고 묻자, 그는 "인간은 음식을 먹지 않아도 한 달을 넘게 버티지만, 수분이 부족하면 일주일을 못 버티거든"이라고 말했다. 그다운 대답이었다.

  나는 오른편에 있는 세 개의 방 중 가운데 방을 썼다. 방 자체는 크지 않았지만 방문 맞은편에 위치한 창문 밖으로 시야가 탁 트여 있다는 점이 좋았다. 날씨가 좋은 날이면 멀리 햇살을 받은 한강이 눈부시게 반짝이며 흘러가는 모습을 볼 수 있었다. 학교에서 가깝지도 않은데다 언덕을 한참 걸어 올라와야 하는 이 하숙집을 택한 이유였다.

하숙집의 남학생 중에는 나 외에 신입생이 한 사람 더 있었는데, 그게 바로 우진이다. 나머지 방에는 모두 고학번 선배들이 살았고, 내 왼쪽 방은 비어 있었다. 하숙집 아주머니 말로는 방 주인이 여행중이라고 했다. 우진과 나는 몇 가지 공통점이 있었다. 같은 인문학부의 신입생이었고 강북의 비슷한 지역에서 오랫동안 살아왔으며 대학 입학과 함께 가족과 떨어져 살게 되었다는 점 등이 그것이었다. 우진의 경우에는 유일한 가족인 아버지가 미국에 교환교수로 가게 돼 하숙을 하게 된 것이었다. 외적인 공통점 외에 지적인 욕구가 강하고 집단주의적인 분위기를 싫어하는 점도 비슷했다. 차이가 있다면 내가 집단에 속해 있는 것 자체를 어색해하는 것과 달리, 우진은 집단의 위계질서를 싫어할 뿐 사람들과 어울리는 일에는 익숙했다는 것이다. 우진은 어느 곳에서든 사람들과 쉽게 친해졌고, 자신이 원하는 쪽으로 분위기를 이끄는 능력도 있었다. 이런 점들은 모두 나중에 알게 된 것이다. 처음 만났을 때 나는 앞으로 그와 친해지게 되리라고는 전혀 예상하지 못했다. 그의 첫인상이 워낙 좋지 않았기 때문이었다.

우진을 처음 만난 것은 하숙집으로 짐을 옮기던 날이었다. 차로 물건을 실어다준 이모 부부와 늦은 점심을 먹고 방으로 돌아오자, 가구와 짐으로 어지러운 방 안에 낯선 남자가 있었다. 짐이 든 과일박스 중하나에 걸터앉아 내 책들을 뒤적거리던 남자는 내가 들어오자 다짜고짜 "너, 신입생이지?" 하고 물었다. 나는 엉겁결에 "네" 하고 대답했다. 그의 태도가 너무 당당하고 자연스러워서, 허락 없이 방에 들어와

남의 물건을 뒤지고 있는 상황에 대해 화를 내야 한다는 생각도 들지 않았다. 그는 마치 자신의 방에 앉아 있는 사람처럼 느긋했다. 첫 대면에서 우진이 나와 같은 신입생이리라고 생각지 못한 것은 그러한 여유 때문이었다.

"그야말로 고등학생 필독서라고 할 만한 책들뿐이군."

그가 여전히 손에 잡히는 대로 책들을 뒤적거리며 중얼거렸다. 그 말에 기분이 상했으나 나는 아무 말도 하지 않았다. 그는 내가 옆에 서 있는 것도 아랑곳 않고 느긋한 태도로 책들을 뒤적였다. 가끔씩 리듬을 맞추듯 오른쪽 다리와 발가락을 까딱거리기도 했다. 나는 그가 입고 있는 회색 추리닝에 담뱃불 자국으로 보이는 조그만 구멍이 몇 개 있는 걸 보았다. 그는 조금 마른 편이었지만 전체적으로 몸이 탄탄해 보였고 일어서면 키도 나보다 클 것 같았다.

"게다가 죄다 소설뿐이고. 다른 책은 전혀 안 읽는 건가?" 그가 다시 중얼거렸다. "무엇 때문에 소설 같은 걸 읽는 거지? 이런 걸 읽는 건 시간 낭비일 뿐이야. 시간이 있으면 영어 공부라도 좀 더 해둬. 훨씬 도움이 될 테니."

여전히 비아냥거리는 듯한 말투였다. 나는 참다못해 말했다.

"그건 제가 판단할 문제인 것 같은데요. 영어든 뭐든 지금은 짐을 정리하는 게 제게 도움이 될 것 같으니 방에서 좀 나가주시죠."

나는 한쪽으로 비켜서서 그가 일어나길 기다렸다. 그러자 그는 마치 재미있는 물건이라도 발견했다는 듯 빙글빙글 웃으며 내 얼굴을 쳐다보더니 들고 있던 책을 탁, 소리나게 덮었다. 그러고는 천천히 내 앞을 지나 자신의 방으로 돌아갔다. 그의 방은 내 방 바로 맞은편이었다.

나는 남자의 말에 퍽 기분이 상했다. 처음 보는 사람이 나에 대해 다 아는 것처럼 이야기하는 행동에 모욕감을 느꼈다. 무엇 때문에 소설을 읽느냐는 질문에 과연 어떤 대답을 할 수 있을까. 그때까지도 나는 여전히 닥치는 대로 소설을 읽고 있었지만, 소설을 읽는 일에 특별히 이유가 필요하다고는 생각해본 적 없었다. 그즈음은 높은 청년실업률이 연일 기사화되던 시기였다. 대학이 취업준비센터로 전락했다는 비판도 흔했다. 나는 우진 역시 취업에 목을 맨 흔한 공부벌레 중 하나일 거라고 생각하려 했다. 하지만 그가 내게 준 인상은 고등학교 때 보았던 그런 타입의 아이들과는 달랐다. 그의 비아냥거리는 듯한 태도 뒤편에는 뭔지 모를 확신이 느껴졌는데, 그것은 어른들이 입버릇처럼 좋은 대학과 좋은 회사를 강조할 때 느껴지는 속물성이나 무책임과는 거리가 멀었다. 어쩌면 나는 무의식중에 그걸 감지했기 때문에 더욱 우진의 말에 반발심을 느꼈는지도 모른다. 한편 우진은 나를 지적 허영에 빠진 문학소년쯤으로 생각했던 것 같다. 그러나 나는 소설을 읽는 일에 몰두해 있었을 뿐, 그 외의 것에 대해서는 생각해본 적도 없었다. 문학의 의미라든가 가치 같은 것에는 관심조차 없었다. 인문학부를 선택한 것도 그저 가장 기본적인 학문에서부터 시작하고 싶다는 막연한 생각 때문이었다.

  누군가를 오해하는 것과 이해하는 것 사이에는 어느 만큼의 거리가 존재할까. 나는 우진과의 첫 대면 이후, 앞으로 그를 상대하지 않으리라고 작정했다. 만약 우진이 집요할 정도로 날 귀찮게 만들지 않았다면 우리가 가까워지는 일은 없었을 것이다. 우진과 가까워지면서 나는 곧 그가 처음 내게 했던 말들이 어떤 생각에서 비롯된 것이었는지 알게 되었다. 반면 그가 나를 얼마만큼 이해했는지는 지금도 잘 모르겠다. 이미 자기 세계가 뚜렷했던 우진에 비해 나의 세계는 지극히 혼란스러웠고 불안정했기 때문이다. 나 스스로도 파악할 수 없을 정도로.

첫 만남에서 내가 느낀 것과는 반대로 우진은 처음부터 내가 마음에
들었던 것 같다. 과연 나의 무엇이 그의 흥미를 끌었는지는 모르겠다.
나중에 우리가 가까워진 다음 그것에 관해 묻자, 그는 이렇게 말했다.

"넌 말야, 딱 보기에도 상당히 뒤틀린 인간이었거든. 사람들 중에는
똑같은 자극을 받아도 다른 사람들과 전혀 다른 방식으로 반응하는 사
람들이 있지. 그런 인간을 싫어하는 사람들도 있지만 내 경우에는 그
런 쪽에 훨씬 흥미가 생기거든."

도무지 무슨 소린지 알 수 없는 말이었다. 나의 어떤 점이 뒤틀려 보
였다는 것인지 납득할 수 없었다. 내가 보기엔 오히려 우진이야말로
누구보다 뒤틀린 인간이었다. 막 서로를 알아가기 시작했을 때 그가
나를 대했던 방식만 봐도 분명 그는 보통의 인간은 아니었다.

우진은 자신의 관심을 저만의 방식대로 표출했는데, 그 행동이 상
대의 기분을 어떻게 만들 것인가에 대한 고려는 거의 하지 않는 듯했
다. 모처럼 보송보송한 이불을 덮고 잠자리에 든 하숙집에서의 첫날,
나는 아침이 오기도 전에 불쑥 쳐들어온 우진 때문에 깨어나야 했다.

"운동하러 가자."

아직 잠 속을 헤매고 있을 때 누군가 내 옆에서 속삭였다. 깜짝 놀라
눈을 뜨자 희미한 어둠 속에 우진의 모습이 보였다. 그가 웃으며 다시
말했다.

"운동하러 가자고."

상식적으로 이해가 가지 않는 상황이었기 때문에 나는 꿈을 꾸고
있는 거라고 생각했다. 눈을 감고 옆으로 돌아누우려 하자 그가 내 몸
을 흔들었다. 비로소 상황이 파악됐지만 여전히 이해되지는 않았다.

"지금 뭐 하는 거죠?"

"얼른 일어나서 준비해. 시간이 없어."

팔목에 찬 시계를 들여다보며 우진이 말했다. 이상한 나라의 앨리스가 된 기분이었다.

"지금 제정신이에요?"

나는 그렇게 묻지 않을 수 없었다.

"잠이 아직 덜 깬 건 너잖아."

나는 침대에서 몸을 일으켰다. 창밖은 아직 어둑했고 복도 형광등 불빛이 문틈으로 새어들어오고 있었다. 한숨을 내쉬고 우진을 향해 할 수 있는 한 가장 부드러운 목소리로 말했다. 원래 나는 하루 여덟 시간은 자야 하는 체질인데다 어제 이삿짐을 옮기느라 무척 피곤하다고.

"그럼, 운동하고 와서 다시 자."

"장난 그만 치고 이제 그만 나가주시죠."

폭발할 것 같은 기분을 억누르고 그렇게 말했다. 그다음에는 당신은 내게 이럴 권리가 없다고 말했다. 좀 우스운 말이었으나 그가 그 사실을 모르는 것 같아 지적하지 않을 수 없었다. 그러나 우진은 눈 하나 깜짝 하지 않았다. 그는 내가 보이는 반응이 재미있다는 듯 내내 빙글거리는 웃음을 띠고 있었다. 나는 마침내 다시 누워 머리끝까지 이불을 뒤집어 쓰고는 그의 채근에 아무런 반응도 보이지 않았다. 우진은 이쯤은 예상했다는 듯 침대 발치에 털썩 걸터앉았다.

"너 일어날 때까지 이러고 있을 거다."

그 말에 나는 완전히 질려 몸을 일으킬 수밖에 없었다.

그날 우리는 차가운 새벽공기를 뚫고 한 시간 가까이 집 주변을 달렸다. 내가 뒤처질 때마다 우진은 예의 빙글거리는 미소로 약을 올리거나 잔소리를 늘어놓았다. 그뒤로 몇 달간 이어진 아침 운동의 시작이었다.

그와 비슷한 일들이 계속되었다. 우진은 식사시간이 되면 으레 나를 찾아 같이 내려가려 했고, 하숙집 밥이 먹고 싶지 않을 때면 나를 끌고 근처 식당에 갔다. 나는 늦게까지 자고 생각나면 먹는 생활에 익숙해져 있었으나 우진 앞에서는 배겨낼 도리가 없었다. 아무 때나 내 방에 들어와서 침대에 누워 뒹굴거리거나 귀찮을 정도로 말을 시키기도 했다. 내가 어떤 반응을 보이든 상관하지 않았다. 우진이 행동하는 방식은 이중적인 느낌을 주었다. 그는 마치 내 모든 반응을 예상하고 그것을 즐기고 있는 듯 보이다가도, 때로는 어린애처럼 막무가내로 고집을 부리기도 했다. 그 때문에 나는 그를 상대할 때마다 조롱을 당한 것 같은 참담한 기분과 우는 아이를 달래놓은 듯한 안도감을 동시에 느껴야 했다.

입학식 전날까지도 나는 우진이 선배일 거라는 생각을 털끝만큼도 의심하지 않았다. 그러니 입학식 이후에 있었던 인문학부 B반의 신입생 환영모임에서 신입생들 자리에 앉아 있는 우진을 발견하고 내가 얼마나 놀랐는지는 말로 표현하기 어렵다. 정작 우진은 아무렇지 않게 웃으며 내게 손을 들어 보여 할 말을 잊게 만들었다. 그런데 그보다 나를 더 놀라게 한 것은 우진이 다른 사람들을 대하는 태도였다. 오리엔테이션에도 참석하지 않고 입학식 날 처음 학교에 나온 나와는 달리, 우진은 수시 합격으로 일찌감치 입학을 확정짓고 수시 입학생들을 위해 마련된 겨울 프로그램에도 참여한 후였다. 자연히 학교생활에 익숙했고 선배들이나 동기들과도 가까웠다. 사람들 사이에서 보는 우진은 나와 있을 때와는 완전히 달랐다. 누구에게나 깍듯하고 친절했으며 우스갯소리로 종종 사람들을 즐겁게 했다. 때때로 숨길 수 없는 자존심과 냉소가 엿보일 때도 있었지만 적어도 막무가내의 고집 같은 건 찾아볼

수 없었다. 거기에 큰 키와 깔끔한 인상이 더해져, 고만고만한 신입생
들 사이에서 우진은 단연 눈에 띄었다. 선배들은 다른 신입생들을 대
하는 것과는 어딘가 다른 태도로 그를 대했다. 여학생들의 재잘거림
속에 종종 그의 이름이 들리기도 했다. 그 모든 일들이 내게는 이상하
게 느껴졌다. 전혀 다른 사람을 보고 있는 것 같은 착각이 들 정도였다.

우진이 날 다른 사람과 다르게 대한다는 사실을 알고 나는 당황했
다. 그때까지 괴팍하고 귀찮은 존재로만 여겼던 우진에 대해 다시 생
각해보지 않을 수 없었다. 그렇지만 아무리 생각해도 그의 태도를 어
떻게 받아들여야 할지 알 수 없었다. 그의 행동은 나를 가까운 사이로
여기기 때문인 것 같기도 했고, 반대로 별볼일 없는 존재로 생각하기
때문인 것처럼 느껴지기도 했다. 입학식 날 이후 한동안 그를 유심히
관찰했지만 도무지 판단을 내리기 어려웠다. 그만큼 그의 행동은 예측
하기 어려웠고 늘 이중적인 해석의 여지를 갖고 있었다.

우진과 나의 관계가 정상적인 궤도에 접어들게 된 계기는 그즈음
그와 나 사이에 있었던 일종의 거래였다. 그 일을 통해 나는 비로소 나
에 대한 우진의 태도가 호감에서 비롯된 것임을 확신하게 되었다. 본
격적인 학교생활이 시작된 후 우진은 새로운 일에 나를 끌어들이고 싶
어했는데, 바로 소설이 아닌 다른 종류의 책을 읽는 일이었다. 처음 만
난 날 이후로 우진은 내가 소설책을 읽는 모습을 볼 때마다 한두 마디
씩 비아냥거리곤 했다. 나는 일부러 그의 말을 들은 척도 하지 않았는
데, 나의 그런 태도가 우진을 더 자극했는지도 모른다.

어느 날 저녁 나는 우진이 내 책상 위에 올려둔 책 한 권을 발견했
다. 그 책은 버트런드 러셀의 『철학의 문제들』이었다. 같은 인문학부
라 해도 내가 소설에만 치우쳐 있었던 데 비해 우진은 관심 분야가 대
단히 넓었다. 그는 때때로 내 방 침대에 누워 강의하듯 철학적 개념이

나 사회현상에 대한 설명을 늘어놓곤 했다. 물론 내가 듣건 말건 상관하지 않았다. 우진은 사회학이나 심리학에도 관심이 많았고, 때때로 과학서적을 읽고 있는 모습도 볼 수 있었다. 전공은 철학을 선택할 거라고 했다. 대개 문학이나 사학을 선택하는 학부의 경향에 비춰볼 때, 처음부터 철학을 지망하는 것은 드문 일이었다.

강렬한 붉어색과 검정색으로 이루어진 『철학의 문제들』의 표지는 당장 넘겨보고 싶을 만큼 매혹적이었다. 그러나 나는 사흘이 넘도록 같은 자리에 놓아둔 채 표지만 흘깃거렸을 뿐 한 페이지도 들추어보지 않았다. 내게도 물론 다양한 분야에 대한 호기심이 있었다. 언제든 세상에 존재하는 수많은 가치들을 탐구할 준비가 되어 있었다. 그러나 그 일은 어디까지나 나의 필요와 의지에 의해 이루어져야 했다. 못 이기는 척 함께 운동을 가거나 밥을 먹는 일과는 달랐다.

책을 읽히는 일이 잠을 깨우는 일처럼 억지로 될 리 없었다. 그러나 우진은 이번에도 자신의 뜻을 관철시킬 방법을 찾아냈다.

"이렇게 하자. 내가 권하는 책을 네가 읽을 때마다, 나도 네가 권하는 책을 한 권 읽겠어. 그야말로 공평한 거래가 이루어지는 거지. 게다가 너는 네가 그토록 아끼는 소설의 가치를 내게 입증해 보일 기회를 얻는 셈이야. 이 정도면 나쁘지 않은 조건이잖아?"

"무엇 때문에 그런 바보 같은 거래를 해야 하는 거지? 난 네게 뭔가를 입증하고 싶은 생각 같은 거 없어. 그래야 할 필요도 없고."

"좋아. 그럼 내가 네게 뭔가를 증명하고 싶은 거라고 해두자."

"뭘 증명하고 싶은데?"

"아직은 몰라. 생각해봐야지."

그런 식으로 우리 사이에 기묘한 거래가 시작되었다. 그때는 몰랐지만 그 거래의 이면에는 상대에 대한 경쟁심과 우정, 우월감과 열등

감, 타인에게 이해받고자 하는 욕구 같은 것들이 서랍 속의 잡동사니처럼 뒤죽박죽으로 뒤엉켜 있었다. 그때 우리가 서로에게 입증하고 싶었던 것은 어쩌면 자기 자신이었는지도 모른다.

 그렇게 시작된 이상한 거래가 결국 수연과 내가 가까워지는 데 결정적인 역할을 하게 되었다는 사실은 생각할수록 놀라운 일이다. 그때까지만 해도 나는 아직 도서관 안의 다른 공간에 대한 필요성을 느끼지 못하고 있었다. 내가 원하는 것은 모두 문학 서가 안에서 충족되었다. 만약 내가 계속해서 그곳에만 머물러 있었다면 과연 수연과 가까워질 수 있었을까? 나는 내가 문학 서가를 벗어나 다른 세계의 책들로 나아가는 순간 비로소 그녀와 다시 마주치게 되었다는 사실을 깨닫고 일종의 신비를 느꼈으며, 한동안 거기에 어떤 상징적인 의미를 부여하려고 애쓰기까지 했다.

3

아버지는 말수가 적은 분이셨다. 나는 아버지를 통해 다른 사람의 침묵을 견디는 법을 배웠다. 어린 시절에는 상당한 인내심을 요구하는 일이었으나, 한창 사고를 칠 무렵엔 어떤 일을 저지른 뒤에도 평소처럼 마주 앉아 말없이 밥을 먹을 수 있다는 사실이 어쩐지 든든하게 느껴지기도 했다. 내가 서울에 남아 혼자 살게 되었을 때도 아버지는 내게 단지 한마디를 했을 뿐이다. 술 마시고 아무 데서나 자지 마라. 다른 설명은 없었다. 나도 잠자코 그러겠다고 대답했다. 그때는 그 말을 지키는 것이 생각만큼 쉬운 일이 아니라는 사실을 미처 알지 못했다.

아버지와의 약속은 입학한 지 한 달 만에 깨졌는데, 그날은 내 인생에서 처음으로 필름이 끊어진 날이었다. 그즈음 벌어지는 술자리의 패턴은 대개 비슷했다. 아직 모든 게 신기하지만 마땅히 할 일은 없는 신입생 무리가 언제나처럼 과방에 모여 앉아 노닥거린다. 과방에 멍하니 앉아 있는 일이라고 재미있을 리 없으나 그렇다고 혼자 떨어져나와 행동하는 것은 소외될까봐 두려운 게 신입생들의 마음이다. 역시 할 일은 없고 후배들 앞에서 폼은 잡고 싶은 몇몇 이학년들이 합류한다. 여기에 만사가 지루하고 학기 초라 아직 여유 자금이 있는 복학생들이 등장하면 드디어 스파크가 튀는 것이다. 이를테면 연소의 3대 조건 같은 것이랄까. 산소는 언제나 그득하고 발화체는 여기저기 널려 있다. 누군가가 발화점 이상의 온도만 부여해주면 걷잡을 수 없이 불타오르게 된다. 선배들 중 누가 살랑대는 봄바람에 잔디밭에 앉아 맥주라도 몇 캔 마신 다음이면 불길은 더욱 거침없다. 그날도 그렇게 시작된 자리였을 것이다.

나는 전에 그러한 과정을 두어 번 겪은 후 곧바로 과방에 발길을 끊었다. 할 일 없이 몰려다니는 일은 무의미해 보였고, 과장된 행동으로 친근감을 과시하는 일은 어색하게 느껴졌다. 차라리 그 시간에 혼자 도서관에 틀어박혀 있는 편이 더 가치 있는 일로 여겨졌다. 그럼에도 불구하고 내가 그날 술자리에 있었던 것은 우진 때문이었다. 우진 역시 과방에 자주 드나드는 편은 아니었으나, 이미 그는 신입생들 사이에서 심리적인 구심점 역할을 하고 있어서 무슨 일이 생기건 다들 그를 찾곤 했다. 마치 그가 있어야만 모임이 더 즐거워진다고 생각하는 것 같았다. 우진도 정 마음이 내키지 않는 때를 제외하고는 대개 요청에 응했다. 그 때문에 우진과 함께 있던 나까지 엉겁결에 술자리에 휩쓸려가게 되는 일이 생기곤 했고, 그날도 마찬가지였다.

학교 앞 호프집에서 시작된 술자리는 밤늦게까지 계속되었다. 웃고 떠들고 소리치고 욕하고 울고 토하는 일들이 약속된 수순처럼 이곳저곳에서 차례로 진행되었다. 타이밍을 봐서 적당히 빠져나오려 했으나 그날따라 우진이 어딜 가냐며 놓아주지를 않았다. 다른 사람들도 덩달아 얼굴 보기가 왜 그리 어렵냐는 등 성화였다. 그때부터 귀찮은 마음에 사람들이 권하는 술잔을 마다하지 않고 다 받아 마신 게 화근이었다. 어느 순간 나는 취해 있었고, 내가 취할 무렵에는 정작 우진이 어디로 도망쳤는지 보이지 않았다. 이제는 붙잡을 사람도 없었지만 이미 거나해진 뒤였다. 그렇게 취한 적은 난생처음이었다. 내 심장 소리가 귓가에 들려오는 것 같았다. 나는 바로 그 순간 약동하고 있는 나의 생명을 느꼈고, 이 세계에 실재하는 나의 존재를 느꼈다. 그러자 한없이 기분이 좋아졌다. 세상의 모든 것과 마주하고 있는 기분이었다. 마치 처음 말을 배운 사람처럼 이 사람 저 사람을 붙잡고 한참을 지껄였다. 무슨 이야기를 하는지도 모른 채 이 시간이 끝없이 지속되기를 바랐다. 어느 순간부터는 인원체크를 한답시고 자리를 옮길 때마다 무리의 숫자를 셌다. 11로 시작되었던 숫자가 8이 되었다가, 마지막 24시간 해장국집에서는 5로 줄어들었던 것까지 기억이 난다. 그리고 눈을 떴을 때 나는 처음 보는 곳에 있었다.

처음 내 눈에 들어온 건 한 개의 귀였다. 그러나 그것이 귀라는 사실을 깨닫기까지는 시간이 필요했다. 아직 잠이 덜 깬 상태였고, 그렇게 가까이에서 사람의 귀를 본 것은 처음이었다. 나는 무의식적으로 눈앞의 물체를 눈으로 더듬었다. 그것은 독특하면서도 섬세한 굴곡을 가지고 있었다. 구불구불하게 들고 난 선은 거대한 산맥까지는 아니더라도 제법 아담한 봉우리와 골짜기를 이루고 있었다. 햇살을 받은 도톰한 귓불은 황혼녘의 갈대밭처럼 붉은색을 띤 금빛이었다. 엷은 솜털들이 어렴풋이 하늘거렸다. 귓바퀴의 계곡을 따라 나선을 그리며 내려가자 군데군데 붉은 실핏줄과 음영이 보였다. 중심으로 다가갈수록 음영은 짙어졌다. 그리고 그 한가운데에는 구멍이 자리하고 있었다. 심연을 간직한 듯 깊고 어두운 구멍.

온갖 이미지와 상념 들이 부유하다 사라져갔다. 나는 의식과 무의식 양편에 각각 한쪽 다리를 걸친 채, 눈앞에 펼쳐진 풍경을 바라보았다. 꽤 길었다고 생각하지만 어쩌면 찰나에 불과했는지도 모른다. 인간의 내면에서 발생하는 수많은 감정들 중 가장 대조적이면서도 친근한 짝은 아마도 공포와 호기심일 것이다. 우리는 두려움에 눈을 감지만 궁금한 마음은 끝내 감은 눈을 다시 뜨게 만든다. 나는 두려움과 호기심을 동시에 느끼며 귓구멍의 심연을 향해 조심조심 손을 뻗었다. 그러다가 부드러운 귀의 감촉이 손가락에 느껴지는 순간, 꿈속에서 벼랑을 향해 발을 내디딜 때처럼 퍼뜩 손을 움츠리며 완전히 깨어났다. 그러자 숙취로 인한 두통과 갈증이 밀려왔다.

주위를 둘러보자 처음 보는 방이었다. 방의 구조부터 천장 벽지의 무늬까지 온통 낯설었다. 그리고 내 옆에는 친하지 않은 정도가 아니라 얘기도 제대로 나누어본 적 없는 같은 과 여자애가 자고 있었다. 그 애가 바로 귀의 주인이었다. 그때서야 전날의 기억이 단속적으로 스쳐갔다. 여자애의 이름이 정현이라는 것과 그애가 어제 마지막까지 자리에 남아 있던 사람 중 하나였다는 사실이 떠올랐다. 그러나 아무리 애를 써도 어쩌다 이곳까지 오게 되었는지는 기억나지 않았다.

침대에 누운 채 잠시 상황을 파악하려 애썼다. 침대는 푹신했고 베개에서는 좋은 향기가 났다. 부드러운 이불의 감촉이 맨살에 느껴졌다. 고맙게도 나는 속옷 차림이었던 것이다. 정현은 민소매 셔츠와 짧은 반바지를 입고 있었는데 하얀 셔츠 아래로 브래지어가 살짝 비쳐 보였다. 서로의 팔다리와 이불이 이리저리 얽혀 있었다. 상황을 하나씩 파악할 때마다 머리가 지끈거렸다. 나는 시간을 들여 조심조심 팔과 다리를 빼냈다. 그리고 소리나지 않도록 주의하며 몸을 일으키고 이리저리 흩어져 있던 옷들을 하나씩 찾아 입었다. 양말 한 짝은 도저히 찾을 수가 없어서 포기하기로 했다.

침대 맞은편에 있는 현관에 내 신발 두 짝이 아무렇게나 벗어져 있는 게 보였다. 갈증 때문에 질식할 정도였지만 물을 찾아 마시거나 할 여유는 없었다. 조용히 신발을 신고 문손잡이를 향해 손을 뻗는데 등 뒤에서 정현의 목소리가 들려왔다.

"가려고?"

잠에서 막 깬 사람 같지 않게 침착한 목소리였다.

"아, 응."

나는 몸을 돌리고 아무렇지도 않은 것처럼 말했다. 정현은 침대에 기대 앉아 이불로 몸을 가리고 있었으나 부끄러워하는 기색은 아니었다. 왠지 나쁜 짓을 저지르고 몰래 도망치려다가 들킨 것 같은 기분이 들었다. 나는 서두른다는 느낌을 주지 않으려고 방 안을 천천히 둘러보았다. 정갈한 느낌을 주는 방이었다. 가구는 많지 않으나 구석구석 신경써서 정리되어 있었고, 식탁보와 커튼의 색깔은 새것같이 선명했다. 커튼 사이로 스며든 햇살이 침대 위에 긴 선을 내리그었다. 나는 뭔가 물어봐야 하는 게 아닐까 잠시 고민했다. 그러는 사이에 내 생각을 눈치챈 듯 정현이 먼저 입을 열었다.

"별다른 일 없었어. 네가 너무 취했길래 이리로 온 거야. 여기 학교 바로 앞이거든."

"집에도 못 갈 정도였어?"

내가 그 정도로 취했었다는 사실이 믿어지지 않았다. 웬일인지 정현은 내 말에 기분이 상한 것 같았다.

"집에 가겠다고 계속 중얼거리긴 하더라. 길바닥에 주저앉아서."

정현이 한 손으로 이불을 붙잡은 채, 다른 한 손을 뻗어 커튼을 걷었다. 창문 가득 들어온 햇살이 눈가에 비치자 이마에 손을 대고 얼굴을 찡그렸다.

"그런데 너, 술 취하니까 웃기더라?"

"웃기다니?"

"너 기억 안 나? 어제 둘만 남았을 때 네가 한참 동안 숫자를 셌잖아. 이렇게."

정현은 이마에 대고 있던 손을 떼더니 손가락으로 나와 자신을 번갈아 가리키며 숫자를 세기 시작했다. 하나, 둘, 셋, 넷…… 햇빛과 그늘의 경계에 닿아 있던 그 아이의 눈썹이 묘한 곡선을 그렸다.

*

내가 그날 있었던 일을 이야기해주자 수연은 한참 동안 깔깔거리며 웃었다. 나중에는 아예 허리를 굽히며 배를 잡고 웃었는데, 그렇게 재미있어하는 모습은 그녀를 알게 된 후 처음 보는 것 같았다. 정현에게는 미안한 일이었지만 수연이 즐거워하는 모습을 보고 있자니 이상하게도 막연한 안도감이 들었다.

"그래서 결국 몇까지 셌대?"

"몰라. 그런 건 안 물어봤어."

"미안, 내가 너무 크게 웃었지?"

그렇게 말하면서도 그녀는 여전히 입을 가리고 쿡쿡거렸다. 영화가 끝나고 엔딩 크레디트가 올라갈 때의 느낌과 비슷한, 어쩐지 여운이 남는 웃음이었다.

4월의 어느 토요일에 수연과 나는 시립미술관을 찾았다. 내가 듣고 있던 서양미술사 수업의 과제 때문이었다. 과제는 주제에 상관없이 어떤 전시회든 다녀와서 감상문을 제출하는 것이었는데, 주제에 제약이 없다는 점이 내게는 오히려 선택을 더 어렵게 만들었다. 애초에 미술에 대해 아는 것이 없다는 생각에 신청한 수업이었고, 고작 몇 주가 지났을 뿐이었다. 그사이에 달라진 게 있을 리 없었다. 수연에게 이야기를 꺼내자 그녀가 마침 가고 싶은 전시회가 있다고 말했다. 수연이 미술에도 관심이 많다는 사실을 나는 그때 처음 알았다.

"미디어아트라고, 대중매체를 이용해서 작품을 만드는 거야. 잘 모르는 사람이 가도 재미있을 거야."

"그러니까, 비디오 같은 걸 틀어주는 건가?"

대중매체라는 말에 내가 발휘할 수 있는 상상력은 고작 그 정도였다. 수연은 조그만 소리로 킥킥 웃으면서 "응, 비슷해"라고 말했다.

미술 전시회를 찾는 사람이 많다는 사실 역시 그날 처음 알았다. 꽃샘추위가 막 물러간 덕분인지 가족이나 연인들끼리 온 모습이 자주 눈에 띄었다. 시립미술관 앞에서 무심코 사람들을 둘러보다가 문득 나와 수연도 연인처럼 보이지 않을까 하는 생각이 들었다. 그녀와 약속을 정하고 학교 밖에서 만난 것은 처음이었다. 수연은 발목 위까지 오는 면바지에 하얀색 티셔츠를 받쳐입고 후드가 달린 긴 회색 카디건을 걸치고 있었다. 머리를 헐렁하게 묶어 늘어뜨린 모습이 고등학생처럼 보였다. 앞장서서 걷는 수연의 모습을 바라보자 이 세계에도, 그리고 내게도, 새로운 계절이 찾아왔다는 사실을 실감할 수 있었다. 스무 살. 봄. 바람이 부는 토요일 오후. 그때 어째서인지 나는 '지금 이 순간'이 눈 깜짝할 사이에 지나가버릴 거라고 생각했고, 오랫동안 기억 속에 남아 있으리라고 생각했다. 그러자 가슴 깊은 곳 어딘가가 막 해동이라도 되는 양 출렁거렸다.

전시회는 마치 조그만 놀이공원 같았다. 많은 작품들이 관람객의 참여에 의해 완성되는 구조로 되어 있었다. 그중 몇 가지가 기억에 남는다. 먼저 탁자 위에 놓인 조그만 선풍기들을 입으로 불어 돌리면 연결되어 있는 동일한 구조의 거대한 선풍기들이 따라 돌아가게끔 되어 있던 작품. 우리는 번갈아가며 한 명은 거대한 선풍기 앞에 서 있고, 다른 한 명은 조그만 선풍기를 불어댔다. 머리카락과 옷자락이 바람에 날리는 동안 수연은 어린아이처럼 얼굴을 찡그렸다. 그리고 얼굴이 빨개질 정도로 힘껏 바람을 불었는데도 내가 했던 것만큼 선풍기가 돌아가지 않자 몹시 억울해했다. 바닥에 놓인 직사각형의 멀티비전에 종이 꽃잎을 뿌리면 종이가 떨어지는 자리마다 꽃의 영상이 피어나는 작품도 있었다. 이것 역시 짧은 시간 동안 많이 뿌릴수록 많은 꽃이 피어났기 때문에 우리는 팔이 아프도록 종이꽃잎을 그러모아 뿌렸다. 캔버스 대신 모니터 스크린을 사용한 움직이는 그림들도 인상적이었다. 물고기가 헤엄쳐다니고 대나무가 바람에 흔들리는 동양화 풍의 그림들이 있었고, 모네의 〈해돋이〉를 모사한 그림에서는 실제로 사공이 노를 저어 배를 움직여가는 모습을 볼 수 있었다.

우리가 가장 오랫동안 바라본 것은 '천 년 동안의 새벽'이라는 제목이 붙은 미국인가 영국 작가의 작품이었다. 화면 안에는 백사장과 푸른 바다, 그리고 바다와 맞닿은 하늘이 있었다. 수평선과 주변의 하늘은 막 태양이 떠오르려는 것처럼 황금빛으로 물들어 있고 한 남자가 등을 돌린 채 백사장에 서서 수평선 쪽을 응시하고 있었다. 텅 빈 바닷가에 홀로 서서 수평선을 바라보는 남자의 모습은 인위적이면서도 신비한 느낌을 주었다. 그러나 보이는 것만으로는 작품의 의미를 파악하기 어려웠다. 우리가 이것저것 제목의 뜻을 추측하는 동안 명찰을 목에 건 중년 여성이 다가왔다. 여자는 말없이 모니터 스크린을 좌우로 돌렸다. 그러자 스크린 안의 그림 역시 남자를 중심으로 좌우로 빙그르르 돌아갔다. 마치 남자를 비추던 카메라가 반원을 그리며 움직이는 것 같았다.

"이 작품은 실제로 천 년 후에 태양이 떠오르도록 프로그램 되어 있습니다. 그래서 이런 제목이 붙은 거지요. 남자는 천 년 동안 이곳에 서서 태양이 떠오르길 기다리는 거예요."

여자가 우리에게 설명했다.

화면이 각도를 바꾸자 남자의 모습을 좀더 자세히 볼 수 있었다. 남자는 서양인으로 보였고, 흔히 볼 수 있는 젊은이들처럼 청바지와 후드 티셔츠를 입고 있었다. 그러나 표정에는 젊은이답지 않은 체념 어린 무심함이 어려 있었다. 한편, 꾹 다문 입술과 팔짱을 낀 자세에서는 의지가 느껴졌다. 천 년. 그것은 인간에게는 허락되지 않은 시간이다. 지금 현재 지구 위에 살고 있는 사람은 누구도 천 년 후에 떠오르는 태양을 볼 수 없을 것이었다. 심지어 작가 자신조차도. 결국 그 작품은 아직 세상에 존재하지 않는 인류를 위한 작품이었다.

내가 화면을 보며 생각에 잠겨 있는 동안 옆에서 깊은 한숨소리가 들려왔다. 지금도 나는 그때의 한숨소리를 뚜렷이 떠올릴 수 있다. 그 한숨소리에는 뭐라 설명하기 어려운 안타까움과 쓸쓸함이 배어 있었다. 나는 깜짝 놀라 고개를 돌렸다. 수연은 내가 바라보는 줄도 모르고 미간을 찌푸린 채 여전히 화면을 들여다보고 있었다. 작품에 완전히 몰입한 것 같았다. 그녀는 꽤 오랫동안 그 상태로 머물러 있었다. 그러다 어느 순간 꿈에서 깨어난 것 같은 표정으로 날 돌아보았고, 눈이 마주치자 겸연쩍은 듯 미소를 지었다. 그런 다음 관람을 계속했지만 그후에 본 것들은 왠지 전부 시들해 보였다.

돌아가는 길에는 둘 다 말이 없었다. 수연은 뭔가 생각에 잠겨 있었고, 나는 그녀가 무엇을 생각하는지에 대해 생각했다. 수연은 그 그림 속에서 무엇을 본 것일까. 우리는 같은 작품을 보았지만 사실은 전혀 다른 것을 보고 있었는지도 몰랐다. 시청역 지하철 입구를 지나치다가 수연이 갑자기 발걸음을 멈췄다. 입구 옆에는 등산모자를 쓴 늙수그레한 사내가 액자에 넣은 아트포스터들을 팔고 있었다. 고흐, 밀레, 르느와르, 모네 등등 대개 나도 알고 있을 정도로 유명한 그림들이었다. 수연이 그쪽으로 다가가더니 그중 한 그림 앞에 멈춰 섰다.

"이 그림, 알고 있니?"

수연이 그림에서 눈을 떼지 않은 채 물었다.

"고흐의 그림이라는 건 알겠는데."

"응, 고흐의 〈까마귀가 나는 밀밭〉이야. 만약 누군가가 꼭 한 번만 그림 속에 들어가볼 수 있게 해준다면 나는 이 그림을 고를 거야."

"왜?"

"처음 봤을 때부터 무척 충격적이었어. 그림을 그린 사람의 감정이 그대로 전해지는 것 같아서. 이 그림을 보다가 나도 모르게 눈물이 난 적도 있어. 지금도 이 그림을 볼 때마다 기분이 이상해져. 그림 속에 있는 모든 게 다 모호하게 느껴지거든."

나는 그림을 들여다보았다.

"구체적으로 어디가 모호하다는 말이야? 그냥 밀밭과 까마귀일 뿐이잖아."

"전부 다. 이 하늘의 색깔만 해도 그래. 이 풍경은 저녁일까, 새벽일까. 이 검은 하늘 속의 흰 구름은 폭풍우가 오고 있는 걸까, 아니면 다시 개려는 걸까. 밀들이 쓰러져 있는 방향도 다 제각각이야. 게다가 까마귀들. 까마귀들은 날아가고 있는 걸까, 날아오고 있는 걸까. 언뜻 보면 그냥 밀밭과 까마귀가 있는 풍경이지만 하나씩 자세히 뜯어보기 시작하면 뭐가 뭔지 알 수가 없어져."

수연은 말을 멈추고 잠시 생각에 잠기더니 다시 입을 열었다.

"알아? 이 그림이 고흐의 마지막 작품이라고 해. 이걸 그린 다음 그는 자신의 가슴을 권총으로 쐈어. 그리고 이틀 후에 죽었지. 그는 도대체 이 풍경 속에 무얼 남기려고 한 걸까?"

그때 우리를 지켜보던 사내가 다가와 싸게 줄 테니 하나 골라보라고 말했다. 사려는 건 아니라고 내가 대답하려는데, 수연이 먼저 우리가 보고 있던 그림을 달라고 했다. 그리고 사내에게 값을 치르고 그림을 받은 후 내게 내밀었다.

"선물이야."

나는 얼떨결에 그림을 받아들었다. 왜 갑자기 이런 걸 주느냐고 묻자 그녀는 그냥, 이라고 대답했다. 그리고 앞장서서 지하철역으로 들어가버렸다.

*

고흐는 죽기 얼마 전, 동생이자 오랜 후원자였던 동생 테오에게 보낸 편지에 자신이 그리고자 하는 그림에 대해 썼다. 폭풍에 휘감긴 밀밭의 전경을 그린 그림으로 자신의 슬픔과 고독을 표현할 수 있을 것 같다고. 〈까마귀가 나는 밀밭〉을 고흐의 유작, 혹은 자살을 암시하는 작품으로 보는 시각은 아마 이 편지 내용과 평범치 않은 그림의 소재에 기인할 것이다. 이들의 의견에 따르면 〈까마귀가 나는 밀밭〉은 그의 유서와도 같다. 그러나 고흐 연구자들 중에는 편지에서 말하고 있는 작품이 〈까마귀가 나는 밀밭〉이 아니라 다른 작품이라고 주장하는 사람들도 있다. 이 그림이 고흐가 죽기 전에 마지막으로 머무른 오베르 쉬르 와즈에서 그려졌다는 사실은 틀림없지만, 죽기 직전에 그린 그림은 아니며, 그리고 작품의 소재 역시 고흐 이전부터 흔히 사용되어왔던 소재라는 것이다.

고흐의 죽음에도 모순적인 부분이 존재한다. 그는 과연 죽음을 염두에 두고 마지막 열정을 불태우고 있었을까? 다시 말해, 그의 죽음은 계획된 자살이었을까? 그는 동생에게 보낸 마지막 편지에서 새로운 작품에 대한 구상을 이야기하고 물감을 주문한다. 그리고 나흘 후 자신을 향해 방아쇠를 당긴다. 이 모순된 행동은 어떻게 설명되어야 할까.

나는 수연이 준 아트포스터를 책상 앞 벽에 걸어두었다. 그리고 도서관에서 고흐와 관련된 책을 빌려 읽었다. 모든 것이 모호하다는 수연의 말을 어느 정도 이해할 수 있을 것 같았다. 책상 앞에 앉아서 그림을 바라볼 때마다 그녀가 흘렸다는 눈물에 대해서 생각했다. 무엇이 그녀로 하여금 눈물을 흘리게 한 걸까. 그녀의 눈물은 내게 또다른 수수께끼였다.

그날 밤에 우진이 내 방에 왔다가 내가 고흐와 관련된 책을 읽고 있는 걸 보고 비꼬는 투로 말했다.

"플라톤은 벌써 다 읽었나보지? 날짜가 며칠 안 남았을 텐데."

"난 끝낸 지 오래니까, 너나 늦지 마."

사실은 아직 반도 채 읽지 않은 상태였으나 나는 거짓말을 했다.

"이번엔 웬일로 빠르네. 나도 거의 다 읽었어. 그럼 날짜를 좀 당겨도 되지?"

"안 돼."

"왜?"

"한번 더 읽을 거야."

"정말? 그렇게 재미있었어?"

우진이 뜻밖이라는 표정으로 내 얼굴을 이리저리 들여다보았다.

우진과의 거래는 처음 생각했던 것보다 훨씬 신경쓰이는 일이었다. 우진은 책 읽는 속도가 놀라울 정도로 빨랐고 내용에 대한 이해 역시 정확했다. 거기다 그가 덧붙이는 감상은 압축적이면서도 날카로웠다. 속도가 중요한 게 아니라고 생각하면서도 우진이 다 읽었냐고 재촉할 때면 은근히 자존심이 상했다. 우진이 새로운 책을 들고 올 때마다 다른 일을 제쳐두고 몰두했지만 아무리 애를 써도 우진보다 빨리 읽어낼 수는 없었다. 소설책과 철학책이라는 차이를 감안하더라도 시간 차이가 너무 컸다. 그때는 이미 각자 서너 권의 책을 읽은 후였다. 그런데 앞서 읽은 『철학의 문제들』이나 『분석철학입문』, 햄린의 『인식론』 등과는 달리, 『플라톤의 대화편』은 지루하기 짝이 없었다. 만약 앞선 책들이 준 놀라움이 아니었더라면 벌써 집어치웠을지도 몰랐다.

『플라톤의 대화편』에 앞서 읽은 몇 권의 책들은 내게 두 가지 점에서 커다란 놀라움을 주었다. 자세히 설명하기는 어렵지만, 하나는 우리가 자명한 사실, 혹은 실재라고 믿고 있는 거의 모든 것들이 실은 그렇게 믿을 만한 근거를 가지고 있지 못하다는 것이었고, 또하나는 그 근거를 확립하기 위해 수많은 철학자들이 오랜 시간에 걸쳐 끈질기게 학문적인 노력을 기울여왔다는 것이었다. 현실세계가 갖고 있는 근본적인 모순을 인식하고 이를 해결하고자 노력해온 사람들이 있는가 하면, 한편에는 나처럼 그러한 문제가 있다는 것조차 알지 못한 채 막연한 믿음으로 현실을 살아가고 있는 사람들이 있다는 사실이 놀라웠다. 말하자면 세계를 바라보는 방식이 전혀 다른 사람들이 같은 현실 속에 살아가고 있는 것이었다. 나는 지금껏 내가 딛고 서 있는 땅이 단단하다는 사실에 대해 아무런 의심도 없이 살아왔다. 아니, 땅에 대해서 제대로 생각해본 일조차 없었다. 그런데 이제 그 땅이 무엇으로 구성되어 있는지, 일견 단단해 보이는 지면 아래 어떤 균열과 불안정함이 존재하고 있는지에 대해 어렴풋이 눈을 뜨게 된 것이었다.

내가 우진을 위해 고른 책들은 흔히 말하는 성장소설의 고전들이었다. 『수레바퀴 밑에서』와 『데미안』, 그리고 『호밀밭의 파수꾼』. 우진은 그 책들 가운데 한 권도 읽지 않았다고 했다. 나로서는 대학이라는 새로운 세계에 진입한 우진의 처지에서 가장 공감하기 쉽다고 여겨지는 책들을 고른 것이었는데, 반응은 그다지 좋지 못했다. 우진은 『수레바퀴 밑에서』에 대해서는 '시대적인 배경 때문인지 진부한 느낌이 든다'고 했고, 『호밀밭의 파수꾼』에 대해서는 '지나치게 소년적인 감성이 부담스럽다'라고 말했다. 『데미안』의 경우에는 너무 몽환적이고 상징적이라 명료하게 와 닿지 않는다고 불평했다.

"가장 근본적인 문제가 뭔지 알아? 내가 보기엔 이런 소설들이 동어반복에 불과하다는 거야. 세부적인 차이는 있겠지만 궁극적으로 이야기하고자 하는 건 거기서 거기야. 같은 이야기를 몇 번이나 반복하는 게 무슨 의미가 있지?"

어느 날 내 방 침대에 걸터앉아 캔맥주를 마시며 우진이 말했다. 나는 책상 앞에 앉아 하고 있던 영어 과제에 정신을 쏟은 채 무심히 대답했다.

"그런 식으로 생각하면 세상에 완전히 새로운 이야기가 어디 있어? 비슷한 주제를 다루더라도 내용이나 방식이 다르니까 의미가 있는 거지."

"문학적으로는 의미가 있을지도 모르지. 그렇지만 그건 어디까지나 문학의 관점에서잖아. 과연 근본적으로 인간에게 의미가 있는지에 대한 대답은 되지 않는 것 같은데. 이런 소설들이 과연 세계와 인간에게 조금의 변화라도 가져다줄까?"

우진의 말에 나는 손을 멈추고 대답할 말을 찾았으나 적당한 말이 떠오르지 않았다.

"문학은 기본적으로 귀족적이고 엘리트적인 분야야. 문학적인 의미를 이해하거나 문학의 영역에서 성취를 이루는 건 선택받은 몇몇만이 누릴 수 있는 부분이지. 네가 준 책들의 주인공들한테도 알게 모르게 그런 의식이 엿보여. 자신은 문학을 이해할 수 있는 인간이기 때문에 그렇지 못한 인간들보다 우월하다는 의식 같은 거."

"그렇지만 엘리트적이라는 점은 모든 학문이 공통적으로 갖는 속성 아닐까? 철학 역시 어느 정도 기본적인 소양이 없으면 접근할 수 없는 학문이잖아."

내가 반문했다.

"그렇지 않아. 대학에서 가르치는 과목으로서의 철학은 어느 정도 그런 성격이 있을지도 모르지만 철학은 근본적으로 모든 것에 대해 질문하고 반성하는 행위야. 설사 주제와 방법이 졸렬하다 하더라도 인간은 누구나 철학적인 면을 가지고 있어."

"그 말은 문학의 입장에서도 똑같이 할 수 있을 것 같은데? 대학에서 가르치는 학문으로서의 문학은 엘리트적일지 몰라도 모든 인간은 이야기 듣는 걸 좋아하잖아."

"음, 그건 좀 달라. 문학은 제도와 형식 자체가 이미 교육받은 교양 인들만 접근할 수 있는 방식으로 되어 있어. 보통 사람들이 이야기 듣는 걸 좋아하는 건 문학과는 완전히 다른 문제야. 요즘 사람들이 왜 소설책보다 드라마나 영화를 많이 보겠어?"

"그럴까? 그래도 나는 다른 학문과 문학의 차이를 잘 모르겠는데."

이번에는 우진이 생각에 잠겼다가 말했다.

"그렇다면 과학은 어때? 과학이야말로 보편적이면서 평등한 학문 이지. 자연법칙은 누구에게나 똑같이 적용되잖아. 게다가 환경오염이나 식량 문제와 관련지어서 생각하면 과학은 인류의 생존과 직결된 학문이기도 해. 누구도 그 문제에서 자유로울 수 없지."

"도대체 무슨 얘기가 하고 싶은 거야?"

"결국 세계에 근본적인 변화를 가져올 수 있는 학문은 과학이라는 거야. 그러니까 문학을 교양의 기본으로 생각하는 현재의 상황은 문제가 있어. 학과에 상관없이 모든 학생들이 문학 고전을 읽어야 한다는 게 말이 돼?"

우진이 목소리를 높였다.

"결국 기초국어 수업 과제가 하기 싫다는 말이로군. 난 벌써 끝냈는데. 도와줄까?"

"바보야, 무슨 소릴 하는 거야! 내 말은 과학적 지식이야말로 보다 더 기본적인 교양으로 인식되고 교육되어야 한다는 거야. 문학은 어떻게 이야기해도 결국 복고적인 성격을 띨 수밖에 없어. 고전이니 불후의 명작이니 하는 말들이 다 그렇잖아. 과거의 유물에만 매달려 있는 꼴이지. 반면 과학은 미래지향적이잖아. 분명 도와준다고 그랬다, 너."

"너 하는 거 봐서. 어쨌든 과학 예찬론자인지는 몰랐는데."

"과학만능주의를 주장하고 싶은 건 아니야. 그렇지만 현재에 있어서 과학이 가장 지배적인 학문이라는 것, 그리고 인류의 미래가 과학에 달려 있다는 건 부정할 수 없는 사실이야. 그에 비하면 문학의 가치는 글쎄, 이집트에 있는 피라미드 정도의 가치랄까."

우진이 빈 맥주 캔을 손으로 찌그러뜨렸다. 나는 비로소 그가 내게 무엇을 증명하고 싶어하는지 알 것 같았다. 그러자 의문이 생겼다.

"그렇다면 왜 과학을 전공하지 않지?"

우진은 물어볼 줄 알았다는 듯 길게 대답을 늘어놓았다.

"과학이 해답을 내놓는 학문이라면 철학은 질문을 던지는 학문이야. 오랫동안 풀리지 않았던 철학적 난제들도 결국 과학의 발전에서 답을 찾게 될 거야. 지금도 인식론이나 형이상학의 문제들을 뇌과학과 신경과학의 탐구를 통해 해결하려는 노력이 계속되고 있지. 그렇지만 문제의 해답을 찾기 위해서는 문제에 대한 정확한 인식이 있어야 해. 내가 철학을 공부하려는 것도 그런 이유야. 무엇이 정말 탐구할 만한 가치가 있는 문제인지를 고민한 후에 그걸 해결하기 위한 분야를 연구하려는 거지. 시간이야 좀더 걸릴 테지만, 뭐, 나는 평생 공부만 할 작정을 하고 있으니까 몇 년쯤 더 걸린다고 해서 크게 문제될 건 없어. 혼자 그쪽에 대한 준비도 조금씩 하고 있고."

그날의 대화는 그쯤에서 끝났다. 나는 우진이 자신의 앞날을 그 정도로 분명하게 그리고 있다는 사실에 감탄했다.

며칠 뒤 나는 우진의 기초국어 과제를 해주었다. 단편소설을 읽고 감상문을 제출하는 과제였는데, 나와는 반이 달랐기 때문에 읽어야 할 작품도 달랐다. 사실 읽을 분량도, 써야 할 분량도 얼마 되지 않았으나 우진은 그런 데 들이는 시간이 아깝다고 했다.

"네가 준 책을 읽기에도 시간이 부족해. 그러니까 네가 내 숙제를 해주는 건 당연한 일이라구."

그렇게 말해놓고 우진은 내가 과제를 하는 내내 내 침대에 비스듬히 누워 담배를 피웠다. 내가 침대 시트 위에 담뱃재 떨어뜨리는 걸 질색한다는 걸 알면서도 우진은 늘 그 자세로 담배를 피우곤 했다. 내가 힐끔 쳐다볼 때마다 걱정 말라는 듯 재떨이 대용으로 들고 있던 프링글스 깡통을 들어 보였다.

한참 동안 아무 말 없던 우진이 갑자기 반동을 이용해 벌떡 몸을 일으켰다. 내가 돌아보자 내 얼굴을 빤히 쳐다보았다.

"왜 나한테 말 안 했냐?"

"뭘 말 안 해?"

우진이 새 담배에 불을 붙이고 창가로 다가가 반쯤 열려 있던 창문을 활짝 열었다.

"너 말이야, 다시 봤다. 솔직히 말해서 좀 감탄했어."

"무슨 말을 하는 거야?"

나는 어리둥절해져서 물었다. 우진이 길게 담배연기를 내뿜더니 이빨이 보이도록 괴상한 미소를 지어 보였다.

"너, 그날 정현이랑 잤다며?"

"뭐? 그게 무슨 말이야? 그런 말 어디서 들었어?"

나는 당황한 나머지 의자에서 몸을 일으켰다.

"어, 진짠가보네. 정말 정현이랑 잤어?"

"무슨 소리야. 말도 안 되는 소리 하지 마."

"그날 아침에 방에 없다 했더니 그래서 그런 거였군. 난 내가 너무 늦게 일어나서 벌써 나간 줄만 알았지."

우진이 킬킬거리며 웃었다.

"그런 거 아니라니까."

나는 나도 모르게 소리를 질렀다. 우진이 깜짝 놀란 표정으로 말했다.

"아니면 아닌 거지 왜 소리를 지르고 그래, 인마. 근데 정말 아니야?"

"아니야. 빨리 어디서 들은 건지나 얘기해."

내가 굳은 표정을 풀지 않자 우진은 그때서야 자신이 들은 소문을 이야기해주었다. 이야기는 놀랄 만큼 구체적이었다. 요약하자면 내가 그날 마지막까지 정현을 붙잡고 술을 먹여서 취하게 만든 후 모텔로 데려갔고, 그날 이후로는 정현을 피하고 못 본 척한다는 것이었다. 그 충격으로 정현이 며칠간 학교에 나오지 못했다는 말도 있었다.

"진짜 아무 일 없었어?"

"당연하지. 그날 많이 취한 건 나였어. 내가 정신을 못 차리니까 정현이가 날 자기 집에 데려갔던 거야. 거의 정신을 잃은 상태였는데, 무슨 일 있었을 리가 없잖아."

"어쨌든 같이 밤을 보낸 건 사실이네?"

우진이 의미심장한 미소를 지었다.

"그건 그렇지만…… 제일 황당했던 건 나야. 눈 뜨자마자 바로 그 집에서 나왔어. 걘 아직 자고 있었고. 말 한마디 나누지 않았다구."

나도 모르게 거짓말이 튀어나왔다.

"흐음."

"정말이라니까."

"좋아, 믿어주지." 우진이 선심 쓰듯 말했다. "그런데, 그렇다면 이 상한걸."

"뭐가?"

"이 소문 여자애들한테서 들은 거야. 그것도 정현이랑 친한 애들한 테서. 네 말이 사실이라면 정현이가 어째서 해명하지 않은 걸까? 이미 과에서는 모르는 사람이 없는 것 같던데."

우진이 추궁하듯 말했다. 나는 갑자기 혼란스러워졌다.

"뭔가 사정이 있겠지."

"여자애한테는 심각한 문제인데 이런 걸 빨리 해명하지 않을 이유 가 있을까? 어쨌든 지금 다른 사람들은 전부 이 얘길 사실로 믿고 있 어. 널 쓰레기 같은 놈이라고 생각하고 있다고."

안 봐도 뻔했다. 추렴하듯 험담과 소문을 보태 자리에 없는 사람을 이상한 인간을 만드는 꼴은 몇 번 가지 않은 술자리에서도 자주 보던 광경이었다.

"어쩔 수 없지."

나는 그렇게 말했다. 정말로 어쩔 수 없는 일이었기 때문이다. 그건 우진에 대해서도 마찬가지였다. 그가 믿지 못한다 해도 나로서는 다른 도리가 없었다. 갑자기 우진과 나 사이에 보이지 않는 벽이 솟아난 것 같았다. 내 기분을 눈치챘는지 우진이 과장된 몸짓으로 내 어깨에 손을 올리며 말했다.

"걱정 마라. 믿어준다니까."

"그럴 필요 없어. 방금 한 말들 다 거짓말이야. 미란다모텔 이백사 호였다."

이상하게 화가 치밀어 그렇게 말했다. 우진이 낄낄거리며 웃었다. 내가 노려보자 웃음을 멈추고 말했다.

"네가 이런 일로 거짓말을 할 인간이 아니라는 것쯤은 안다. 나로서는 좀 실망스럽긴 하지만."

"뭐야, 정말로 뭔가 저질렀길 바랐던 거냐?"

"그랬을지도. 도덕적으로 봤을 때는 바람직한 일이 아니지만 너라는 인간에 대해서는 흥미를 더해주었거든. 이 자식 정말 이상한 놈이구나, 성욕 따위는 모른다는 듯한 얼굴로 문학소년인 척하더니. 그런 생각이 들었던 거지."

우진이 웃으며 창문턱에 놓아둔 깡통에 담배꽁초를 집어넣었다. 나도 모르게 한숨이 나왔다.

"그렇지만 정말 왜 정현인 사실을 해명하지 않은 걸까?"

내가 물었다.

"아직 그런 소문이 돌고 있다는 걸 모를 수도 있지. 내 생각엔 사람들이 정현이가 상처받을까봐 정작 본인에겐 쉬쉬하고 있는 거 같아. 아무리 친하다고 해도 이제 알게 된 지 고작 두 달 정도일 뿐이니까."

확실히 그게 아니라면 달리 설명할 길이 없었다.

"어쨌든 정현이가 해명하면 곧 해결될 테니까 너무 걱정하지 마라."

"걱정 안 해. 내가 잘못한 일도 아닌데, 뭐. 아무래도 상관없어."

"그럼 그러든지. 그래도 조심하는 게 좋을 거다. 진심으로 이를 갈고 있는 놈들도 꽤 있는 것 같으니까. 하나같이 멍청한 놈들이지만."

"상관없다니까. 그런데 정현이가 남자애들한테 인기가 좋았어?"

우진이 놀랐다는 듯 고개를 가로저었다.

"그런 것도 몰랐냐. 너도 어지간하구나."

나는 정현의 남자아이 같은 커트머리와 옷차림을 떠올렸다. 그리고 정현의 얼굴을 떠올리려 했으나, 이상하게도 얼굴은 생각나지 않고 대신 그날 깨어나면서 본 귀와 정현의 몸에서 풍기던 알 수 없는 향기만이 머릿속을 맴돌았다.

*

우진과 내가 문제를 너무 쉽게 생각했다는 사실을 깨닫기까지는 그리 오랜 시간이 걸리지 않았다. 상황은 생각보다 훨씬 심각했다. 우진과 대화를 나눈 날로부터 얼마 지나지 않은 어느 날, 학교에서 김진경이라는 이학년 선배를 만났다. 그녀는 나와 같은 고등학교 출신으로, 그 때문인지 내게 유달리 관심을 가져준 사람이었다. 만나면 늘 먼저 반갑게 말을 걸어왔고 밥을 사주거나 학교생활에 대한 이런저런 조언을 해주기도 했다. 내가 말을 꺼내기도 전에 먼저 도서관에 없는 책들을 빌려주며 읽어보길 권하기도 했다. 그날은 마침 오후 내내 도서관에 앉아 최근 빌린 책을 막 다 읽은 참이었다. 도서관에서 나오는 길에 선배를 발견하고 따라가 말을 걸었다. 그런데 평소와 달리 나를 본 그녀의 표정이 굳어졌다. 그리고 내가 내민 책을 받아들더니 아무 말도 없이 뒤돌아서 가버리는 것이었다.

그 일이 있고 나서야 비로소 나는 학교에서 아무도 내게 말을 걸어오지 않는다는 사실을 깨달았다. 여학생들은 노골적으로 나를 무시했고, 수업시간에 마주친 남자아이들은 우물쭈물 인사 비슷한 걸 남기고 지나쳐가거나 묘한 웃음을 띤 채 자기들끼리 킥킥댔다. 언제부터 시작된 일인지조차 알 수 없었다. 그 정도로 나는 다른 사람한테 무관심했던 것이다. 문제의 술자리가 있던 날로부터 불과 보름 정도가 지났을 때였다. 나는 소문의 힘을 실감했다. 이야기가 퍼지는 속도와 그 파급력은 상상 이상이었다. 마치 누군가에 의해 낙인이 찍혀버린 기분이었다.

곧바로 그런 분위기에 기름을 붓는 사건이 터졌다. 상황이 심각하다는 것을 눈치챈 우진이 마련한 술자리에서였다. 우선 남자들 몇몇끼리라도 터놓고 이야기해보자는 취지였지만 나는 처음부터 내키지 않았다. 그런 방법으로 해결될 수 있는 것이었다면 애초에 문제가 되지도 않았을 것이다. 아니나 다를까, 예상대로 술자리는 어색하고 불안한 공기로 가득 차 있었다. 사람들의 눈빛에는 적의와 경멸, 그리고 순수하지 않은 호기심이 담겨 있을 뿐이었다. 그런 분위기 속에서 무슨 대화를 할 수 있겠는가. 아슬아슬하게 이어지던 술자리는 결국 싸움으로 난장판이 되면서 끝이 났다. 일찌감치 술에 취한 삼학년 선배 하나가 내게 던진 말이 시발점이었다.

"그래서, 맛있었냐? 이 개새끼야?"

모두가 숨을 죽이고 날 쳐다보고 있었다. 차마 꺼내지는 못했지만 그들 역시 속으로는 비슷한 생각을 하고 있었을 것이다. 그 유치하고 천박한 말과 시선에 나는 극도의 불쾌감과 분노를 느꼈고, 동시에 어떤 위악적인 충동에 휩싸였다. 나는 주저하지 않고 그 충동을 뱉어냈다.

"졸라 맛있던데요. 형이 그 맛을 알지는 모르겠지만."

순간 금기를 넘어서는 짜릿한 쾌감이 나를 감쌌다. 결과적으로 그 한마디가 내 모든 혐의를 사실로 만드는 증거로 작용할 거라는 걸 알면서도, 아니 어쩌면 그걸 알았기 때문에 더더욱, 나는 희열을 느꼈다.

곧바로 욕설과 함께 주먹이 날아왔다. 나는 주먹을 피한 후 비틀거리는 척하며 슬쩍 상대의 다리를 걸어 넘어뜨렸다. 상대는 몸을 일으키더니 더욱 이성을 잃고 달려들었다. 서로 엉겨붙어 엎치락뒤치락 하는 사이 우진이 끼어들어 말렸다. 나는 못 이기는 척 물러나 자리를 피했다. 술 취한 상대와 싸움을 벌이는 일은 두렵지 않았으나 그곳의 분위기를 더이상 견딜 수 없었다. 분명 상대가 먼저 걸어온 시비였는데도 우진 외에는 모두 말리는 시늉만 할 뿐이라는 걸 어렵지 않게 눈치챌 수 있었다. 술집 문을 나서는 동안 사람들에게 붙들린 선배가 연신 "저 새끼 잡아" 하고 외치는 소리가 들려왔다.

혼자 터덜터덜 집으로 향하는 길에 나는 상황이 이토록 악화된 까닭에 대해 생각했다. 이유는 얼마든지 있었다. 뒤늦게 소문을 알게 되면서 해명할 타이밍을 놓쳐버린 것도 문제였고, 이성보다 감정이 앞서고 분위기에 휩쓸리기 쉬운 젊은이들 특유의 심리도 영향을 끼쳤을 것이었다. 갑작스럽게 성적인 모험의 시기를 맞이하게 된 신입생들의 경계심에서 이유를 찾을 수도 있었다. 그러나 무엇보다 중요한 이유는 역시 내가 원래부터 집단의 바깥에 있던 존재라는 사실이었다. 나는 과모임에도 거의 참석하지 않았고 우진 외에는 친하다고 할 만한 사람도 없었다. 어쩌다 술자리에 휩쓸려가서도 대개 혼자 생각에 빠져 있었을 뿐 다른 사람의 이야기에 진지하게 귀 기울인 기억은 없었다. 그런 면에서 그들이 내게 보인 반응은 당연했다. 그들에게 나는 방관자였고 다른 세계의 이방인이었다. 혼자만의 성에 숨어 있는 몽상가나, 가진 것도 없이 다른 사람을 무시하는 교만한 녀석이라고 생각했을지도 모른다. 그런 생각에 위험하고 파렴치한 놈이라는 이미지를 덧씌우는 일은 어렵지 않았을 것이다.

밤늦게 집으로 돌아온 우진은 나를 보자마자 혀를 찼다.

"한심한 놈. 도대체 무슨 생각이야? 거기서 같이 맞붙어 싸우면 어떡해?"

"작정하고 덤벼드는데 어쩔 수 없잖아."

"그래도 참았어야지."

"원래부터 재수없었어, 그 자식. 항상 잘난 척만 하고, 자기 맘에 안 들면 괜히 신경질이나 부리고."

"그 사람이 그런 인간이라고 해서 네가 한 짓이 정당화되진 않아."

"정당화하려는 건 아니야. 어쨌든 나로선 그 정도면 잘 참은 거야. 안 참았으면 그 인간 지금쯤 병원에 있었을걸?"

웃으라고 한 말이었는데 우진은 얼굴을 찌푸린 채 좌우로 고개를 저었다. 그러더니 이제 방법은 정현과 직접 이야기하는 것뿐이라고 말했다.

"됐어."

"뭐?"

"그렇게까지 하고 싶진 않아. 너도 이제 신경쓸 필요 없어."

"왜?"

"내 잘못도 아닌데 왜 내가 그 사람들이 하는 말까지 신경써야 해? 떠들고 싶으면 마음대로 떠들라고 그래. 나랑은 상관없는 일이니까."

"정현이랑 만나는 게 무섭냐?"

"걔가 귀신도 아닌데 무섭긴 왜 무섭냐. 지금 와서 걔랑 만나서 이야기하고 사람들한테 해명한다고 다른 사람들이 믿어주겠어? 더 이상한 말만 나올걸. 그리고 만약 정현이가 이 일을 모르고 있다면 그런 애한테 어떻게 얘기를 해?"

"흠." 우진이 팔짱을 끼고 생각에 잠겼다. "몰라, 네 일이니까 마음대로 해라. 나도 더이상 신경쓰기 귀찮다."

그러면서도 우진은 자기 방으로 돌아가기 전에 다시 한번 잘 생각해보라고 했다. 그러나 그럴 필요도 없는 일이었다. 냉정하게 생각해보면 그들은 원래부터 나와 다른 세계에 있는 사람들이었다. 내가 그들에게 이방인이라면 그들 역시 내게 이방인이었다. 그들이 나에 대해 어떤 말을 수군거리든 나와는 상관없었다. 정현에 대해서는, 무슨 생각을 하고 있는지 궁금하긴 했지만 더이상 그녀와 엮여서는 안 될 것 같았다. 경위야 어찌되었든 나는 의도치 않게 정현에게 상처를 준 셈이었고, 그것은 그녀가 내게 베푼 호의에 대한 대가로는 가혹한 일이었다. 만약 이 일에 대해서 모르고 있다면 내가 이야기를 꺼낸 것만으로도 상처가 될 것이었다. 더이상 어떤 접촉도 하지 않는 게 정현을 돕는 일이라고 생각했다.

대학에 들어온 지 불과 두 달 만에 이러한 처지에 빠지리라고는 상상도 못했지만 이미 상황은 돌이킬 수 없었다. 이제 문제는 어떻게 싸워나가느냐 하는 것이었다. 나는 철저하게 나 자신을 고립시키기로 마음먹었다. 어차피 그래야 한다면 다른 사람들에 의해 고립되는 것보다 스스로 고립을 선택하는 편이 나을 것 같았다. 사실 대단한 일도 아니었다. 그저 내 생활의 경계를 좀더 분명히 하는 것뿐이라고 생각했다.

다음날부터 나는 아는 얼굴을 만나도 못 본 척 외면하고 지나쳤다. 그 행동이 사람들의 마음을 편하게 해주었을지 아니면 더 큰 오해와 분노를 불러일으켰을지는 모르겠다. 지금 생각하면 몇 안 되지만 소문에 대해 알지 못하거나 소문에도 불구하고 내게 호의를 보여준 사람들에게는 어쨌든 상처가 되었을 것 같다. 그러나 자발적인 고립은 그때의 내게 있어서는 나 자신을 지키기 위한 어쩔 수 없는 선택이었다. 그 정도 마음의 각오를 하지 않았다면 내게 벌어진 상황을 받아들이는 일이 훨씬 힘들었을 것이다. 각오를 하고도 여러 가지 일을 견뎌내기가 쉽지 않았으니까.

우선 강의시간이 문제였다. 강의실에 들어설 때마다 매번 인사를 나누던 사람들과 더이상 인사를 하지 않는 데에는 적지 않은 용기가 필요했다. 나로서는 인사를 하고 싶어도 나의 인사가 무시당할 것인지 아닌지를 예측할 수 없었기 때문에 일관되게 하지 않는 편이 마음은 편했다. 사실 인사를 나누는 것 이상의 교류는 없는 아이들이 대부분이었으나, 그럼에도 불구하고 인사를 하지 않기 시작하자 그들 모두가 내게 적의를 품고 있는 것처럼 느껴졌다. 우진은 인문학부 일학년 필수과목들은 제쳐놓고 자신이 관심 있는 엉뚱한 과목들—대학수학, 화학실험, 소크라테스 이전 철학 등등을 수강하고 있었고, 그나마 나와 겹치는 과목들은 반이 달라서 같이 듣는 수업이 없었다. 본래 일학년이나 문학부는 못 듣게 되어 있는 과목도 우진은 교수를 찾아다니며 허락을 받아냈다. 당시에는 그의 행동력에 감탄했지만 상황이 이렇게 되자 쓴웃음이 나왔다. 자리에 앉으면 등뒤에서 아이들이 수군거리는 소리가 모두 나에 대한 이야기로 느껴졌다. 실제로 '또라이'라든가 '쓰레기' 같은 단어가 들려온 일도 몇 번 있었다. 예상했던 일이었음에도 신경이 모조리 그쪽에 쏠려 나중에는 피로를 느낄 정도였다.

강의실 밖에서도 누군가 내 뒤에서 나에 대해 수군거리고 있는 것 같은 느낌을 떨칠 수 없었다. 아는 사람과 지나칠 때마다 그들이 등뒤에서 나를 지켜보고 있는 것은 아닐까 하는 생각에 등짝이 스멀거렸다. 문제는 신경을 온통 거기에 쏟고 있으면서도 초연한 척해야 한다는 사실이었다. 다른 사람에게 그렇게 보이고 싶어서라기보다 스스로에게 그러한 자신을 증명하고 싶은 마음 때문이었다.

그러나 자신을 속이는 일에는 한계가 있었다. 시선의 감옥은 끊임없이 나를 얽어맸다. 바늘 끝처럼 신경이 날카로운 상태가 계속되자 나는 금세 지쳐버렸다. 생각했던 것보다 내가 타인의 시선을 많이 의식하는 인간이었다는 걸 인정할 수밖에 없었다. 나는 어느새 아는 사람을 발견하면 당당하게 지나치지 못하고 멀찌감치 피해다니고 있었다. 강의실에는 수업이 시작된 걸 확인한 다음에야 들어갔다. 도서관에서 책을 읽다가 무심코 고개를 들고 주위를 살필 때도 있었다. 나는 그러한 행동에 부끄러움을 느꼈다. 내가 선택한 길임에도 떳떳하지 못하고 진짜 죄인처럼 굴고 있다는 사실이 나를 괴롭게 했다. 이제 나는 심각한 딜레마에 빠져 있었다. 나를 아는 사람과 정면으로 마주할 때는 그들의 시선을 견디기 힘들었고, 피해다니는 일에는 심한 자괴감을 느꼈다. 만약 내 옆에 수연과 우진이 없었더라면 나는 이 생활을 더 지탱하기 어려웠을 것이다.

나는 수연에게 내가 얽혀 있는 상황에 관해 이야기하지 않았다. 그럼에도 수연은 가장 필요한 순간에 나타나 내게 힘을 주곤 했다. 그즈음 어느 문학 수업시간에 나는 주제 발표를 하고 토론을 진행하게 되었다. 웬만하면 피하고 싶었으나 미리 차례를 정해놓은 거라 어쩔 도리가 없었다. 그날 수업의 분위기는 최악이었다. 발표는 그럭저럭 지나갔지만 토론이 시작되자 아무도 손을 들지 않았다. 다들 팔짱을 낀 채 강의실 앞에 서서 땀을 흘리는 나를 구경하듯 바라보았다. 멋모르는 타과생 한 명이 발언을 했으나 거대한 침묵의 파도에 휩쓸려 흔적 없이 사라져버렸다. 교수가 몇 번이나 오늘 분위기가 왜 이러냐고 물었으나 대답은 나오지 않았다. 창문으로는 바람 한 점 불어오지 않았고 시간은 그 자리에 멈춰버린 듯했다. 간신히 수업이 끝난 뒤에는 탈진한 것처럼 지쳐 있었다. 자리에 엎드려 있다가 마지막으로 강의실을 나왔을 때 나는 날 기다리고 있는 수연의 모습을 보았다. 그녀가 강의실 앞에서 날 기다린 것은 처음이었다. 잘 잤어? 수연이 놀리듯 말하며 미소지었다. 나는 친구와 싸우는 동안 애써 참은 울음을 엄마를 보자마자 터뜨리는 아이처럼 거의 울어버릴 것 같은 기분을 느꼈다.

수연과 함께 있는 것만으로도 나는 위안과 힘을 얻었다. 그녀와 함께 걷는 동안에는 다른 사람들의 시선에도 당당함을 유지할 수 있었다. 내가 아무 말도 하지 않았음에도 수연은 어떤 낌새를 느낀 것 같았다. 원래도 같이 있는 시간이 적지 않았지만 더 많은 시간을 나와 함께 있어주려 했다. 우리는 잔디밭에 나란히 앉아 햇볕을 쬐거나 도서관에 마주 앉아 책을 읽으며 많은 시간을 보냈다. 오랫동안 서로 한마디도 하지 않을 때도 많았다. 그 시간은 지극히 고요하면서도 순간순간 새로웠고 그 자체로 완전했다. 오전의 신선함과 한낮의 꿈과 저녁의 알 수 없는 예감이 번갈아 우리를 감쌌다. 그것은 아마 지금까지의 내 삶 전체에 걸쳐 평온이라는 단어의 의미에 가장 가깝게 다가간 시간이었을 것이다.

한편 우진은 여전히 우진이었다. 그는 누구의 시선도 신경쓰지 않았고, 누구에게도 미안해하지 않았다. 우진은 나를 무시하는 사람들과 함께 있다가도 나를 발견하면 거리낌없이 다가와 말을 걸었다. 그럴 때마다 들으라는 듯 나를 왕따라고 불렀고, 어젯밤에는 어떤 여자랑 있다 왔냐고 묻기도 했다. 그런 말을 들으면 화가 나기보다 유쾌한 기분이 들었다. 마치 우리를 지켜보고 있는 다른 사람들을 바보로 만드는 듯한 느낌이었다.

대학에 들어온 지 두 달여 만에 찾아온 고난의 시간에서 내가 얻은 것이 있다면, 그건 그 두 사람과의 관계에 대한 확신뿐이었다. 그 확신의 의미는 단순히 당장 맞닥뜨린 어려움을 견뎌낼 힘을 얻은 것에 그치지 않는다. 그것은 한 인간으로서 내가 맺을 수 있는 관계에 대해 생각해보게 된 계기였으며, 나아가 내 자신이 과연 다른 사람에게 신뢰와 애정을 받을 수 있는 존재인가라는 근원적인 두려움에 대해 따뜻한 답을 건네받은 것이기도 했다.

4

4월 마지막 주에는 중간고사가 있었다. 시험이 끝난 주말에는 내내 비가 내렸다. 한바탕 빗줄기가 지나가고 나자 햇살은 한층 뜨거워졌고 나무들의 푸른빛은 선명해졌다.

새로운 주의 목요일과 금요일에 우진과 수연은 나란히 학교를 쉬었다. 수연은 감기라고 했고, 우진은 양자역학에 대한 매우 흥미로운 책을 읽고 있어서 학교에 갈 여유가 없다고 했다. 금요일에는 또다시 비가 내렸다. 식욕이 없어 점심을 거르고 도서관에 앉아 있는데 창밖으로 먹장구름이 까맣게 몰려오는 게 보였다. 강의에 들어가려고 도서관을 나섰을 때는 이미 굵은 빗줄기가 쏟아지고 있었다. 인문대 건물은 학교에서 가장 오래된 건물 중 하나로, 잔디밭을 사이에 두고 도서관과 마주 보이는 언덕 위에 위치해 있었다. 먼 거리는 아니었지만 언덕을 걸어올라가야 했기 때문에 그게 귀찮다는 이유로 수업을 빼먹는 학생들도 있었다. 언덕을 뛰어올라가 현관에 도착하자 티셔츠와 그 위에 걸친 셔츠가 축축해져 있었다. 현관은 우산의 물기를 털고 있는 학생들로 복작였다. 웅성거리는 소리가 습기 가득한 실내에 울려퍼졌다.

현관 옆 휴게실에 앉아 수업시간이 되기를 기다렸다. 소란스럽던 주위가 차차 조용해졌다. 조금씩 옷이 말라가는 느낌과 함께 비냄새와 섬유유연제 향이 섞인 묘한 향기가 코끝에 닿았다. 창밖의 하늘은 여전히 어두침침했다. 줄 지어 선 은행나무들과 텅 빈 벤치들이 말없이 비를 맞고 있었다.

여느 때처럼 수업이 시작되고 이삼 분쯤 지났을 무렵에 사층에 있는 강의실로 향했다. 그리고 이층과 삼층 사이의 계단에서 나는 내려오던 정현과 정면으로 마주쳤다. 그 동안 정현을 발견할 때마다 멀리서부터 피하곤 했으나 그날은 피할 여유가 없었다. 계단에는 우리 둘뿐이었다. 그대로 지나쳐가려 했으나 정현이 먼저 걸음을 멈추고 말을 걸었다.

"안녕?"

"아, 응."

어쩔 수 없이 나도 멈춰 서서 대답했다. 나도 모르게 정현의 귀 쪽으로 눈길이 갔다. 그녀는 귀 위쪽에 핀을 꽂아 짧은 머리를 고정시키고, 옷깃 부근에 레이스가 들어간 하얀색 블라우스와 발목까지 오는 주름진 검정색 치마를 입고 있었다. 마치 『작은 아씨들』이나 『빨강 머리 앤』 같은 옛날 만화영화에서 튀어나온 것 같은 모습이었다.

"동아리 연주회가 있거든. 이거."

내가 치마의 주름을 쳐다보자, 정현이 오른손에 든 기다란 가죽 케이스를 들어 보이며 말했다. 그러고 보니 그녀가 클래식기타 연주 동아리에 속해 있다는 이야기를 들은 적 있는 것 같았다.

"리허설 때문에 교수님께 말씀드리고 나오는 길이야."

"그렇구나."

잠시 어색한 침묵이 흘렀다.

"이따가 시간 있으면 연주회 보러 와. 소강당에서 하는데……"

"약속이 있어. 미안."

"그래? 그럼 어쩔 수 없지."

"연주회 잘 해."

나는 재빨리 대화를 마무리했다.

"고마워."

정현의 곁을 지나 한 번에 두 개씩 계단을 올랐다. 층계참을 돌아 다음 계단을 오르려는데 정현이 내 이름을 불렀다. 그녀는 아직 그 자리에 서 있었다. 잠시 머뭇거리던 정현이 손에 든 가죽 케이스를 내려다보며 말했다.

"혹시 그 소문 때문에 일부러 날 피하는 거라면 그러지 않아도 돼. 난 신경쓰지 않으니까."

뜻밖의 말에 나는 잠시 멍해졌다.

"정말 아무렇지도 않으니까 너도 신경쓰지 않았으면 좋겠어."

정현은 그렇게 말하고 계단 아래로 총총 사라져버렸다. 발소리가 멀어져갔다. 나는 뭉뚝한 가시 같은 것이 가슴에 걸린 듯한 기분을 느꼈다. 몇 가지 의문이 머릿속을 스쳐갔다. 정현은 언제 소문을 알게 된 걸까, 무엇을 신경쓰지 않는다는 걸까. 내가 술자리에서 지껄인 말을 들었을까? 나는 생각에 잠긴 채 그 자리에 서 있었다. 그러나 혼자 생각해본들 알 수 없는 문제였다. 그리고 더 중요한 것은 어떻게 된 일이든 지금에 와서 달라질 건 없다는 사실이었다.

새로운 주가 되자 수연은 다시 학교에 나왔다. 겉모습은 조금 수척해진 듯 보였지만 다른 때보다 더 활기가 넘쳤다. 우리는 늘 그랬던 것처럼 도서관에 마주 앉아 책을 읽고 잔디밭에서 봄볕을 즐기며 하루하루를 보냈다. 날씨가 좋을 때면 가까운 한강공원에 나가기도 했다. 몇 번인가 우진과 셋이 식사를 했다. 우진은 만날 때마다 특유의 독설로 수연을 웃게 만들었다. 그의 거침없는 품평에서 자유로울 수 있는 것은 거의 없었다. 최근 개봉한 영화들, 학교 주변 식당들의 음식 맛, 교수들의 강의와 말투, 심지어 연예인들의 옷차림까지 도마에 올랐다. 화제가 떨어지면 내가 저지른 실수들로 옮겨갔다. 우진은 사소한 사건에서도 웃음의 포인트를 끄집어낼 줄 알았다. 기껏해야 섬유유연제 넣는 걸 깜빡해서 빨래를 두 번 돌렸다든가 하는 정도의 내용인데도 우진이 이야기하면 퍽 재미있는 이야기로 느껴졌다. 당사자인 나조차 웃음이 나왔다. 우진이 나를 유머의 소재로 삼을 때면 수연은 나를 바라보며 놀리는 듯한 미소를 띠었고, 나는 그런 수연을 바라보다가 간간이 우진의 말에 반론을 제기하곤 했다. 그러한 대화의 구도, 우리 세 사람이 마주 앉아 이루는 삼각형의 구도가 내겐 더할나위없이 안정적으로 느껴졌다. 그래서 그들과 함께 있는 동안은 마치 생활의 번잡한 일들 따위는 전부 사라져버린 것처럼 한없이 느긋한 기분이 들었다.

우진은 처음부터 수연을 마음에 들어해서, 그런 아이가 나와 가깝게 지내는 것은 근래 자신이 본 가장 놀라운 기적 중 하나라고 단언했다. 그가 다른 사람에 대해 높은 평가를 내리는 것은 흔치 않은 일이었다. 더구나 여자아이에 대해. 평소 우진은 여성을 어딘가 믿을 수 없는 존재라고 생각했다. 그의 표현에 따르자면 여자는 일생에 수백 번 변신하는데, 그 대부분이 십대 후반과 이십대 초반에 몰려 있다는 것이었다. 그러므로 그 나이대의 여자아이에게는 오늘 한 말이 내일이 되면 자기도 모르는 누군가가 한 말처럼 느껴질 수도 있다고 했다. 물론 별다른 근거는 없는 주장이었다.

우진은 수연이 자기 생각을 표현하는 방식에 깊은 인상을 받은 것 같았다. 그즈음은 헌정 사상 처음으로 현직 대통령에 대한 탄핵 소추안이 가결되어 헌법재판소에서 위헌 여부를 판단하고 있던 시기였다. 판결이 어떻게 나오느냐에 모든 사람의 관심이 쏠려 있었다. 자연히 우리의 대화에도 간혹 정치와 관련된 화제가 등장했다. 수연은 주로 듣고 있는 편이었지만 꼭 필요할 때면 부드러우면서도 명료하게 자신의 의견을 표현했다. 직설적이면서 장황한 우진의 방식과는 정반대였다. 우진은 우리 앞에서는 절대 자신의 의견을 굽히지 않았으나 나와 둘이 있을 때면 수연의 태도를 칭찬하는 방식으로 그녀의 의견을 인정한다는 뜻을 내비치곤 했다.

그해의 또다른 커다란 이슈는 서울과 수도권에서 연속적으로 벌어지고 있던 강력범죄들이었다. 되돌아보면 그때 우리가 살고 있던 시간은 분명 어딘가 뒤틀려 있었다. 억눌리고 숨겨져 있던 증오가 비틀린 시간 속에서 비죽비죽 솟아오르는 것 같았다. 연초에 부천에서 초등학생들이 실종되고 포천에서 여중생이 살해당한 사건이 시작이었다. 한가지만으로도 충격을 주었을 연쇄 강력범죄들이 동시다발적으로 진행되었다. 서울 주택가에서 노인들이 둔기에 맞아 살해당하는 사건이 지난해부터 이어지고 있었고, 서울 서남부 지역에서는 젊은 여성들이 칼에 난자당해 목숨을 잃는 사건이 연달아 벌어졌다. 한편 서울에서 가장 번화한 거리 중 하나인 홍대 주변에서는 젊은 여성들의 실종이 연이어 보도되고 있었다. 악의에 찬 광기와 분노, 그리고 공포와 의심이 도시의 대기를 가득 채우고 있었다. 사람들은 혼자 있는 것을 두려워했고 누군가와 함께 있는 것 또한 두려워했다. 사람들이 모이는 자리마다 어김없이 사건에 대한 이야기가 오갔다.

"다른 사람을 해칠 생각을 갖고 있는 사람은 세상이 어떻게 보일까?"

셋이 홍대 앞의 한 커피숍에 앉아 있던 어느 날 내가 무심코 중얼거렸다. 유난히 대기가 투명한 오후였고 우리는 인도와 맞닿은 야외 테라스에 앉아 느긋한 기분으로 오가는 사람들을 바라보던 중이었다. 그날도 전날 저녁 홍대 앞에 놀러 나왔다가 연락이 끊긴 채 실종된 여대생에 대한 뉴스로 TV는 아침부터 시끄러웠다.

"정말 어젯밤에 그런 사건이 있었는데 다들 아무렇지 않게 잘도 돌아다니는군. 우리도 마찬가지긴 하지만."

우진이 비스듬한 자세로 테이블에 팔을 걸치고 말했다.

나는 고개를 돌려 커피숍 안에 앉아 있는 사람들을 둘러보았다. 수연과 우진도 그쪽으로 고개를 돌렸다. 유리창 안쪽의 사람들은 각자의 테이블에서 저마다의 일에 골몰해 있었다. 먹거나 마시거나, 듣거나 말하거나, 쓰거나 읽거나. 세상 어느 곳에서나 인간이 하는 일들.

우진이 헛기침을 하더니 입을 열었다.

"어릴 때, 열 살도 되기 전이었는데, 엄청나게 슬픈 일을 겪은 적이 있었어. 거의 하늘이 무너지는 것 같은 일이어서 어린 마음에도 죽는게 낫겠다 싶은 생각이 들었지. 어떻게 죽어야 하나 심각하게 고민하면서 거리를 돌아다니다가 지쳐서 어느 집 앞 계단에 앉아 있는데 내 또래로 보이는 남자애 하나가 엄마 손을 붙잡고 걸어오는 게 보였어. 시장에 갔다 오는 길인지 엄마 손에는 비닐봉투가 여러 개 들려 있고 아이는 방금 산 것 같은 커다란 아이스크림을 들고 있었어. 그런데 아이스크림에 정신이 팔린 아이가 엄마 발에 걸려 넘어지면서 아이스크림을 놓친 거야. 땅에 떨어져서 엉망이 됐지. 그러자 아이가 울기 시작했어. 울면서 엄마한테 소리를 지르는 거야. 엄마는 어쩔 줄 모르면서 애를 달래고. 그때 내가 어떤 기분이 들었는지 알아? 달려가서 그애를 죽여버리고 싶었어. 구체적으로 죽여야겠다, 생각한 건 아니었지만 분노로 머리가 돌 지경이어서 아무도 없었다면 분명 무슨 짓이라도 저질렀을 거야."

잠시 거리를 내려다보다가 우진이 다시 말을 이었다.

"가끔 그때 느꼈던 기분을 떠올려보곤 하는데 아무리 생각해도 이해가 안 가. 어떻게 그럴 수 있었는지. 그때는 말 그대로 눈에 뵈는 게 없었어."

"알 것 같아, 그 기분."

수연이 미소를 지으며 말했다.

"정말?"

"응."

"나도 알 거 같아, 그 기분."

내가 팔짱을 끼며 말했다.

"뻥치지 마, 인마."

"응, 사실 잘 모르겠다. 어릴 때부터 그런 무서운 생각을 했다니, 앞으로 네 앞에서 아이스크림 먹을 땐 떨어뜨리지 않도록 조심해야겠군."

"내 말은, 결국 인간은 어떤 특정한 상황에 놓이면 누구라도 끔찍한 범죄를 저지를 수 있다는 거야."

"그럴까? 범죄 유전자가 있다는 얘기도 있잖아. 환경이 아니라 유전자가 범죄자를 만든다는. 사이코패스라는 것도 결국 비슷한 얘기고."

나는 말했다.

"물론 그런 주장도 있지. 그 주장이 더 나아가면 그런 유전자를 가진 사람들을 격리시키고 아이들은 낙태시켜야 한다는 주장이 되는 거고. 그렇지만 그건 대단히 위험한 발상이야. 아직 일어나지도 않은 범죄를 판결하겠다는 말이잖아. 그리고 범죄를 저지르게 만드는 유전자가 존재한다는 사실이 과학적으로 규명된다 해도, 그게 그걸 갖고 있지 않은 사람들은 범죄를 저지르지 않는다는 근거가 되지는 않아. 안 그래?"

"그야 그렇긴 하지만······"

"넌 그게 문제야. 항상 도망칠 여지를 남겨놓는 화법. 그러면 그렇고 아니면 아니지 그렇긴 하지만은 뭐냐? 넌 어떻게 생각해?"

우진이 수연에게 물었다.

"글쎄, 이건 좀 다른 이야기일 수도 있는데, 나는 근본적으로 우리 모두가 범죄자이자 희생자가 아닐까 생각하곤 해."

"무슨 뜻이야?"

내 물음에 수연이 미간을 찡그렸다.

"의도하지 않았더라도 이미 타인에게 치명적인 피해를 주고 있을지 모른다는 거야. 음, 여기 놓인 커피 한 잔 때문에 지금도 아프리카 어딘가에서 착취당하는 사람들이 있잖아. 그중에는 아이들도 있을 거고, 굶주림과 고통 속에서 죽어가는 사람들도 있지."

그 말에 우진이 불평하듯 말했다.

"그 말이 틀린 건 아니지만 그런 식으로 생각하면 우리가 하는 대다수의 행동이 범죄가 되어버려. 하루에도 수많은 사람들이 굶어 죽어가고 있는데 고기를 생산하기 위해 엄청난 양의 농작물이 소를 먹이는 데 사용되잖아. 우리는 그 고기를 먹고 있고. 나무를 얻고 휴양지를 짓겠다고 원주민들의 생활 터전을 파괴하기도 하고 말이야. 우리가 먹고 쓰는 대부분의 것들이 그렇다고."

"그래. 피해받는 대상을 인간뿐 아니라 동물들과 생태계로 확장시키면 우리는 이미 우리와 함께 살아가는 다른 존재들에 대해 지독한 범죄자들이지."

수연이 다시 말했다.

"그럼 희생자라는 말은?"

내가 물었다.

"원치 않아도 범죄자가 될 수밖에 없는 세상에 살고 있다는 점에서 희생자이기도 한 거 아닐까?"

"하지만 네 말대로라면 이 땅에 태어나 살아가는 것 자체가 범죄가 되어버리잖아. 그런 문제들은 개인의 윤리적 차원을 넘어선 문제야. 환경과 시스템의 문제라고. 개인에게 책임을 물을 순 없어."

우진이 신경질적으로 커피잔을 흔들었다. 웬일인지 우진은 좀 화가 난 것 같았다.

"그래, 네 말도 맞아. 그렇지만 그렇게 생각하는 게 잘 안 돼. 난 정말 세상에 존재한다는 사실 자체에 종종 죄책감을 느끼곤 해." 수연이 씁쓸한 표정을 지었다. "게다가 더 중요한 문제는, 그렇게 느끼고 있다 해도 달라질 게 별로 없다는 거야. 자신이 믿는 바대로 살아갈 수 없다는 게 어쩌면 현대인의 가장 큰 비애인 것 같아."

"어처구니가 없군. 그 정도 강박이면 일종의 병이야. 그리고 정말 죄책감을 느낄 정도면 바꾸려고 노력을 해야지. 이 자본주의 시스템을 바꾸든지, 사람들의 의식을 개혁하든지, 아니면 인간의 생물학적 조건을 바꾸든지 말이야. 그게 불가능할 것 같으면 차라리 모든 걸 버리고 마더 테레사처럼 살든가."

"야, 그만해."

"아냐, 우진이 말이 맞아. 나도 나한테 뭔가 문제가 있다고 생각해. 그걸 어떻게 해결해야 할지는 잘 모르겠지만."

수연은 그렇게 말하고 테이블 위에 놓인 커피잔을 물끄러미 바라보았다. 우진도 입을 다문 채 거리를 바라보았다. 그날의 모임은 결국 무거운 분위기 그대로 끝이 났다.

　며칠 후 아침 운동을 마치고 돌아오는 길에 우진이 심각한 얼굴로 물었다.

　"아무래도 그날 수연이한테 너무 심하게 말했던 거 같지?"

　"뭐야, 지금 후회하고 있는 거야? 뭐 잘못 먹었어?"

　"장난하지 말고."

　"진심인가보네. 이거 놀라운 일인걸?"

　"그렇게까지 말하는 게 아니었어. 수연이는 진심으로 고민하니까 그런 얘기도 한 걸 텐데. 혹시 상처받은 거 아닐까?"

　"걱정 마. 그런 걸로 상처받을 애는 아니니까. 수연이는 오히려 네가 그렇게 말해줘서 좋았다고 하던데."

　"그래?"

　우진의 표정이 밝아졌다.

　"다시 한번 여러 가지 생각을 해보게 됐대. 그리고 '같은 말도 그따위로 할 수 있는 게 우진이의 매력이지만 다른 여자애들은 잘 느끼지 못할 것 같아 걱정이야'라고 하더라."

　뒤의 말은 물론 내가 지어낸 말이었다.

　"그럼 너희라도 많이 느낄 수 있게 앞으로도 계속 그따위로 말해주겠다고 전해줘."

　하숙집으로 돌아와 방으로 들어가려 할 때 우진이 생각난 듯 내 뒤통수에 대고 물었다.

　"근데 너희 말이야, 도대체 어떻게 진행되고 있는 거냐?"

　"뭐가?"

　"뭔지 몰라서 물어? 언제까지 술에 물 탄 듯 밍밍하게 지낼 거야? 내가 중요한 조언을 해주지. 몸과 마음은 따로 존재하는 게 아냐. 심신이원론은 이미 공격받을 대로 받아서 너덜너덜해진 이론이라고."

그러더니 낄낄 웃으며 먼저 갈아입을 옷을 챙겨 화장실로 들어가 버렸다.

우진의 말이 아니어도 나 역시 수연과 나의 관계에 대해 생각하고 있었다. 그러나 우리의 관계를 뭐라고 불러야 좋을지 알 수 없었다. 수연과 나는 흔히 연인들이 하는 것처럼 밤늦게 전화통화를 하거나 문자를 주고받지는 않았다. 미니홈피와 메신저가 유행을 타고 급속도로 퍼지던 시기였으나 둘 다 그런 쪽에는 흥미가 없었다. 평소에 전화나 문자로 서로가 있는 곳을 확인하는 일도, 심지어 미리 약속을 정하고 만나는 경우도 드물었다. 우리는 서로의 강의시간과 서로가 자주 가는 곳을 알고 있었고, 그것으로 충분했다. 철학과 종교학 서적으로 가득찬 도서관 2관 꼭대기 층이나 도서관 뒤편의 잔디밭, 경영관 옥상의 야외 휴게실, 인문관 앞의 벤치 같은 곳에서 우리는 매일 새롭게 서로를 발견했다. 물론 때로는 발길이 엇갈려 허탕을 치는 일도 있었다. 그럴 때면 장소를 옮겨가며 서로를 찾아다녔고, 마침내 마주치면 서로를 발견하기 위해 한참을 돌아다닌 걸 둘 다 알면서도 모르는 체했다. 그것이 자연스럽게 정착된 우리의 방식이었다.

약속을 정하기보다 우연히 마주치기를 바라는 마음, 과학기술이 아닌 우연이나 텔레파시 같은 고전적이고 환상적인 방법에 의지하고자 했던 우리의 생각은 어디서 비롯된 것이었을까. 수연은 어땠는지 모르지만 나는 그것이 우리의 관계가 기적이라고 부를 수 있을 만한 것인지에 대한 일종의 시험이라고 여기고 있었다. 그 말은 우리의 관계가 아직은 연애가 아니라는 뜻이기도 했다. 연애감정을 믿지 않거나 유치하게 여긴 것은 아니었으나, 나는 우리의 관계를 하나의 단어로 규정하는 게 뭔가 아쉽게 느껴졌다. 물론 이것은 어디까지나 나만의 생각이었을 뿐이다. 수연이 이 문제에 대해 어떤 생각이었는지는 확실치 않다. 다만 분명한 것은, 우리가 아직은 서로를 구속하기보다 있는 그대로 지켜보는 편이 낫다는 데 공감하고 있었다는 사실이다.

*

이제 그 봄에 있었던 몇 가지 발견에 대해 이야기할 차례이다. 그중 먼저 이야기해야 할 것은 아무래도 '피노'일 것이다. 피노란 수연과 내가 자주 가던 오래된 영화관을 가리키는 이름이다. 원래 이름은 따로 있었으나 입구에서 표를 파는 여자가 피노키오처럼 코가 뾰족했기 때문에 우리는 그곳을 '피노키오의 집'이라고 불렀다. 그러던 것이 얼마 후에는 영화관과 어울리는 키노피오로 바뀌었고, 나중에는 짧게 피노라고 부르게 되었다.

피노는 학교 후문을 나와 오르막길을 따라 사오백 미터쯤 올라가면 나오는 재래시장 안에 있었다. 멀티플렉스가 대부분인 요즘에는 찾아보기 힘든 옛날식의 단관 극장이었다. 입구는 늘 어두침침했고, 입구 한쪽의 칸막이 뒤에서는 뾰족한 코를 가진 중년 여자가 늘 화가 난 것 같은 표정으로 티켓을 팔았다. 여자는 손님이 몇시 표를 달라고 하면 말이 끝나기도 전에 재빠른 손놀림으로 표를 내주었다. 손님에게 대답을 한다거나 되묻는 일은 드물었다. 나는 여자에게 표를 달라고 해놓고는 일부러 옆에 서 있는 수연을 향해 자꾸 나한테 거짓말하면 고래 뱃속에 들어가게 될 거라느니 하는 농담을 늘어놓곤 했다. 그러면 여자는 두세 번 유리창을 두드리다가 마침내 신경질적인 말투로 "표 가져가요" 하고 소리치는 것이었다.

시대에 뒤처져 있다는 점 외에도 피노는 여러모로 특이한 영화관이었다. 상영하는 영화도 제멋대로여서, 최신 할리우드 블록버스터가 상영되다가 오래된 고전영화로 바뀌기도 했고, 난데없이 듣도 보도 못한 이름을 가진 감독의 회고전이 열리기도 했다. 신작 영화가 개봉일보다 며칠 앞서 버젓이 상영되는 경우도 있었다. 신기한 것은 어떤 경우든 영화를 보러 온 관객의 숫자는 대개 일정하다는 사실이었다. 우리는 새로 영화가 바뀔 때마다 그곳을 찾았고, 그때마다 관객의 숫자를 세어보았다. 관객이 가장 많았던 영화는 실제 있었던 연쇄 살인을 다룬 한국영화로 열일곱 명이었고, 가장 적었던 것은 노래하는 수도사들이 나오는 독일영화로, 그날의 관객은 우리 둘 외에 맨 뒷좌석에서 자고 있던 넥타이를 맨 아저씨뿐이었다. 수도사들의 화음은 천상의 소리라는 말이 어울릴 만큼 환상적이었다. 그리고 뒷좌석 아저씨의 코 고는 소리는 묘하게 수도사들의 노래와 잘 어울려서, 우리는 영화를 보는 내내 몇 번이나 뒤를 돌아보았다. 그것은 가장 신성한 것과 가장 인간적인 것 사이의 조화였다. 그 외의 영화들은 모두 그 사이로 대개 열 명 언저리였다. 열하나나 열둘, 혹은 아홉이나 여덟, 그런 정도였다.

수연은 피노를 무척이나 좋아했다. 나도 마찬가지였지만 나의 경우에는 내가 농담을 할 때마다 매표소의 여자가 나를 째려보는 게 재미있었기 때문이었다. 극장 안에 사람이 적어서 제법 큰 목소리로 대화를 나눌 수 있다는 점도 좋았다. 나와는 달리 수연은 진심으로 그 영화관의 낡고 어두운 분위기와 마치 어둠이 빚어내는 듯한 퀴퀴한 냄새에 애정을 느끼는 듯했다. 그래서 피노에 갈 때마다 언젠가 그곳이 사라지게 될 순간을 미리부터 안타까워했다. 지난 시대의 유물과도 같은 그 극장이 모습을 감출 날이 얼마 남지 않았다는 사실은 누구나 예측할 수 있는 일이었다. 실제로 피노는 그해 여름이 끝나기 직전 철거에 들어가게 된다. 대형 멀티플렉스가 대세인 시대에 그때까지 버티고 있었다는 것만도 놀라운 일이었다. 나는 늦더위가 기승을 부리던 어느 날 영화관 건물에 내걸린 철거 공지 현수막을 발견하고 수연이 그 모습을 보지 못하게 된 걸 기뻐해야 할지 슬퍼해야 할지 몰라 한참을 우두커니 서 있던 순간을 기억한다.

수연과 나는 수없이 많은 이야기를 나누었다. 소소하고 일상적인 이야기도 있었고, 비할 데 없이 중요한 것처럼 느껴지는 이야기도 있었다. 시간의 흐름 속에 거대한 망각의 바다로 흘러가버린 대화가 있는가 하면, 마음 한구석에 오랫동안 섬처럼 남는 대화도 있었다. 시간이 쌓여가며 깨닫게 된 것은 중요한 이야기일수록 기억에 오래 남는 것은 아니라는 사실이었다. 그 당시 중요하다고 생각했던 이야기들은 지금은 대부분 잊혀져버렸다. 어쩌면 그중 일부는 기억하고 있되, 그것을 중요하게 느꼈다는 사실을 잊어버린 것인지도 모른다. 오히려 가장 일상적인 이야기, 반복되는 말버릇, 사소한 몸짓이나 표정 같은 것들이 시간의 파괴력을 이기고 살아남아 수연을 떠올리게 만든다. 그녀의 웃는 방식, 이따금 내게 눈을 맞출 때의 표정, 그녀의 말이 갖는 독특한 리듬, 그런 것들. 그럼에도 불구하고 언젠가 우리를 놀라게 했던 특별한 대화만큼은 지금까지도 생생하게 남아 있다. 그것은 우리가 전에 만난 적이 있을지도 모른다는 사실을 발견한 대화였다.

언젠가 우리는 아주 가까운 곳에 있었다. 2002년 가을, 강남의 한 공연장에서 있었던 팻 메스니 그룹(Pat Metheny Group)의 내한 공연 때였다. 침묵을 견디는 법 이외에 내가 아버지로부터 배운 게 있다면 그것은 재즈에 대한 애호일 것이다. 아버지는 뉴올리언스의 흑인들 사이에서 시작된 이 복잡하고 변화무쌍한 음악을 자신의 영혼만큼이나 사랑했다. 덕분에 나는 어릴 적부터 재즈 음반들에 둘러싸여 자랐으나, 아버지가 그랬던 것처럼 찰리 파커와 존 콜트레인을 좋아할 수는 없었다. 나의 영혼을 움직인 음악은 중학교 때 만난 팻 메스니였다. 늦은 새벽, 라디오에서 우연히 〈Are you going with me〉를 들은 순간부터 나는 그의 음악과 함께 걷게 되었다. 비밥과 하드밥만이 진정한 재즈라고 믿었던 아버지는 팻 메스니 그룹의 음악을 인정하지 않았다. 나는 그래서 더 좋았다. 팻 메스니는 내 스스로 발견한 나의 세계였다.

　팻 메스니 그룹의 내한 공연을 나는 객석 가장 앞줄에 앉아 지켜보았다. 〈First Circle〉의 전주가 흘러나오는 동안 무대와 객석의 모든 사람이 리듬에 맞춰 박수를 쳤다. 가슴 벅찬 순간이었다. 나와 같은 줄 어딘가에 언니와 함께 앉아 있었던 수연은 함께 박수를 치지 않은 몇 안 되는 사람 가운데 하나였다. 우리는 학교 게시판에서 팻 메스니가 참여하는 어느 재즈 페스티벌의 포스터를 보고 이야기를 나누다가 우리가 같은 공연을 보았다는 사실을 알게 되었다. 그때의 기분을 어떻게 말해야 할까. 나는 놀라움을 넘어 어떤 신비로움을 느꼈다. 마치 운명론자가 된 것처럼, 함께 공연을 보고 있던 그 시간에 이미 우리가 다시 만날 날이 예정되어 있었으리라는 생각마저 들었다. 우리는 그날 팻 메스니가 입었던 검정색이 들어간 줄무늬 티셔츠에 대해서 이야기했고, 눈을 감은 채 금방이라도 뛰어오를 듯이 발뒤꿈치를 들었다 놓았다 하던 그의 연주 모습에 대해서 이야기했다. 중간에 피아노를 치던 라일 메이스가 기타를 메고 팻 메스니와 함께 기타를 연주했던 일도 둘 다 기억하고 있었다. 그날 공연은 세 시간이 넘도록 이어져 자정이 다 되어서야 끝났다. 대중교통이 끊길 시간이 가까웠는데도 공연장 로비에는 팻 메스니의 사인을 받기 위해 늘어선 사람들이 긴 줄을 이루고 있었다. 나는 잠시 지켜보다가 포기하고 집으로 향했으나, 수연은 언니의 성화에 못 이겨 그 줄의 중간쯤에 서 있었다. 수연의 얘기를 듣는 동안 생각에 잠긴 듯한 특유의 표정으로 사람들 틈에 서 있는 수연의 모습이 떠올랐다. 객석의 어둠 속에서 무대를 향해 눈을 빛내고 있는 모습도 떠올랐다. 그것은 내 놀라움이 빚어낸 상상이었을 것이다. 그러나 그 장면들은 그날의 다른 기억들만큼이나 자연스러웠다. 마치 잊고 있던 기억이 되살아난 것 같았다. 그렇지만 난 며칠 굶은 치타처럼 마른 까까머리 고등학생은 본 기억이 없는걸? 내가 자신을 본 것 같다는 확신을 굽히지 않자 수연이 웃으며 말했다. 그리고 자신은 팻 메스니라는 뮤지션을 잘 몰랐으며 그저 언니를 따라간 것뿐이어서 내내 어리둥절한 기분이었다고 덧붙였다. 내가 특별히 의미를 부여하는 걸 막으려고 한 말이었지만 나는 수연이 스스로의 의지로 공연장에 간 게 아니었기 때문에 더욱 놀라운 일이라고 생각했다. 그리고 내 삶의 가장 생생한 기억들 중 한 조각이 그녀에게도 남아 있다는 사실을 떠올릴 때마다 우리 사이를 연결하고 있는 보이지 않는 끈을 손가락으로 확인하고 있는 것 같은 기분이 들었다.

비슷한 시기에 또 한 가지 나를 놀라게 만든 일이 있다. 그러나 두 사건의 의미는 퍽 다르다. 그즈음 어느 날부턴가 우진이 타로카드를 들고 다니기 시작했다. 다가오는 축제 때 과에서 타로 점집을 계획하고 있었기 때문이었다. 우진은 공식적인 행사라면 으레 귀찮게 여겼기 때문에 그가 축제 행사에 참여하려 한다는 사실은 뜻밖이었다. 게다가 그 대상이 타로라는 건 더욱 어울리지 않는 일이었다. 우진은 의외로 타로에 흥미를 느꼈는지 한동안 자기 방에 틀어박혀 카드와 관련 서적을 열심히 들여다보았다. 우진이 읽기로 한 책을 다 못 읽어서 '거래'의 날짜를 미룬 것은 그때가 유일했다.

축제가 한 주 앞으로 다가온 금요일, 수연과 함께 있다가 집으로 돌아오자 우진이 자기 방에서 여느 때처럼 책을 뒤적이고 있었다. 내가 문을 열고 들어와 의자에 앉는 동안에도 고개조차 돌리지 않았다. 나는 우진의 말투를 흉내내어 말했다.

"논리적 추론과 과학적 증명을 중시하는 너 같은 인간이 점을 연구한다는 것은 모순적인 행동이지."

우진은 여전히 같은 자세로 책장을 넘기며 천천히 대답했다.

"꼭 그렇다고는 볼 수 없지."

"난 그렇다고 봐."

그제야 우진이 고개를 젖히고 팔을 뻗어 기지개를 켰다. 그리고 나를 바라보며 말했다.

"물론 논리와 증명은 이 불가해한 세계를 탐색하기 위한 가장 중요한 도구들이지. 그렇지만 근본적인 의미에서 이 세계를 지배하고 있는 단 하나의 법칙은 우연이야. 모든 일은 우연에 의해 이루어지니까. 네가 지금 북극에서 북극곰을 사냥하거나 리우데자네이루에서 삼바 춤을 추고 있지 않고 내 앞에 앉아 있다는 사실 역시 우연으로밖에 설명되지 않아. 타로는 삶의 우연을 그대로 보여주는 도구야. 어떤 카드를 뽑게 될지는 전적으로 우연에 달려 있는 거니까."

"하지만 카드의 우연이 삶의 우연을 예언하고 있다는 근거는 없잖아."

내 말에 우진은 당연하다는 듯 웃었다.

"물론 없지. 전혀. 내 말은 타로가 삶을 보여준다는 뜻이야. 미래를 보여주는 게 아니라. 타로는 통계라느니, 확률이라느니 하는 소리들은 모두 헛소리야. 엉터리로 과학적 근거를 갖다 붙여서 미래를 읽을 수 있다고 주장하는 놈들은 바보거나 사기꾼 둘 중 하나지."

우진은 사레가 들렸는지 기침까지 하며 낄낄댔다. 바보들과 사기꾼들을 비웃는 일에 꽤나 즐거움을 느끼는 것 같았다.

"생각해봐. 주사위를 수만 번 던져서 일이 나올 확률이 육분의 일이고 다른 숫자가 나올 확률이 육분의 오라는 걸 알았어. 그래서 이번에 던지면 육이 나올지 안 나올지를 알 수 있나? 사람의 인생은 각각 개별적인 거야. 저마다 수많은 우연의 결집체라고. 그 개별성은 어떤 카테고리나 범주로도 설명할 수 없어. 그런데 통계를 내고 확률 따위를 구해서 개인의 삶을 예측한다는 게 말이 돼?"

"그렇다면 뭐 하러 이런 걸 연구하고 있는 거야?"

"아까 말했잖아. 타로는 삶의 우연을 보여주는 도구라고. 삶을 예측하는 도구가 아니라 타로가 곧 삶 자체인 거야. 임의적이고 결코 뜻대로 제어할 수 없는 무엇. 즉 타로는 삶을 바라보는 한 가지 방식인 거지."

"단지 그런 이유로 타로를 연구한다고?"

"물론 다른 요소들도 있지. 점괘가 암시나 최면으로 작용하는 측면도 중요해. 아무리 믿지 않는다 해도 무의식이라는 건 무시할 수 없으니까. 또 예측은 불가능하지만 일이 끝난 후에 해석은 가능하지. 그 카드가 이런 뜻이었구나 하고 말이야. 해석이란 늘 결과가 나온 뒤에야 가능한 일이지만 그래서 재미있는 거잖아."

우진의 말은 그럴듯해 보이기도 하고 궤변인 것 같기도 한 게 알쏭달쏭했다. 우진은 카드를 양손에 쥐고 몇 번 뒤섞더니 아무렇게나 한 장을 뒤집었다. 나는 보르헤스의 소설에 나오는 문장을 떠올렸다. "늙은이들은 주사위를 던지며 신을 흉내내곤 했다." 우진이 마치 득도라도 한 사람처럼 엄숙한 표정을 지으며 다시 말했다.

"우리는 우연이라고 부르지만 결국 그건 필연과 같은 말이기도 해. 모든 일은 우연히 이루어지지만 그것은 일어날 수밖에 없었던 단 하나의 일이기도 하니까."

"사기꾼처럼 잘도 떠드는군. 말로만 떠들지만 말고 어디 연구의 성과를 한번 보여주시지. 그래서 내 운명은 이제 어디로 흘러가는 거지?

삶이든 미래든 암시든 뭔가 보여달라구."

"아직은 안 돼. 어찌 됐든 이런 일에는 분위기와 격식이 필요한 거야."

그러면서 우진은 축제날 수연과 함께 오면 점을 봐주겠다고 했다. 과의 다른 사람들을 떠올리고 내가 내키지 않는 표정을 짓자 그럴수록 더더욱 그날 와야 한다고 말했다.

축제날에는 수업이 없었으므로 수연과 나는 점심 무렵 도서관에서 만나 오후시간을 보냈다. 어두워질 무렵 도서관을 나섰을 때는 이미 축제 분위기가 한창이었다. 대형 천막이 쳐진 곳곳마다 불빛이 반짝였고 음악소리와 사람들의 웃음소리가 들려왔다. 여기저기 삼삼오오 둘러앉아 맥주를 마시는 학생들이 보였다. 타로 점집은 정문 가까이의 잔디밭에 펼쳐져 있었다. 몇몇 낯익은 얼굴들이 촛불이 밝혀진 테이블마다 앉아 카드를 섞고 있었고, 주변은 사람들로 붐볐다. 무릎 위까지 오는 검정색 스커트를 차려입은 일학년 여자아이들 대여섯은 길가로 나와 쿠키를 나눠주며 지나가는 사람들의 팔을 잡아끌었다. 우리는 사람들 틈에 섞여 테이블 주위를 기웃거렸다. 이미 어두워진 다음이었고 사람들로 붐벼서 나를 알아보는 이는 없었다. 그런데 웬일인지 우진의 모습이 보이지 않았다. 전화를 해봤지만 받지 않았다. 다른 사람에게 물어보기도 뭐해서 나는 수연에게 그냥 가자고 말했다.

"배고프지 않아? 저녁이나 먹으러 가자."

수연은 뜻밖에도 아쉬운 기색이었다.

"타로 점 보고 싶었는데. 우진이 어디 갔냐고 사람들한테 한번 물어 봐."

"별로 친한 사람이 없어. 타로야 나중에 다른 데서 봐도 되잖아."

나는 좀 난처한 기분이 되어 얼버무렸다.

"굳이 다른 데까지 가서 보고 싶지는 않아. 우진이가 봐준다고 하니까 궁금해서 그러지." 수연이 잠시 생각하더니 다시 말했다. "그럼 십 분만 기다려보자. 그때까지 오지 않으면 밥 먹으러 가는 걸 운명으로 받아들일게."

우리는 미래를 엿보고자 하는 기대로 테이블 앞에 앉아 있는 사람들을 바라보며 우리의 미래가 결정되길 기다렸다. 십 분이 지난 뒤에는 수연이 애교 섞인 미소를 띠며 오 분만 더, 라고 말했다. 모든 게임에는 연장전이라는 게 있는 법이잖아. 그러나 오 분이라는 시간 역시 금세 지나갔다. 수연과 내가 그곳을 떠나려고 막 보도로 나왔을 때 누군가가 옆에서 우리를 붙잡았다.

"타로 보셨어요? 잘 봐드리니까 한번 보세요."

검정색 치마를 입은 여자아이들 중 하나였다. 어슴푸레한 어둠에 잠겨 모습이 제대로 보이지 않았으나 나는 목소리가 귀에 익다고 느꼈다. 그리고 곧 눈에 들어온 짧은 머리와 자그마한 귀의 주인이 정현임을 알았다. 정현이 나를 보고 놀란 표정을 지었다. 나는 재빨리 말했다.

"우진이가 여기 있을 거라 그래서 왔는데 안 보이네?"

"아."

정현이 알아들었다는 듯한 소리를 내더니, 이, 삼 초간 말없이 내 옆에 서 있는 수연을 쳐다보았다. 그리고 다시 생각났다는 듯 말을 이었다.

"조금 전까지 있었는데. 잠깐 기다려봐."

잔디밭 안으로 걸어들어가는 정현의 뒷모습을 보는 동안 마음 한 구석이 불편해졌다. 과의 다른 사람들과 마주치면 겪게 될 거북함을 걱정하면서도 웬일인지 나는 정현에 대해서는 까맣게 잊고 있었던 것이다.

"그만 가자. 시간 됐잖아."

나는 수연에게 말했다. 그러나 수연은 여전히 아쉬운 모양이었다.

"물어보러 간 거 아냐? 얘기 들어보고 나서 결정하자."

지나고 나서 생각하면 모든 사건은 마치 원래부터 그렇게 되기로 정해져 있던 것처럼 벌어진다. 나중에 나는 그날 내가 좀더 우겨서 진작 수연을 데리고 갔으면 어땠을까 몇 번이나 생각했다. 실제로 그럴 만한 기회도 있었다. 그런데 수연은 그녀답지 않게 고집을 부렸고 나는 못 이기는 척 그녀의 뜻에 따랐다. 마치 그것조차 예정된 결말을 향하는 과정의 일부인 것처럼 다른 길을 택할 기회를 지나쳐버린 것이다.

정현은 곧 돌아와 우진이 어디로 갔는지 모르겠다고 말했다. 그런데 이야기하는 동안 우리를 지켜보던 여자아이 하나가 다가왔다. 아영이라는 이름의 같은 신입생이었다. 아영은 상황을 파악하더니 자기가 대신 타로 점을 봐주겠다며 우리를 잡아끌었다. 뜻밖의 일이라 나는 그 진의를 의심할 수밖에 없었다. 아영은 학기 초에는 가끔 마주치면 부담스러울 정도로 내게 살갑게 대해주더니, 정현과의 소문이 퍼진 뒤로는 앞장서서 나를 비난하고 고립시킨 아이였다. 그랬다는 이야기는 나중에 우진에게 전해들은 것이었으나 어쩌다 지나치기만 해도 그 아이의 눈빛이나 태도에서 나에 대한 경멸을 충분히 느낄 수 있었다.

아영의 제의에 정현도 당황한 눈치였다. 아영은 아랑곳하지 않고 자연스럽게 수연의 팔을 붙잡고 안쪽으로 이끌었다. 일렁이는 촛불의 불빛과 사람들의 그림자에 둘러싸인 수연이 나를 돌아보고 웃으며 어깨를 으쓱해 보였다.

테이블 위에는 각각 다른 종류의 카드 몇 벌이 놓여 있었다. 우리가 테이블 앞에 앉는 동안 정현이 바깥 보도에 서서 이쪽을 바라보는 게 느껴졌다. 맞은편에 앉은 아영이 곧바로 카드 한 벌을 섞기 시작했는데, 그때부터는 기억이 분명하지 않다. 얼마 후 수연이 카드 한 장을 골라 뒤집는 순간 우리를 둘러싼 공기가 순식간에 달라져버렸기 때문이다. 그 순간의 놀라움은 그 일 전후에 있었던 사소한 요소들을 내 기억에서 소거시켜버렸다. 아마도 우리는 연극을 하듯 어색하게 점쟁이와 손님이 나눌 법한 이야기를 나누었을 것이다. 우리의 간단한 신상 요소와 우리가 궁금해하는 것들에 대해서. 우리의 말을 듣고 있던 아영의 얼굴이 스틸사진처럼 내 머릿속에 남아 있다. 그 아이는 촛불의 붉은빛에 얼굴을 물들인 채, 입가에 미소를 띠고 눈을 빛내며 우리의 말을 듣고 있었다. 나는 무의식적으로 어떤 부자연스러움을 느꼈는데 당시에는 그 느낌의 이유를 알 수 없었다. 시간이 지나고 나서야 나는 그 아이의 미소 뒤에 숨어 있던 것이 일종의 교활한 기대였다는 걸 깨달을 수 있었다.

수연과 나는 그날 각각 한 장씩의 카드를 뽑았다. 상황이 그 이상의 카드를 뽑도록 허락하지 않았다. 아영은 그 카드가 각자의 삶 전체를 지배하는 카드라고 했다. 먼저 내가 뽑은 카드는 광대의 카드였다. 카드에는 나뭇잎으로 된 관을 쓰고 얼굴에 바보 같은 미소를 띤 남자가 절벽을 향해 한 발을 내밀고 있는 그림이 그려져 있었다. 남자는 짐승 가죽으로 된 허술한 옷을 입었고 신발은 신지 않은 맨발이었다. 멀리 보이는 산봉우리들 사이로는 붉은 태양이 막 얼굴을 내밀려 하고 있었고, 남자의 뒤쪽에는 독수리 한 마리가 앙상한 나뭇가지에 앉아 남자를 바라보고 있었다. 'The Fool'이라는 글자가 카드 상단에 고딕체로 쓰여 있었다. 아영이 카드의 의미를 풀이했으나 나는 아영의 말을 귀담아듣지 않았다. 카드를 바라보며 막연히 남자의 모습이 우습다는 생각을 하고 있었다. 그러나 지금 와서 그때를 돌이켜보면 그 카드는 내가 그뒤로 걸어가게 될 시간에 대한 놀라운 암시를 내포하고 있었다. 나는 그 일이 있은 후 수연의 카드에 대해서는 여러 가지 방법으로 그

의미를 찾아보려 애썼으나 내 카드에 대해서는 까맣게 잊고 있었다. 그로부터 몇 달 뒤에 나는 런던의 한 아파트에서 인터넷으로 신문기사를 검색하던 중 우연히 뚜껑이 열려 있던 맨홀에 빠져 죽은 남자에 대한 기사를 발견했고, 그때서야 카드 속의 광대를 다시 떠올렸으며, 모든 전조와 암시는 사건이 벌어진 이후에 부여한 의미에 불과하다고 생각하면서도 그 카드에 담겨 있던 나의 미래에 대해 불가사의한 느낌을 받을 수밖에 없었다.

　이러한 것들은 모두 나중의 일이다. 그날 내가 카드를 뽑았을 때까지는 아직 아무 일도 벌어지지 않은 상태였다. 포근하고 기분좋은 5월의 저녁이었고, 우리는 축제로 인해 들뜬 사람들 틈에 있었다. 잔디와 주변의 나무들은 상쾌한 공기를 내뿜고 있었다.

　"이번엔 여자분 차례예요."

　아영이 카드를 섞으며 말했다.

　수연이 완만한 부채꼴 모양으로 펼쳐진 카드들 중 하나를 골라 조심스럽게 뒤집었다. 수연이 고른 카드는 'The Devil', 즉 악마를 나타내는 카드였다. 검정색과 붉은색이 뒤섞인 어둡고 불길한 광휘를 배경으로 악마로 생각되는 존재가 서 있었다. 상반신은 인간의 모습이고 두 다리는 발굽과 털을 가진 산양의 모습이었다. 하얀 수염이 얼굴 아래쪽을 덮고 있었다. 머리에는 둥글게 말린 두 개의 뿔이 나 있었다. 악마는 왼손으로는 대나무처럼 생긴 여러 개의 관이 가로로 연결된 피리를 입가에 가져다댔고 다른 손으로는 두 가닥 끈의 끝을 잡고 있었다. 각각의 끈은 악마보다 훨씬 작게 그려진 벌거벗은 인간 남녀의 목에 걸려 있었다. 악마와 마찬가지로 머리에 두 개의 뿔이 난 인간들은 끈에 구속된 채 팔과 다리를 버둥거리고 있었다. 그 모습은 끈의 구속에서 벗어나려는 몸부림처럼 보이기도 했고 한편으로는 황홀경에 빠져 춤을 추고 있는 것처럼 보이기도 했다.

카드를 보고 수연은 충격을 받은 것 같았다. 숨을 한번 크게 들이쉬더니 옆에 앉은 내 다리 위로 팔을 짚으며 몸을 기울였다. 나는 깜짝 놀라 그녀의 팔을 잡았다. 그녀는 누구라도 눈치챌 수 있을 만큼 몸을 떨었고 얼굴은 잔뜩 일그러져 있었다. 수연의 몸이 의자에서 떨어질 것같이 휘청거렸다. 나는 수연을 부축해 그곳을 빠져나왔다. 아영은 깜짝 놀라 어쩔 줄 모른 채 서 있었다. 멀리서 정현이 다가오는 게 보였지만 그녀와 이야기를 나눌 여유는 없었다. 수연은 내게 기댄 채 걸으며 거칠게 숨을 몰아쉬었다. 자신의 내부에서 격렬하게 끓어오르는 무엇인가를 참아내려는 사람처럼 이를 악물고 있었다. 나는 잔디밭에서 멀리 떨어진 인적이 드문 벤치로 가서 수연을 앉히고 어깨를 감싸주려 했다. 그러나 수연은 단호한 몸짓으로 내 손길에 거부 의사를 나타냈다. 그러더니 몸을 웅크리고 두 손으로 얼굴을 감싼 채 벤치에 앉아 간헐적으로 몸을 떨었다. 나는 그녀가 자신 안의 무엇인가와 싸움을 벌이고 있다는 것을 분명히 느낄 수 있었으나, 그것이 어떤 종류의 것인지는 상상도 할 수 없었다. 내가 어떤 행동을 취해야 하는지도 알 수 없었다. 마치 수연과 나 사이에 보이지 않는 유리벽 같은 것이 존재하고 있는 것 같았다. 그 순간 나는 한없이 무력한 존재였고 그 사실은 내게 혼란과 슬픔을 느끼게 했다. 나는 조용히 수연의 옆에 앉아 그녀의 떨림이 잦아들기만을 기다렸다.

한참의 시간이 흐른 후에야 수연은 어느 정도 안정을 되찾았다. 그녀는 여전히 얼굴을 감싼 채 작은 목소리로 내게 미안하다고 말했고 오늘은 그만 돌아가야 할 것 같다고 했다. 내가 집까지 데려다주겠다고 하자 말없이 고개를 저었다. 버스정류장에서 헤어질 때까지 수연은 한 번도 날 바라보지 않았다.

다음날 나는 우진에게 전날 있었던 일을 이야기했다. 우진은 촛불과 전기 사용 문제로 학생회 사람들과 마찰이 생겨 자리에 없었던 거라고 했다. 수연과 내가 카드를 뽑은 상황에 대해서 듣더니 얼굴을 찌푸렸다.

"그 카드 덱은 같은 카드 여러 벌에서 안 좋은 의미의 카드들만 골라서 모아놓은 거야. 친한 사람들이 왔을 때 장난치라고 미리 준비해놓았었거든. 너희한테 한 장씩만 고르게 한 걸 보면 알 수 있지. 여러장 고르면 중복되는 카드가 나올 수도 있기 때문에 그렇게 하기로 얘기했었어."

"그랬군."

"아영이가 좋은 뜻으로 너한테 점을 봐준다고 했을 리가 없지."

우진은 장난으로 만들어놓은 카드였으니 심각하게 생각지 말라고 했다. 그런 건 아무 의미도 없어. 우진은 그답지 않게 여러 번 강조했다. 나는 알겠다고 대답했다. 그러나 속으로는 그렇게 생각하지 않았다. 그것은 분명 우리에게 주어진 카드였다. 어떤 카드를 사용했느냐는 문제가 되지 않았다. 그날 밤 우리는 그 카드를 뽑도록 되어 있었고 그것이 우리에게 일어날 수밖에 없었던 단 한 가지 사건이었다. 그렇지만 그렇다 해도 왜 단지 불길한 카드가 나왔다는 사실만으로 수연은 충격을 받아야만 했을까. 악마의 카드가 설사 불운한 미래를 예고하고 있다 해도, 어째서 찾아오지도 않은 미래의 가능성에 대해 그토록 구체적인 반응을 보인 걸까. 그것이야말로 나를 괴롭히는 진짜 문제였다. 그리고 그것에 대해서는 나도, 우진도 적절한 답을 찾을 수 없었다. 그럴듯한 가설을 세우는 일조차 불가능했다.

    타로카드는 스물두 장의 메이저카드와 쉰여섯 장의 마이너카드로 이루어진다. 0번 'The Fool'로 시작해서 21번 'World'로 끝나는 메이저카드*는 사람이 살아가면서 겪는 현실의 상황이나 삶의 과정을 나타낸다. 우리가 살아가면서 마주치는 모든 사건들이 그러하듯, 타로카드들 역시 행운이나 불운 중 한 가지만을 의미하지는 않는다. 일반적으로 안 좋은 의미로 여겨지는 'The Devil'이나 'Death'라 해도 마찬가지이다. 카드들은 최종적인 결과를 나타내는 게 아니라 다음 단계로 이어지는 과정을 의미하기 때문이다. 삶의 모든 과정은 다음 단계로 이어진다. 지금 이 시간이 어떤 의미로 남을지는 이 시간이 지나고 난 뒤에야 알게 되는 법이다.

    우진은 우리가 뽑은 카드가 그리스신화 타로카드 덱에 속한 것이라고 했다. 타로는 그 의미가 유지되는 범위 안에서 다양한 이미지들로 창작된다. 그리스신화에 등장하는 신들은 인간의 다채로운 본성을 표현하는 데 매우 적합하다. 그들은 불사하는 신이지만 그들이 보여주는 욕망은 인간의 그것과 다를 바 없다. 'The Emperor'의 주인공 제우스, 'Justice'의 아테네, 'Strength'의 헤라클레스처럼 그리스 신화의 인물들은 카드의 이름에 딱 들어맞는다. 12번 'Hanged Man'에는 인간에게 불을 가져다준 죄로 바위에 매달려야 했던 프로메테우스가 등장한다. 우진은 'The Devil' 카드의 주인공이 판(Pan)이라는 사실도 알려주었다.

---

  * 0번부터 21번까지 메이저카드 각 장의 이름은 광대, 마법사, 여성 대사제, 여제, 황제, 교황, 연인들, 전차, 힘, 은둔자, 운명의 수레바퀴, 정의, 매달린 사람, 죽음, 절제, 악마, 탑, 별, 달, 태양, 심판, 세계이다.

나는 인터넷으로 판을 검색해보고, 도서관에서 그리스신화 관련 서적을 찾아 읽었다. 판은 한마디로 복잡한 존재였다. 출생부터가 그랬다. 헤르메스의 아들이라는 설이 보통이었지만 제우스나 크로노스의 아들이라는 말도 있었고 암염소에게서 태어났다는 설도 있었다. 판은 양이 많은 아르카디아 산악지방에서 유래했기 때문에 산양의 다리와 양의 뿔, 턱수염을 가지고 있다. 판의 어머니는 그를 낳고서 너무 놀란 나머지 버리고 도망쳤다고 한다. 반면 신들은 그의 신기한 모습을 보고 좋아했다.

판은 가축과 목자를 지키는 숲과 목축의 신이자 자연의 화신으로 여겨졌다. 그런 한편 색을 좋아해서 님프들을 괴롭히는 존재이기도 했다. 그에게 쫓기던 님프들은 위기에서 벗어나기 위해 갖가지 사물로 변했다. 에코는 메아리로, 프티스는 소나무로. 그리고 시링크스는 갈대로 변하는 길을 택했는데, 판은 이 갈대를 꺾어 피리를 만들었다고 하며, 이것이 팬플루트(pan flute)의 유래이다. 타로카드에서 판이 들고 있던 피리가 바로 팬플루트이었던 것이다. 판은 아폴론과 겨룰 정도로 음악과 춤을 좋아하는 신이면서 동시에 숲을 지나는 사람들에게 갑작스런 공포를 불어넣는 존재이기도 했다. 이런 점 때문에 원인을 알 수 없는 갑작스런 공포를 뜻하는 패닉(panic)의 어원이 되었다. 그러나 아무리 공포와 관계 있는 신이라 해도 그리스의 목양신이 어째서 타로카드에 와서 악마의 역할을 맡게 되었는지는 알 수 없었다.

5

축제날 이후 수연의 전화기는 꺼져 있었다. 나는 주말 동안 방에 틀어박혀 수연의 연락을 기다렸다. 방 안을 서성거리다가 책상 앞에 앉았고, 침대에 누워 있다가 다시 일어나 방 안을 서성였다. 시간은 숨막힐 정도로 느리게 흘러갔다. 수연으로부터는 아무런 연락도 오지 않았다.

다시 한 주가 시작된 월요일에도 수연의 모습은 보이지 않았다. 나는 우리가 한 번이라도 마주쳤던 모든 공간을 오가며 그녀를 찾아다녔다. 한 장소에서 다른 장소로 향할 때마다 헛된 희망을 품었고 매번 절망을 느꼈다. 다음날도, 그 다음날도 비슷한 일이 반복되었다. 나는 쫓기는 사람처럼 한자리에 오 분 이상 머물지 못했다. 한곳에 앉아 있다보면 다른 곳에서 수연이 나를 기다리고 있을 것 같은 조바심이 들었다. 수연이 듣는 수업의 강의실을 기웃거렸고, 어느 날은 강의실 뒤쪽에 앉아 수업을 들으러 오는 학생들의 얼굴을 하나하나 확인하고 나오기도 했다.

　수연은 오지 않을 것이다. 해가 저물 때까지 학교를 돌아다니다가 집으로 돌아가던 어느 날 마침내 나는 깨달았다. 지금껏 부정해왔지만 이젠 받아들일 수밖에 없었다. 축제날 본 수연의 모습이 머릿속을 떠나지 않았다. 벤치에 웅크리고 앉아 떨고 있는 수연을 바라보는 동안 나는 내가 힘껏 내뻗은 손이 그녀의 가장 깊은 곳에 닿기에는 턱없이 부족하다는 걸 느꼈다.

　수연이 보이지 않게 되자 나는 그녀에 대해 별로 아는 게 없다는 사실을 깨달았다. 그냥 평범한 아이였어. 어린 시절에 대해 물을 때마다 수연은 그렇게 대답하곤 했다. 그녀에겐 그 또래의 여자아이들이 흔히 갖게 마련인, 어딘가 특별한 존재로 보이고자 하는 욕망이 거의 없었다. 분당에서 오랫동안 살아왔고 지금은 대학원생인 언니와 언니의 학교 근처에 살고 있다는 사실은 알고 있었지만 다른 가족에 대해서 이야기한 적도 없었다. 만일 내가 알고 있는 것만으로 수연을 구성해야한다면 나는 그림과 영화에 대한 취향, 음식에 대한 기호와 옷 입는 스타일, 그리고 쓸데없이 긴 독서 목록의 집적으로밖에 그녀를 그려낼 수 없을 것이다. 그것들 역시 수연의 일부임에는 틀림없었으나 내게는 바닥 돌 몇 개만 남은 옛 궁궐터처럼 턱없이 부족해 보였다.

　그 주 내내 나는 잠을 이루지 못했다. 새벽 무렵 간신히 잠이 들었다가도 곧 깨어나곤 했다. 목요일 밤에는 꿈을 꾸었다. 낯설면서도 익숙한 풍경이 나를 둘러싸고 있었다. 시야가 닿는 곳은 전부 노란 밀밭이었고, 밀밭 사이로 세 갈래 길이 보였다. 하늘은 검은색과 흰색과 푸른색이 뒤섞여 물결치고 있었다. 물컵에 잉크 한 방울을 떨어뜨렸을 때처럼 색의 농담(濃淡)이 이리저리 퍼지고 섞이고 얽혔다. 팽팽한 바람소리를 찢고 까마귀떼의 울음소리가 귀를 파고들었다. 누런 밀들이 바람에 이리저리 머리를 흔들었다. 나는 빠져들 듯 풍경을 바라보았고, 어느 순간 모든 것이 모호하다는 사실을 깨달았다. 마치 저녁 같은 빛깔의 새벽이었다. 혹은 새벽 같은 느낌의 저녁이었다. 바람이 어느 방향에서 불어오는지 가늠할 수가 없었다. 까마귀떼는 세 갈래 길 중 가운데 길과 엇갈린 선을 그리며 날아가고 있었다. 어쩌면 날아오는 것인지도 모른다. 새들은 내 머리 위로 촘촘하고 기다란 선을 이루고 있었는데 그 선이 어느 방향으로 흐르는지는 알아볼 수 없었다.

그리고 풍경의 모든 곳에 그가 있었다. 산양의 다리와 둥글게 말린 두 개의 뿔을 가진 남자. 남자는 기묘한 미소를 띤 채 내게 고개를 끄덕였다. 나는 도망치고 싶었으나 어디로 가야 할지 알 수 없었다. 남자는 어느 곳에나 있었기 때문이다. 그는 끊임없이 빛깔을 바꿔나가는 하늘이자, 바람과 밀밭이 만드는 모든 물결이었고, 피리를 입에 대고 보이지 않는 곳에서 까마귀떼를 부르는 존재였다. 세 갈래 길 너머에는 어디나 그가 기다리고 있었다. 갑자기 숨이 막힐 듯 목이 조여들었다. 내 목을 조르는 가느다란 끈을 쥐고 있는 게 남자라는 사실을 깨닫는 순간 나는 캑캑거리는 소리를 내며 어둠 속에서 눈을 떴다.

목이 말랐고 몸 이곳저곳이 격렬한 운동을 하고 났을 때처럼 쑤셔왔다. 힘겹게 문을 열고 복도로 나가자 냉장고 돌아가는 소리만이 어두운 공간을 채우고 있었다. 물을 마시고 방으로 돌아가기 위해 다시 모퉁이를 도는 순간 누군가와 정면으로 부딪혔다. 예기치 못한 일이었기 때문에 나는 순간적으로 아직 꿈속이라고 생각했다. 그러나 꿈이라고 하기에는 몸의 충격이 너무 생생했다. 고개를 들자 한 남자가 어둠 속에서 나를 내려다보고 있었다. 남자는 나보다 머리 하나 정도가 더 컸다. 하숙집에서 나보다 키가 큰 사람은 우진뿐이었는데 우진과 나는 손가락 한 마디 정도의 차이밖에 나지 않았다. 그러니까 내 앞에 서 있는 남자는 내가 알지 못하는 사람이었다. 남자는 아무런 행동도 하지 않고 묵묵히 나를 내려다보고 있었다. 남자의 시선이 거미줄처럼 내 몸을 휘감는 것 같았다. 그때 밤의 정적을 뚫고 어디선가 가느다란 고양이 울음소리가 들려왔고, 나는 재빨리 남자의 곁을 지나 내 방으로 들어갔다. 남자가 금방이라도 내 다리를 잡아챌 것만 같았다. 문을 닫은 후 소리나지 않게 문을 잠갔다. 잠시 후 문 닫히는 소리가 들려왔다. 그 동안 비어 있던 왼쪽 방이었다. 비로소 저녁식사 때 우진이 오늘이 이반 형이 돌아오는 날일 텐데, 하고 중얼거렸던 것이 생각났다. 여행중이라던 내 옆방 주인의 이름이 바로 이반이었다. 언젠가 그에 대해 물었을 때 우진은 직접 만나보지 않고는 설명하기 어려운 사람이라고 말했다. 그러면서 안 지 오래되지는 않았지만 자기가 이곳에 와서 만난 사람들 중 제일 흥미로운 사람이라는 말을 덧붙였다.

그날 밤 나는 다시 잠을 이루지 못했다. 조금 전에 꾼 꿈과 복도에서 마주친 남자의 모습을 되새기며 뒤척이는 동안 천천히 날이 밝아왔다. 아직 창밖이 완전히 밝아지기 전에 지난 며칠간 나를 깨우지 않고 내버려두던 우진이 방문을 열고 들어오더니 이반 형을 만나러 가자고 했다.

"지금? 이 시간에?"

"지금이 딱 좋은 시간이야."

우진이 말했다. 그리고 잠시 뒤 우리는 그 방 앞에 서 있었다. 우진이 거침없이 문을 두드렸다. 똑똑똑. 나무로 된 문이 어둠 속에서 둔탁한 소리를 냈다. 곧 문고리 돌아가는 소리와 함께 문이 열리고 남자가 모습을 드러냈다. 내가 긴장한 채 남자를 살피는 동안 우진이 말했다.

"이반 형, 돌아왔군요!"

역광을 받아 음영이 드리워진 남자의 얼굴이 미소를 띠었다.

"우진이구나."

"자고 있는데 깨운 건 아니죠?"

"전혀."

남자는 새벽에 문을 두드린 우리를 보고 놀라기는커녕 반가워하는 표정이었다.

"이 친구가 새로 이사온 친구로군?"

"맞아요."

우진이 대답했다.

"그렇게 서 있지 말고 들어와."

나는 얼떨떨한 기분으로 우진의 뒤를 따라 남자의 방으로 들어갔다.

"아무 데나 앉아."

남자가 바닥을 가리키며 말했다.

나는 자리에 앉으며 주위를 둘러보았다. 남자의 방은 두 가지 점에서 나를 놀라게 했다. 하나는 그 방에 스며 있는 황량해 보일 만큼 검소한 분위기였다. 내 방과 비슷한 크기였으나 이렇다 할 가구가 없어 훨씬 넓어 보였다. 침대도 옷장도 없었고 오직 생활에 필요한 최소한의 물건들만이 최소한의 자리를 차지하고 있었다. 나무로 된 앉은뱅이 책상 하나, 좌식의자 하나, 책들이 가득 꽂혀 있는 조그만 삼단 책장 하나. 한쪽 구석에는 몇 벌의 옷가지가 걸려 있는 목재 행어가 있었고 그 옆에는 개켜진 요와 이불이 보였다. 하나같이 세월의 흔적이 묻은 물건들이었다. 책상 위에 접힌 채 놓인 노트북만이 낡은 건물에 새로 단 간판처럼 이채를 띠었다. 노트북 옆에 놓인 학생용 스탠드가 어둠을 밝히고 있었다. 남자의 방에는 수행자나 구도자의 방에서 느껴지는 것과 같은 금욕과 절제가 서려 있었다.

그보다 더욱 나를 놀라게 한 것은 한쪽 벽면 가득 걸린 거울들이었다. 언뜻 봐도 스무 개가 넘는 거울이 내 방과 그의 방을 나누는 벽에 걸려 있었다. 모양도 크기도 제각각이었고 걸려 있는 위치 역시 제멋대로였다. 조그마한 손거울이 있는가 하면 전신을 비출 수 있는 대형 거울이 있었고, 중세의 귀부인이 사용했을 법한 화려한 장식이 달린 둥근 거울 옆에는 아무 틀에도 끼워져 있지 않은 사각 거울 유리들이 붙어 있었다. 거울들의 배치에는 어떤 미적인 고려도 담겨 있지 않은 것 같았다. 아무렇게나 걸린 수십 개의 거울들이 각각 한 조각씩 방 안의 풍경을 담고 있는 모습은 기괴해 보이기까지 했다. 우진은 그 방의 풍경에 익숙한 듯 거울 쪽으로는 눈길도 주지 않았다.

"언제 돌아온 거예요?"

우진이 남자에게 물었다.

"어제 낮에. 가게에 들렀다가 좀 아까 들어왔어."

"오자마자 일하러 나간 거예요?"

"왔다는 얘기하러 간 거지. 별일 없었는지 둘러보고."

남자가 책상 아래서 박카스 한 상자를 꺼내더니 우리에게 한 병씩 내밀었다.

"여전하시군요." 우진이 박카스 병을 받아들며 웃었다. "인도에서는 어떻게 버텼어요?"

"커피로 참았지. 외진 곳만 돌아다녀서 그나마도 감지덕지였어."

남자가 우진과 대화를 나누는 동안 나는 남자의 모습을 찬찬히 살펴볼 수 있었다. 남자는 긴 머리카락을 아무렇게나 넘긴 모습이었고 턱 아래쪽에는 검은 수염이 무성했다. 좀처럼 나이를 가늠하기 힘들었다. 적지 않은 나이로 보였으나 태도나 표정은 젊은 사람 같기도 했다. 우진이 남자를 대하는 태도가 마치 한두 살 차이 나는 선배를 대할 때처럼 스스럼없다는 점도 나의 혼란을 가중시켰다.

"그런데 그 요란한 바지는 대체 어디서 났어요?"

우진이 우스운 거라도 발견했다는 양 낄낄거렸다. 남자는 목 주위가 늘어난 검정색 티셔츠와 울긋불긋한 형광색 무늬가 들어간 반바지를 입고 있었다. 남자가 웃으며 인도에 처음 도착한 날 묵은 숙소의 화장실에서 주운 거라고 말했다.

"잠옷을 깜빡하고 안 가져갔었거든. 무슨 계시처럼 느껴져서 잠옷 대신 입었더니 버릇이 됐어."

"형답네요. 바지 말고 더 건진 건 없어요? 여행 얘기 좀 해봐요."

"글쎄, 그보다 내게 이 친구를 먼저 소개해주는 게 어때?"

남자가 책상 위에 놓인 담뱃갑을 집으며 말했다. 그리고 성냥갑에서 성냥을 꺼내 담배에 불을 붙였다. 내가 입을 열려고 할 때 우진이 먼저 말했다.

"제가 늘 미안해하는 친구예요."

우진의 말을 듣고 나는 놀라면서도 좀 겸연쩍은 기분이 들었다.

"미안해할 것까지는……"

그러나 내 말이 채 끝나기도 전에 우진이 계속해서 말했다.

"얘가 좋아하는 여자애가 저를 좋아하거든요."

"뭐?"

"하하. 그거 재밌는데. 자네도 신입생이겠지?"

남자가 물었다.

"예."

내가 이름을 말하자 남자는 자신을 '이반'이라고 부르라고 했다.

"형이라고 하든지, 아저씨라고 하든지 마음대로 해. 그냥 이반이라고 해도 좋고."

"네, 우진이 얘기는 농담입니다."

"알고 있어."

이반 형이 미소를 지으며 담배연기를 길게 내뿜었다. 미소를 지을 때 그의 입가에는 보기 좋은 주름이 잡혔다.

"아냐, 너 잘 생각해봐. 수연이가 학교에 안 나오는 게 혹시 나에 대한 마음을 더이상 감추기 힘들어서일지도 모르잖아. 네 얼굴 보는 게 얼마나 괴롭겠어?"

내가 노려보자 우진은 그렇게 생각하지 않느냐는 듯 손바닥을 위로 한 채 두 팔을 으쓱해 보였다. 이반 형을 만나서인지 우진은 좀 들떠 보였다. 나는 우진을 무시하고 이반 형에게 말했다.

"아까 복도에서는 실례했습니다. 이상한 꿈을 꾼 다음이라 정신이 없었거든요."

"나 때문에 이상한 꿈을 꾼 게 아니고? 나야말로 본의 아니게 놀라게 만든 것 같아서 미안한걸." 이반 형은 웃으며 자기도 처음 보는 사람이 집에 있어서 당황했다고 말했다.

우리는 잠시 나보다 앞서 내 방에 살았던 사람에 대해 이야기를 나눴다. 그뒤로는 우진이 줄곧 이반 형을 향해 말을 쏟아냈다. 주로 듣고 있는 수업과 그 동안 읽은 책에 대한 이야기였다. 대화는 우진이 자신이 이해한 바를 말하고 불분명한 부분에 대해 질문을 던지면 이반 형이 자신의 생각을 설명하는 식으로 이어졌다. 플라톤과 고대 그리스 철학에 대한 이야기가 나왔고, 양자역학과 철학에서의 확률의 문제로 이어졌다. 나는 먼저 이반 형의 해박함에 놀랐고 다음으로는 우진의 말투가 전에 없이 공격적이라는 사실에 놀랐다. 어떨 때는 뭔가를 따지는 것처럼 들리기도 했는데 이반 형은 전혀 개의치 않는 것 같았다. 두 사람이 내뿜는 담배연기로 방 안이 곧 뿌예졌다. 한동안 귀 기울이려 애썼으나 잘 모르는 이야기들이 이어지자 점차 지루해졌다. 어느 순간 나는 이반 형에게 특이한 버릇이 있다는 걸 발견했다. 그는 이야

기를 나누면서 이따금 거울에 비친 자신의 모습을 뚫어져라 쳐다보곤
했다. 마치 거기서 뭔가를 찾는 사람처럼. 나도 거울에 비친 내 모습을
바라보았다. 그 안에 있는 것은 분명 나였지만 계속 보고 있다보면 내
가 아닌 것 같은 생각이 들기도 했다. 거울에 다가가 손을 대면 어둠과
흐릿한 담배연기로 둘러싸인 또다른 방으로 빠져들어갈 것만 같았다.
내가 정신을 차린 것은 우진이 이반 형에게 나와 그 사이에 진행되고
있던 거래에 대해서 이야기할 때였다. 우진이 손가락으로 내 팔뚝을
쿡쿡 찔렀다.

"……어쨌거나 이놈은 다른 분야에 대해서는 기본상식이 너무 부족
해요. 과학자라고는 아인슈타인이랑 뉴턴밖에 모를걸요. 영화나 스포
츠에도 무관심하고, TV도 뉴스밖에 안 보니 말 다했죠. 관심이 한쪽으
로만 치우쳐 있어서인지 생각하는 것도 잔뜩 꼬여 있고. 제가 균형 잡
힌 인간이 되도록 도와주려구요."

"무슨 소리야? 누가 누굴 도와?"

나는 말했다.

"그래서 서로 어떤 책들을 읽었지?"

이반 형이 물었다. 나는 우리가 읽은 책들의 제목을 몇 개 나열했다.
이반 형은 흥미를 느꼈는지 자세히 말해달라고 했다. 우리는 어떤 순
서로 책을 읽었는지, 그리고 각각의 책을 읽은 감상은 어땠는지 간략
하게 이야기했다.

"아직 얼마 안 돼요. 더 열심히 읽어야죠."

우진이 말했다.

"아냐, 그 정도면 충분해. 더 천천히 읽어. 아주 천천히."

"왜요?"

"새로운 세계에 발 들여놓을 수 있는 건 아직 그곳을 가보지 않은

사람에게만 주어지는 특권이야. 중요한 건 그 순간을 음미하는 거야. 막 책장을 넘기기 직전의 설렘과 기대, 한 발짝씩 내디뎌 갈 때의 즐거움 같은 걸 말이지. 정복의 쾌감만을 생각하는 건 수집가들이나 하는 짓이야. 그리고 시간의 힘을 이기고 살아남은 진짜 책들은 각 분야에 그리 많지 않아. 그러니까 이미 넘겨버린 페이지들을 아쉬워하면서 천천히 읽으라구."

"정말 그럴까요? 전 읽어야 할 게 너무 많은 것 같아서 걱정인데."

우진이 중얼거리듯 말했다.

이반 형이 뭔가 생각난 듯 책상 옆에 놓여 있던 검정색 배낭을 뒤지기 시작했다. 그러더니 책 한 권을 꺼내 우진에게 내밀었다.

"자, 이건 선물. 인도 설화집이야. 델리의 고서점에서 발견했지."

"와, 기대도 안 했는데. 고마워요, 형."

"네 걱정을 배가시키진 않을 거야. 힌디어로 되어 있거든. 안 읽어도 되는 책이라는 뜻이지. 그리고 자네에게는," 이반 형은 다시 가방을 뒤적이더니 이번엔 좀더 작고 얇은 책 한 권을 꺼내 내게 내밀었다. "이걸 주지. 미리 준비한 건 아니지만 이것도 인연이니까."

나는 괜찮다고 말했다.

"주고 싶어서 주는 거야. 별로 대단한 것도 아니고. 그냥 오래된 가이드북이야."

사진이 들어간 표지가 너덜너덜해질 정도로 낡은 책이었다. 『India』라는 단순명료한 제목이 붙어 있었다. 시리즈로 기획된 가이드북 중 하나인 듯했다. 책장을 들춰보자 흑백과 컬러가 섞인 사진들과 영어로 된 설명이 보였다.

"그 책은 낡은 가이드북일 뿐이지만 이제까지 여러 사람의 길잡이가 되어주었어. 나는 그 책을 내가 도착했을 때 막 인도를 떠나던 아이

슬란드 남자에게 받았는데, 그는 자기보다 앞서 인도를 여행한 삼촌에게 받았다고 했지. 자네가 그 책을 가지고 여행을 간다면 이미 여러 번의 여행을 경험한 동반자와 함께하는 셈이야. 부적이라고 여겨도 좋겠지. 여행을 가지 않는다면 책장에 꽂아둔 것만으로도 자네는 인도를 소유하는 셈이 되는 거야. 그게 그 책의 이름이니까."

"감사합니다."

나는 여기저기 구겨지고 찢어진 책의 감촉을 새삼 느끼며 말했다.

"그렇게 말하니까 왠지 그 책이 더 좋은 것 같잖아요."

우진이 투덜거리더니 내게서 책을 빼앗아 뒤적였다. 이반 형이 담배연기를 내뿜으며 웃었다.

"여기 소개된 장소는 전부 가본 거예요?"

우진이 물었다.

"전부 갈 만한 시간은 없었어. 몇 군데만."

"어디가 제일 인상적이었어요?"

"글쎄, 장소마다 특색이 있어서."

우진은 포기하지 않았다.

"그래도 하나만 꼽아봐요. 가장 흥미로웠던 곳."

이반 형이 잠시 생각에 잠겼다가 말했다.

"그 말을 들으니까 생각났는데, 장소도 장소지만 흥미로운 이야기를 들은 곳이 있어."

"그게 어딘데요?"

"인도 서북부 데시노크라는 지역에 카르니마타라는 쥐를 숭배하는 사원이 있어. 책에 써 있기로는 쥐를 숭배하는 사원은 전 세계에 하나뿐이라는데 정말 그런지는 알 수 없지. 그런데 정말로 전 세계 다른 어떤 곳에도 없을 만한 게 있었어."

"그게 뭐죠?"

"엄청난 숫자의 쥐야. 십만 마리가 넘는다고 하더군."

"그 정도 쥐가 사원 안에 살고 있다구요?"

내가 물었다.

"그래, 그것도 최근에 많이 줄어든 거래. 안에 들어가면 사방에서 쥐들이 돌아다니는 걸 볼 수 있어. 쥐똥도 엄청나게 널려 있고. 원래는 십오만 마리 정도가 있었는데 신기하게도 그곳의 쥐는 늘어나지도 줄어들지도 않고 오랫동안 그 정도 숫자를 유지하고 있었대. 그곳의 쥐들은 사원 밖으로 나가는 일도 없다고 하더군."

"정말 신기한 일이군요. 쥐라면 번식 속도가 엄청날 텐데. 왜 숫자가 오히려 줄어든 거죠?"

우진이 말했다.

"내가 흥미로웠다는 이야기가 그거야. 사실 외지인이 그곳의 쥐가 얼마나 되는지 알 수 있을 리가 없잖아. 그곳 사람들이 그렇다고 하면 그런 줄 아는 거지. 쥐의 숫자가 줄고 있다는 얘기는 사원 구석에 앉아 있던 어떤 남자에게 들은 거야. 관광객을 많이 상대해봤는지 영어가 능숙했는데 지나가는 날 붙잡고 묻지도 않은 얘기를 늘어놓더군. 쥐가 점점 줄어들고 있고 그건 불길한 징조라고 말이야. 뭔가 대가를 바라고 꺼낸 이야기였겠지."

이반 형이 우리에게 담뱃갑을 두어 번 흔들어 보이더니 새로 담배를 꺼내 불을 붙였다.

"그 남자가 불길한 징조라고 한 까닭을 이해하려면 사원의 유래를 알아야 해. 그 사원은 원래 육백여 년 전에 살았던 카르니라는 여성을 모신 사원이야. 그 여자는 두르가 신의 화신이었는데 그 때문에 결혼을 했지만 신방에 들어가지 않고 대신 자신의 동생을 들여보내 살게 하였다고 해. 나중에 여동생이 낳은 아들이 물에 빠져 죽는 일이 벌어졌고 사람들이 카르니에게 살려주기를 간청했어. 카르니는 죽은 아이를 신에게 데리고 가서 살려달라고 했지. 신은 죽은 자는 다른 세상에서 태어나야 하기 때문에 살려줄 수 없다고 대답했고, 그러자 화가 난 카르니는 신에게 반발해서 자신의 후손들은 그 법칙에 따르지 않겠다고 선언했어. 그리고 자신의 후손들이 죽으면 이 세상에 쥐로 태어나고 그 쥐가 죽으면 다시 사람으로 태어난다는 법칙을 정했대. 그래서 지금까지 그 후손들이 쥐와 사람으로 계속되는 윤회를 겪고 있다는 거지."

"왜 하필 쥐였을까요? 신에게 반발해서 법칙을 만들 수 있었다면 그냥 인간으로 계속 환생하도록 하는 게 더 나았을 텐데."

우진이 이해가 안 간다는 듯 중얼거렸다.

"그런데 왜 쥐가 줄어들고 있는 게 불길한 일이라는 거죠?"

내가 물었다.

"남자의 설명은 이랬어. 쥐가 줄어들고 있는 건 인간으로 환생한 쥐들이 다시 쥐로 돌아올 수 없게 되었다는 뜻이고 그건 곧 그들이 인간일 때 이 세계가 끝난다는 얘기라는 거야. 즉, 세계의 끝이 가까워졌다는 거지. 남자는 사원에서 쥐들이 완전히 사라질 때가 그 시간이라고 했어. 자신은 그때를 기다리고 있다고."

"아주 그럴듯한 종말론이네요. 쥐들이 그때를 알고 있다니."

우진이 말했다.

"사실대로 말하면 내가 남자와 얘기하고 있는 걸 본 다른 현지 사람들은 남자의 말을 믿지 말라고 하더군. 언제부턴가 터무니없는 소리만 지껄인다는 거야."

"거봐요. 그냥 형한테 뭔가를 얻어내려는 수작이었을 거예요. 그런데 상대를 잘못 고른 거지. 자기만큼 아무것도 없는 사람을."

우진의 말에 이반 형이 빙그레 웃었다.

"하지만 그 남자는 완전히 믿고 있었어. 심지어 자기 아들이 몇 년 전 어느 날 새벽에 어떤 남자가 한 무리의 쥐들을 사원에서 불러내는 모습을 봤다는 말도 했어. 신의 사자라는 거지."

"점입가경이군요. 신의 사자라니."

우진이 다시 투덜거렸다.

"그런데 비슷한 얘기를 들어본 것 같지 않아? 쥐를 불러내는 남자 말이야."

"비슷한 얘기라뇨?"

"'하멜른의 피리 부는 사나이' 이야기 기억나? 피리를 불어서 쥐떼를 소탕한 남자."

"물론 어릴 때 들어봤죠. 그런데 그 얘기가 왜요?"

"남자의 말을 듣고 문득 '하멜른의 피리 부는 사나이' 이야기가 떠올라서 물었지. 혹시 쥐들을 사원에서 불러낸 남자가 피리를 불지 않았냐고. 물론 나는 그냥 생각나는 대로 농담처럼 던진 말이었어. 남자를 놀려주려는 생각도 있었고. 그런데 남자가 눈이 휘둥그레져서 되물었어. 그걸 어떻게 알았냐고."

이반 형이 나와 우진의 얼굴을 번갈아 쳐다보았다.

"사기꾼이라니까요. 피리 부는 사나이 이야기를 알고 있었겠죠."

우진이 말했다.

"그럴까? 하지만 다른 현지인들에게 물었더니 아무도 피리 부는 사나이 이야기를 몰랐어. 남자가 그곳 토박이라는 건 여러 사람이 확인해주었고."

"관광객들한테 얻어들었겠죠."

"그럴 수도 있겠지. 하지만 만약에 말이야, 만약 그렇지 않다면 남자의 말을 어떻게 받아들여야 할까? 꽤 흥미롭지 않아?"

내가 어린 시절 동화책에서 본 이래로 까맣게 잊고 있었던 하멜른의 피리 부는 사나이 이야기를 다시 떠올린 것은 그때가 처음이었다. 당연한 일이지만 나는 그 이야기가 얼마 뒤 내 삶에 지대한 영향을 끼치게 되리라고는 상상도 하지 못했다. 이반 형이 피리 부는 사나이라는 말을 꺼낸 순간 내 머릿속에는 무의식적으로 피리를 불어 쥐들을 인도하는 남자의 모습이 떠올랐는데, 놀랍게도 그 남자는 얼마 전 타로카드에서 본 판의 모습을 하고 있었다.

*

그가 이반이라고 불리는 까닭에 대해서는 하숙집 사람 누구도 알지 못했다. 몇 가지 추측이 있을 뿐이었다. 커밍아웃의 일종이라는 의견이 있었고, 톨스토이의 『바보 이반』에서 따온 것이라는 의견도 있었다. 우진은 두 의견에 모두 반대하는 입장이었다. 양쪽 다 믿을 만한 근거가 없다는 것이었다. 이반 형에게 물어봤자 말없이 웃기만 할 게 뻔했기 때문에 우리는 이반 형이 저녁마다 나가서 일하는 'Fragile'의 주인에게 이에 관해 물었다. 'Fragile'은 신촌에서 홍대로 넘어가는 길목에 있는 자그마한 바였고, 그곳의 주인은 이반 형의 후배로 개구리라는 별명을 가지고 있었다.

"그냥 어쩌다보니 그렇게 불리게 된 거야. 모든 별명에 다 이유가 있는 건 아니라고. 날 봐, 내가 어디가 개구리 같아서 개구리로 불리겠냐. 그냥 어쩌다 튀어나온 말이 별명으로 굳어진 거지."

개구리씨는 툭 튀어나온 커다란 두 눈을 끔뻑거리며 그렇게 말했다.

'Fragile'은 테이블이 네 개에 불과한 작은 바였지만 한쪽 벽면을 가득 채운 LP판과 커다란 스피커 때문인지 제법 단골이 많았다. 가게에 이름을 지어주고 개구리씨에게 가게 규모에 맞지 않는 커다란 스피커를 권한 사람이 바로 이반 형이었다. 이반 형은 그곳에서 음악 트는 일을 했다. 손님들이 메모지에 신청곡을 적어내면 그 음반을 찾아서 플레이어에 걸고 바늘을 올려놓았다. 신청곡이 없을 때는 자기가 듣고 싶은 음악을 틀었다. 개구리씨가 자리를 비울 때에는 간단한 안주를 만들고 서빙을 하기도 했다. 그 대가로 이반 형은 저녁식사와 얼마간의 돈을 제공받는 것 같았다.

이반 형이 내는 하숙비는 우리가 내는 금액과 달랐다. 그는 칠팔 년 전부터 이 집에 살고 있었고 그때부터 쭉 같은 금액을 하숙비로 내고 있었다. 뭔가 하숙집 아주머니를 크게 도와준 일이 있었던 것 같은데 그 일 역시 누구도 자세히는 알지 못했다. 이반 형은 어떤 주제가 됐든 막힘없이 이야기할 수 있는 사람이었지만 자신에 대한 이야기는 좀처럼 하지 않았다. 언젠가 우리가 궁금증을 참지 못하고 전에는 어떤 일을 했냐고 묻자, 이반 형은 아무 일도 하지 않았다고 말했다.

"어떻게 아무 일도 하지 않을 수가 있죠?"

내가 물었다.

"어떻게 그럴 수 있었냐고 물을 정도로 어려운 일은 아닌 것 같은데."

"좋아요. 그럼 왜 아무 일도 하지 않았어요?"

이번에는 우진이 물었다.

"글쎄, 마음만 먹으면 모든 일을 할 수 있었기 때문이랄까."

알 듯 말 듯한 대답이었다. 고개를 갸웃거리던 우리가 그 말이 무슨 뜻이냐고 묻자 이반 형은 웃기만 할 뿐 더이상 대답하지 않았다.

어느 날 형이 자리를 비운 사이에 우진이 개구리씨에게 이반 형은 왜 세상을 버린 거냐고 물었다. 개구리씨는 난처한 듯한 표정으로 두 눈을 껌뻑였다.

"버렸다는 말은 좀 이상한 것 같은데. 버린다고 버려지는 것도 아니고. 형은 그저 자기 나름의 방식으로 살아가고 있는 거야. 세상을 살아가는 방식은 여러 가지가 있을 수 있는 거니까."

그렇지만 그 방식이라는 게 우리에게는 도무지 이해가 되지 않았다. 스무 평도 안 되는 바 구석에 앉아 종일 음악을 틀고, 집에서는 책을 읽거나 노트북으로 바둑을 두며 시간을 보내고, 식사는 저녁 한 끼만 먹으면서 담배와 박카스를 중독 수준으로 소비하는 삶. 그렇게 살아가는 것도 세상을 대하는 한 가지 방식이라고 부를 수 있을까? 이반 형은 하숙집과 'Fragile'을 오가는 일 외에는 외출하는 일도 없었고, 특별히 연락하고 지내는 사람도 없는 것 같았다. 무엇이 그로 하여금 그런 삶을 택하게 한 걸까. 우진과 나는 질문의 답을 이리저리 추측해보곤 했지만 우리의 상상력은 그저 그런 통속극의 범위를 넘어서지 못했다. 실연, 이별, 불륜, 배신, 암투, 도피. 그런 단어들로 요약될 수 있는 세상에 흘러넘치는 이야기들. 이반 형의 방에 걸려 있는 거울들은 각각의 이야기에 걸맞은 소도구가 되어주었다. 떠나간 연인이 바라보던 추억의 물건으로, 와신상담의 고사에서처럼 복수심을 끊임없이 상기시키기 위한 도구로, 혹은 수많은 재산을 숨겨둔 장소를 가리키는 비밀의 열쇠로. 이반 형은 거울을 수집하는 게 취미라고 했지만 우리는 믿지 않았다.

이반 형이 돌아온 뒤, 나는 'Fragile'에서 자주 시간을 보냈다. 처음에는 우진과 함께였으나 점차 혼자서도 허물없이 드나들게 되었다. 수연이 사라진 뒤로 나는 대부분의 일에 의욕을 잃은 상태였다. 한 줄의 문장도 제대로 읽어낼 수 없었다. 도서관의 수많은 책들도 전부 의미를 잃어버린 것 같았다. 그 동안 매일같이 몇 시간 동안이나 그곳에 처박혀 책을 읽어왔다는 사실이 오히려 이상하게 느껴졌다. 우진과의 거래도 중단되었고 수업은 이미 나가는 날보다 빠지는 날이 많았다. 나는 하숙집 침대에 누워 얕은 잠과 의미 없는 상념에 번갈아 빠져들거나, 'Fragile'에서 이반 형과 잡담을 나누며 시간을 보냈다.

수연의 소식을 알아내려는 노력은 이미 모두 실패로 돌아간 다음이었다. 종교학과 사무실과 과방을 찾아 수연과 같은 과 사람들을 만나보았으나 아무도 그녀의 소식을 알지 못했다. 그들 대부분은 수연에게 관심조차 없었다. 학생과에 주소를 문의하자 학생의 신상정보를 타인에게 알려줄 수 없다는 답변이 돌아왔다. 담당자는 수연이 휴학이나 자퇴를 하지는 않았다는 사실만을 확인해주었다.

시도 때도 없이 질문들이 튀어나와 꼬리를 물고 이어졌다. 수연은 어째서 내게 한마디도 하지 않고 사라져버린 걸까, 그녀와 내가 함께 보낸 시간들은 무엇이었을까, 나도 모르는 사이에 그녀에게 뭔가 잘못을 저지른 것은 아닐까, 혹시 뭔가 안 좋은 일이 생긴 것은 아닐까. 질문은 언제나 수연이 끔찍한 사건에 휘말렸을지 모른다는 생각으로 끝났다. 뉴스에서 본 온갖 사건들이 스쳐갔다. 끝날 것 같지 않은 연쇄살인, 계속해서 사라지는 여자들. 나는 애써 고개를 젓곤 했지만 실은 그것이 사라진 수연을 설명하는 데 가장 좋은 방법일지도 모른다는 걸 알고 있었다. 내가 언젠가 수연이 해준 이야기를 떠올린 것 역시 당연한 일이었다. 나는 그녀가 또다시 어둡고 축축한 지하실에 갇혀버린 것은 아닐까 두려웠다. 그러나 어디로도 빠져나갈 수 없는 지하에 갇혀버린 것은 어쩌면 나인지도 몰랐다. 나는 출구 없는 질문의 미로 속을 불안과 두려움에 시달리며 끊임없이 헤매야 했다.

실제로 나는 시간관념이 희미해져 있었다. 시간과 날짜가 어떻게 지나가는지 제대로 알지 못했다. 그것은 망상과 불규칙한 수면 때문이기도 했고, 'Fragile'에서 많은 시간을 보내는 탓이기도 했다. 'Fragile'은 시간이 사라진 공간이었다. 그러한 특성이 그곳의 독특한 분위기 때문인지 아니면 내 상황이 그렇게 느끼도록 만든 것인지는 분명치 않다. 'Fragile'을 생각하면 먼저 그곳의 문이 떠오른다. 검은색 페인트로 칠해진 이상할 정도로 무거운 철문. 입구로 들어가 좁고 어두운 계단을 내려가면 보이는 그 문의 손잡이 위쪽에는, 유리잔에 번개 모양의 금이 간 빨간색 '취급주의' 도안이 붙어 있었다. 문은 열렸다가 닫힐 때마다 쿵, 하고 육중한 소리를 냈다. 안에 있는 사람들로 하여금 지상의 위협을 피해 은신처로 숨은 레지스탕스가 된 기분을 느끼게 하는 소리였다. 실내에 들어서면 어둠과 뭐라 표현하기 힘든 특유의 냄새가 몸을 감싸왔다. 뿌연 먼지 같은 오렌지색 조명이 갈색 목재로 된 바 주위를 비추었다. 바와 같은 색깔의 나무로 된 테이블과 천으로 된 낡은 의자들 사이를, 개구리씨가 키우는 고양이 한 마리가 소리 없이 돌아다녔다. 고양이는 하얀 털과 비대한 몸집을 가진 놈으로, '팔랑'이라는 역설적인 이름으로 불렸다. 이 족보를 알 수 없는 커다란 고양이는 누가 들어오든 말든, 혹은 시끄럽게 떠들든 말든, 자신과는 상관없다는 듯 바 앞에 놓인 스툴 중 하나에 오랫동안 한자세로 엎드려 있곤 했다. 그러다가 누가 자신을 만지려들면 그때서야 귀찮다는 듯 몸을 일으켜 바 안쪽으로 사라졌다. 벽장을 채우고 있는 오래된 LP판들, 원목으로 된 거대한 두 개의 스피커, 레코드플레이어 액정의 파란색 불빛과 그 옆에 앉아 있는 이반 형의 읊조리는 듯한 낮은 목소리. 그 속에서 나는 종종 시간이 흐르고 있다는 사실을 잊었다. 그리고 'Fragile'을 나와 집으로 향하는 동안 한 움큼씩 사라져버린 시간을 확인하며 얼마간 위안을 느꼈다.

　'Fragile'에는 대략 칠천여 장의 LP판이 있었는데 그중 상당수는 이반 형이 기증한 것이었다. 60, 70년대 록음악과 그보다 더 오래된 블루스 음악이 대부분을 차지했다. 이반 형은 내가 좋아하는 음악을 틀어주고 싶어했으나 팻 메스니의 음반은 없었다. 대신 우리는 웨스 몽고메리와 케니 버렐의 앨범을 번갈아 듣곤 했다. 우진과 함께 올 때면 늘 토론이 벌어졌지만 나와 이반 형 둘이 있을 때는 달랐다. 이반 형은 온화하면서도 과묵한 사람이었다. 우진처럼 누가 옆에서 적극적으로 캐묻지 않는 한 먼저 이야기를 늘어놓는 일이 드물었다. 나와 마주 앉아 있으면서도 종종 오랫동안 아무 말도 하지 않고 음악에 귀를 기울이곤 했다.

하루는 이반 형이 인도에서 만난 친구에 대해 이야기한 적이 있었다. 그 이야기가 기억에 남은 까닭은 처음 만났을 때 이반 형이 이야기한 쥐 신전의 피리 부는 사나이와 연결되는 이야기였기 때문일 것이다.

"작은 도시에서는 기차에서 내리면 아이들이 기다리고 있다가 여행객들을 잡아끄는 일이 종종 있었어. 여행자들을 자기가 일하는 숙소에 데려가려고 하는 거지. 일종의 호객행위랄까. 그날도 눈이 커다랗고 다 떨어진 신발을 신은 자그마한 아이들이 몰려와서 숙소를 찾느냐고 물으면서 소매를 잡아끌었어. 그런데 다른 아이들은 저마다 방이 어떻고, 가격이 얼마라고 소리치는데 한 아이가 연신 '당신의 형제가 있어요'라고 외치는 거야. 무슨 뜻인지 궁금해서 물었더니, 따라와보면 안다는 거야. 속는 셈치고 그 아이를 따라갔어. 가보니까 그곳에 한국인 남자 하나가 묵고 있더군. 사실 나와 별로 닮은 편은 아니었는데 그 아이 눈에는 우리가 무척 비슷하게 생긴 걸로 보였나봐. 그 손님에게도 나를 '당신의 형제'라고 소개하더군."

"뜻밖의 곳에서 잃어버린 가족을 만나셨군요."

내 말에 이반 형이 짧게 웃음소리를 냈다.

"그는 다른 도시에서도 나와 두어 번 스쳐간 적 있는 남자였어. 그도 나를 기억하고 있었어. 작은 도시였고, 그 여관에 손님이라고는 우리 둘뿐이었기 때문에 우리는 거의 매번 식사를 같이했고 함께 주변을 돌아다니기도 했지. 내가 이반이라고 나를 소개했더니, 그가 킬킬 웃으며 '저는 허클베리 핀이라고 합니다. 헉이라고 부르세요'라고 말했어. 왜 그가 허클베리 핀을 선택했는지는 모르겠지만 그건 나쁘지 않은 선택이었지. 마크 트웨인과 톨스토이는 지구 반대편의 대륙에서 같은 해에 죽었거든. 불과 며칠간이었지만 우리가 그런대로 잘 지낼 수 있었던 건 아마 서로에 대해 그 이상은 묻지 않았기 때문일 거야. 여행지에서 마주치는 한국 사람들은 신상에 대해 꼬치꼬치 캐묻는 경우가 많아. 몇 살인지, 직업은 뭔지, 결혼은 했는지. 그래놓고는 솔직하게 대답해주면 오히려 이상한 사람 보듯 쳐다보는 거야. 그런 사람들은 대개 공통점보다 차이점에 신경쓰니까. 차이점들이 하나하나 벽으로 변하는 거지."

"그래서 저희한테도 형에 대해서 제대로 알려주지 않는 거예요?"

"그런 건 아니지만 그렇다고 해두는 것도 나쁘지 않겠는걸." 이반 형이 웃으며 말했다. "농담이야. 헉은 대체로 말수가 적은 편이었지만 어떨 때는 굉장히 들뜨기도 했어. 기복이 심한 편이었지. 자신에 대한 이야기는 거의 하지 않아서 나는 헤어질 때까지 그가 꽤 오랫동안 외국을 돌아다녔다는 사실 외에는 별로 알게 된 게 없었어. 어쨌든 그 도시에 머문 지 사흘인가 나흘째 저녁에 밖에서 떠들썩한 소리가 나기에 나가보니 빈터에서 잔치가 벌어지고 있었어. 아마 결혼식이 있었나봐. 사람들이 음악에 맞춰 춤을 추고 있었는데 거의 끝나가는 분위기더군. 헉과 함께 구경하다가 그만 들어갈까 하는데 헉이 한쪽 구석의 나무 아래서 전통 악기를 연주하고 있던 사람들에게 다가갔어. 그리고 그중 한 악기를 가리키며 연주자에게 어떻게 연주하는 거냐고 물어봤어. 기타와 닮았는데 기타보다 목이 훨씬 긴 현악기였지. 외국인이 악기에 관심을 보이니까 연주자도 재미있었는지 악기를 건네주고 오 분 정도 요령을 알려줬는데, 놀랍게도 몇 번 혼자 이것저것 뚱땅거리던 혁이 십 분쯤 지나자 그 연주자가 했던 연주를 흉내내기 시작하는 거야. 나뿐 아니라 주위에 있던 인도 사람들도 전부 깜짝 놀랐지. 혁은 점점 악기에 익숙해지는지 나중에는 다른 악기를 연주하는 사람들과 합주를 했는데 먼저 인도 연주자가 한 것과 거의 차이가 없게 느껴졌어."

"대단한 사람이군요."

"나도 숙소로 돌아오는 길에 그에게 대단하다고 말했지. 그런데 그는 그런 건 아무것도 아니라고 말하더군. 겸손이 아니라 정말 대수롭지 않은 거라는 말투였어. 심지어 어렴풋한 자기 비하까지 느껴져서 나도 더이상 아무 말도 하지 않았지. 헤어지기 전날 밤에 다시 그 연주 이야기가 나왔는데, 어쩌다 내가 데시노크의 쥐 신전에서 들은 이야기를 하게 되었어. 나는 그런 전설 같은 이야기가 오늘날에도 있다는 게 신기하지 않냐, 피리로 쥐를 불러냈다면 그건 대체 어떤 연주였을까, 라는 식으로 재미삼아 말했던 거였는데, 혁이 이렇게 말하는 거야. '저도 그 신전에서 있었던 일에 대해 들었어요. 내일 그리로 갈 생각입니다.' 나는 그 일을 아는 사람이 있다는 게 신기했어. 그래서 그 이야기를 믿느냐고 물었지. 그러자 혁이 다시 말했어. '믿느냐구요? 전 그 연주를 들은 적이 있습니다. 인도에 온 것도 그 연주를 다시 들을 수 있을까 해서구요.' 우진이가 들었다면 그 남자가 재미없는 농담을 했던 거라고 하겠지만 내가 듣기에 그의 말은 농담이 아니었어. 심지어 그는 내가 피리 부는 사나이의 이야기를 전해 듣게 된 건 인연이 있는 거라며 또다른 이야기를 듣게 되면 알려달라고 이메일 주소를 가르쳐주기도 했지. 어떻게 생각해?"

"음, 전 꽤 재미있는 농담 같은데요."

나는 그렇게 대답했다. 그때만 해도 이반 형의 이야기를 진지하게 받아들이지 않았던 것이다. 그것은 그저 먼 나라에서 있을 법한 신기한 에피소드에 지나지 않았다.

'Fragile'은 주말을 제외하곤 손님이 많지 않았다. 간간이 양복을 입은 직장인들이 혼자 찾아와 술잔을 앞에 놓고 음악을 듣다가 가곤 했다. 대개 단골들이라 이반 형에게 알은체를 하고 말을 걸어왔다. 이반 형을 상대로 사는 얘기를 늘어놓는 사람들도 있었다. 내가 듣기에는 과장된 한탄이나 허세로 느껴지는 이야기가 대부분이었지만 이반 형은 어떤 이야기든 잘 들어주었다. 그럴 때면 나는 옆에 앉아 조용히 그들의 대화를 들었다. 그들의 말은 바로 옆에서 들려왔지만 마치 다른 세계의 이야기처럼 멀게 느껴졌다.

어느 날 나는 이반 형에게 내가 처해 있는 상황에 대해 털어놓았다. 무슨 요일이었는지 손님이 하나도 없던 날이었다. 의자에 앉아 꾸벅꾸벅 졸던 개구리씨가 이반 형에게 마감을 부탁하고 돌아간 후라 가게에는 우리 둘뿐이었다. 우진 외의 누군가에게 수연에 대해 이야기하는 것은 처음이었다. 이반 형은 연신 담배를 피우며 내 얘길 들었다. 나는 축제날 있었던 일들을 자세히 이야기했다. 어떻게 타로를 보게 되었고, 무슨 카드를 뽑았으며, 그녀가 어떤 반응을 보였는지.

"도대체 무엇이 잘못된 걸까요? 아무리 생각해봐도 모르겠어요."

이반 형은 짧아진 담배를 재떨이에 비벼 끄고 새 담배에 불을 붙였다. 그리고 팔짱을 낀 채 담배연기를 빨아들였다.

"지금 네 이야기만으로 어떤 결론을 내리긴 어려울 것 같다. 어느정도 추측은 가능하겠지. 그 친구에 대해선 우진이한테도 몇 번 들은 적이 있어. 너희들 얘기로 미루어봐서는 기분 나쁜 카드나 불길한 예언 따위로 호들갑 떨 사람은 아닌 것 같다는 생각이 드는데."

"네, 오히려 다른 사람보다 그런 일에 초연한 편이라고 할 수 있죠. 그래서 제가 더 놀랐던 거구요."

"음, 그런 사람이 카드를 보고 그토록 두려워했다는 건, 역시 카드에 암시된 무엇인가가 그 아이의 현실적인 상황과 연관되어 다가왔기 때문이 아닐까? 그 그림에 악마에게 구속된 인간들이 그려져 있었다고 했지?"

"네."

"네 친구가 실제로 뭔가에 의해 구속당하거나 협박당하고 있었다고 가정하면 어떨까. 끈에 구속된 사람들을 보고 자신의 상황을 떠올렸을 수도 있겠지. 예를 들면, 사채업자라든가. 무슨 눈치 없었어? 경제적으로 갑자기 어려워진 것 같다거나, 가족들 간에 문제가 생긴 것 같다거나 하는."

나는 잠시 멍해졌다.

"잘 모르겠어요. 원래 자기 얘기는 거의 안 하는 편이거든요."

"그래? 내가 이야기한 건 한 가지 가능성일 뿐이야. 그렇지만 유달리 자기 얘기를 안 했다는 건 정말로 어떤 문제가 있었다는 뜻일지도 모르겠군."

"역시 그렇게 생각할 수밖에 없겠죠."

나는 힘없이 고개를 끄덕였다.

만약 수연에게 정말 뭔가 문제가 있었다면, 그녀가 말없이 사라진 것은 나를 고민을 함께 나눌 수 있는 사람으로 여기지 않았다는 뜻이리라. 그런 생각이 들자 우울해졌다. 지나간 수연의 행동들이 새롭게 해석되기 시작했다. 그녀의 눈빛과 미소, 차분한 말투가 모두 자신의 문제를 숨기기 위한 가면이었던 것처럼 느껴졌다. 그녀는 그때 왜 그런 말을 했을까. 그녀는 왜 그런 표정을 지었던 걸까. 이해했다고 여겼던 그녀의 모든 몸짓 위로 물음표가 떠올랐다. 나는 이제 수연이라는 산을 오르기 위한 가장 기본적인 베이스캠프조차 잃고 아무것도 알 수 없게 되어버린 것이었다.

내가 생각에 잠겨 있는 동안 이반 형이 냉장고에서 하이네켄 두 병을 꺼내와 내려놓았다.

"형 술 안 드시잖아요?"

이반 형은 'Fragile'에서도 박카스나 커피만을 마셨다.

"이런 날도 있는 거지."

그날은 끝내 한 명의 손님도 오지 않았다. 일단 마시기 시작하자 이반 형은 거침없이 술잔을 비웠다. 우리는 냉장고에 남아 있던 열 병가량의 하이네켄을 전부 마셨다. 그다음에는 이반 형이 위스키 한 병을 들고 왔다. 맥주랑 적당히 섞어 마시면 박카스 맛이랑 비슷해. 피처에 생맥주를 따르며 이반 형이 말했다. 그 말을 들은 탓인지 정말로 박카스를 마시는 것 같았다. 피로가 가시고 활기가 솟았다. 머릿속의 생각들이 자꾸만 밖으로 쏟아져나왔다. 형 전 말이죠, 세상이 쓸데없는 것으로 가득 찬 무의미한 곳이라고 생각했어요. 필요 이상으로 시끄럽고 복잡하고 과장되어 있다고 생각했죠. 그런데 수연이를 알게 되면서 꼭 그런 것만은 아니라는 생각이 들었어요. 그애는 제게 의미의 시작이었다구요. 제가 이 세상에서 다른 의미나 가치를 찾을 수 있다면 그건 그애 덕분일 거예요. 그건 마치…… 그건 마치 코기토 같은 거예요. 데카르트의 코기토. 데카르트한테는 그게 모든 진리의 기초였잖아요. 모든 것을 의심해도 의심할 수 없는 한 가지. 근데 말이죠, 전 그 사람이 쓴 글은 잘 못 읽겠더라구요. 왠지 쉬운 얘기를 어렵게 하는 거 같기도 하고, 똑같은 얘기를 또 하는 거 같기도 하고, 쉬운 얘기를 어렵게 하

는 거 같기도 하고…… 지금 혹시 제가 똑같은 얘기를 또 하고 있나
요? 뭐라구요? 형이 제대로 못 알아들었다면 제가 잘못 말한 거겠죠.
쉬운 얘기를 똑같이 했거나, 똑같은 얘기를 어렵게 했거나, 쉬운 얘기
를…… 도대체, 수연이한테 무슨 문제가 생긴 걸까요?

빨갛게 타들어가던 이반 형의 담뱃불이 기억난다. 레코드플레이어
의 볼륨을 있는 대로 올려놓고 비틀스의 〈Strawberry fields forever〉를
함께 따라 불렀던 것도 기억난다. 그리고 위스키 병이 바닥을 드러낼
무렵 우리는 머리를 맞대고 엎드려 잠이 들었다. 마지막으로 기억나는
것은 어느 틈엔가 바 위에 올라와 엎드려 있던 팔랑이 물끄러미 우리
를 쳐다보던 모습이었다.

깨어났을 때 나는 'Fragile'의 화장실 변기에 엎드려 있었다. 변기와
그 주변에는 내가 쏟아놓은 게 분명한 토사물이 널려 있었다. 화장실
에 와서 토한 뒤 그대로 쓰러져 잠이 든 모양이었다. 아니면 먼저 잠이
든 다음 토한 건지도 몰랐다. 쇠로 된 헬멧을 쓴 것처럼 머리가 무겁고
입에서는 쓴 맛이 났다. 역한 냄새와 백열등 불빛에 번들거리는 반쯤
소화되다가 만 음식물들이 나를 다시 메스껍게 만들었다. 간신히 몸을
일으켜 대강 얼굴을 씻고 화장실을 나왔다.

홀의 조명이 꺼져 있는 걸 발견하는 순간 뭔가 일이 잘못되었다는
걸 깨달았다. 휴대폰 불빛에 의지해 벽을 더듬어 불을 켜자 테이블 아
래 있던 팔랑이 벌떡 일어나 나를 바라보았다. 이반 형의 모습은 보이
지 않았다. 우리가 술을 마시던 자리에는 술병과 잔과 접시가 그대로
널려 있었다. 나는 불길한 예감을 느끼며 입구로 다가가 철문 손잡이
를 돌렸다. 문은 잠겨 있었다. 이곳의 문은 안과 밖에서 모두 잠글 수
있게 되어 있었다. 보안 시스템이 없는 오래된 건물이라 개구리씨는
커다란 자물쇠를 두 개나 채울 수 있게 해놓았다. 이반 형은 잠에서 깨

어나 내가 없는 걸 보고 집으로 돌아간 게 분명했다. 자신이 잠들어서 내가 먼저 집에 갔다고 생각했을 것이고, 술김에 뒷정리를 하느니 내일 일찍 오는 편이 낫다고 판단했을 것이다. 어쩌면 그런 판단조차 불가능한 상태에서 정신없이 집으로 향했는지도 모른다. 전후관계를 설명해주는 장면들이 주마등처럼 스쳐가더니 다시 머릿속이 멍해졌다. 나도 모르게 헛웃음이 나왔다. 이반 형은 휴대폰이 없었다. 나는 우진에게 전화를 걸었다. 전화는 연결되자마자 곧바로 끊어졌다. 다시 걸자 전화기가 꺼져 있다는 음성이 흘러나왔다. 이미 세시가 넘은 시각이었다. 우진을 탓할 수는 없었다.

우진이 전화를 꺼놓자, 단 하나의 생명줄이 끊어져버린 셈이 되었다. 이제 이반 형이 되돌아오지 않는 이상 내일 오후까지는 꼼짝없이 갇혀 있어야 하는 상황이었다. 수업을 빠지는 일에는 이미 익숙해져 있었고 특별히 해야 할 일도 없었으나 내가 처한 상황이 생각할수록 어처구니가 없었다. 팔랑은 다시 바닥에 배를 깔고 엎드린 채 꼼짝 않고 나를 바라보고 있었다. 마치 나를 이런 상황에 빠뜨린 누군가가 녀석의 눈을 통해 나를 지켜보고 있는 것 같았다. 불현듯 어디로도 빠져나갈 수 없는 지하에 갇혀버린 건 수연이 아니라 나인지도 모른다고 생각했던 일이 떠올랐다. 그 말은 어디까지나 비유였다. 그런데 비유가 갑자기 현실이 되어버린 것이다. 나는 문 가까이 놓여 있던 의자에 천천히 주저앉았다. 현실과 언어 사이에 존재하는 알 수 없는 끈이 나를 어지럽게 만들었다.

고개를 숙이고 팔꿈치를 무릎에 걸친 채 두 손으로 머리를 감쌌다. 거무튀튀한 홀 바닥의 나뭇결이 보였다. 아무도 들여다보지 않아도 존재하는 세상의 무늬들. 나는 그중 하나를 바라보고 있었다. 머릿속이 하얘지는 것 같더니 온갖 기억이 제멋대로 흘러넘치기 시작했다. 최근에 있었던 일들과 오래된 일들이 거미줄처럼 뒤엉켰다. 중학교 때 학교 건물에서 뛰어내렸던 일이 떠올랐다. 아무 생각 없이 부추기던 아이들은 비명을 질렀을 것이다. 기억나지는 않는다. 지면에 충돌하기까지 눈앞을 스쳐갔던 것들도 기억나지 않는다. 허공에서 발을 구르던 감각만은 또렷이 기억하고 있다. 그리고 무슨 생각을 했던가. 이건 너무 짧잖아. 아직 허공에 있는 동안이었는지 이미 떨어진 다음이었는지는 확실하지 않지만 속으로 그렇게 중얼거렸던 것 같다. 이건 너무 짧잖아. 나는 내가 좀더 오랫동안 공중에 머무를 수 있을 줄 알았다. 아주 어릴 적에 나는 공중에 떠오른 적이 있었다. 초등학교에 입학할 무렵 어머니를 따라간 교회에서였다. 그날은 내가 기억하는 최초의 봄이기도 했다. 예배가 진행되는 동안 나는 아치형으로 된 예배당의 커다란 창문들을 통해 쏟아져들어오는 눈부신 햇살에 도취되어 있었다. 나무로 된 강대상과 성가대원들이 입은 붉은 가운과 긴 의자에 앉은 사람들의 머리가 새하얀 빛에 감싸여 있었다. 그랜드피아노의 매끄러운 검정색 표면에 반사된 빛이 나를 향해 번쩍였다. 거기에 예배당 안에 울려퍼지는 웅장한 오르간 소리가 더해졌다. 나는 심장 소리가 점점 커지면서 온몸이 서서히 떠오르는 걸 느꼈다. 누군가가 다른 사람은 알아차릴 수 없는 낮은 높이로 나를 살짝 들어올린 것 같았다. 그 상태로 이삼 분 동안 공중에 머물다가 다시 서서히 내려왔다. 나는 그 일이 기적이라고 생각했기 때문에 누구에게도 말하지 않았다. 입 밖에 내는 순간 기적이 물거품이 되는 동화들을 나는 알고 있었다. 다음주에도, 그 다음주에도 부양은 되풀이되었다. 곧 예수님처럼 하늘로 올라가게 될지도 모른다고 생각했다. 그렇게 몇 주가 지난 일요일, 집으로 돌아가기 위해 교회 앞의 큰 도로를 건너가다가 나는 차에 깃밟힌 비둘기의 시체를 보았다. 으깨진 살점과 핏자국, 나풀거리는 깃털, 그런 것들이 나를 두렵게 만들지는 않았다. 그보다 아무도 비둘기의 시체에 관심이 없다는 사실에 충격을 받았다. 자동차들은 아슬아슬하게 시체 위를 스쳐갔고 사람들의 눈길은 무심히 그 위를 지나쳐갔다. 그리고 다음주에 다시 그곳을 지날 때에는 아무런 흔적도 남아 있지 않았다. 마치 아무 일도 없었던 것처럼. 그날 이후로 나는 더이상 떠오르지 않았다.

살아오면서 잃어버린 것들이 차례로 머릿속을 맴돌았다. 다시는 볼 수 없는 얼굴들, 부를 수 없는 이름들, 만질 수 없는 사물들, 지나가버린 순간들과 그때의 감정들, 감각들. 다시는 그것들을 되찾을 수 없으리라고 생각하자 가슴이 죄어들고 숨이 가빠왔다. 그리고 이제 거기에 무엇과도 바꿀 수 없는 소중한 이름 하나를 더해야 했다. 나는 메스꺼움을 느꼈다. 아직 덜 깬 술기운으로 육체는 탈진상태였고 머릿속은 온통 뒤죽박죽이었다. 네 발을 쭉 펴고 엎드린 채 느긋하게 날 바라보는 팔랑을 보자 분노가 치밀었다. 내 분노는 녀석을 향한 게 아니었지만 화풀이할 대상이 필요했다. 테이블 옆에 장식용으로 놓아둔 빈 맥주병을 집어드는 순간 욕지기가 치밀었다. 간신히 화장실로 가서 토하고 돌아왔을 때 휴대폰이 메시지가 도착했음을 알렸다. 처음 보는 전화번호가 찍혀 있었지만 나는 보자마자 그것이 수연이 보낸 것임을 알았다. 나는 한동안 멍하니 화면을 들여다보았다. 그리고 어느 순간 벌떡 일어나 먹고 마신 술병과 잔과 접시 들을 치웠다. 찬물로 얼굴을 씻고 솔과 세제를 찾아 내가 토해놓은 화장실을 닦았다. 그다음에는 여자 화장실을 청소했다. 잠들었던 이반 형이 목이 말라 깨어났다가 뭔가 이상한 느낌에 나를 찾으러 왔을 때는 이미 홀 바닥 청소까지 끝마친 뒤였다. 문자메시지의 내용은 이랬다.

네가 보고 싶어. 날 보러 와줄래?

그날 술에 취하기 전에 나는 이반 형에게 그리스신화의 신이었던 판이 악마가 된 까닭을 아느냐고 물었다. 이반 형의 대답은 다음과 같았다.

유일신 종교인 기독교가 유럽사회를 지배하게 되면서 다른 모든 종교와 신화 들은 이단으로 치부되었고, 그 속에 등장하는 신들은 우상 또는 악마로 간주되었다. 그중에서도 판은 악마의 대표격으로 여겨졌다. 그렇게 된 이유에 대해서는 몇 가지 추측이 가능하다. 우선 뿔과 발굽 같은 외모가 영향을 미쳤을 것이다. 그가 예측할 수 없는 공포의 주인이라는 사실도 간과할 수 없다. 무엇보다 중요한 것은 판이 성적인 쾌락과 색욕의 상징이었다는 점이다. 판은 술과 광기, 광란의 축제를 상징하는 디오니소스와 밀접한 관계를 맺고 있었다. 욕망의 절제는 기독교에서 가장 강조하는 덕목이었고, 성적인 쾌락은 기독교사회의 가장 큰 금기였다. 중세 기독교가 이단종파와 민간신앙을 탄압하기 위해 행한 종교재판과 마녀사냥의 소용돌이에서 판은 마녀들의 정욕을 채워주고 그들의 섬김을 받는 존재로 생각되었다. 또 판은 마녀들의 사주에 따라 정숙한 아가씨의 꿈에 출현하여 그들을 정욕의 포로로 삼는 몽마로도 여겨졌다. 이반 형은 말했다.

"……판은 정복되지 않은 숲의 어둠과 적막이자 모든 숨어 있는 욕망과 꿈의 주인이야. 인간에게 미지의 것은 공포의 대상일 수밖에 없지."

6

구름 탓인지 하늘이 유난히 낮아 보였다. 강화도로 향하는 시외버스에는 사람이 많지 않았다. 반쯤 열어놓은 창문으로 들어온 먼지 섞인 바람이 얼굴을 스쳐갔다. 창밖에 시선을 둔 채 전날 있었던 수연과의 통화를 생각했다. 문자메시지에 찍힌 전화번호는 수연의 언니 것이었다. 전화를 건네받은 수연은 강화도에 머물고 있다고 했다. 왜 그런 곳에 있느냐는 내 질문에는 대답하지 않은 채, 언제든 내가 편할 때 한번 와주면 좋겠다고 말했다. 당장 가겠다고 하자 그건 곤란하다고 했다. 네겐 생각할 시간이 필요해. 생각할 시간? 나를 다시 보는 게 좋을지 안 보는 게 좋을지 생각해봐. 그리고 그러지 않는 편이 낫겠다는 생각이 들면 오지 않아도 돼. 내가 보고 싶다고 했잖아? 그 말은 진심이야. 그렇지만 내 마음대로만 할 수 있는 건 아니니까. 수연의 목소리는 유달리 힘이 없었다. 그러면서도 단호하게 말하려고 애쓰는 그녀가 안쓰럽게 느껴졌다. 나는 무슨 일이 있었던 거냐고 물었다. 수연은 조금 주저하더니 병원에 있었다고 말했다. 별로 대단한 건 아니야. 어쨌든 내가 말한 거 진지하게 생각해봐. 꼭. 그러나 내겐 생각하고 말고의 문제가 아니었다.

전날 잠을 설친 탓에 나도 모르게 잠이 들었던 것 같았다. 눈을 떴을 때는 어느새 다리를 건너 강화도에 들어와 있었다. 터미널에는 수연의 언니가 차로 마중을 나와 있었다. 조금 마른 듯한 체격과 자그마한 얼굴이 수연을 떠올리게 했다. 이름은 지연이라고 했다. 외모는 비슷했지만 분위기는 좀 달랐다. 표정이 풍부했고 말투와 행동에 활기가 있었다.

"일찍 왔네? 좀더 나중에 오는 줄로 알았는데."

인사가 끝나고 자동차 옆자리에 올라타자 지연씨가 말했다.

"마음이 급해서요"라고 내가 대답하자 싱긋 웃었다.

"수연이한테 얘기 많이 들었어. 온다는 전화받고 수연이가 좋아했어."

"저한테는 왜 이렇게 서둘러 오냐고 하던데요."

"겉으로만 그렇게 이야기하는 거야. 속으로는 무척 기뻐하고 있어. 그럴 줄 알고 온 거 아니야?"

"그런 건 아니에요. 수연이가 뭐라고 하든 더 기다릴 수가 없었어요."

"농담이야. 너무 진지하게 반응하니까 이상하네."

수연의 언니는 내게 거리낌없이 반말을 했는데 오히려 자연스럽게 느껴졌다. 처음 만나는 사람인데도 마치 오래 전부터 알고 지낸 사이 같았다. 하늘색의 마티즈는 양쪽 창문을 활짝 열어놓은 채 달렸다. 바닷바람이 차 안에 고여 있던 열기를 휘저어놓고 다시 빠져나갔다.

"혹시 수연이한테 무슨 일이 있었는지 들었어?"

"아뇨, 병원에 있었다는 것 말고는."

"무슨 일이 있었는지 내가 대강 이야기해줘도 될까?" 바람 소리 때

문에 지연씨가 목소리를 높였다. "아마 수연이가 이야기하겠지만, 그
애 스스로 이야기하기 어려운 부분도 있을 테니까."

"네, 저는 괜찮아요."

그녀가 양쪽 창문을 사분의 삼가량 올리고 속도를 조금 줄였다.

"수연이는 응급실에 실려갔었어."

어느 정도 예상했던 일이었으므로 나는 놀라지 않았다.

"어디가 아팠나요? 아니면 사고가 있었던 건가요?"

"사고라면 사고라고도 할 수 있지. 수면제 과다 복용이었어."

"수면제요?"

"그래. 정확하게 이야기하자면 수면유도제지. 수면제만큼은 아니지
만 이것도 많이 먹으면 상당히 위험해."

"네……"

"그날 나는 밤늦게 집에 들어갔어. 내가 들어갔을 때 수연이는 자고
있었고. 잠자리에 들었다가 한밤중에 이상한 소리가 나서 나가봤더니
그애가 화장실에서 토하고 있는 거야. 그런데 그게 뭔가 이상했어. 너
무 격렬했고, 뭐랄까…… 마치 몸 안의 모든 것을 다 토해내려는 것
같은 느낌이었어. 무서운 생각이 들어서 바로 구급차를 불렀고 응급실
에 가서 위세척을 했어."

그녀는 단숨에 거기까지 이야기하더니 크게 숨을 들이쉬었다. 나는
뭐라고 말을 해야 할지 몰라 잠자코 있었다.

"구급차가 오는 동안에도 그애는 구토를 멈추지 않았어. 더이상 나
올 게 없는 것 같은데도 계속 토하고, 얼굴은 눈물이랑 콧물로 범벅이
되고…… 수연이는 어쩌면 울고 있었는지도 몰라. 그랬던 것 같아. 나
는 그애의 등을 쓰다듬어주는 것밖에 해줄 수 있는 게 없었어."

"하지만 왜 그런 약을……"

"원래 그애는 가끔 수면유도제를 먹곤 했어. 그애뿐 아니라 나나 아버지도 잠을 잘 못 잘 때는 약을 먹어. 우리 가족들이 좀 예민한 편이거든. 그래서 수연이도 그저 잠을 잘 못 자서 약을 먹는 거로만 생각했는데 이런 일이 벌어진 거야. 그리고 솔직히 말하자면 이번이 처음이 아니야. 약을 과용해서 응급실에 실려간 일이."

"전에도 그런 적이 있었나요?"

"응. 그때는 지금보다 훨씬 놀랐었어. 그애가 죽을지도 모른다는 생각 때문에 내가 못 견딜 정도였지. 한번 겪어봤다고 이번에는 지난번처럼 당황하지는 않았지만 그래서 더 걱정이 돼. 정말 그애가 무슨 생각인지를 모르겠어. 어쩌면 내가 미처 눈치채지 못해서 그냥 넘어간 적도 있을지 몰라."

갑자기 사막 한가운데 떨어진 것처럼 막막한 기분이 들었다. 내가 듣고 있는 것은 과연 누구의 이야기일까. 전혀 모르는 사람의 이야기를 듣고 있는 것 같은 기분이 들었다.

"수연이는 뭐라고 하던가요?"

"그애는 실수였다고 했어. 그러려고 한 게 아니라 자기도 모르게 그렇게 된 거라고. 그렇지만 자기도 모르게 그렇게 많은 약을 먹는 일이 가능할까? 의사 말로는 적어도 삼사십 알은 먹은 것 같다는데. 그리고 정신을 차리고 나서도 한동안은 아무것도 먹지 않으려고 했어. 뭔가 생각에 잠긴 것처럼 멍하니 앉아 있기만 했지. 너도 알겠지만 공부하는 걸 좋아하는 앤데, 학교에도 가지 않겠다고 하고. 사실 금방 퇴원할 수도 있었는데 며칠 병원에 있었던 것도 그애한테 다른 문제가 있는 것은 아닐까 해서 그랬던 거야."

지연씨가 입술을 깨물었다.

"우울증이나 불안장애 같은 게 있을 수도 있다고 생각해서 검사를 받앉어. 어차피 이대로는 언제든 그런 일이 또 벌어질 수 있다는 거니까."

"그래서 결과는요?"

"의사 말로는 가벼운 우울증이 있지만 그 정도는 누구나 겪을 수 있는 거라고 하더라. 가까운 사람들과 시간을 많이 갖고 스트레스를 받지 않으면 금방 괜찮아질 거래."

"……다행이네요."

"글쎄, 다행일까? 난 잘 모르겠어. 특별한 문제가 없다고 하니까 오히려 더 마음이 놓이질 않아."

지연씨는 입을 꾹 다물고 정면만을 바라보며 운전했다. 나도 말없이 창밖을 바라보았다. 차는 산길을 따라 난 구불구불한 도로를 달리고 있었다. 커다란 바위들과 뒤틀린 소나무들이 차례로 지나갔다. 도로 옆의 비탈 아래로 바다가 보였다. 수십 알의 알약을 차례로 삼키는 수연의 모습을 상상했다. 도대체 어떻게 그렇게 많은 약을 삼켰을까. 생각하는 것만으로도 커다란 알약을 그냥 삼켰을 때처럼 가슴이 콱 막히는 것 같았다.

한동안 이어진 산길을 벗어나 평지로 접어들었다. 길 오른편으로 넓게 펼쳐진 논과 밭이 보였고 반대편으로는 산줄기 아래 드문드문 놓인 집들이 보였다. 차는 도로를 따라가다 포장이 안 된 좁은 길로 꺾어들어갔다. 몇 채의 오래된 집들을 지나자 조금 높은 지대에 새로 지은 대여섯 채의 집들이 간격을 두고 서 있는 게 보였다. 지연씨는 그리로 이어지는 오솔길 앞 공터에 차를 세웠다. 차에서 내려 집을 향해 걸어가는 동안 처음 만나자마자 이런 이야기를 하게 되어 미안하다고 말했다.

"여기까지 와줘서 고마워. 수연이 친구를 본 건 오랜만이야."

"그런 일일 줄은 생각도 못 했어요. 제가 수연이한테 도움이 된다면 좋겠는데."

"그런 생각은 하지 않아도 돼. 여기 와준 것만으로도 그애한테는 충분히 도움이 될 테니까. 그런데 그러고 보니,"

"네?"

"누나라고 안 하는 모양이네? 수연이보다 어리다고 들었는데."

"아, 그게……"

내가 당황해하자 그녀가 미소를 지었다.

집은 하얀 외벽과 파스텔 톤의 파란 지붕을 가진 단층 주택이었다. 지연씨의 친구 집이라고 했다. 가까워지자 외벽에 옅은 노란색으로 그려놓은 그림이 눈에 들어왔다. 정확히 말하자면 그림이라기보다 손 가는 대로 내놓은 붓자국처럼 보였다. 그리고 계단을 오르며 나는 울타리 없는 조그만 뜰에 나와 있던 수연이 나를 발견하고 미소짓는 걸 보았다…… 그러나 그 표정은 미소라는 한마디의 단어로는 표현할 수 없다. 그녀의 표정에는 온갖 종류의 감정들이 담겨 있었다. 미안함, 부끄러움, 쓸쓸함, 그리고 손목을 부여잡고 울고 싶을 만큼의 반가움과 애잔함이 배어났다.

지연씨는 점심때까지 산책이라도 다녀오라며 우리를 떠밀었다. 우리는 집 앞으로 난 신작로를 따라 천천히 걸었다. 수연은 놀랄 만큼 수척해져 있었다. 핏기 없는 새하얀 얼굴이 안쓰러웠다. 그녀는 거의 말을 하지 않은 채 내가 하는 이야기들을 들었고 이따금 이쪽저쪽의 풍경을 바라보며 눈이 부신 것 같은 표정을 지었다. 나는 우진도 걱정하고 있다는 말을 전했다. 우진의 이름이 나오자 수연이 미소를 지었다.

"우진인 별일 없어?"

"똑같지 뭐. 어느 수업인지 강사랑 토론하다가 서로 소리지르기 직전까지 갔다는데 정작 본인은 아무렇지도 않은가봐. 화학 실험 조교랑 친해져서 요즘은 거의 실험실에 박혀 있는 것 같아."

"똑똑한 애야, 우진인."

"그 사실을 본인이 너무 잘 아는 게 문제지."

"그래도 아직 일학년이니까 좀더 대학생활을 즐기는 것도 좋을 텐데. 여자친구도 사귀고 말이야. 여자애들이 좋아할 타입이잖아."

"학기 초엔 관심 갖고 다가오는 애들이 좀 있는 것 같았는데. 요즘엔 전혀."

"왜?"

"본색이 드러난 거지. 네가 우진이의 본 모습을 못 봐서 그래. 관심 없는 여자들한텐 무척 차갑다고. 예의바르게 구는 척하면서 사람을 질리게 만드는 데 천재야."

"그래? 그럼 나한텐 관심 있다는 얘기네?"

수연이 모처럼 소리내어 웃었다. 그러자 길 앞쪽에서 종종거리던 참새 몇 마리가 포르르 날아올라 흩어졌다. 새들은 조그만 날개를 재빠르게 움직여 허공을 이리저리 가로지르다가 전깃줄 위에 줄지어 앉았다.

멀리 보이는 산줄기 위로 몇 개의 송전탑이 비죽이 고개를 내밀고 있었다. 길 왼편으로는 푸른 논이 펼쳐져 있었고 그 너머로 햇살을 받은 바다가 은빛으로 빛나는 게 보였다. 우리는 잡목이 우거진 오르막길로 접어들었다. 멀리서 봤을 때는 낮은 언덕 정도로 보이던 산은 막상 오르자 생각보다 경사가 가팔랐다. 한동안 좁은 산길을 따라 걷다가 이름 모를 커다란 나무 아래 나란히 앉았다. 우리가 지나온 신작로와 주변 풍경이 한눈에 내려다보였다. 앞머리가 찰랑거리는 수연의 이마에는 땀이 맺혀 있었다.

"힘들어? 너무 무리했나?"

"괜찮아, 괜찮아."

수연이 가벼운 말투로 대답했다.

부드러운 6월의 바람이 귓가를 스쳐갔다. 풀냄새와 나무 냄새가 우리를 감쌌다. 짙은 초록 빛깔로 가득 찬 주위는 한없이 고요했다. 나는 수연의 하얀색 캔버스화 콧등에 부서지는 햇살을 바라보았다. 문득 세계의 모든 것과 멀어진 것 같은 기분이 들었다. 학교도, 가족도, 친구도, 지나간 기억도, 다가올 미래도, 모두 먼 이야기였다. 오직 지금 이 순간만이 있었다. 그 무엇으로도 환원할 수 없는 현재. 아마 그때였을 것이다. 내가 다시는 그녀와 함께 있는 시간을 잃어버리지 않겠다고 마음먹은 것은. 생각해보면 처음 수연을 알게 된 때로부터 고작 삼 개월이 조금 넘는 시간이 지났을 뿐인데도 왠지 아주 오랜 시간을 함께 보낸 것처럼 느껴졌다.

"그 여자애랑은 어떻게 지내고 있어?"

수연이 물었다. 나는 수연이 말하는 여자애가 누구인지 금방 알아차리지 못했다.

"왜, 언젠가 술에 취해 같이 잔."

"그렇게 말하니까 이상하게 들리잖아. 어떻게 지낸다고 할 것도 없어. 얼굴 보는 것도 민망한걸."

"서로 인사도 안 해?"

"되도록 마주치지 않으려고 노력하고 있어. 적어도 내 쪽에서는."

나는 정현의 무표정한 얼굴을 떠올렸다. 그러자 신경쓰지 않으니까, 라고 말하던 정현의 목소리가 들리는 것 같았다.

"같이 듣는 수업이 있는데 항상 수업이 시작되고 오 분쯤 후에 들어가곤 해. 어쩌다 일찍 들어가면 자고 있는 척을 하지."

"그건 너무한걸?"

"어쩔 수 없어. 얼굴 마주칠 때마다 기억이 나거든."

"기억?"

"그냥…… 촉감이라든지 냄새 같은 거."

"아."

"그런 건 나도 모르게 저절로 떠오르는 거니까 어쩔 수 없어. 그런데 그러고 나면 뭔가 내가 잘못을 저지른 것 같은 기분이 들어서."

바람이 주변의 나뭇가지들을 흔들어 솨, 하는 소리를 냈다.

"사실 다른 이유도 있어."

"다른 이유?"

"그 일이 있고 얼마 안 돼서 이상한 소문이 돌았거든."

나는 되도록 아무렇지 않게 이야기하려고 애쓰며 말을 이었다.

"그러니까, 그날 내가 그애를 술에 취하게 만들어서 모텔에 데려갔다는 소문이 과 전체에 퍼졌어. 불과 며칠 만에 모든 사람들이 알게 되더라. 누가 소문을 퍼뜨린 건지는 모르겠어. 그날 마지막까지 남아 있었던 건 그애랑 나 둘뿐이었고, 나는 그날 일에 대해서 누구에게도 이야기한 적이 없거든."

"그래서, 사실이야?"

"뭐가?"

"같이 잤냐고. 모텔에 데려가서."

"그럴 리가 없잖아. 전에 말한 내용이 전부야."

수연이 가슴 앞에 무릎을 모으고 두 발을 까딱거렸다.

"그래도 혹시 모르잖아. 많이 취해 있었으니까. 너도 모르는 사이에."

"아냐, 절대 그럴 리 없어. 절대."

"세상에 절대라는 건 없어."

"이건 절대야."

수연이 내 얼굴을 쳐다보더니 피식 웃었다.

"왜 웃어?"

"그냥 농담해본 건데 네가 정색하는 게 재미있어서."

나는 수연의 조그마한 얼굴을 들여다보았다. 수연이 다른 쪽으로 고개를 돌리며 말했다.

"그래서 그애를 위해 일부러 피해다니는 거야? 아무 관계 없는 것처럼 보이려고?"

"다른 방법이 없으니까."

"아무 일도 없었다고 사람들한테 이야기하면 되잖아."

"별로 그러고 싶지 않아. 오해받는 것도 싫지만 오해를 내 입으로 해명하는 일은 더 싫어. 해명이란 건 하면 할수록 오히려 거짓말을 하고 있는 것 같은 기분이 들거든. 그리고 내가 하는 말을 사람들이 꼭 믿어주는 것도 아니잖아. 사람들은 누구나 자기가 믿고 싶은 대로 생각한다고."

"그럴까?"

"전부는 아니겠지만 대부분은 그래."

멀리 슬레이트 지붕을 얹은 어느 집 마당에 누렁이 한 마리가 어슬렁거리는 게 보였다.

"정현이 입장에서는 내가 원망스러울 거야. 어쩌면 소문을 퍼뜨린 게 나라고 생각하고 있을지도 몰라. 어쩔 수 없는 일이지."

수연은 무릎을 가슴에 모은 채 웅크린 자세로 생각에 잠겼다. 그 모습은 마치 다가올 겨울을 날 양식을 고민하는 다람쥐처럼 보였다.

돌아오는 길에는 햇살이 제법 뜨거워져 있었다. 우리는 길가의 허름한 구멍가게에서 산 아이스바를 하나씩 물고 운동화를 끌면서 걸었다. 수연은 끝내 자신에 대한 이야기는 한마디도 꺼내지 않았다. 몇 번 물어볼까 망설였으나 말이 나오지 않았다. 중간쯤 왔을 때 우리는 길 바로 옆에 있는 연못을 발견했다. 자그마한 연못에는 연잎이 가득 떠 있었다.

"아까 우리가 이 연못을 지나왔던가?"

수연이 고개를 갸웃거렸다. 나도 기억이 나지 않았다. 언뜻 보았던 것 같기도 하고 처음 보는 것 같기도 했다. 산에 올랐다가 내려오는 사이에 갑자기 많은 것들이 변해버린 것 같은 기분이 들었다. 우리는 한동안 길가에 서서 연못을 내려다보았다. 연잎은 수면 바로 위에 떠 있기도 했고 수면에서 줄기를 내밀어 허공에서 팔랑이기도 했다. 연못가에는 드문드문 노란색 꽃들이 피어 있었다. 노랑꽃창포라는 이름의 꽃이라고 수연이 일러주었다. 노랑나비가 그 위에 앉으면 꽃잎과 구별하지 못할 것 같은 노란색이었다.

"그애, 정현이라고 했나?"

"응."

"언젠가 타로 보러 갔을 때 만났던 그 여자애지?"

"맞아. 어떻게 알았어?"

"언뜻 다른 사람이 부르는 걸 들었어."

수연이 쭈그리고 앉아 꽃을 향해 손을 뻗었다.

"내 생각에 그애는 널 원망하지 않았을 거야. 그리고 아마 네가 아무렇지도 않게 말을 걸어주길 바랐을 거야."

나는 앉아 있는 수연의 옆모습을 바라보았다. 그녀의 손이 꽃잎에 닿을 듯 말 듯 흔들렸다.

"왜 그렇게 생각해?"

"그냥. 왠지 그런 생각이 들어."

바람이 불자 수면에 잔잔한 파문이 일었다.

*

그때는 정말 상상조차 할 수 없었다. 시간이 어떤 모습으로 우리에게 다가올지.

*

산책에서 돌아와 식사를 하는 동안에도 수연은 그다지 말이 없었다. 주로 수연의 언니가 그들 자매의 어린 시절을 화제 삼아 대화를 이끌었다. 지연씨는 자기가 이야기하면서도 연신 웃음을 터뜨렸고, 새로운 화제를 꺼낼 때마다 매번 수연에게 기억이 나냐고 물었다. 수연은 미소를 띤 채 고개를 끄덕이거나 짧게 대답했다.

지연씨의 친구는 은주라고 했다. 몸집이 크고 동글동글한 인상의 그녀는 서양화를 전공했고 그림을 그리기 위해 강화도에 와 있었다. 원래 몸이 안 좋던 그녀의 삼촌이 요양을 위해 지어둔 집이었는데, 삼촌이 어느 정도 회복이 되면서 자신이 작업실로 쓰고 있다고 했다. 식사를 마친 뒤에 은주씨가 강화도에서 그린 그림 몇 점을 보여주었다. 대부분 유화로, 풍경을 그린 것이라고 했지만 나로서는 어떤 풍경을 그린 것인지 알아보기 어려웠다. 그림 중에는 인물화가 한 장 끼어 있었다. 남자의 옆모습을 연필로 그린 스케치였다. 그림의 주인공은 챙이 달린 모자를 쓰고 있었고 선이 뚜렷한 얼굴을 가지고 있었다. 인종을 가늠하기 어려웠으나 서양인으로 보이지는 않았다. 어딘가 균형이 맞지 않는 것 같은 이목구비가 묘한 느낌을 주었다.

"그건 수연이가 그린 거야, 잘 그렸지?"

옆에서 그림을 들여다본 은주씨가 말했다.

"그러네요."

수연이 그렸다는 말을 듣는 순간 나는 그림의 주인공이 누구인지 짐작할 수 있었다. 그러자 웬일인지 마음 한구석에서 알 수 없는 불안이 피어올랐다. 내가 그림을 보는 동안 수연은 창가에 서서 창밖을 바라보고 있었다.

내가 이반 형에 대한 이야기를 꺼내자 다들 흥미를 보였다. 나는 그의 특이한 생활방식에 대해 약간의 과장을 섞어 말했다. 이반 형의 방에 걸려 있는 거울들에 대해서 이야기하자 지연씨가 탄성을 질렀다.

"둘 중 하나야. 지독한 나르시시스트거나 아니면 변태. 둘 다일 수도 있고."

"막상 거울 앞에 서 있는 모습은 별로 못 봤어요."

"모르는 일이지. 혼자 있을 땐 어떨지 누가 알겠어? 나도 샤워하고 나서 혼자 거울 앞에 서 있을 땐 온갖 짓거리를 다 한다고."

그 말에 모두 웃음을 터뜨렸다. 맞는 말이었다. 혼자 있을 때 인간은 다른 사람은 알 수 없는 존재가 된다. 친구도, 가족도, 연인도, 다른 누구도. 어쩌면 우리가 외로운 것은 그 때문인지도 모른다. 나는 이반 형에 대해 나와 우진이 상상한 이야기들을 들려주었다. 다들 상상놀이에 동참했다. 이런저런 추측이 한동안 거실에 둘러앉은 우리를 즐겁게 해주었다. 수연은 실연의 상처가 깊은 사람일 것 같다고 했고, 은주씨는 아무도 모르게 은둔하고 있는 괴팍한 성격의 예술가일 것 같다고 했다. 지연씨가 어쩌면 요즘 계속되고 있는 연쇄실종의 범인일지도 모르니 조심하라고 말했다. 그럴 리가요. 나는 이반 형의 읊조리는 듯한 낮은 목소리와 보기 좋게 주름이 잡히는 미소를 떠올리고 웃었다. 아무도 연락하는 사람이 없다는 게 수상하잖아. 흉악한 범죄자일수록 평소에는 부드럽고 지적인 경우가 많대. 지연씨는 중요한 비밀을 일러주는 것처럼 목소리를 낮추고 말했다.

왠지 시간을 거슬러 오래 전으로 돌아간 것 같은 기분이었다. 아늑한 공간에 둘러앉아 정감 어린 분위기 속에서 대화를 나눈 게 언제였는지 기억나지 않았다. 수연의 언니들이 수연과 나를 편하게 해주기 위해 애쓰고 있다는 걸 느꼈지만 부담스러운 느낌은 아니었다. 어린 시절 푹신한 양탄자 위에 앉아 양탄자의 짧은 털을 쓰다듬던 기억이 떠올랐다. 손끝에 느껴지던 온기 어린 부드러운 촉감, 그리고 그때 주위를 비추던 햇살과 나풀거리며 떠다니던 먼지들. 햇빛에 반짝이며 이리저리 날아다니는 먼지들은 손끝의 감각을 시각화한 것처럼 포근하고 따듯해 보였다. 혀에 닿으면 달콤한 맛이 날 것 같았다. 어쩐지 그 집에서 위로받고 있는 것은 나라는 생각이 들었다. 나는 내가 느끼는 온기가 수연에게도 전달되기를 진심으로 바랐다.

저녁식사 뒤에 나는 서울로 돌아가기 위해 일어섰다. 지연씨와 은주씨는 자고 가라며 붙잡았지만, 수연은 내일 수업도 있으니 돌아가라고 했다. 나도 여자 세 명만 있는 집에서 자고 가는 것은 아무래도 곤란하다는 생각이 들었다. 지연씨가 터미널까지 태워주겠다고 하자, 수연이 자기가 데려다주겠다며 나섰다. 지연씨는 걱정하는 눈치였으나 수연은 괜찮다고 했다. 내게는 "보험은 들어 있으니까 걱정 마"라고 말했다.

차 안에서 수연은 한마디도 하지 않았다. 마치 놓치면 큰일이라도 나는 것처럼 두 손으로 핸들을 꼭 붙잡고 있었다. 수연이 아주 천천히 차를 몰았기 때문에, 뒤에서 오는 차들이 계속 우리를 추월해갔다. 속도가 너무 느려서 그녀가 커피숍 앞에 차를 세웠을 때 차가 멈춘 걸 미처 깨닫지 못했을 정도였다.

우리는 바다와 하늘이 훤히 내다보이는 창가에 앉았다. 메뉴판을 가져온 종업원에게 나는 커피를, 수연은 유자차를 주문했다. 일몰을 감상하려는 사람들이 주로 찾는 작은 커피숍이었다. 바다 쪽으로 향한 면 전체가 통유리로 되어 있고 좌석은 시야를 고려하여 배치되어 있었다. 한 번쯤 들어본 것 같은 클래식 음악이 낮은 볼륨으로 흐르고 있었다. 해가 기울면서 다양한 빛깔로 분화된 하늘이 보였다. 수평선 가까이의 바다는 하늘 색깔을 반사하는 것처럼 금빛으로 빛났고, 푸른색이 섞인 먹빛의 갯벌 위로는 낙조가 드리워져 있었다.

창밖을 바라보는 동안 종업원이 커피와 유자차를 가져왔다. 김이 올라오는 초록색 유리잔을 수연이 두 손으로 감쌌다. 어깨가 살짝 드러난 그녀의 헐렁한 티셔츠가 조금 추워 보였다.

"사실은 좀더 시간이 지난 다음에 너를 만나고 싶었어."

수연이 유리잔을 감싼 손으로 깍지를 꼈다.

"네게 뭐라고 말을 해야 좋을지 내 스스로 아직 정리가 안 된 상태였거든. 너도 내게 묻고 싶은 게 많을 테고…… 너한테 하고 싶은 이야기가 많은데 그걸 어디에서부터 시작해야 할지 알 수가 없었어."

나는 그녀의 손가락을 바라보았다. 가늘고 메말라 보이는 손가락이었다.

"그날 있었던 일에 대해서는 언니한테 들었어."

"그럴 거라고 생각했어. 언니는 내게 엄마나 다름없는 사람이야. 부모님이 이혼한 후로는 줄곧 언니가 나를 돌봐주었어. 구체적으로 어떻게 돌봐주었는지 말하기는 어렵지만 정신적으로 언니에게 많이 의지했던 것 같아. 그렇지만 그렇기 때문에 오히려 언니에게는 하기 어려운 이야기도 있어."

"부모님이 이혼하신 줄은 몰랐어."

"꽤 오래된 일이야. 벌써 육, 칠 년 전이니까. 일 자체는 조용하고 신속하게 끝났어. 두 분 다 상대를 존중하는 성격이어서 큰 소리 한 번 내지 않고 모든 일이 결정되었지. 그냥 어느 날부터 어머니가 다른 곳에서 다른 사람과 살기 시작한 것뿐이야. 그리고 한 달에 한두 번 가족끼리 모여서 식사를 하게 되었지. 식당에 앉아 밥을 먹으면서 아버지와 어머니는 모두가 아는 주변 사람들에 대해 이야기하고, 언니는 부모님에게 나와 언니의 생활에 대해서 이야기해. 나는 가만히 듣고만 있어. 그러다가 가끔 우스운 이야기가 나오면 모두 함께 웃음을 터뜨리는 거야. 기다렸다는 듯이. 그런 일이 부모님이 막 헤어지셨을 때부터 지금까지 쭉 계속되어 왔어."

수연은 잠시 멈췄다가 다시 말했다.

"처음에는 잘 몰랐는데 요즘엔 내가 마치 그림 속의 인물이 되어버린 듯한 기분이 들어."

"그림?"

"응, 중학교 때 르누아르의 그림 속 여자들을 보다보면 이런 생각이 들었어. 한껏 차려입고 그럴듯한 자세와 표정으로 앉아 있었는데 시간이 지나니까 슬슬 지치는 거야. 그래서 기지개라도 켜고 옷도 좀 갈아입고 편히 앉아 쉬고 싶은데 이제는 움직일 수가 없는 거지. 이미 시간은 고정되어버렸으니까. 좋든 싫든 영원히 그 자세로 머물러 있을 수밖에 없게 되어버린 거야."

머릿속으로 르누아르의 그림을 떠올렸다. 풍성한 금발에 머리 장식을 하거나 모자를 쓴 몇몇 여인들이 스쳐갔다.

"생각해보면 부모님이 헤어지셨을 때 겨우 중학생에 불과했는데도 나는 너무 어른스럽게 굴려고 했던 것 같아. 무엇이든지 다 이해할 수 있다는 표정을 짓고, 아무렇지도 않게 웃고, 밥을 먹고. 지금 와서 돌아보면 이해하지 못한 걸 이해한 것처럼 행동했던 시간들이 오히려 나

자신을 깊이 상하게 했다는 생각이 들어. 되돌릴 수 없을 정도로. 나는 좀더 솔직해야 했는지도 몰라."

스러져가는 태양의 붉은 빛이 수연의 창백한 뺨을 물들이고 콧날 위에 잘게 부서졌다. 수연의 얼굴에 그림 속 인물 같은 명암이 드리워졌다. 문득 수연이 고개를 들고 내 눈을 바라보았다.

"네게도 마찬가지야. 난 네게 좀더 솔직해야 했어. 내가 전에 했던 이야기 기억하고 있니?"

"어떤 이야기?"

"내가 눈을 떴던 지하실 말이야. 그리고 그전의 생일파티."

"물론 기억하고 있어."

"네게 먼저 말하고 싶은 건, 그때 내가 네게 했던 이야기는 그 당시의 나에게 있어서는 가장 솔직한 이야기였다는 거야. 그때 나는 그렇게밖에 이야기할 수 없었어. 시간이 이런 식으로 흐를 줄은 미처 몰랐으니까. 그 점만은 알아줬으면 해. 결코 널 속이려고 한 게 아니라는 걸."

나는 그녀의 말을 잘 이해할 수가 없었다.

"그게 무슨 말이야? 시간이 이런 식으로 흐르다니?"

"그날 내가 네게 했던 이야기에는 중요한 요소가 몇 가지 빠져 있어. 이야기할 필요 없다고 생각한 것도 있었고, 이야기하고 싶지 않은 부분도 있었어. 그런 이야기까지 하고 나면 네가 나를 어떻게 생각할까 두려웠기 때문이야. 그런데 이번 일이 있고 나서 상황이 내가 생각했던 것보다 심각하다는 걸 깨달았어. 네가 나를 어떻게 생각하느냐에 앞서, 내가 나 자신을 지킬 수 있느냐가 문제라는 걸 알았어. 그리고 숨기려 한다고 해서 숨길 수 있는 문제가 아니라는 것도."

"너무 어려워. 알아들을 수 있게 이야기해줘."

수연은 숨을 크게 들이 마시고 일, 이 초쯤 멈추었다가 다시 내쉬었다. 그녀의 어깨가 대나무처럼 꼿꼿해졌다가 이내 부드러워졌다.

"그날 내가 약을 먹은 건 더이상 나 자신을 컨트롤할 수가 없었기 때문이야. 그날 나는 스스로에 대한 통제력을 상실했고, 그대로 방치했다가는 내가 정말 무슨 일이든 저지를지도 모른다는 생각이 들었어. 그래서 집에 있던 수면유도제를 먹은 거야. 그 약이 신경안정제 역할도 한다는 걸 알고 있었거든. 전에도 몇 번 비슷한 일이 있었어. 그것은 아무런 예고도 없이 찾아와. 갑작스럽게 숨이 가빠오고, 두려움과 죄책감, 슬픔, 안타까움 같은 온갖 감정이 기억과 뒤섞여서 마음을 흔들어. 그렇게 온갖 감정들이 소용돌이치다가 어느 순간 모든 감정이 증오로 변해버려. 그날 파티에서 느꼈던 감정과 똑같아. 어디를 향한 건지 알 수 없는 격렬한 증오가 끓어오르고 그 감정이 내 온몸 구석구석을 채우는 것 같은 기분이 들어. 어떻게든 막아보려 하지만 그건 불가능해. 그러다가 마침내 더이상 견딜 수 없다는 느낌이 들면서 누구에게든 그 감정을 쏟아내고 싶어지는 거야. 누구든 상관없이 말이야. 가까이 있는 아무에게라도."

나는 그녀의 입술에 시선을 고정시키고 있었다. 그녀의 입술은 그곳에서 흘러나오는 언어와 아무런 관계도 없는 독립적인 존재처럼 느껴졌다.

"그날은 옆방에 언니가 있었고, 나는 내 안의 모든 증오가 언니를 향해 쏠리는 걸 느꼈어. 두려운 마음에 황급히 옆에 있던 약을 한 움큼 먹었는데 약효가 나타나지 않는 것 같았어. 그래서 몇 번이나 더 먹을 수밖에 없었던 거야. 나중에는 포장을 뜯는 손이 떨려서 제대로 약을 집지도 못할 정도였어. 내가 먹은 양이 얼마나 되는지도 기억이 나지 않아. 그런 일이 있을 때마다 나는 어딘가 몸이 안 좋거나 심하게 스트레스를 받았기 때문일 거라고 생각했어. 푹 쉬고 나면 금방 괜찮아질 거라고. 그렇지만 이번에 확실히 깨달았어. 이런 감정의 발작이 내 안에서 온 게 아니며, 쉽게 끝나지도 않을 거라는 걸. 그리고 감정의 진폭이 점점 강해지고 있다는 것도. 처음에는 몇 알만 먹고도 어느 정도 안정이 되었지만 이제는 병원에 실려갈 정도의 약을 먹어야 돼. 아마 다음번에 비슷한 일이 벌어지면 더 많은 약을 먹어야 할지도 몰라. 아니면 다른 방법을 찾아내든가…… 그리고 무엇보다 언니에게 그런 감정을 품는다는 자체가 미안해서 견딜 수가 없어. 스스로는 아무리 부인하려 해도 실제로 내 안에 언니를 미워하는 마음이 있을지도 모른다는 생각이 날 괴롭게 해. 그런데 언니는 아무것도 모르고 나 때문에……"

나는 손을 내밀어 테이블 위에 있던 수연의 손을 잡았다. 수연이 흠칫 날 바라보았다. 손은 작고, 차가웠다. 유리잔을 감싸고 있던 손바닥에서만 미미한 온기가 느껴졌다.

"그 파티 전에도 혹시 비슷한 일을 겪은 적 있었어?"

"아니." 그녀는 고개를 저었다. "처음 그 일이 시작된 건 파티 있었던 날로부터 세 달 정도 후였어. 막 학교를 그만두려고 결심했던 때라 분명하게 기억하고 있어."

"그렇다면 역시 파티와 관련이 있는 걸까?"

"그럴 거야. 정확히 말하면 파티에서 본 그 남자와 관련이 있어. 나는 그날 내게 벌어졌던 일에 대해서 오랫동안 생각해봤어. 물론 기억이 끊긴 부분이 있긴 하지만 나머지 부분은 대체로 분명하게 기억하고 있다고 생각해. 그날 있었던 일은 정말 이상한 일들의 연속이었어. 마치 꿈속에서 이해할 수 없는 일이 계속해서 벌어져도 당연한 일로 받아들이는 것처럼, 그 당시에는 자연스럽다고 여겼던 일들도 지금 생각하면 모두 비현실적이야. 너한테는 이야기하지 않았지만 파티가 있던 날, 내가 느꼈던 최초의 강렬한 감정은 바로 질투였어. 그날 나는 피곤한 상태였고 파티는 시끄럽기만 할 뿐 내 관심을 끄는 것은 아무것도 없었지. 그런데 아무 생각 없이 주위를 둘러보다가 붉은 원피스를 입은 선배를 발견한 순간 나는 말할 수 없이 강렬한 질투심을 느꼈어. 지금 생각해도 이상한 일이야. 그 순간에야 비로소 나는 그때까지 내가 질투라는 감정을 제대로 알지 못하고 있었다는 걸 깨달은 거야. 물론 누구나 느끼는 사소한 질투심은 느낀 적 있었지. 누군가 예쁜 신발을 신고 있다든가, 친구가 좋은 성적을 받았다든가, 피아노를 멋지게 연주한다든가, 그런 모습을 볼 때면 부러운 마음이 들고 나도 그렇게 할 수 있었으면 하고 생각하게 돼. 하지만 그것은 그 사람이 가진 무엇인가에 대한 생각일 뿐이야. 결코 그 사람 자체에 대한 질투심은 아니지. 그런데 그날은 달랐어. 가슴에 꽃이 달린 붉은 원피스를 입고, 케이크와 사람들에 둘러싸여 웃고 있는 그녀를 보면서 문득 그녀가 되고 싶다는 생각이 들었어. 그대로 시간이 멈추고 그녀와 나의 영혼만이 육체를 빠져나와 뒤바뀌었으면 했어. 정말 이상한 일이야. 선배는 분명 매력적인 사람이기는 했지만 난 그때까지 그녀가 가진 어떤 것에도 부러운 마음을 가져본 적이 없었거든. 그런데도 그날은 어떻게 된 일인지 그 생각에서 벗어날 수가 없었어."

"그날 느꼈던 증오가 그 선배를 향한 것이었다는 뜻이야?"

"그건 아니야." 수연이 고개를 저었다. "그 증오심은 분명 누구를 향한 것도 아니었어. 어쩌면 모든 사람을 향한 것이라고 말하는 게 더 정확할지도 몰라. 특정한 누군가가 아니라 존재하는 모든 사람에 대한 증오. 다만 내가 느꼈던 증오가 선배에 대한 질투심에 의해 촉발된 것인지도 모른다는 의심은 들어. 그리고 결국 나도 모르게 그 감정이 표출된 곳 역시 그녀가 아닐까 하는 걱정도. 그 걱정은 나를 오랫동안 사로잡아왔어. 학교를 그만둔 것도 사실 그 때문이야."

수연이 학교를 그만둔 이유를 입에 올린 것은 처음이었다. 그전까지는 그저 잘 맞지 않았기 때문이라고만 이야기했었다.

"늘 미안해, 네겐."

그렇게 말하고 수연은 입을 다물었다. 종업원이 다가와 내 잔에 커피를 더 채워주었다. 종업원이 멀어져가자 나는 물었다.

"학교는 왜 그만둔 거였어?"

"그날 지하실에서 눈을 떴을 때 처음 느꼈던 것은 어두움과 추위였어. 그런데 어둠에 익숙해지면서 나는 두 가지 새로운 걸 발견했어."

나는 잠자코 다음 말을 기다렸다.

"하나는 음악소리였어. 피리 소리 같은…… 처음에는 멀리 있는 듯 작은 소리로 들리다가 점점 커졌는데, 어디서 들려오는 소리인지 알 수가 없었어."

수연의 입에서 피리 소리라는 단어가 나오는 순간, 나는 축제 날 이후 내가 품고 있던 수수께끼가 풀리려 한다는 걸 알았다.

"부는 사람의 감정이 그대로 느껴지는 것 같은 연주였어. 어떤 연주였다고 설명하긴 어렵지만 숨도 쉬지 못할 정도로 완전히 몰입해 있었어." 수연은 숨을 고르고 말을 이었다. "다른 하나는 꽃이었어. 내가 앉아 있는 곳 몇 걸음 앞에 놓여 있었지. 마치 갑자기 땅에서 솟아오른 것처럼. 그게 무슨 꽃이었을 것 같아?"

"모르겠어."

"바로 선배의 옷에 달려 있던 붉은 장미 모양의 꽃이었어."

갑자기 사람들이 하나둘 창가로 모여들었다. 태양이 수평선 아래로 모습을 감추기 시작했기 때문이었다. 수연은 창밖의 풍경에는 눈도 돌리지 않고 이야기를 계속했다.

"어째서 그 꽃이 나와 함께 지하실에 있는 건지 나는 이해할 수가 없었어. 머릿속이 온통 혼란스러웠지. 그렇지만 동시에 기뻤어. 손을 뻗어서 꽃을 집는 순간 말할 수 없는 만족감으로 온몸이 붕 뜨는 것 같았을 정도야. 나, 이상해 보이지?"

나는 고개를 가로저었다.

"내가 어둡고 축축한 지하실에서도 평온함을 느낄 수 있었던 건 그 두 가지 때문이었어. 꽃과 피리 소리. 나는 알고 있었거든. 피리를 불고 있는 사람이 바로 파티에서 본 그 남자라는 걸. 모습은 보이지 않았지만 분명히 느낄 수 있었어."

주위가 점차 어두워졌다. 어둠 속에서 수연의 눈빛이 빛났다. 커피숍은 일몰이 완전히 끝날 때까지는 조명을 켜지 않는 모양이었다.

"그다음은 네가 알고 있는 대로야. 나는 다시 잠이 들었고, 내 침대에서 깨어났어. 아주 깊고 오랜 잠이었어. 언니가 몇 번이나 깨웠는데도 일어나지 않았대. 온갖 이상한 꿈들을 꿨던 기억이 나. 그전까지는 한 번도 꿔본 적 없는 꿈들이었어. 그리고 깨어났을 때는 크리스마스가 이미 지나 있었어. 겨울방학 내내 그렇게 잠만 잤던 것 같아."

수연이 유리잔을 두어 번 톡톡 두드렸다.

"그리고 봄이 되어 다시 학교에 갔을 때 친구에게 그 선배가 병원에 입원해 있다는 이야기를 들었어. 깜짝 놀라서 어떻게 된 거냐고 물었더니 친구가 이상하다는 표정을 짓더라. 어떻게 그걸 모를 수 있냐는 듯이. 그렇지만 난 정말 아무것도 모르고 있었어. 두 달이 넘도록 말이야."

"무슨 일이 있었던 거지?"

"불이야. 파티가 있던 날 밤에 그 호텔에서 불이 났던 거야."

"불이라니?"

"원인은 몰라. 주방에서 시작되었다는 말도 있고, 전기 문제였다는 말도 있어. 경찰도 끝내 밝혀내지 못했어. 불은 객실 한 동을 모조리 태우고서야 겨우 잡혔지. 갇혀 있던 사람들이 많았지만 소방차가 빨리 출동한 덕에 대부분 구조됐어. 그 정도 규모의 불에서 사망자가 여섯 명에 그친 건 기적이라고들 했지. 그런데 그 여섯 명 중에 선배의 남자 친구가 있었어."

그때서야 나는 그 당시 호텔 화재사건 뉴스를 봤던 기억을 떠올릴 수 있었다. 화재가 난 곳은 대기업 계열의 유명 호텔이었다. 당시 기사가 엉뚱하게도 상류층 젊은이들의 파티 문화를 질타하는 쪽으로 났던 것도 생각났다.

"선배 자신도 심하게 다쳐서 그때까지도 병원에 있었던 거야. 어디를 얼마나 다쳤는지는 자세히 듣지는 못했지만 화상 때문에 성형수술까지 받았다고 들었어. 그 이야기를 듣고 며칠 후에 나는 학교를 그만두었어."

"그렇지만 그건 네 탓이 아니야."

"그럴까? 난 잘 모르겠어. 다만 확실한 건 내가 그 일을 잊으려고 하면 할수록 그날 느꼈던 증오가 발작처럼 되돌아온다는 거야. 그리고 그때마다 그 피리 소리도 함께 들려와. 마치 옆에서 듣는 것처럼 생생하게. 처음엔 아니라고 생각하고 싶었지만 이제는 도망칠 수 없어. 난 그 남자를 찾아야 해. 그 남자만이 그날 내게 벌어졌던 일, 그리고 지금 내게 벌어지고 있는 일을 설명해줄 수 있어. 어째서 내가 이런 일을 겪어야만 하는지도."

수연이 나를 바라보며 조용히 미소를 지었다. 지금까지 몇 번이나 봐온 미소였다. 부드럽고, 쓸쓸한.

"이제 내가 네게 무슨 말을 하려는지 알겠지? 이 학교에 와서 너를 만나게 돼서 정말 기뻤어. 너에게 항상 고마웠고 네 덕분에 모든 걸 잊고 새롭게 시작할 수 있을지도 모른다는 희망도 가져봤었어. 결과적으로 이렇게 되긴 했지만…… 그리고 이런 이상한 이야기를 끝까지 들어줘서 고마워. 사실은 누구한테라도 이야기하고 싶었어. 너한테 이야기한 덕분에 마음이 좀 편해진 것 같아. 다 네 덕분이야."

마음 한구석이 견딜 수 없이 뜨거워졌다. 눈물이 맺혔다가 흘러내리는 걸 나는 느끼지 못했다. 깜짝 놀란 수연이 얼른 손을 내밀어 내 눈물을 닦아주었다. 나는 마음을 가다듬고 그녀에게 말했다.

"널 돕고 싶어. 어떻게든."

수연은 천천히 고개를 가로저었다.

"미안해. 나는 그 남자를 잊지 못했어. 피리 소리도. 잊을 수 없을 거야."

그 순간 태양이 바다 밑으로 완전히 사라졌다. 잠시 어둠이 찾아들었다가 실내가 눈부시게 환해졌다. 밝은 조명 빛 아래서 우리는 어색하게 서로를 바라보았다. 꿈에서 깨어난 듯 모든 것이 낯설어 보였다.

7

그뒤로 몇 주간 죽음과도 같은 시간이 이어졌다. 죽음을 가리켜 영원한 잠이라고 부를 수 있다면, 그 시기의 나는 분명 어느 때보다 죽음에 가까웠다. 강화도에서 돌아온 날 밤, 'Fragile'에서 인사불성이 되도록 취했던 기억이 난다. 그리고 이반 형에게 업혀 들어온 그날 새벽 이후 몇 주의 시간은 내게 길고긴 하룻밤처럼 느껴진다. 희미하고 단속적인 꿈들과 숨 막힐 것 같은 갈증, 설핏 깨어나 확인하는 아직 어두운 창밖과 다시 잠들기까지의 온갖 상념, 그런 것들이 정적과 어둠 속에 하나로 뭉뚱그려진, 끝나지 않을 것같이 긴 하룻밤. 나는 그야말로 죽음에 이르고자 하는 것처럼 내처 갔다. 잠이 오지 않을 때면 혼자 술을 마셨고 그러면 다시 잠들 수 있었다. 눈을 떠보면 대낮이기도 했고 한밤중이기도 했다. 잠에서 깰 때마다 지독한 두통과 갈증을 느꼈다. 몸에서는 술냄새가 풍겼고 머릿속은 종이를 잔뜩 구겨 쑤셔넣은 것처럼 바스락거렸다.

잠들지 않은 시간 동안 나는 수연을 생각했다. 강화도에서 본, 하루의 마지막 햇살을 받은 그녀의 얼굴과 유리잔을 톡톡 두드리던 가느다란 손가락, 그녀가 한 말들, 낮고 차분한 그녀의 목소리와 독특한 말의 리듬…… 수연의 하얀 운동화와 그날 걸었던 산길을 떠올리자 그녀와 함께 걸었던 다른 길들이 머릿속에서 차례로 되살아났다. 문과대 건물로 향하는 오르막길과 도서관에서 잔디밭으로 내려가는 좁고 긴 대리석 계단, 피노로 가기 위해 지나치던 온갖 냄새로 가득한 시장 골목길, 그리고 벚나무와 은행나무가 줄지어 서 있는 학교 후문의 진입로. 언젠가 벚꽃이 눈처럼 날리는 그 길을 함께 걷던 시간이 있었다. 나는 길바닥에 빼곡히 흩뿌려진 연분홍 벚꽃잎들을 하나라도 밟지 않기 위해 애쓰던 수연의 모습을 기억한다. 다시 그 길을 함께 걷는 시간이 올까.

수연은 언제 돌아오게 될지 모르겠다고 했다.

"우선은 얼마간 언니와 함께 여행을 할 생각이야. 언니와 같이 있는 게 과연 잘 하는 일인지는 모르겠지만, 언니가 그렇게 하기를 바라니까. 언제쯤 학교로 돌아갈 수 있을지는 모르겠어. 내 자신의 문제를 해결하기 전에는 힘들겠지."

그녀는 쓸쓸히 웃으며, "이제 도서관에서 너 책 읽는 모습 훔쳐보는 것도 끝이구나"라고 덧붙였다. 그것은 내가 그녀에게 해야 할 말이었다.

수연을 떠올릴 때마다 나는 지금까지의 삶에서 가장 소중한 존재를 잃어버렸다는 사실을 새롭게 자각했다. 그 깨달음은 뾰족한 송곳이 되어 마음의 가장 예민한 통점을 찔렀고 그러고 나면 고통이 온몸으로 퍼져 잠이 들 때까지 사라지지 않았다. 나는 이러한 고통이 언제까지나 계속되지는 않으리라는 걸 알고 있었지만, 동시에 이 고통이 끝난다 해도 내가 예전의 나로 돌아가지는 못하리라는 것 또한 예감하고 있었다.

한없이 긴 잠에서 나를 깨운 것은 이번에도 우진이었다. 처음 얼마간 지켜보기만 하던 우진은 내가 방에 틀어박혀 나올 생각을 하지 않자 언젠가 그랬던 것처럼 침대 옆에 붙어 앉아 내 잠을 방해하기 시작했다. 그는 극지방을 탐험하다가 조난당한 탐험대라도 된 것처럼 내 뺨을 두드리며 급박한 목소리로 외치곤 했다. 일어나, 지금 잠들면 끝이야! 그리고 내가 눈을 뜨면 무슨 일이 있었냐는 듯 방을 나갔다가 십 분 후에 다시 들어와 똑같은 짓을 했다. 내가 술을 마시고 있을 때는 멀찍이 떨어져 앉아 날 관찰했다. 연출가가 무대 위의 배우를 바라보는 것처럼. 그리고는 한마디씩 평을 하는 것이었다. 너무 밋밋해. 좀 더 울고 짜야 느낌이 산다고. 잔이 뭐가 필요해, 병째 들이켜야지. 우진의 행동은 내가 실제로 절망에 빠진 게 아니라 그저 절망에 빠진 연기를 하고 있는 것 같은 기분이 들게 했다. 혼란과 자기혐오가 마음속에 자라났다. 우진의 말이 무의식의 세계에 숨어 있던 내 이성을 깨워 스스로의 행위를 의식하게 만든 것이었다. 나는 어느새 내 행동들을 마음속의 또다른 눈으로 지켜보고 있었다. 그것은 이제 일어나야 할 시간이 되었다는 신호였다. 결국 이번에도 우진의 뜻대로 된 것이다.

긴 잠에서 깨어난 날 기다리고 있는 것은 이라크에 머물던 한 한국인 남성이 그곳 무장단체에 의해 납치되었다는 뉴스였다. 그의 절규와 구조요청이 방송과 인터넷을 통해 전 세계로 중계되고 있었다. 그러나 우리는 영화를 볼 때와 마찬가지로 화면 밖의 사람들이었고, 화면 안에서 전개되는 이야기에는 절대적으로 무력했다. 그 사건은 우리 삶의 일부였지만 동시에 우리에게 속한 일이 아니었다. 그는 납치 소식이 알려진 지 사십팔 시간도 지나지 않아 살해당했다. 그리고 같은 날 홍대 앞에서는 또 한 명의 여자가 실종되었다. 그 사건들은 내게 또다른 충격이었다. 나는 내가 나를 둘러싼 모든 것에 대해 무력하다는 사실을 뼈저리게 깨달았다.

이미 대개의 수업이 한 학기 일정을 마치고 기말시험만을 앞두고 있었다. 금요일에 나는 아직 종강을 하지 않은 한 수업에 들어갔다. 대부분의 과 일학년들이 듣는 국문학 필수 과목이었다. 강의실에 들어서자마자 여기저기서 수군거리는 소리가 들려왔다. 나는 천천히 구석자리로 걸어가 앉았다. 몇 자리 건너 앞에 앉은 정현이 내 쪽을 힐끗 돌아보았다. 못 본 사이에 정현은 머리카락이 꽤 자라 있었다.

그날 수업은 평소보다 일찍 끝났다. 강의실을 나서기 전에 교수가 나를 향해 연구실에 잠깐 들르라고 말했다. 그는 젊은 교수답지 않은 냉정하고 엄격한 평가로 학생들에게 신뢰와 원망을 동시에 받고 있는 사람이었다. 연구실은 인문관 삼층에 있었다. 노크를 하고 들어가자 담배를 문 채 책상 서랍을 뒤지던 교수가 손가락으로 소파를 가리켜 보였다.

"자네가 지난번에 낸 과제를 재밌게 읽었지."

여전히 서랍을 뒤지며 교수가 말했다.

"어떤 과제 말씀이신지⋯⋯"

"잠깐만."

나는 방 안을 둘러보았다. 몹시 산만한 방이었다. 책들이 양쪽 벽면의 책장을 가득 채우고도 모자라 이곳저곳에 쌓여 있었다. 테이블은 책과 몇 종류의 신문, 선인장 화분, 그리고 동전과 열쇠고리 같은 잡동사니로 어지러웠다. 한쪽에 놓인 재떨이는 금방이라도 넘칠 것 같았다.

"여기 있군."

마침내 교수가 다가와 내게 A4용지 다섯 장으로 된 리포트를 내밀었다. 첫번째 장 하단 오른편에 내 소속과 학번, 이름이 타이핑되어 있었고 상단에는 굵은 글씨로 '영화에 등장하는 설화적 모티프'라는 제목이 쓰여 있었다. 제목 아래에는 보다 작은 글씨로 '장자못 설화와 센과 치히로의 행방불명'이라는 부제가 달려 있었다. 나는 표지와 제목을 보자마자 그 과제가 내가 쓴 게 아니라는 걸 알았다. 처음 보는 제목이었고 표지를 만드는 방식도 전혀 달랐다. 왜 거기에 내 이름이 달려 있는 건지 알 수 없었다. 페이지를 넘겨 대강 내용을 훑어보았다. 리포트는 한국의 장자못 설화와 그리스신화의 오르페우스 이야기, 성경의 소돔과 고모라 이야기에 공통으로 나오는 '뒤돌아보지 말라'라는 금기를 소개하고 각 이야기 속에 등장하는 방식을 분석하고 있었다. 그리고 똑같은 금기가 미야자키 하야오의 애니메이션 〈센과 치히로의 행방불명〉에서는 어떻게 쓰이고 있는지를 설명하고 있었다. 나는 그 애니메이션을 본 적이 없었다.

"이건 제가 쓴 게 아닌데요."

"알고 있네. 그래서 재미있게 읽었다는 거야."

"그럼 왜 제 이름이 쓰여 있는 건가요?"

"나도 모르지. 어떻게 된 일인 것 같나?"

교수가 담배연기를 내뿜으며 날 지그시 바라보았다. 나는 뭔가 오해가 생겼다는 것을 깨달았다.

"잘 모르겠습니다. 솔직히 전 이런 과제가 있었는지도 몰랐어요."

그건 내가 할 수 있는 가장 솔직한 대답이었다.

"나도 중간고사 이후로 수업도 제대로 안 나온 학생이 이런 리포트를 낼 수 있을 리 없다고 생각했네. 찾아본 결과 자네가 예전에 냈던 과제들과 문장이나 글의 전개방식이 전혀 다르더군. 그 사실을 어떻게 설명할 거지?"

"제가 설명해야 할 의무가 있습니까? 저는 정말 모르는 일입니다."

교수는 잠시 동안 아무 말도 하지 않고 내 얼굴을 쳐다보았다.

"어쨌든 자네가 쓴 건 아니란 말이지?"

"네."

"그렇다면 나는 자네가 과제를 내지 않은 걸로 처리할 수밖에 없어."

"알겠습니다."

교수가 답답하다는 듯 눈살을 찌푸렸다. 나의 반응을 이해할 수 없다는 표정이었다.

"그러지 말고 솔직하게 얘기하게. 그러면 새로 과제를 제출할 기회를 주겠네. 지금 이대로라면 자네는 어쩔 수 없이 최하점이야. 하지만 과제를 다시 내고 기말시험을 잘 보면 달라질 수도 있어."

교수는 날 생각해서 한 말이었을 것이다. 그런데 나는 문득 큰 소리로 웃음을 터뜨리고 싶은 충동을 느꼈고, 그다음에는 곧바로 울음이 터질 것 같은 기분이 되었다. 그것은 교수의 탓이 아니었다. 누구의 탓도 아니었다. 과연 무엇이 달라질 수 있을까요? 나는 속으로 중얼거렸다. 정말 달라질 수 있을까요? 나는 그렇게 묻고 싶었다. 나도 모르게 좌우로 고개를 흔들었다. 교수가 이상하다는 듯이 날 바라보았다.

"그러실 필요 없습니다. 과제를 내지 않은 게 사실이니까, 그대로 처리해주십시오."

그리고 나는 그 방을 나왔다.

*

시험기간 동안 나는 한 과목도 빠지지 않고 시험을 치렀다. 시험을 보든 안 보든 대부분의 과목이 최하점일 게 뻔했으나 최선을 다해 답안을 작성했다. 아는 문제는 아는 만큼 썼고, 모르는 문제가 나오면 알고 있는 모든 지식을 동원해 답안지를 채웠다. 그래봤자 엉터리 오답

일 게 뻔했지만. 서술형 답안에는 문제에 상관없이 내가 말하고 싶은 주제를 놓고 잡설을 늘어놓았다. 채점하는 교수들은 기가 찼을 것이다. 그것은 학생으로서 할 수 있는 가장 바보 같은 짓이었다. 문제에 포함된 용어의 뜻조차 이해하지 못하면서 누구보다 열심히 시험을 치르는 학생이라니. 그런데 나는 그 어리석고 모순적인 행위에서 기묘한 쾌감을 느꼈다. 그것은 씁쓸한 자조, 아이러니를 실천하는 허무, 반항의 치기가 뒤섞인 이상한 감정이었다. 나는 나 자신을 마음껏 비웃고 싶었다. 세상의 모든 당연하다고 여겨지는 일들 또한 비웃고 싶었다.

마지막으로 본 시험은 '인간과 과학'이라는 교양과목이었다. 나는 인간 복제 기술과 아이작 아시모프의 로봇 3원칙에 대해 밑도 끝도 없는 얘기를 늘어놓다가 맨 마지막으로 답안지를 제출하고 강의실을 나왔다. 오후 느지막이 본 시험이어서 복도에는 아무도 없었다. 불 꺼진 강의실마다 빈 의자들이 흩어져 있는 게 보였다. 갑자기 현기증이 느껴져 눈을 감고 복도 벽에 기대섰다. 제대로 밥을 먹은 게 언제인지 기억나지 않았다. 왠지 무척 늙고 지쳐버린 기분이었다.

건물을 나와 멍하니 벤치에 앉아 있을 때 교수가 보여준 리포트에 쓰여 있던 말이 떠올랐다. 뒤돌아보지 말라. 그러자 머리를 한 대 얻어맞은 것 같은 기분이 들었다. 꼭 누군가가 나에게 하는 말인 것 같았다. 장자못 전설의 며느리와 소돔과 고모라 이야기의 롯의 아내는 금기를 어기고 뒤를 돌아보았기 때문에 각각 돌과 소금기둥으로 변한다. 죽음의 세계까지 감동시켰던 하프의 명인 오르페우스는 뒤를 돌아본 대가로 영원히 아내를 잃는다. 무엇 때문에 그런 금기가 필요했을까. 조건 없는 전적인 구원이 주어질 수는 없었을까? 신화와 전설 속의 금기는 결과적으로 인간의 어리석음을 확인하기 위한 장치일 뿐이다. 태초에 에덴에서 아담과 이브가 따먹은 선악과와 마찬가지로. 그렇게 생각하면 그들의 행동을 어리석다고 말하는 일은 공정하지 못하다. 어쩌면 그것이야말로 진정한 인간다움인지도 모른다. 나는 해가 저물어가는 것도 느끼지 못한 채 생각에 잠겨 있었다. 리포트를 써서 제출한 사람이 누굴까 생각해보았으나 떠오르는 사람이 없었다. 그 강의실 안에 아직 내게 호의를 가진 누군가가 남아 있다는 것이 믿어지지 않았다.

하숙집으로 돌아가기 위해 벤치에서 일어나 운동장을 가로질렀다. 학생회관 앞을 지날 때 음악소리가 들려왔다. 청명한 클래식 기타의 음색이었고 처음 듣는 멜로디였다. 그 소리는 마치 갑자기 차가운 물이 몸에 튀었을 때처럼 나를 흠칫 멈추게 했다. 나는 길가에 멈춰 선 채로 귀를 기울였다. 바람 소리와 멀리서 들려오는 자동차 소리 때문에 음악소리는 가까워졌다가 멀어지기를 되풀이했다. 소리를 쫓아 학생회관 안으로 들어갔다. 잠시 사라졌던 음악소리는 각종 포스터와 대자보로 도배된 이층에 올라가자 다시 들려왔다. 과방과 동아리방 들이 모여 있는 이층은 텅 비어 있었다. 기말시험이 끝나고 방학이 시작되는 날이라 학생들은 대부분 술집으로 몰려갔을 것이다. 나는 발소리를 죽인 채 음악소리가 나는 쪽을 향해 걸었다.

낮고 조용한 단조의 화음이 진행되고 있었다. 하나의 화음은 충분한 여운을 남긴 후, 여유 있게 다음 화음으로 움직여갔다. 이윽고 화음 위에 멜로디가 얹혔다. 음과 음이 미끄러지듯 부드럽게 이어졌다. 풍부한 음의 물결이 끊임없이 계속되었다.

음악은 복도 끝에 있는 방에서 흘러나오고 있었다. 그리로 다가가는 동안 부드럽게 이어지던 기타 소리가 점차 급박하게 변화하기 시작했다. 빠르고 장식음이 많은 화려한 선율이 흘러나왔다. 화음은 사라지고 멜로디만이 들려오는데도 여전히 화음이 느껴지는 것 같았다. 곧이어 연주가 다시 분위기를 바꿨다. 이번에는 손가락으로 기타줄 전부를 튕기는 것 같은 강하고 격렬한 리듬연주였다. 한동안 그런 연주가 이어지다가 점차 사그라졌고, 마침내 처음의 낮고 조용한 화음이 다시 등장했다. 화음은 여운을 남긴 채 한없이 길게 이어졌다. 나는 음악이 흘러나오는 방 앞에 서서 완전히 음악에 몰입해 있었다. 음악이 만들어내는 무형의 공간 속으로 점점 끌려들어가는 것 같았다.

조심스레 문고리를 돌려 문을 열자 비스듬히 등을 돌린 채 창가 쪽에 앉아 기타를 연주하는 여자의 모습이 보였다. 연주에 몰입해서 문이 열린 것도 눈치채지 못하는 것 같았다. 창으로 흘러들어오는 저녁의 푸르스름한 빛이 여자의 날씬한 허리와 목덜미의 선을 도드라지게 했다. 여자의 왼손이 기타의 넥을 따라 위 아래로 미끄러지듯 움직였다.

앞서 들었던 화음과 미끄러지는 듯한 멜로디가 다시 등장하더니, 이윽고 음악은 천천히 느려지기 시작했다. 끝이 다가오고 있다는 걸 알 수 있었다. 격렬했던 폭발의 여운을 음미하는 듯한 부드러운 연주가 한동안 이어지다가 마침내 종지를 장식하는 몇 개의 음이 어두운 공간을 휘돌아 사라져갔다. 그리고 침묵. 모든 소리가 사라지고 난 뒤의 정적이 주위를 감쌌다. 연주를 끝낸 여자가 고개를 들었다. 목 뒤로 흘러내린 머리카락이 출렁이고 그 사이로 언뜻 여자의 귀가 보이는 순간 나는 여자가 내가 아는 사람이라는 걸 깨달았다. 얼른 몸을 돌려 방에서 나가려 했으나 여자가 먼저 내 존재를 알아챘다.

"누구세요?"

등뒤에서 여자의 목소리가 들려왔다. 나는 어쩔 수 없이 발을 멈추고 뒤를 돌아보았다. 그것은 언젠가 경험한 적 있는 상황이었다.

"너였구나. 깜짝 놀랐네." 정현은 정말 놀란 것 같은 표정이었다. "여긴 어떻게 알고 온 거야?"

"화장실인 줄 알았어."

나는 한쪽 벽에 열을 맞춰 세워놓은 여러 대의 기타와 하드케이스를 둘러보며 대답했다.

정현이 어이없다는 듯 얼굴을 찡그리며 문을 가리켰다.

"문 앞에 쓰여 있는 거 못 봤어?"

안으로 열려 있는 덕분에 문의 바깥쪽 면이 잘 보였다. 문에는 직사각형의 은색 금속판으로 된 명판이 걸려 있었다. 가운데에는 '知音'이라는 검은색 글자가 보였고, 그 밑에는 빨간색으로 보다 작게 '클래식 기타 연주 모임'이라고 쓰여 있었다. 그뒤에는 꼬리 하나가 달린 팔분음표 하나가 그려져 있었다. 자칫 비만으로 발전할 위험이 있어 보이는 작고 뚱뚱한 음표였다.

"화장실로 착각하기는 좀 어려울 거 같은데."

"복도가 어두워서 잘 안 보였어."

나는 문을 닫아 복도에서 새어들어오는 빛을 가렸다.

"그래? 흐음."

정현이 벽에 달린 스위치를 눌러 형광등을 켰다. 그리고 기타 옆에 놓여 있던 케이스에서 사각형의 녹색 천을 꺼내 기타를 닦기 시작했다. 기타 줄을 하나하나 닦은 후, 기타 넥과 몸통을 천으로 문질렀다. 그리고 다시 줄 전체와 넥 뒤쪽을 두어 번 문지른 다음, 천을 접고 기타를 케이스에 집어넣으려 했다. 나는 잠시 망설이다가 말했다.

"한번 더 들을 수 있을까? 방금 연주한 곡."

정현이 손을 멈추고 내 얼굴을 바라보았다.

"싫으면 어쩔 수 없고."

"무슨 곡인 줄 알아?"

"아니."

"그런데 왜?"

"별 이유는 없어. 그냥."

잠시 나를 바라보던 정현이 의자에 앉아 기타를 왼쪽 무릎 위에 걸치고, 왼쪽 발을 나무로 된 작은 발판 위에 올렸다. 양손을 기타줄 위에 올린 다음 내 쪽을 바라보았다.

"그런데, 화장실 가려던 거 아니었어?"

"아직 참을 만해."

정현이 고개를 좌우로 두어 번 젓더니 연주를 시작했다. 나는 정현의 손을 바라보았다. 왼손이 재빠르게 움직여 현을 누르는 동시에 오른손이 지체 없이 현을 튕겼다. 손목과 손가락 하나하나가 살아 있는 듯 제각기 독특한 각도로 구부러졌다가 펴졌다. 팔목과 어깨가 잔뜩 긴장했다가 다시 버드나무처럼 부드럽게 휘어졌다. 박자에 맞춰 발과 고개가 까딱거렸다. 정현은 눈을 감기도 했고 입술을 깨물거나 오므리기도 했다. 나는 신체의 움직임 하나하나가 순수한 음의 흐름으로 변화하는 것을 지켜보았다. 음악은 잠시도 지체하지 않고 흘러갔다. 시간이 한순간도 지체하지 않듯이. 눈을 감자 시간의 흐름이 손가락에 닿을 듯 가까이 느껴졌다. 문득 수연의 목소리가 귓가에 울리는 듯했다. 조용한 기타 선율이 내 속에 남아 있던 수연의 낮고 차분한 말의 리듬을 되살리고 함께 어우러지는 것 같았다.

"잠들었니?"

"아니."

나는 눈을 떴다.

"끝났는데도 눈을 안 뜨길래."

연주가 끝났다는 걸 나는 미처 느끼지 못하고 있었다. 정현이 내게 기타를 내밀며 말했다.

"한번 쳐볼래?"

"아냐, 잘 들었어. 고마워."

"그래도 한번 쳐봐."

"어떻게 치는지 몰라."

정현은 나를 옆에 있던 의자에 앉히고 기타를 쥐여주더니 내 손가락을 이리저리 꼬아 세 군데의 지판을 누르게 했다. 기타줄은 생각보다 매끄러웠다.

"지판을 누른 줄만 튕겨봐."

생각보다 쉬운 일이 아니었다. 어느 줄을 어느 손가락으로 튕겨야 하는지부터 막막했다. 지판을 누른 손가락들이 떨리고, 이리저리 미끄러졌다. 내가 어쩔 줄 몰라하자 정현이 튕겨야 할 줄 위에 오른손 손가락을 하나하나 올려주었다. 천천히 손가락을 움직여 줄을 건드렸다. 놀라 달아나는 새의 날갯짓처럼 갑작스럽고 불안한 소리가 났다.

"다시" 하고 정현이 말했다.

나는 손가락에 좀더 힘을 주어 차례로 줄을 튕겼다. 연약하고 희미한 화음이 세상에 태어났다가 사라졌다.

"방금 연주한 곡의 첫 화음이야. 기억나?"

"글쎄."

나는 정현에게 기타를 건네주었다. 정현이 천을 꺼내 다시 한번 기타를 닦는 동안, 나는 내 손을 들여다보았다. 기타 줄의 떨림과 여운이 아직 손가락 위에 남아 있었다. 케이스에 기타를 집어넣은 뒤 정현이 말했다.

"이제 말해."

"뭘?"

"할 말 있어서 온 거 아니야?"

"무슨 할 말?"

정현이 날 빤히 바라보았다. 여느 때의 무표정한 얼굴이었다.

"그럼 내가 말할게. 미안하게 생각하고 있어. 그렇지만 나쁜 뜻은 아니었어. 그냥 도와주고 싶었어. 안 그래도 사과하고 싶었는데 만날 기회가 없어서……"

"도대체 무슨 말을 하는 거야? 미안하다니?"

나는 그때까지도 예전의 소문에 대해 정현에게 미안한 마음을 가지고 있었고, 반대로 그녀가 내게 미안할 일이 있으리라고는 생각지 못했다. 그래서 정현이 그 말을 하자 혼란을 느꼈다.

"과제물 때문에 교수님께 혼났다며. 그 얘기 하려고 온 거 아니었어?"

비로소 나는 상황을 파악할 수 있었다.

"네가 쓴 거였어? 그 리포트?"

"정말 몰랐구나. 괜히 얘기했네." 정현이 후회하는 듯한 표정을 지었다. "그럼 여긴 도대체 왜 온 거야?"

"지금 그게 중요한 게 아니잖아. 왜 마음대로 내 이름으로 과제를 낸 거지? 부탁한 적도 없는데."

"그냥 도와주고 싶었다니까. 중요한 과제였고, 우진이한테 물어봤을 땐 네가 금방 수업에 다시 나올 거라고 했었어. 그리고……"

정현이 말끝을 흐렸다.

"그리고 뭐?"

"네가 수업에 잘 안 나오게 된 데는 내 책임도 있으니까."

그 말을 듣고 나는 깜짝 놀랐다.

"뭔가 오해를 한 것 같은데 내가 수업에 안 나온 건 너랑은 아무 상관 없어. 그러니까 네가 신경쓸 필요도 없고. 난 이만 가볼게."

서둘러 출입문으로 향하며 나는 불편한 기분을 느꼈다. 그러나 이상한 것은 당황스럽고 불편한 와중에도 머릿속 한구석으로는 조금 전

들었던 정현의 연주를 되새기고 있었다는 사실이었다.

*

여름방학이 시작되자 나는 무중력 상태에 놓인 것 같은 기분에 휩싸였다. 아주 작은 힘만 가해져도 우주 끝까지 떠밀려갈 것 같았다. 수연이 사라지던 날부터 어렴풋이 느껴지던 그 감각은 이제 완전히 내마음을 지배하고 있었다. 부모님으로부터 며칠이라도 내려와 있는 게 어떠냐는 연락이 왔지만 공부 핑계를 대고 가지 않았다. 나는 아직도 수연이 갑자기 돌아올지도 모른다는, 또다시 나를 보고 싶어할지도 모른다는 희망을 버리지 못하고 있었다. 그 희망이 무중력 상태의 나와 지구를 연결해주고 있는 유일한 끈이었다.

한 가지 이상한 일은 언제부터인가 수연을 생각할 때마다 정현이 연주했던 이름 모를 곡의 멜로디가 함께 떠오르게 되었다는 사실이었다. 정확히 말하자면 제대로 형태를 갖춘 멜로디가 아닌 멜로디의 파편들에 가까웠다. 혹은 멜로디 이전의 어떤 이미지 같은 것이라고 해도 좋을 것이다. 순간순간 느껴지던 음색과 몇몇 파트의 분위기, 전체적인 곡의 흐름에서 배어나던 느낌 같은 것들이 분명하지 않은 형태로 뒤섞인 채 떠올랐다. 그 묘한 이미지의 덩어리가 수연과 관계를 맺게된 것은 아마도 그날 연주를 듣고 있는 동안 수연에 대한 생각이 내 의식을 지배하고 있었기 때문이리라. 나는 그 음악을 선명하게 기억해내고 싶었다. 희미한 이미지의 혼돈 속에서 명확한 멜로디를 붙잡으려 애썼다. 그러나 멜로디는 떠오를 듯 아른거리다가도 매번 깊은 어둠속으로 가라앉아버리곤 했다.

나는 우진과 이반 형에게 강화도에서 있었던 일을 이야기할 생각이었다. 그러나 아무리 고민해도 수연의 이야기를 어떻게 전해야 할지 알 수 없었다. 어쩔 수 없이 그저 수연이 많이 아파서 앞으로도 한동안 보기 어려울 것 같다고만 말했다. 우진과 이반 형은 수연을 볼 수 없다는 말에 아쉬워하면서도 내가 자세한 이야기를 피하자 그 이상은 묻지 않았다.

한편 우진은 여행 준비로 분주했다. 그는 아버지가 있는 미국 동부의 한 도시에서 방학을 보낼 예정이었다. 떠나기 며칠 전까지 우진은 함께 가자며 날 꼬드겼다. 방학 동안 여기서 혼자 뭐 할래? 엄청 심심할걸. 들어봐, 그 대학에서 아버지가 가르치는 학생들 중에 한국어를 배우고 싶어하는 여자애들이 있대. 일단 걔들이랑 친해져서…… 우진은 늘 하던 대로 다양한 감언이설과 협박을 동원했다. 그런 말에 넘어갈 리는 없었지만 마음속으로는 고마웠다. 그가 같이 가자고 하는 까닭을 짐작할 수 있었기 때문이었다.

우진이 떠나던 날 서울의 기온은 그해 들어 최고치를 기록했다. 비행기 날개가 녹아서 흐물흐물해지지 않을까 걱정될 정도의 더위였다. 공항 대합실은 방학과 휴가철을 맞아 어딘가로 떠나는 사람들로 붐볐다. 수속을 밟기 위해 기다리는 동안 우진은 눈에 띄게 긴장되어 보였다. 치통을 앓는 사람처럼 얼굴을 잔뜩 찡그린 채 한마디도 하지 않았다.

"왜 그래?"

"아무것도 아냐."

"뭐 놓고 온 거라도 있어?"

"아니라니까."

우진의 목소리에는 짜증이 섞여 있었다. 그러고 나서는 미안했는지 목소리를 낮춰 말했다.

"비행기 타기 전엔 항상 신경이 날카로워져."

"왜? 비행기가 떨어지기라도 할까봐 걱정돼?"

어떤 일에든 자신만만한 우진이 비행기 타는 걸 두려워한다는 것은 뜻밖이었다.

"원래 뭐든 타는 걸 안 좋아해. 기차든 버스든."

"그게 사고날까봐 걱정돼서 그런 거잖아. 그것도 일종의 강박증인데."

"그런 게 아냐." 우진이 얼굴을 찌푸린 채 고개를 저었다. "이런 탈것들은 내 의지대로 움직이는 게 아니잖아. 그 점이 마음에 안 들어. 내 안전을 불완전한 인간과 언제라도 오작동할 확률을 가진 기계에게 맡긴다는 게."

"걸어다니다가 번개에 맞는 일은 걱정 안 되냐? 그것도 네 의지대로는 안 될 텐데."

"그래서 초등학교 때는 비 오는 날엔 밖에 안 나갔어."

우리는 캐리어를 끌고 바쁘게 지나가는 사람들을 잠시 바라보았다.

"괜찮겠어? 낙하산이라도 하나 사줄까?"

긴장이 좀 풀릴까 하고 해본 말이었는데 우진은 한숨을 내쉬었다.

"너 비행기 안 타봤냐. 낙하산 같은 거 있어봤자 어차피 비행기는 문이 안 열리게 되어 있어. 일단 비행기에 오르면 모두 한배에 탄 운명이야. 그래서 좌석마다 구명조끼가 달려 있는 거라구. 상징적인 장치지."

"한국말로도 이렇게 못 웃기면서 영어로 여자애들을 어떻게 꼬실래?"

"언어는 중요하지 않아. 중요한 것들은 대부분 언어를 초월해 있지."

탑승 게이트로 들어가기 직전에 우진이 물었다.

"혹시 아무거나 책 가져온 거 있어?"

"아니, 뭔가를 읽은 게 언제였는지도 기억 안 나. 왜?"

"비행기 안에서 심심할까봐. 생각해보니 책을 한 권밖에 안 가지고 왔어. 아, 집에 돌아가면 꼭 『어린 왕자』를 읽어라."

"왜?"

"비행기가 나오잖아. 사막에 떨어진 다음에도 무사히 집으로 돌아 가고 말이야."

"『어린 왕자』는 언제 읽은 거야?"

"TV에서 봤어."

우진이 게이트 안으로 사라진 뒤, 나는 대합실 구석에 앉아 한동안 지나가는 사람들을 구경했다. 우진이 탄 비행기가 사막을 지나지 않는 다는 사실이 생각났다. 대신 사막보다 몇 십 배 넓은 바다 위를 날아갈 것이다. 상징적인 구명조끼들과 함께. 안내 데스크에서 서울 시내 지 도를 한 장 얻었다. 지도를 들여다보며 버스를 타고 서울 시내를 한 바 퀴 돌자 날이 저물었다. 학교로 돌아와 '知音'의 동아리방을 찾아갔 다. 문가를 기웃거리는 사이에 다른 사람들과 합주를 하고 있던 정현 이 나를 발견하고 밖으로 나왔다. 그녀는 짧은 반바지와 보라색 민소 매 셔츠를 입고 있었는데 무척 시원해 보였다.

"여긴 어쩐 일이야?"

나는 농담을 할까 하다가 그만두었다. 돌려 말하기에는 너무 더운 날씨였다.

"지난번 그 곡 말이야, 한번 더 들을 수 있을까 해서."

"지금? 지금은 곤란해. 연습중이잖아."

정현이 손짓으로 동아리방 쪽을 가리켜 보였다.

"그럼 다른 때는 된다는 얘기지?"

그러자 정현이 내 얼굴을 빤히 들여다보았다.

"이상하네."

"뭐가?"

"너 말이야. 좀 이상해졌어."

"어디가?"

"글쎄, 설명하긴 어렵지만 하여튼 뭔가 달라졌어."

그 말을 듣자, 그런 것도 같다는 생각이 들었다. 어쩌면 내가 그 곡을 배우고자 마음먹은 것도 내 안의 뭔가가 달라졌기 때문이었는지도 모른다.

*

"이번에는 스케일을 쳐보자. 연습해왔지? C메이저 스케일의 다섯 가지 포지션."

"아니."

"좋아. G음부터. 하나 둘 셋 넷."

내 대답에는 아랑곳하지 않고 정현이 손가락으로 책상을 두드려 박을 셌다. 그러나 첫 음이 울리는 순간 박자는 이미 사라져 있었다. 서툰 목수의 톱질처럼 불규칙적이고 불완전한 소리가 울려퍼졌다. 맡은 임무는 달랐지만 현을 짚고 있는 왼손가락이나 현을 튕기는 오른손가락 모두 처음 외줄타기에 도전하는 어릿광대처럼 허공에서 떨고 있긴 마찬가지였다. 창밖에서는 매미가 큰 소리로 울어대고 있었다. 웃어대고 있는 것 같기도 했다.

"그래도 많이 좋아졌어."

정현은 그렇게 말했지만 나는 그렇지 못하다는 걸 알고 있었다. 음들은 너무 크거나 너무 작았고 그나마도 연결되지 못한 채 뚝뚝 끊겼다. 박자 같은 건 생각할 여유도 없었다.

"네가 너무 조급해해서 그래. 느리더라도 정확하게 칠 수 있도록 연습을 해야 발전할 수 있어. 그리고 너 정도 속도면 빨리 느는 거야."

"그렇지만 내가 배우고 싶은 건 그 곡뿐이야. 왜 이런 걸 연습해야 되는 거지?"

정현이 한숨을 쉬었다.

"지난번에도 말했잖아. 꽤 어려운 곡이라고. 기본적인 주법을 모르면 칠 수 없는 게 당연하잖아. 수영 배울 때 발 젓기부터 시작하는 거랑 마찬가지야."

"난 물에 들어가자마자 곧바로 헤엄쳤는데."

정현이 팔짱을 끼고 나를 노려보았다. 나는 고개를 숙이고 아무렇게나 기타 줄을 튕겼다. 처음 생각했던 것보다 훨씬 많은 시간과 노력이 필요한 일이었다. 이런 식으로라도 말하지 않으면 왠지 더 미안할 것 같았다.

갑작스럽게 동아리방을 찾아간 다음날, 정현은 운동장 옆 벤치에서 내가 부탁한 곡을 연주해주었다. 나는 또다시 음악이 불러일으키는 마법에 빠져들었다. 그러나 몇 번을 되풀이해 들어도 만족할 수 없었다. 들을 때마다 듣고 싶은 욕망이 점점 더 커졌다. 처음에는 그 곡이 수연을 떠올리게 만들기 때문에 그런 거라고 생각했지만 그게 전부는 아니었다. 그 곡에는 분명 나를 사로잡는 뭔가가 있었다.

그 곡을 연주하고 싶다고 이야기하자, 정현은 냉정하게 말했다.

"보기엔 쉬워 보일지 모르지만 한두 달 연습한다고 칠 수 있는 곡이 아니야."

나는 그래도 꼭 배우고 싶다고 우겼다.

"얼마가 걸리든 상관없어. 연습하는 방법만 가르쳐주면 혼자 악보 보고 연습할게."

"이 곡은 악보가 없어. 제목도 없고."

"어째서?"

"어째서긴, 악보에 기록된 적이 없으니까. 어쨌든 이 곡을 배우려면 내가 직접 가르쳐주는 수밖에 없어.

"그럼 가르쳐줘."

정현은 한두 달 연습으로는 불가능하다고 했지만 나는 자신 있었다. 한 곡만 가지고 밤낮으로 연습한다면 불가능할 리 없다고 생각했다. 그 생각이 나의 오산이었음을 알게 되기까지는 그리 오래 걸리지 않았지만.

오른손을 입가에 댄 채 생각에 잠겨 있던 정현이 말했다.

"그럼 내가 하라는 대로 꾸준히 연습할 수 있겠어?"

"물론이지."

"한 가지 조건이 있어."

정현의 얼굴에 보일 듯 말 듯한 미소가 스쳤다.

"내가 네게 음악을 들려주었으니까, 너도 내게 뭔가를 들려주어야 해. 네가 들려주어야 할 건 이야기야."

"이야기?"

"내가 기타를 가르쳐줄 때 마다 너는 내게 이야기를 하나씩 들려주는 거야. 주제는 너에 관한 것이고, 내용은 아무 거라도 좋아. 길이도 상관없어."

"왜 그래야 하는데?"

"내가 듣고 싶으니까. 네가 그 곡을 연주하고 싶은 것처럼."

정현은 그렇게 말하고 엄지손가락으로 기타의 여섯 줄을 부드럽게 쓸어내렸다. 여섯 개의 음과 각각의 배음들이 만들어낸 화음이 나를 향해 물결처럼 밀려왔다가 사라졌다.

다음날부터 우리는 매일 아침 '知音'의 동아리방에 마주 앉았다. 정현은 내게 기본적인 코드와 스케일을 가르쳤고 간단한 연습곡들을 익히게 했다. 처음에는 어색한 느낌도 들었지만 잠시뿐이었다. 정현은 다른 사람을 가르치는 일에 능숙했다. 무작정 따라 하게끔 하는 게 아니라 원리를 이해하도록 설명했고, 정확하고 깔끔한 솜씨로 시범을 보였다.

연습이 끝나면 나는 정현에게 이야기를 들려주었다. 여전히 그녀의 의도를 알 수 없었기 때문에 무슨 이야기를 해야 할지 알 수 없었다. 고심 끝에 첫날은 어렸을 때 키우던 토끼에 대한 이야기로 시작했다. 생각난 이야기가 그것뿐이었기 때문이다.

"어릴 때 제일 처음 키운 동물이 두 마리의 토끼였어. 초등학교 들어갈 무렵에 아버지가 시골에서 얻어오셨어. 한 놈은 흰색이었고 다른 놈은 잿빛이었는데, 하얀 녀석이 더 씩씩했던 기억이 나. 토끼를 데려오고 나서 가장 놀란 건 토끼가 뛰어다니는 모습이 내가 생각했던 것과 달랐다는 거야. 그때까지만 해도 나는 그 조그만 동물이 노래가사에 나오는 것처럼 깡충깡충, 그러니까 캥거루만큼은 아니더라도 제법 점프력을 과시하며 뛰어다닐 거라고 생각했거든. 그런데 실제로 본 토끼들은 그저 느릿느릿 기어다닐 뿐이었어. 아버지가 산토끼와 집토끼는 다르다고 말해주었지만 난 금세 토끼에 흥미를 잃었지. 그래서 지금까지도 토끼를 별로 안 좋아해."

"그게 끝이야?"

정현이 물었다. 나는 고개를 끄덕였다.

"재미없을 거라고 했잖아. 그러니까 제대로 된 보상을 받고 싶으면 지금 말해. 안 그러면 내일은 거북이 얘기를 할 거야."

"잠깐, 그래서 토끼들은 어떻게 되었는데?"

"몇 달 후에 탕이 되었어. 내게는 다시 시골로 보냈다고 말했지만 어릴 때부터 눈치는 빠른 편이었거든."

거북이 이야기는 토끼 이야기보다 매력적인 부분이 있다. 거북이의 실종으로 이야기가 마무리되기 때문이다.

"어느 날 보니까 수조가 비어 있었고, 그뒤로 사흘 동안 가구까지 들어내고 온 집 안을 뒤졌는데도 끝내 찾지 못했어. 아마 지금쯤 바다에라도 도착했겠지."

"집에서 키우는 거북은 민물에서 살지 않아?"

"……말이 그렇다는 거야."

병아리와 개를 거쳐 마지막 동물로 'Fragile'에 사는 팔랑이 등장했다. 팔랑의 게으르면서도 도도한 성격을 묘사하자 정현은 웃음을 터뜨렸다. 이야기를 시작한 이래 처음 있는 일이었다. 팔랑의 이야기 다음으로는 'Fragile'이라는 공간에 대해 이야기했다. 이야기는 자연스럽게 'Fragile'의 또다른 주인인 이반 형으로, 그리고 개구리씨에게로 이어졌다.

그리고 다음날 나는 어린 시절 개천에서 잡은 개구리로 내가 울린 여자아이에 대해 이야기했는데, 단순한 연상에 의한 충동으로 꺼낸 그날의 이야기가 이후 내가 이야기를 선택하는 기준이 되었다. 즉 연상이라는 고리를 통해 이야기를 연결해나가기 시작한 것이다. 이 연상이라는 도구는 지극히 자의적이어서 어떤 날은 아주 긴밀한 관계를 가진 이야기가 이어졌고, 어느 날은 전혀 맥락에 닿지 않는 이야기가 튀어나오기도 했다. 중요한 것은 어떤 경우든 그러한 연상을 가능하게 한 고리가 존재한다는 사실이었다. 정현은 물론 고리 따위에는 신경도 쓰지 않았지만, 내게는 그런 식으로 이야기를 연결해나가는 일이 재미있게 느껴졌다. 그래서 나는 어제 한 이야기와 오늘 할 이야기 사이에 존재하는 연결점을 정현에게 꼭 설명하곤 했다. 오늘은 내가 아주 싫어하는 여배우에 대해서 이야기할게. 어제 이야기한, 개구리로 울린 여자애와 이름이 같거든. 이런 식이었다. 물론 연상의 이유가 도무지 불분명한 때도 있었는데 그런 경우는 이야기의 대상에서 제외되었다. 결국 이야기의 선택은 완전히 내 의지로 이루어지는 것도, 그렇지 않은 것도 아니었다. 연상에 의해 이루어지는 무의식적인 선택과 최소한의 기준에 의한 의식적인 선별, 나는 우연과 의지가 충돌하는 이 미묘한 지점이 마음에 들었다.

이야기를 선택하는 데는 또 한 가지 기준이 작용했는데, 나는 수연을 떠올리게 만드는 이야기는 무의식적으로 피하고 있었다. 왜 그때는 그 사실을 깨닫지 못했을까. 나는 그 사실을 미처 의식하지 못하다가 역설적이게도 수연에 대해서 이야기하고자 마음먹은 후에야 비로소 깨닫게 되었다.

정현은 좀처럼 반응을 나타내지 않는 청중이었다. 간혹 고개를 끄덕이거나 질문을 던지기도 했지만 대개는 가만히 이야기에 귀 기울일 뿐이었다. 그 때문에 조바심이 생길 때도 있었다. 몇 번인가 팔랑의 이야기가 그랬던 것처럼 정현에게서 웃음을 끌어내기 위해 사건을 과장하거나 극적으로 꾸며낸 적도 있었지만, 그런 시도는 대개 불발로 끝났다. 반면 선생님으로서의 정현은 이야기를 들을 때와는 다른 모습이었다. 훨씬 표현이 풍부했고 작은 곳까지 세심했다. 내가 똑같은 부분에서 실수를 반복해도 짜증을 내거나 답답해하는 일은 없었다. 그럴 때일수록 오히려 여러 번 되풀이해서 설명하고 시범을 보여주었다. 나아지는 점은 아주 작은 것이라도 내가 민망할 만큼 칭찬을 했다.

"혹시 가르치는 일이 지겨워지면 언제라도 이야기해."

어느 날 연습이 끝나고 내가 그렇게 말하자, 정현은 눈을 동그랗게 떴다.

"지겹지 않으니까 걱정 마. 난 오히려 네가 금방 포기할 줄 알았는데? 넌 배우는 속도도 빠르고 재능도 있는 편이지만 사실 그런 건 별로 중요하지 않아. 어느 정도의 재능만 있으면 그다음은 끈기와 노력에 달린 거야. 포기하지 않는 사람만이 좀더 좋은 연주를 할 수 있어."

잠시 기타 줄을 퉁기다가 그녀가 다시 말했다.

"지금 동아리 일학년 중에 합주에 참여하는 부원은 나뿐이야. 일학년만 아니었으면 독주를 시켰을 거라는 말도 들었어. 그런데 말이지, 난 처음 기타를 배울 때 감각이 없다는 얘길 수없이 들었어. 나름대로 연습도 많이 했고 지금 생각해보면 그렇게 느린 편은 아니었는데도 날 가르쳤던 사람이 워낙 특출한 사람이었거든. 내가 자기만큼 빨리 늘지 않는 걸 잘 이해하지 못했지. 너무 자주 혼나서 나중에는 자신감을 잃을 정도였어. 그 대신 오기가 생겨서 끝까지 포기하겠다는 말은 안 하고 버텼지만. 오빠한테 혼날 때마다 생각했었어. 내가 나중에 다른 사람에게 뭔가를 가르치게 되면 아무리 더딘 사람이라도 끝까지 격려해줄 거라고. 네가 지금보다 훨씬 느리게 발전했어도 난 전혀 지겹지 않았을 거야."

"오빠?"

"나한테 기타를 가르친 사람이 우리 오빠였거든."

"오빠가 기타를 잘 쳤어?"

"악기라면 뭐든지 잘 다루는 사람이었어. 아까 재능은 별로 중요한 게 아니라고 했지만, 아주 가끔씩은 예외도 있어. 일반적인 상식을 넘어설 정도로 뛰어난 재능을 가진 사람들이 분명 있거든. 그런 사람들은 새로운 악기를 접했을 때 악기의 특성이라든가, 메커니즘을 남들보다 훨씬 빨리 이해해. 그리고 거기에 완전히 빠져들지. 게다가 한 가지

174

악기를 오래 해서 음악적으로 훈련이 되면 다른 악기를 익히는 데 훨씬 도움이 되거든."

"그렇군."

그런 사람들의 머릿속 구조는 나와는 전혀 다를 거라는 생각이 들었다.

"오빠의 경우도 그래. 원래 재능도 뛰어났고 어렸을 때부터 피아노를 오랫동안 쳤어. 대학도 피아노가 전공이었어. 기타는 대학에 들어간 후부터 반쯤 재미로 치기 시작했던 건데, 금세 전공자들과 합주를 할 만큼 치게 되었나봐. 우리 같은 사람 입장에서는 화나는 일이지."

"너무 먼 얘기라 그런지 난 아무 느낌도 없는걸?"

정현이 빙긋 웃었다.

"그래. 그냥 그런 사람도 있다는 것만 알면 돼. 중요한 건 자기 자신의 연주니까."

*

주말에는 아무도 동아리방을 사용하지 않았다. 우리는 토요일 점심 무렵부터 저녁 늦게까지 그곳에 틀어박혀 있었다. 내가 기타를 뚱땅거리는 동안 정현은 내가 연습하는 걸 지켜보다가 책을 읽기도 하고 노트와 펜을 꺼내 뭔가를 열심히 끼적이기도 했다. 그런 모습을 보고 있자니 새삼 이상한 기분이 들었다. 얼마 전까지만 해도 나는 그녀와 마주치지 않기 위해 늘 신경을 곤두세우고 있었다. 그리고 아직 우리 사이의 문제는 해명되지 않은 채였다. 그런데도 아무렇지도 않게 한 공간에 앉아 있는 것이다. 정현은 정말 아무것도 신경쓰지 않는 걸까? 고개를 든 정현과 눈이 마주치자 그녀가 입술을 삐쭉였다.

"왜 그렇게 쳐다보는 거야?"

"아니, 뭘 그리 열심히 하나 싶어서."

"독일어야."

정현이 책을 들어 보였다.

"다른 데 신경쓰지 말고 연습에 집중해. 안 그럴 거면 집에 가든가. 아직도 코드 바꾸는 게 어설프잖아."

"독일어를 좋아해?"

"특별히 좋아하는 건 아니야. 일학기 때 교양으로 들었는데 바로 잊어버리면 아까우니까."

"훌륭한 학생이네."

"밥 먹듯이 수업에 빠지는 누구와는 다르지. 그러니까 기타는 좀 열심히 연습하란 말이야."

그날 집으로 돌아가는 길에 나는 정현에게 저녁을 사겠다고 했다. 정현은 기타를 가르쳐주는 대가로 이야기를 해달라고 했지만 나로서는 그런 잡다한 이야기들이 도저히 보답이 될 것 같지가 않았다. 정현은 "어머, 굳이 그럴 필요 없는데"라고 말하더니 앞장서서 나를 홍대 앞에 있는 한 샤부샤부집으로 데려갔다. 조금 걸었을 뿐인데도 등줄기가 축축했다. 태양의 열기는 어느 정도 사그라진 시간이었지만 뜨겁게 달구어진 지면에서는 아지랑이처럼 더운 기운이 올라왔다. 가게는 사람들로 북적였다. 앞치마를 두른 종업원이 다가오자 정현이 음식과 소주를 주문했다.

"소주?"

나도 모르게 그 말이 튀어나왔다.

"왜, 또 우리 집에서 깰까봐 걱정돼?"

"설마. 그렇게 취한 건 난생처음이었어."

"그런 것 같더라. 오늘은 제발 바지는 벗지 말아줘. 다시 입힐 수도 없고 곤란하다구."

정현이 웃지도 않고 말했다. 그날의 내 꼴이 떠오르자 얼굴이 달아올랐다. 다행히도 종업원이 다가와 술병과 잔을 내려놓고 갔다. 그날의 일이 화제로 등장한 것은 처음이었다. 대화를 이어나가는 게 좋은 일일지 아닐지 알 수 없었다.

"그날 너도 많이 마시지 않았어?"

"많이 마셨지. 나도 뒷부분엔 기억이 가물가물해."

나는 술병의 뚜껑을 열어 정현의 잔을 채우고 이어서 내 잔에도 술을 따랐다. 찰랑이는 액체가 실내의 불빛에 반짝였다. 잔을 부딪치고 한 잔씩 마신 뒤에도 여전히 정현의 얼굴을 똑바로 보기 민망했다. 정현은 테이블 위에 놓여 있는 병뚜껑을 만지작거리고 있었다. 나는 한동안 망설이다가 입을 열었다.

"물어볼 게 있어."

"뭔데?"

"그날 우리 사이에 있었던 일에 대한 소문 말이야, 어째서 다른 사람들한테 해명하지 않은 거야?"

정현의 표정이 굳어졌다. 그녀는 아무 말도 하지 않고 한동안 물끄러미 내 얼굴을 바라보았다. 나는 시선을 어디다 둬야 될지 몰라 허둥댔다. 괜히 말을 꺼냈다는 생각이 들었다. 꽤 시간이 흐른 후에야 정현이 비로소 입을 열었다.

"참 빨리도 물어보는구나. 정말로. 나도 물어볼게. 넌 어째서 해명하지 않았는데?"

예상치 못한 질문이었다.

"그야, 아무도 믿어줄 것 같지 않았으니까."

"해보지도 않았잖아."

"해보지 않아도 빤한 일이었어."

정현이 한숨을 내쉬었다.

"그래, 그랬겠지. 그래서 나랑 잤다고 사람들한테 떠들어댔니? 그 말도 믿어주지 않을 것 같아서?"

"그건……"

"다 네 덕분이야."

"내 덕분이라니?"

"아무도 믿어주지 않더라도 노력은 해볼 수 있었잖아. 최소한 넌 아무렇지 않게 나를 대하기라도 했어야 했어. 갑자기 사람들을 피하고 무시하면 일이 해결될 거라고 생각했니? 네 그런 태도 때문에 사람들이 소문을 더 확신하게 될 거라는 생각은 안 해봤어?"

정현의 목소리가 한층 낮아졌다. 얼굴은 여전히 무표정했다.

"내가 이상한 분위기를 눈치챘을 땐 이미 꽤 시간이 흐른 뒤였어. 다들 뭔가 거북한 걸 삼킨 것 같은 표정으로 나를 바라보고 있더라. 뒤늦게 몇몇 가까운 아이들한테 진실을 이야기했지만 소용없었어. 물론 다들 내 말을 믿는다고 하지. 실제로도 믿으려고 했을 거야. 그렇지만 그애들 마음 깊은 곳에 있는 손톱만한 의심까지 없앨 수는 없어. 그리고 그런 게 남아 있는 한 더이상 예전과 같이 서로를 대하는 건 불가능해. 무슨 말인지 알겠어?"

"그때 내가 했던 말은 홧김에 나도 모르게 튀어나온 거야. 실수였고, 미안하게 생각해. 그리고 난 더이상 너와 얽히지 않는 게 너에게 더 좋을 거라고 생각했어."

"거짓말. 넌 그냥 귀찮았던 거야. 이런 일에 얽히는 것도 싫고, 다른 사람들이 뭐라고 생각하든 아무래도 상관없다고 생각했겠지. 넌 그런 사람이니까. 내 처지 같은 건 생각하지도 않았을 거고. 널 비난하고 싶지는 않아. 너도 나름대로 힘들었을 거란 걸 아니까. 나도 다른 사람이 어떻게 생각하든 그런 건 별로 상관없어. 내가 견딜 수 없었던 건 네가 나를 일부러 피한다는 사실이었어. 마치 그 소문이 사실인 것처럼 느껴지도록 말이야. 그리고 그 상황이 모두 내 탓인 것처럼 느껴지도록. 그게 어떤 기분인지 알기나 해?"

정현의 눈빛이 똑바로 나를 향하고 있었다.

"미안해."

나는 그 말밖에 할 수 없었다.

"미안하다는 말을 듣고 싶은 건 아냐."

정현이 테이블 위에 놓인 술잔을 만지작거렸다.

"나 역시 네게 미안하기도 하고."

정현이 술잔을 입가로 가져갔다가 다시 내려놓더니 말했다.

"안 되겠다. 미안하지만 오늘은 같이 밥 먹을 기분이 아니야."

그러고는 자리에서 일어나 나를 바라보았다.

"혼자라도 먹고 갈래?"

"아, 아니."

나는 엉거주춤 따라 일어났다.

정현은 지나가던 종업원을 불러 음식 주문을 취소하고 카운터로 가서 소주 한 병 값을 계산했다. 내가 내겠다고 말했지만 대답하지 않았다.

밖은 완전히 어두워져 있었다.

"잘 가."

나오자마자 정현은 그렇게 말하고 등을 돌려 걸어갔다. 나는 따라가서 붙잡았다.

"얘기 좀 더 해. 내가 어떤 생각이었는지 얘기하고 싶어. 네 이야기도 듣고 싶고. 제대로 사과도 하고 싶고."

"그럴 필요 없어. 내가 말 꺼내기 전에는 이 문제에 대해서 생각도 안 했잖아."

"아니야, 언젠가 진지하게 얘기해야겠다고 생각하고 있었어. 그래서 같이 밥도 먹자고 한 거잖아."

나는 거짓말을 했다.

"매일 자기 얘기는 끝도 없이 늘어놓으면서 나에 대한 건 한마디도 묻지 않았잖아."

"뭐? 그렇지만 그건 네가 하라고 한 거였잖아. 그리고 끝도 없이 늘어놓지는 않았어."

"어쨌든."

기가 막혔으나 그런 문제로 언쟁을 벌이고 있을 때가 아니었다.

"좋아, 그것도 내 잘못이니까 어디 들어가서 이야기하자. 이런 상태로 헤어질 수는 없잖아."

"방금 그 말도 마음에 안 들어."

"어디가?"

"좋아, 그것도 내 잘못이니까." 정현이 내 말투를 흉내내어 말했다. "져주겠다는 거야? 화난 것 같으니까 달래주겠다는 거야? 분명히 말하지만 난 화나지 않았어. 이미 지나간 일이고, 네 행동이 날 더 힘들게 만들었던 건 사실이지만 너 역시 힘든 상황에서 택한 길이니까 널 탓할 수 없다고 생각해. 단지 지금은 너랑 마주 앉아서 뭘 먹고 있을 기분이 아니야. 알겠니?"

"그럼 이렇게 하자. 이 얘기는 여기서 끝. 마주 앉아서 음식을 먹는 일도 끝. 대신 어디서 나란히 앉아 맥주라도 한잔 마시자. 새로운 기분으로. 어때?"

정현이 짧게 한숨을 쉬었다.

"의외로 집요한 구석이 있구나."

"그럴 필요가 있을 때는" 하고 나는 말했다.

"그 말도 마음에 안 들어."

"또 어디가?"

"몰라. 그런 거 일일이 묻지 마."

*

삼십 분 후에 우리는 'Fragile'의 구석 테이블에 마주 앉아 있었다. 내 제안에 따르는 대신 정현은 'Fragile'에 가서 꼭 팔랑을 봐야겠다고 했다. 가게에 들어올 때 작은 해프닝이 있었다. 이반 형이 정현을 수연으로 짐작하고 지나치게 반가워한 것이었다. 이제 몸은 괜찮아진 거냐고 묻기까지 했다. 예상치 못한 일에 나는 당황했고, 실수를 알아차린 이반 형도 어쩔 줄 몰라 했으나 정작 정현은 아무렇지도 않은 기색이었다. 적어도 겉으로 보기에는 그랬다. 우리는 바에 앉지 않고 구석 테이블에 앉았는데, 그날따라 팔랑이 그 옆 테이블의 의자에 엎드려 있었기 때문이었다.

"정말 굉장한데?"

팔랑을 바라보며 정현은 연신 감탄했다.

"그렇지?"

그 커다랗고 게으른 고양이가 뭐가 굉장하다는 말인지 도무지 이해할 수 없었지만 나는 맞장구를 쳤다. 팔랑은 여느 때와 마찬가지로 다리를 쭉 펴고 눈을 감은 채 엎드려 있었다. 이따금 느릿느릿 눈꺼풀을 들어올렸다가 다시 감곤 했다. 우리가 소리를 내며 의자에 앉는 동안에도 미동조차 하지 않았다.

"만지면 안 된다고 그랬지?"

"응. 누구든 만지려고 들면 멀리 가버려."

"지금 엎드려 있는 걸 봐선 무슨 짓을 해도 안 일어날 거 같은데."

정현이 아쉬운 듯 입술을 삐죽거렸다. 그 모습을 보자 새삼 마음이 무거워졌다. 대범한 척해도 정현 역시 스무 살짜리 여자애였다. 나와의 소문 때문에 겪었을 마음의 고통은 내가 상상할 수 있는 것보다 훨씬 더 컸을 것이다.

정현은 청바지와 새싹이 돋아난 화분이 프린트된 하얀색 티셔츠를 입고 있었다. 꽤 자라난 머리카락을 귀 뒤로 늘어뜨린 모습이었다. 머리 스타일 때문인지 예전보다 분위기가 한결 부드러워 보였다. 나는 정현을 처음 보았을 때를 떠올렸다. 입학식 직후의 신입생 환영회 때였다. 그녀는 부스스한 커트 머리에 카키색의 커다란 사파리재킷을 입고 있어서 언뜻 보면 남자 아이처럼 보였다. 게다가 좀처럼 표정의 변화가 없어서 냉정해 보이기도 했다.

"머리는 왜 기르기로 마음먹은 거야?"

"특별한 이유는 없어. 분위기를 좀 바꿔보고 싶어서. 고등학교 내내 짧은 머리였거든."

"고등학교 때는 어떤 학생이었어?"

"그냥 평범했던 거 같은데. 성적도 고만고만했고, 고민하는 것도 다른 애들과 별로 다를 바 없었고. 아, 삼 년 동안 운동장 조회 때마다 앞에 나가서 체조를 했어."

"체조?"

"일학년 이학기 때 교장이 새로 왔는데 아침조회 끝에 꼭 체조를 시켰거든. 그때마다 단상에 올라가서 전교생 앞에서 체조를 했어."

"운동을 잘했어?"

"그런 건 아니야. 일학년 일반 체육부장을 불렀는데 그애가 국민체조를 몰라서 얼떨결에 대신 나가게 된 거야. 한번 그러고 나니까 다음주부터는 당연히 내가 나가는 걸로 돼 있더라고. 이학년이 된 다음에는 이제 새로 들어온 일학년을 시키겠거니 했는데 그때는 이미 교장이 내 이름을 알고 있어서 마이크로 불렀어. 윤정현, 왜 안 나와? 이렇게."

"민망했겠네."

"뭐, 조금은. 그렇지만 전교생을 내려다보며 체조를 하는 기분도 나쁘지 않았어. 수많은 관중이 지켜보는 가운데 마운드로 걸어올라가는 투수가 된 기분이랄까. 덕분에 시험 때면 초콜릿 같은 걸 갖다주고 도망치는 후배들도 있었고."

"그건 자랑?"

"그 정도는 여고에선 흔히 있는 일이야."

"그렇군. 그럼, 요즘 고민은?"

정현이 허리를 펴고 고쳐 앉으며 얼굴을 찌푸렸다.

"잠깐, 아까 내가 한 말 때문에 그러는 거야? 그럴 필요 없으니까 하던 대로 해."

"정말 궁금해서 물어보는 거야. 네가 뭘 고민하는지."

"좋아. 환경오염, 세계 평화, 굶주리는 아이들, 신자유주의와 세계화, 브래지어의 치수, 연쇄실종과 한국의 치안력. 이 정도면 됐어?"

"엄청난 것들을 고민하는구나."

"중요한 문제들이니까. 아, 그리고 부실공사와 한국의 출산율."

"그 둘도 연결되어 있는 거야?"

"옆방에 신혼부부가 살거든. 근데 방음이 전혀 안 돼서 요새 밤마다 잠을 설치고 있어. 어째서 신혼집으로 원룸 같은 걸 얻은 걸까?"

"곤란하겠네. 뭐라고 따질 수도 없고."

"어쨌든 그 정도야. 더 궁금한 거 있어?"

그때 개구리씨가 다가와 아무 말 없이 땅콩과 아몬드가 담긴 접시를 내려놓고 갔다. 정현이 개구리씨의 얼굴을 슬쩍 살피더니 고개를 숙인 채 웃음을 참았다.

"오빠에 대해서 더 듣고 싶은데."

"우리 오빠?"

"응."

"그건 왜?"

"나는 남동생뿐이어서 가끔 여동생이 있었으면 어땠을까 생각하곤 했거든. 남매인 사람들은 어떻게 살아갈지 궁금해."

"별다른 건 없어. 그냥 각자의 생활을 하는 거지."

"오빠랑은 친해?"

"글쎄. 오빠와 나는 여덟 살이나 차이가 나는데다, 내가 어릴 때 오빠는 늘 피아노만 치고 있었기 때문에 친하고 말고 할 것도 없었어. 겨우 대화를 나누기 시작한 것도 내가 중학교에 들어간 다음 기타를 가르쳐주면서부터였어. 그것도 내가 졸라서 시작한 거야. 물론 오빠도 정말 싫었다면 가르쳐줄 생각은 안 했겠지만. 자기가 싫은 일은 절대 안 하는 사람이거든. 매일 혼나기는 했지만 그래도 기타를 배우면서 오빠가 어떤 사람인지 좀 알게 되었던 것 같아."

"어떤 사람인데?"

정현은 잠시 생각에 잠겼다.

"한마디로 설명하기는 어려워. 음악밖에 모르는 사람인 건 확실해. 도대체 무슨 생각을 하는지 알 수 없는 사람이기도 하고."

"대단한 사람이구나."

"대단한 사람이라기보다는 괴팍한 사람이었어. 늘 제멋대로고, 변덕스럽고. 그래도 기타를 가르쳐준 것에 대해서는 고맙게 생각해. 그때는 거의 오기로 버텼지만 시간이 지나 다시 기타를 치면서 그때 중요한 걸 많이 배웠다는 걸 깨닫게 됐어. 오빠는 클래식뿐 아니라 재즈도 공부했고 대학 때는 록밴드에서 드럼을 친 적도 있어. 그런 것들을 내게 내키는 대로 뒤섞어서 가르쳐줬어. 예를 들면 클래식 곡의 진행을 재즈 화성으로 설명하고 그 위에 애드립을 시킨다든가 하는 식으로."

"그렇게 설명해도 무슨 말인지 몰라" 하고 나는 말했다.

정현이 입가에 미소를 띠었다.

"언젠가는 알게 될 거야."

"그럴까?"

"아님 말고." 정현이 쿡쿡 웃더니 말을 이었다. "지금 생각해봐도 좀 산만한 방식이고 실제로 그 당시 배울 때는 정신을 못 차릴 정도였지. 요즘 와서야 겨우 연습하다 말고 그때 그 말이 이런 뜻이었군, 하고 깨닫는 거야. 혼자 감탄하고. 웃기지 않아?"

정현이 여전히 같은 자세로 엎드린 채 꿈쩍도 하지 않는 팔랑을 바라보았다.

"네가 배우고 싶어하는 그 곡도 사실 오빠한테 배운 거야."

"그래?"

"그 곡에 제목이 없는 건 오빠의 자작곡이나 다름없기 때문이야. 그 곡은 세 파트로 이루어져 있는데, 두번째 파트는 파가니니의 바이올린과 기타를 위한 소나타 중 한 곡에서 테마를 가져와서 오빠가 기타만으로 편곡한 거야. 첫번째와 세번째 파트는 오빠가 화음 진행과 멜로디를 만들어 붙였어. 사실 세번째 파트는 진행만 있고 오빠는 즉흥연주를 하곤 했는데, 나는 그러지 못하고 오빠가 친 애드립을 흉내내서

치고 있어. 클래식으로 말하자면 카덴차 부분이라고 할 수 있지."

"그랬군."

"무슨 말인지 이해했어?"

"언젠가는 알게 되겠지."

문이 열리더니 대학생으로 보이는 여자 두 명이 들어와 우리 옆 테이블에 앉았다. 한 명은 긴 머리를 늘어뜨린 채 야구모자를 쓰고 있었고, 다른 쪽은 짧은 머리에 화장을 진하게 하고 있었다. 자리에 앉자마자 짧은 머리의 여자가 다른 여자에게 머리 스타일이 어떠냐고 세 번이나 물었다. 미용실에 다녀오는 길인 듯했다. 상대는 그때마다 괜찮다고 대답했지만 짧은 머리의 여자는 더 열띤 칭찬을 바라는 것 같았다.

"그래서 오빠는 지금은 뭘 하셔?"

"나도 잘 몰라. 올 초에 스페인에 있다는 연락이 온 이후로는 소식이 없어. 어딘가 또다른 곳을 떠돌아다니고 있겠지."

"음악은?"

"몰라. 어떤 식으로든 하고 있으리라고 생각은 하지만 워낙 종잡을 수 없는 사람이니까. 원래 처음 외국에 나간다고 했을 때, 피아노를 공부하러 가면 후원해주겠다는 제의가 꽤 많았거든. 그런데 굳이 다 거절하고 자기가 하고 싶은 걸 하겠다고 갔어. 대학도 중간에 그만두고. 그것 때문에 부모님과도 많이 다퉜어. 그러고선 몇 달에 한 번씩 처음 보는 도시에서 엽서를 보내는 거야. 잘 지내고 있습니다, 달랑 한 줄 써서. 도대체 무슨 생각인지."

"뭔가 자유로워 보이는데."

"자유? 가족들은 죽을 맛이라고. 사실 난 별로 상관없지만."

우리는 한동안 아무 말도 하지 않고 맥주를 마셨다. 바 뒤편에서 이반 형이 LP판을 바꿔 넣는 모습이 보였다. 곧이어 남자의 절규하는 듯한 음성이 흘러나왔다. 처음 듣는 블루스 곡이었다. 정현은 오른손으로 턱을 괴고 반쯤 눈을 감은 채 음악에 귀를 기울이고 있었다. 팔랑은 엎드린 자세 그대로였다. 의자에 등을 기대고 온몸에 힘을 빼자 나른한 기분이 전신을 감쌌다. 옆자리의 여자들이 이야기하는 소리가 희미하게 들려왔다. 누군가가 잡아당기는 것처럼 눈꺼풀이 차차 무거워졌다.

얼마나 시간이 지났을까. 내가 눈을 떴을 때, 정현은 여전히 턱을 괸 채 나를 바라보고 있었다. 눈이 마주치자 정현이 입술을 벌려 "수연 씨에 대해서 알고 싶어"라고 말했다.

*

며칠째 비슷한 날씨가 계속되고 있었다. 구름 한 점 없는 하늘과 뜨거운 햇살. 살갗에 닿으면 몸 안의 수분을 쥐어짜내는 것처럼 느껴지는 햇살이었다. 어제와 오늘을 구별할 수 없는 날씨가 계속되자 시간의 흐름이 사라져버린 것 같았다.

TV는 연일 해수욕장에 몰려든 인파와 그곳에서 벌어진 사건 사고를 비춰주었다. 나는 하숙집 식탁에 앉아 손바닥만한 비키니를 입은 아가씨들과 해변 가득 널린 쓰레기를 구경했다. 며칠 걸러 한 번씩 연쇄 살인과 실종. 뉴스가 나왔다. 그 뉴스들은 여전히 충격적이었으나 처음만큼은 아니었다. 사람들은 반복되는 것에 금세 무뎌진다.

7월도 하순으로 접어들던 어느 날, 사람들의 무뎌진 감각을 깨우려는 것처럼, 노인들과 젊은 여성들을 스무 명도 넘게 살해한 연쇄 살인의 범인이 붙잡혔다. 사람들은 그의 잔인한 살해 방식과 기록적인 희생자의 숫자에 경악했다. 그러나 더 놀라운 사실은 그가 붙잡혔음에도 또다른 연쇄 살인과 실종이 여전히 계속되고 있다는 점이었다. 경찰을 놀리기라도 하듯이 체포 바로 다음날에도 홍대 앞에서는 귀가하던 여대생이 실종되는 사건이 벌어졌다. 앞서 사라진 다른 여성들과 마찬가지로 누구도 그녀가 어디로 사라졌는지 알지 못했다. 그녀들을 삼켜버린 도시는 아무 일 없었다는 듯 여느 때와 똑같은 표정을 짓고 있었다.

떠난 지 삼 주 만에 우진에게서 전화가 걸려왔다. 무슨 문제가 생긴 게 아닐까 슬슬 걱정이 될 무렵이었다. 우진은 다짜고짜 마약에 대해 연구하느라 바쁘다고 말했다. 그러고는 뭐라고 물어볼 새도 없이 대마와 모르핀과 코카인에 대해서 혼자 떠들다가 전화를 끊었다. 그가 마지막으로 한 말은 "다른 세계로 건너가는 다리가 이런 형태로 존재한다는 게 신기하지 않냐"는 말이었다.

하숙집의 다른 사람들도 다들 집에 내려가서 남아 있는 사람은 나와 이반 형뿐이었다. 남을 방해할 염려가 없었으므로 나는 정현에게 빌려온 기타로 마음 내킬 때까지 연습을 했다. 새벽이 되면 가게 문을 닫고 돌아온 이반 형이 내 방에 들렀다. 그는 박카스를 마시거나 담배를 피우며 내가 연습하는 모습을 지켜보았다. 이반 형이 좋아하는 블루스 연주를 들려줄 수 있었다면 좋았겠지만 나는 카르카시 기타 교본 앞쪽에 있는 연습곡들을 익히기에도 바빴다. 쉬우면서도 까다롭고, 단순하면서도 경쾌한 그 곡들은 지독히도 외워지지 않았다. 내가 악보를 보고 더듬더듬 연주할 때마다 정현은 말했다.

"그 정도는 벌써 외웠어야지. 악보만 쳐다보지 말고 음 하나하나를 느껴봐. 그 음에 감정을 담을 수 있도록."

정현은 또 이렇게도 말했다.

"악기를 연주한다는 건 감정과 이성과 신체가 동시에 작용하는 일이야. 머리로만 하는 공부와는 달라. 네가 알고 있는 음악이 손끝의 느낌, 마음이 기억하는 감정과 일치하도록 만들어야 해."

때때로 정현이 연주를 들려주었다. 클래식 소품들, 어쿠스틱 기타로 연주된 팝송들, 보사노바 곡들, 재즈 스타일의 솔로기타 등등 그녀의 레퍼토리는 놀랄 만큼 다양했다. 그녀 자신은 그냥 흉내만 내는 정도라고 말했지만, 그녀의 연주는 무엇이든 퍽 듣기가 좋았다. 무리하지 않는 여유로움이 있었다. 가만히 귀 기울이고 있으면 불안하게 흔들리던 마음이 천천히 가라앉곤 했다.

그리고 나는 수연에 대한 이야기를 들려주었다. 그에 앞서 나는 정현에게 수연에 관해 이야기하는 것이 과연 옳은 일인지 스스로에게 몇 번이나 물었다. 그러나 그건 올바른 질문이 아니었다. 정말 물어야 할 것은 내게 이야기하고 싶은 마음이 있느냐하는 것이었다. 질문을 바꾸자 답은 금방 나왔다. 내겐 증인이 필요했다. 나와 수연이 함께했던 시간을, 우리가 나누었던 이야기를 기억해줄 사람이 필요했다. 그리고 어째서 우리가 함께 있지 못하게 되었는지 이해해줄 사람이 필요했다. 그것은 내 자신이 그걸 이해할 수 없었기 때문이었다. 어쩌면 나는 정현이 내게 일어난 일들을 납득시켜주길 바랐는지도 모른다.

수연에 대해 이야기하는 것은 나에 대해 이야기하는 것과는 달랐다. 그것은 가장 내밀한 시간과 감정의 고백이었고, 그래서 정현을 정면으로 바라보고 이야기하기가 어려웠다. 고해성사를 하는 사람들이 칸막이 뒤에서, 누구의 얼굴도 보지 않고 이야기하는 것과 비슷했다. 이야기는 대체로 시간 순서대로, 사건과 대화와 소품 들을 중심으로 진행되었지만 나는 그 시간을 구성하고 있던 모든 것에 대해서 이야기하고 싶었다. 하늘의 빛깔과 바람의 방향, 대기의 감촉, 우리가 바라보던 풍경, 그 순간의 그녀의 표정, 손짓, 목소리. 나는 작은 것 하나라도 빠뜨리지 않으려고 애썼고, 빠뜨린 게 발견될 때마다 이야기를 거슬러 올라가 빠진 조각을 채워넣었다. 그러다보니 이야기는 한없이 늘어났다. 나중에는 이야기하는 시간이 연습하는 시간보다 길어질 정도였다.

기묘한 표정의 남자와 피리 소리에 대해 이야기할 때가 가장 어려웠다. 어떻게 설명해도 그건 이상할 수밖에 없는 이야기였다. 나 자신도 여전히 이해하지 못하는 부분이 너무 많았다. 나는 그저 최대한 내가 들은 그대로를 전달하는 수밖에 없었다. 정현이 아무것도 묻지 않는 것이 오히려 이상했다. 그래서 그때 타로카드를 보고 그렇게 놀랐던 거였구나. 정현은 그 한마디를 중얼거렸을 뿐이었다.

다른 동아리 부원들이 올 시간이 되면 나는 동아리방을 나와 도서관으로 갔다. 그곳에서 예전에 수연과 함께 본 화가들의 화집을 뒤적이며 시간을 보냈다. 몇 번인가 소설을 읽으려고 해봤지만 도저히 책장이 넘어가지 않았다. 아무것도 읽지 못하는 시간이 길어지고 있었다. 책을 펼치면 눈으로만 글자를 쫓고 있는 자신을 깨닫곤 했다. 어느 날 도서관에서 마네의 화집을 뒤적이다가 〈피리 부는 소년〉이라는 그림을 발견했다. 제복을 차려입고 술이 달린 모자를 쓴 앳된 얼굴의 소년이 두 손으로 피리를 들어 입가에 대고 있는 그림이었다. 소년은 서부 영화에 나오는 총잡이들처럼 금빛 피리 케이스를 옆구리 위쪽에 차고 있었다. 나는 인터넷으로 그 그림을 찾아 프린트한 뒤 수연이 준 고흐의 그림 옆에 붙여두었다. 그로부터 며칠 뒤 한밤중에 깨어났다가 다시 잠을 이루지 못한 날이 있었다. 침대에 누워 뒤척이다가 몸을 일으키자 벽에 걸린 두 장의 그림이 눈에 들어왔다. 창을 통해 들어온 달빛이 희미하게 그림들을 비추고 있었다. 멍하니 그림을 바라보다가 나는 수연이 들었다는 피리 소리를 생각했다. 그것은 과연 어떤 연주였을까. 그녀는 그 연주를 들으며 무슨 생각을 했을까. 나는 눈을 감고 소년이 연주를 시작하길 기다렸다. 마침내 피리 소리가 들려오자 까마귀들이 일제히 날아올랐다.

*

　시간의 흐름을 증명하는 것들. 점점 더 뜨거워지는 태양. 손가락의
굳은살. 정현의 머리 길이. 이반 형이 내 방 한구석에 세워둔 박카스
빈 병의 개수. 끝나지 않을 것 같은 이야기에도 다가오는 끝.
　시간의 흐름을 거스르는 것들. 제자리걸음만 하는 것 같은 기타 실
력. 때때로 이상할 정도로 선명해지는 기억.

*

　"왜 갑자기 수연이에 대해 궁금해하는 거지?"
　"널 좋아하니까."
　드르륵. 옆 테이블의 여자들이 동시에 의자에서 일어나더니 함께
화장실로 향했다.
　"그리고 네가 다른 사람을 좋아한다는 걸 알고 있으니까. 둘이 함께
다니는 모습을 종종 봤어. 요즘은 그렇지 않다는 것도 알아."
　정현은 팔랑에게 시선을 주었다가 다시 말했다.
　"둘 사이에 무슨 일이 있었는지 자세히 알고 싶은 생각은 없어. 다
만 그 아이에 대해, 그리고 둘의 관계에 대해 알아야 너에 대한 내 태
도를 확실히 할 수 있을 것 같다는 생각을 했어."
　실내에는 여전히 절규하는 듯한 남자의 목소리가 울려퍼지고 있었
다. 아까부터 같은 노래가 반복되고 있는 것 같았다. 엎드려 있던 팔랑
이 몸을 일으키더니 갑자기 정현의 다리 위로 뛰어올라갔다. 우리는

약속이라도 한 것처럼 동시에 소리를 질렀다. 팔랑은 정현의 다리 위에서 몇 번 방향을 바꾸더니 이윽고 무릎 언저리에 몸을 걸치고 엎드렸다. 정현이 등 주위의 털을 쓰다듬자 두어 번 깜빡이다가 곧 눈을 감았다.

나는 남은 맥주를 들이켰다. 여자애한테 그런 말을 들은 것은 태어나서 처음이었다.

*

모든 일은 그날 결정되었다.

강화도를 떠나오면서 본 수연의 모습을 마지막으로 이야기가 끝나자, 정현은 길게 한숨을 내쉬었다. 나도 맥이 풀려 창턱에 걸터앉아 창밖을 바라보았다. 이야기를 하는 동안 스쳐간 기억들이 투명한 대기 속으로 조금씩 녹아 없어지는 것 같았다. 나는 벌떡 일어나서 창밖으로 고개를 내밀었다. 그때, 생각에 잠겨 있던 정현이 단호한 목소리로 말했다.

"결정했어. 우리가 그 남자를 찾는 거야."

나는 정현을 돌아보았다.

"뭘 찾는다고?"

"피리를 불었던 남자 말이야. 우리가 찾자고."

"어떻게?"

"이제부터 생각해봐야지."

"좋아, 그렇다치고. 찾은 다음엔 어떻게 할 건데?"

"그건 그때 가면 알게 될 거야. 일단 찾아내는 게 우선이야. 어때?"

정현은 눈을 반짝이며 날 바라보았다. 그때는 물론 말도 안 되는 이야기라고 생각했다.

그날 밤 나는 오랜만에 'Fragile'에 들렀다. 두 시간 정도 이반 형과 마주 앉아 있다가 집으로 돌아오자 수연으로부터 이메일이 와 있었다. 수연에 대한 이야기가 끝난 날 그녀로부터 메일이 왔다는 사실이 이상하게 느껴졌다.

잘 지내고 있니?

내가 이렇게 물을 자격이 있는지 모르겠다. 그렇지만 정말로 궁금해. 네가 잘 지내고 있는지…… 네가 즐겁게 지내고 있다면 좋겠어. 그렇다면 정말 기쁠 거야.

메일을 쓰려고 마음먹기까지 꽤 오랜 시간이 필요했어. 괜히 너를 귀찮게 하는 것은 아닐까, 더 힘들게 만드는 것은 아닐까 하는 생각이 들었거든. 그래도 곧 유럽으로 떠난다는 사실은 알려야 할 것 같아서. 이런저런 준비 때문에 생각보다 시간이 걸렸지만 이제 내일이면 출발이야. 언니는 옆방에서 짐을 챙기고 있어. 나도 이 편지를 다 쓰고 나면 시작할 생각이야. 일단은 몇 주간 서유럽 쪽을 돌아다닐 생각이지만 확실한 것은 모르겠어. 막상 그곳에 도착하면 마음이 바뀔지도 모르는 일이니까.

그날 그렇게 널 보내고 오랫동안 마음이 아팠어. 네가 탄 버스가 멀어지자마자 후회가 들었어. 꼭 이렇게 해야만 했을까, 너에게 너무 큰 상처를 준 것은 아닐까, 어쩌면 돌이킬 수 없는 잘못을 저질러버린 것은 아닐까 무서웠어. 터미널에서 너는 아무 말도 하지 않았지만 너의 마음이 어떤지 충분히 느낄 수 있었어. 그때 왜 좀더 널 감싸주지 못했을까. 그 생각을 하면 지금도 마음이 아파. 그렇지만 그때 내 마음도 너와 다를 바 없었다는 걸 알아줬으면 해.

너한테 그렇게 이야기해놓고도 어쩌면 난 네가 한번 더 날 잡아주기를 바랬던 것 같아. 집으로 돌아와서도 네가 날 보러 다시 돌아오지 않을까 하는 생각이 들어서 자꾸만 창밖을 내다봤어. 불과 며칠 전까지도 그랬어. 문득문득 혹시라도 네가 날 보기 위해 갑자기 찾아오지나 않을까 하는 생각이 들었고, 택시가 집 쪽으로 다가오면 가슴이 두근거리기도 했어. 언니가 이상하게 생각할 정도였지.

알아. 내가 그런 걸 바라면 안 된다는 걸. 모두 내가 결정한 일이고 내가 책임져야 할 일이라는 걸. 그냥 이런 마음을 네가 알아줬으면 좋겠어. 날 이상한 애라고 생각할지도 모르지만 나도 어쩔 수가 없어. 정말 어쩔 수가 없어. 나도 내가 왜 이러는지 잘 모르겠어. 매일매일이 답답하고 숨이 막힐 정도로 두려워. 나는 다시 나를 찾을 수 있을까? 다시 예전의 평범한 생활로 돌아갈 수 있을까? 미안해. 이런 말 하려고 이 글을 시작한 건 아니었는데. 여기까지 읽어보고 지우려다가 그냥 보내기로 마음먹었어. 너에겐 너무나 미안하지만, 내겐 여전히 네가 아니면 이런 이야기를 할 사람이 아무도 없어. 다시 한번 정말 미안해. 그리고 고마워.

지금은 여행을 다녀오고 나면 좀 나아지기를, 작은 힘이라도 생기기를 기대할 뿐이야. 그리고 모든 문제가 해결된 뒤에 널 볼 수 있게 되기를 또한 바라고 있어. 물론 너도 그걸 바라고 있다면 말이지.

시간이 모든 걸 해결해준다는 말, 하루에도 몇 번씩 그 말을 떠올려보곤 해. 부디 시간이 너와 내가 짊어진 모든 것들을 다 해결해줄 수 있기를……

건강하고, 꼭 즐겁게 지내야 해.

메일을 읽어나가는 길지 않은 시간 동안, 나는 살아오면서 느껴본 거의 모든 감정을 느꼈다. 기쁨과 슬픔, 안타까움과 원망, 미안함과 후회가 차례차례 마음을 휘젓고 뒤흔들었다. 어째서 한 번 더 그녀를 붙잡지 않았을까, 그런 생각을 하자 가슴 깊은 곳이 먹먹해졌다. 그러나 그녀가 알고 있는 것처럼 나도 알고 있었다. 그것이 우리의 문제를 해결해줄 수는 없다는 것을.

모니터의 검은 글자들에서 눈을 뗄 수 없었다. 나는 거의 시간의 흐름을 느끼지 못한 채 앉아 있었다. 어느 순간 문장과 문장이 분리되고 낱말과 낱말이 해체되기 시작했다. 그리고 그 틈새마다 수연의 안타까움과 두려움이 핏방울처럼 몽글몽글 솟아났다. 나는 물끄러미 그 모습을 지켜보았고 어슴푸레 새벽이 밝아올 무렵 수연에게 짧은 답장을 썼다.

그 남자를 찾을 생각이야. 곧 만날 수 있게 해줄게.

8

"우린 그 남자에 대해 아무것도 몰라. 그렇지만 남자를 아는 사람이 누군지는 알고 있지."

다음날 아침, 정현이 노련한 수사관처럼 말했다.

"그게 누군데?"

"수연씨의 선배라는 여자 말이야. 파티에서 그 여자를 바라보고 있었다고 했잖아. 그 사람이 피리를 불었다는 남자와 관계 있는 게 틀림없어."

"그렇지만 이름도 모르고 얼굴도 모르기는 그 여자도 마찬가진걸."

"가장 쉬운 방법은,"

정현은 그렇게 말하더니 내 얼굴을 빤히 쳐다보았다. 나는 정현이 무슨 말을 하려는지 눈치챘다.

"내 쪽에서 수연이에게 연락할 수 있는 방법은 이메일밖에 없어. 그것도 언제 확인할지 알 수 없고. 그리고 난 그애한테 내가 뭘 하려는지 이야기하고 싶지 않아."

"왜? 찾아주겠다고 그랬다며?"

정현이 빈정대는 듯한 말투로 말했다.

"그래. 그러니까 더욱 그애 힘을 빌릴 수는 없어."

"쓸데없는 자존심이군. 남자들은 이해할 수가 없다니까."

"자존심이 아냐."

정현이 눈살을 찌푸렸다. 그러면서도 그녀는 내가 이런 반응을 보일 걸 예상했던 것 같았다.

"좋아. 그럼 우리가 아는 것에서부터 시작할 수밖에 없겠군. 이름은 모르지만 우리는 그 여자에 대해 아는 게 있어. 수연씨의 고등학교 선배면서 같은 대학을 다녔다는 것. 그리고 수연씨보다 세 살 위라는 것. 이 정도면 뭔가 알아낼 수 있을 거야. 과까지는 몰라도 S대라면 한 고등학교에서 가는 학생이 손꼽을 정도일 테니까. 수연씨가 어느 고등학교를 나왔는지는 알고 있지?"

"분당에 있는 N고등학교라고 들었어."

"좋아. 내가 계획을 짜올게."

그리고 이틀 동안 정현은 그 일에 대해서 한마디도 하지 않았다. 사흘째 되는 날 아침, 전화를 걸어온 정현이 다짜고짜 말했다.

"지하철역으로 와. N고에 갈 거야."

우리는 신촌역에서 지하철을 탔다. 전동차 안에는 사람이 별로 없었다. 맞은편에는 신문을 펴든 할아버지와 이어폰을 낀 청년이 가운데를 비워둔 채 의자의 양 끝에 앉아 있었다. 정현은 소풍이라도 가는 사람처럼 들떠 있었다. 한쪽 어깨에 멘 카메라 끈을 만지작거리며 조그맣게 콧노래를 흥얼거렸다. 카메라는 왜 가지고 온 거냐고 묻자 내게 사진 찍을 줄 아냐고 되물었다. 나는 셔터는 누를 줄 안다고 대답했다.

그럼 됐어. 정현은 그렇게 말하더니 다시 콧노래를 흥얼거렸다.

열차가 지상으로 올라오자 햇빛이 바닥과 의자에 그림자로 된 창을 그렸다. 창밖으로 낯선 건물들과 간판들이 줄지어 지나갔다. 맞은편의 할아버지는 신문을 펴든 채 꾸벅꾸벅 졸고 있었다. 어쩐지 주변의 풍경이 옛날 영화 속의 한 장면처럼 느껴졌다. 정현이 카메라를 꺼내더니 졸고 있는 할아버지의 모습을 찍었다. 나는 정현에게 속삭였다.

"왜 알지도 못하는 사람 사진을 찍는 거야?"

"알지도 못하는 사람이니까 찍는 거야."

액정 화면으로 찍은 사진을 확인하며 정현이 말했다.

"사진 찍는 거 좋아해?"

"특별히 좋아하진 않아. 찍히는 건 싫고."

"그럼 카메라는 왜 들고 온 거야?"

"음악은 가장 추상적인 표현방식이잖아. 매일 음악을 듣고 연주를 하다보면 가끔 아주 구체적인 걸 잡아내고 싶어질 때가 있거든. 사진은 반대로 구체적인 게 아니면 찍을 수 없으니까 그런 기분이 들 때마다 카메라를 가지고 노는 거야."

"음……"

"……라고 오빠가 말했었어. 오빠 카메라야. 처음 찍어보는 건데 생각보다 잘 나오네."

N고등학교에 도착한 건 점심때가 조금 지날 무렵이었다. 뙤약볕 아래 운동장에서 교복 차림의 학생들이 축구를 하는 모습이 보였다. 교무실은 붉은 벽돌 건물 일층에 있었다. 학교 건물의 구조는 어째서 하나같이 비슷한 걸까. 갑자기 고등학생으로 되돌아간 것 같은 기분이 들었다. 정현이 문을 열자 안에 있던 대여섯 명의 사람이 일제히 우리를 바라보았다.

"무슨 일로 오셨죠?"

가장 젊어 보이는 남자 한 명이 슬리퍼를 끌며 우리에게 다가왔다.

"안녕하세요? 어제 전화드렸던 대학 신문사 기자들입니다."

정현이 우리를 소개했다. 남자는 기자라는 말에 당황한 듯 은테 안경을 치켜올리며 우리를 번갈아 쳐다보았다. 당황한 건 나도 마찬가지였다.

"어떤 분이랑 통화하셨죠?"

"한송이 선생님과 통화했는데요."

"한선생님이 지금 안 계신데……" 남자가 교무실 반대편을 살피며 말했다. "무슨 용건으로 오신 건가요?"

정현이 지갑에서 명함을 꺼내 내밀었다. 그리고 신문사에서 대학 입시제도 전반을 다루는 기획 시리즈를 준비중이며, 그중에서도 고교 평준화에 대해서 취재하고 싶어서 왔다고 설명했다.

"분당 지역이 비교적 최근에 비평준화에서 평준화로 바뀐 걸로 알고 있거든요. 그래서 일선 학교 선생님들의 얘기를 들어보고 싶어서요."

"그러시군요. 그런데 어쩌죠. 한선생님이 안 계셔서……"

남자가 난처한 어조로 말했다.

"꼭 한선생님이셔야 할 필요는 없구요, 평준화 이전 학생들과 평준화 이후 들어온 학생들을 다 가르쳐본 선생님이시면 어떤 분이든 괜찮아요. 일선 선생님들이 받는 느낌을 듣고 싶은 거라서요."

"그럼 제가 말씀드릴게요."

"아, 감사합니다."

남자가 우리를 자리로 안내하고 주변의 의자를 끌어당겨 권했다. 자리에 앉자마자 정현이 수첩과 펜을 꺼내들고 남자에게 질문을 시작했다. 여러 번 해본 사람처럼 자연스러웠다. 질문 역시 각종 통계자료까지 첨부되어 있는 게 그럴듯하게 보였다. 멍하니 쳐다보고 있던 내게 정현이 어깨에 메고 있던 카메라를 내밀었다.

"오빠, 선생님 사진도 일단 찍어둘까요? 어떻게 될지 모르니까."

엉겁결에 카메라를 받아들고 엉거주춤한 자세로 몇 번 셔터를 눌렀다. 손이 떨려서 사진들은 죄다 흔들려 찍혔다. 남자가 보지 못하는 것이 다행이었다. 사진을 찍기 시작하자 남자는 굳은 표정이 되어 한층 진지하게 질문에 답을 했다. 정현은 연신 고개를 끄덕이고 수첩에 메모를 했다. 이십 분 정도 질문과 답변이 이어진 뒤, 정현이 남자에게 감사하다고 말했다.

"역시 선생님이시라 그런지 말씀을 참 잘하시네요."

"그런가요."

남자는 어색하게 웃더니 책상 밑에서 비타민 음료 두 병을 꺼내 우리에게 내밀었다.

"참, 저희가 학생 인터뷰도 필요한데, 기왕이면 이 학교 출신 학생을 인터뷰했으면 하거든요. 괜찮으시면 학생들을 좀 소개해주실 수 있을까요?"

"소개요?"

"입시 명문고로 알려진 학교인만큼, 좋은 학교로 진학한 학생들과 이야기해볼 계획이거든요. 연락처를 몇 명 알려주시면 저희가 연락해보고 가능한 학생과 인터뷰했으면 해서요. 되도록 여학생이면 좋겠는데."

"잠깐 기다려보세요."

남자가 어디론가 사라지더니 잠시 후에 프린트된 종이 한 장을 들고 왔다.

"올해하고 작년에 S대학교에 진학한 여학생들 명단이에요. 두 분이 학생이시지만 학교 입장에서는 외부로 함부로 유출하긴 곤란하거든요. 원하는 학생 연락처만 몇 명 적어가시는 걸로 하죠."

"감사합니다. 그런데 저희가 생각한 대상은 좀더 학번이 높은 학생들인데…… 막 졸업을 해서 사회에 자리잡은, 그러니까 99학번 정도 되는 학생들이요."

"올해 입학한 학생들이 더 낫지 않나요? 그애들이 실제로 평준화 이후에 들어온 후배들이랑 학교생활도 같이 하고 해서 느끼는 게 많을 텐데."

남자가 고개를 갸우뚱했다.

"아, 그런 이야기는 다른 팀에서 취재를 할 거구요, 저희는 막 사회생활을 시작한 학생들이 느끼는 것들 쪽으로 이야기를 들으려고 해요. 아무래도 명문으로 알려진 학교니까 사회생활을 시작하면서 느끼게 되는 학교에 대한 인식이라든가, 그런 쪽으로요."

정현은 얼굴색 하나 변하지 않고 웃으며 말했다. 입시 명문이라는 걸 강조하는 게 전략인 듯했다. 남자는 여전히 고개를 갸웃거리면서도 다시 종이를 뽑아왔다. 종이에는 1999년, 2000년에 S대에 진학한 여학생들의 이름과 주민등록번호, 진학한 학과, 전화번호 등이 적혀 있었다. 그런데 1999년에 진학한 학생이 열한 명이나 되었다. 당황해서 정현의 얼굴을 쳐다보았으나 정현은 별로 주저하지 않고 수첩에다가 서너 사람의 이름과 학과, 연락처를 적었다.

"여러 가지로 정말 감사드립니다."

정현이 꾸벅 고개를 숙이며 말했다. 나도 덩달아 고개를 숙였다.

"아니에요. 더 필요하신 거 있으면 전화 주세요."

남자가 말했다. 우리는 다시 한번 인사를 하고 밖으로 나왔다.

"아, 배고픈 거 참느라 힘들었다. 밥 먹으러 가자. 네가 사. 지난번에 못 먹은 거 대신."

교문을 나서자마자 앞장서서 걷던 정현이 돌아보며 말했다. 정현의 검은 머리카락이 햇살에 반짝였다.

"미리 말을 해줬어야지. 깜짝 놀랐잖아."

"재밌잖아. 말해줄까도 생각했는데, 너 같은 애는 연기를 해야 한다고 의식하면 더 어색해할 타입이라."

정현이 큭큭 소리를 내며 웃었다.

"그걸 네가 어떻게 알아?"

"안 봐도 뻔해."

나는 한숨을 쉬고 나서 물었다.

"명함은 대체 어디서 난 거야?"

"예전에 고등학교 선배한테 받은 거야. 저 선생님, 신문 나오면 보내주겠다고 말한 거 믿고 계속 기다리면 안 되는데."

횡단보도 앞에 멈춰 서려는 순간 신호가 바뀌었다. 길을 건너며 내가 물었다.

"어떻게든 우겨서 그 종이를 받아올걸 그랬나?"

"왜?"

"99년 졸업생이 꽤 많던데 다 못 적어왔잖아."

"다 적어올 필요 없어. 그 여자 이름을 적어왔으니까."

"정말? 누가 그 여자인지 어떻게 알아?"

그러자 정현이 가장 높은 패를 펼쳐 보이는 도박사처럼 씩 웃었다.

"우리가 그 여자에 대해 아는 게 한 가지 더 있었어. 수연씨가 그 여자를 만난 게 언제라고 했지?"

잠시 머릿속이 깜깜해졌다가 다시 환해졌다.

"그렇구나. 그날은 여자의 생일파티이자 크리스마스파티였지."

"그래, 그 명단에서 주민번호가 8012로 시작되는 사람은 한 명뿐이었어. 그러니까……" 정현이 수첩을 뒤적였다. "경제학과 이유리."

*

전화를 받은 곳은 동물병원이었다. 내가 여자의 이름을 대자, 전화를 받은 남자가 "애기가 종류가 어떻게 되나요?"라고 물었다. 수화기 너머로 개 짖는 소리가 들려왔다.

전화를 끊고 한숨을 내쉬자 정현이 어깨를 으쓱하며 말했다.

"너무 쉽게 찾으면 재미없잖아. 그래도 이름과 학과를 아니까 곧 찾을 수 있을 거야."

게임이라도 하는 듯 느긋한 말투였다. 정현은 일단 S대에 다니는 고등학교 친구에게 연락해보겠다고 했다. 나는 별로 기대하지 않았다. 같은 학교라고 해도 학생 수가 수만 명일 텐데.

정현의 친구는 생각보다 수완이 있었다. 학생과에서 아르바이트하는 선배를 찾아내서 학생 정보 검색을 부탁했다고 했다. 그러나 결과는 만족스럽지 못했다.

"학번하고 학과는 확인이 되는데 나머지 신상정보는 기재되어 있지 않대. 사진도 없고, 졸업 여부조차 알 수 없대. 선배도 그런 경우는 처음 봤다고 했대."

"그렇대?"

"그렇대."

"뭐, 너무 쉽게 찾으면 누가 재미없을 테니까."

나는 말했다.

"그래."

정현은 그렇게 대답하더니 입을 꾹 다물고 바흐의 미뉴에트를 엄청난 속도로 세 번이나 계속해서 연주했다. 최근에 내게 가르치기 시작한 곡이었다. 샵이 한 개 붙은 G메이저 키. 내가 두번째로 좋아하는 조성이다. 가장 좋아하는 조성은 물론 아무것도 붙지 않은 C메이저. 샵 붙는 순서는 파도솔레라미시.

*

햇살은 여전히 뜨거웠다. 지하철역을 나와 정문까지 걸어온 것만으로도 땀이 줄줄 흘렀다. 버스를 타자고 했지만 정현이 걸어가야 한다고 우겼다. 나는 이유도 모르는 채 따라 걸었다

S대는 지나치게 크고 넓었다. 길게 이어진 보도와 잔디밭과 주차장에 무차별적으로 쏟아지는 햇살을 보는 것만으로도 숨이 막혔다. 커다란 잔디 광장을 가로지르는 동안 어릴 때 읽은 소설이 떠올랐다. 우주의 한 행성에서 광물을 채굴하는 사람들의 이야기였다. 그들은 밤 동안 작업을 하고 아침이 되기 전에 기지로 돌아간다. 일단 해가 뜨면 특수재질로 된 작업복이 녹아버릴 정도로 기온이 올라가기 때문이다. 어느 날 기지로 돌아가는 길에 차량이 사고로 파손되는 일이 발생한다. 설상가상으로 기지와 연락을 취할 통신기기마저 알 수 없는 이유로 작동을 멈춘다. 이동수단을 잃은 사람들은 결정을 내려야 한다. 끝까지 차를 고쳐볼 것인가, 아니면 걸어서 기지로 향할 것인가. 그러나 차의 손상은 수리가 어려울 정도로 심각하고, 기지는 걸어가기에는 너무 멀다. 그들은 미래의 인류답게 오랫동안 진지하게 토론을 벌인다. 그러다가 해가 뜨기 직전에 결국 두 무리로 갈라진다. 그리고 마지막으로 서로에게 행운을 빌어준다. 남는 사람은 떠나는 사람에게, 떠나는 사람은 남는 사람에게. 이 이야기를 해주자 햇빛 때문에 얼굴을 잔뜩 찡

그린 채 정현이 말했다. "왜 우주를 오가는 시대가 되었는데도 광부는 산재 위험이 높은 직업으로 남아 있는 거냐고. 그 사람들, 보험은 들어 놓았대?"

경제학과 과방 앞에서 우리는 심호흡을 했다. 정현이 문을 두드린 다음 조심스럽게 열었다. 안경을 쓰고 머리를 길게 기른 남자가 소파에 비스듬히 기대앉아 잠들어 있었다. 다른 사람은 아무도 없었다.

"실례합니다."

정현이 말했다. 남자는 움직이지 않았다.

"실례합니다."

내가 말했다. 남자는 여전히 움직이지 않았다.

정현이 문고리를 잡고 세게 닫았다. 쾅. 남자가 화들짝 눈을 뜨더니 우리를 발견하고 자리에서 엉거주춤 일어났다.

"어머 죄송해요. 주무시는 줄 모르고 그만." 정현이 애교 섞인 미소를 지으며 말했다. "저희는 이유리 선배님 고등학교 후배들인데요. 동문회에 급한 일이 생겨서 연락을 드려야 하는데 선배 연락처가 바뀌신 것 같아서요. 혹시 연락처를 알 수 있을까 해서 왔어요."

"누구요?"

남자가 잠이 덜 깬 얼굴로 물었다.

"이유리 선배님이요."

"이유리? 아, 유리 누나요. 그 누나 외국 갔다고 들었는데. 벌써 꽤 됐는데, 모르셨어요?"

"아, 그랬군요. 얼핏 듣기는 했는데 확실히 아는 사람이 없어서요." 정현이 나를 흘끔 쳐다본 뒤 말을 이었다. "그럼 혹시 이메일 주소 알고 계신가요? 저희가 아는 주소로 보내봤는데 확인을 안 하시더라구요. 메일 주소도 바꾸셨는지……"

"저도 별로 친한 사이가 아니라서 잘 모르는데."

"그럼 혹시 알고 계실 만한 분이 없을까요?"

"글쎄요. 그 누나랑 친했던 사람이 얼마 없어서…… 방학이라 학교에 사람도 없고……"

남자가 하품을 하며 말했다.

정현이 내게 눈짓을 했다. 지금이야말로 연기력이 필요한 때였다. 나는 남자를 향해 최대한 간절한 표정으로 말했다.

"어떻게 알 수 있는 방법이 없을까요? 정말 중요하고 급한 일이거든요."

남자가 나를 쳐다보며 머리를 두어 번 쓸어올렸다. 그리고 주머니에서 휴대폰을 꺼내 귀에 가져다대며 말했다.

"이 누나가 모르면 아마 제가 아는 사람 중에선 아는 사람이 없을 거예요. 아, 누나, 난데……"

나는 초조하게 남자가 통화하는 모습을 지켜보았다. 정현은 방 안을 둘러보더니 구석에 놓인 커다란 책장 앞으로 다가가 기웃거렸다.

통화를 마친 남자가 내게 말했다.

"지금 이쪽으로 온대요. 잠깐 기다려보세요."

"감사합니다. 그런데 누가 온다는 말씀이시죠?"

"대학원에 가 있는 누난데, 유리 누나랑은 제일 친한 사람일 거예요. 제가 알기로는."

"네."

"혹시 여기에 유리 선배님 사진도 있나요?"

정현이 커다란 앨범 두 개를 들고 왔다.

"글쎄요. 전부 옛날 사진들이라. 요즘엔 다 인터넷에 올리잖아요."

남자가 그렇게 말하며 앨범을 뒤적였다. 낯선 얼굴들이 차례차례

지나갔다. 수연과 내가 함께 사진을 찍은 일이 한 번도 없다는 사실이 떠올랐다. 사진을 찍으면 기억은 사라지고 사진만 남는 것 같아. 수연은 그렇게 말했다. 그러면서도 어느 날 내게 손을 찍은 사진을 달라고 했다. 왜 하필 손이냐고 묻자, 요즘 수상(手相)을 공부하고 있거든, 이라고 말했다. 물론 그 말은 농담이었다. 농담같이 들리지는 않았지만. 그날 밤 옆방 선배의 디지털카메라를 빌려 사진을 찍으면서 나는 사람의 손이 무척이나 그로테스크하다고 생각했다. 거기에는 주름이 있었고, 관절이 있었고, 털이 있었다. 힘줄과 핏줄이 있었다. 손톱이 있었다. 울긋불긋한 손바닥은 수백 개의 선으로 조각나 있었다. 그리고 지문. 경계를 알 수 없는 자신만의 미로. 결코 출구를 발견할 수 없을 그 미로가 나라는 사람의 유일함을 확인시켜주는 열쇠라니.

"여기 99학번들 사진도 있네요. 유리 누나도 같이 찍은 게 있을 텐데……"

남자는 앞뒤로 몇 장을 더 넘겨보았으나 원하는 사진을 찾지 못하는 것 같았다. 정현도 옆에 붙어 서서 열심히 들여다보고 있었다. 속으로는 아마 여자의 얼굴을 모른다는 걸 들키지 않도록 적절히 맞장구칠 타이밍을 재고 있을 것이었다.

"이상하네. 누가 떼어갔나?"

남자가 안경을 치켜올리며 고개를 갸웃거렸다. 아닌 게 아니라 유독 그 부근에만 사진을 떼어낸 흔적들이 여럿 보였다.

"못 찾겠네요. 어디 있기는 있을 텐데."

남자가 말하는 순간 문이 열리고 한 여자가 들어왔다.

"아, 누나. 이분들이야."

여자가 말없이 고개를 끄덕였다. 여자는 키가 크고 마른 편이었다. 이 무더운 날씨에도 체크무늬의 긴 팔 셔츠를 입고 있었다. 무표정한 얼굴로 정현과 나를 번갈아 쳐다본 뒤 여자가 말했다.

"미안하지만 나가면서 이야기하죠. 좀 바빠서."

그러나 밖으로 나온 여자는 그리 바빠 보이지 않았다. 건물 옆 그늘이 진 곳으로 우리를 데려가더니 담배를 꺼내물고 불을 붙였다.

"유리를 찾는다고요?"

여자는 그렇게 물었다. 우리는 연락처를 알고 싶다고 했을 뿐인데 왜 그렇게 물었을까. 그때는 그 미묘한 차이를 미처 깨닫지 못했다.

"예, 고등학교 후배들인데요, 동문회 일 때문에……"

여자가 정현의 말을 잘랐다.

"두 분 다 어려 보이는데 나이가 어떻게 되죠?"

"스무 살이에요."

"이 학교에 다니나요?"

가슴이 뜨끔했다. 여자가 우리의 얼굴을 번갈아 쳐다보았다. 정현이 그렇다고 대답했다.

"무슨 과에 다니죠? 음, 아니에요. 그만두죠. 어차피 의미 없는 질문인 것 같군요." 여자는 그렇게 말하더니 길게 담배연기를 뿜어냈다.

"요점만 이야기할게요. 유리는 지금 외국에 있어요. 메일 주소를 알고 있기는 하지만 당장 가르쳐줄 순 없어요. 유리에게 물어보고 괜찮다고 하면 알려드리지요. 유리가 그렇게 하길 바라기 때문이에요. 두 분 연락처를 가르쳐주세요."

정현이 여자에게 이름과 전화번호를 알려주었다. 여자는 정현의 번호를 휴대폰에 저장했다.

"그럼."

여자는 담배를 계단에 비벼 끈 뒤 쓰레기통에 던져넣고 등을 돌려 걸어갔다. 여자의 뒷모습을 바라보다가 정현이 말했다.

"역시 의심하는 거 같지?"

"응, 많이."

그러나 그때까지도 우리는 그 의심이 어떤 종류의 것인지 알지 못했다. 그것이 어떤 결과를 가져올지에 대해서도.

*

그 주가 다 지나도록 여자에게서는 연락이 없었다. 고작 이메일 주소 하나 가르쳐주는 일에 어째서 허락까지 받아야 하는지 이해가 가지 않았다. 분명 뭔가 사연이 있을 것 같았다. 문제는 이유리라는 사람이 원하지 않을 경우, 끝내 연락이 오지 않을 수도 있다는 것이었다. 마음이 조급해질 때마다 기타를 치며 시간을 보냈다. 기타 줄을 뜯는 게 지겨워지면 왼손가락들 끝에 생긴 굳은살을 잡아 뜯었다. 굳은살 아래 있던 붉은 살이 드러난 다음 다시 지판을 짚으면 눈물이 핑 돌 정도로 아렸다. 내가 그러고 있는 동안 정현은 인터넷의 각종 사이트에서 여자의 이름과 학교를 검색해본 모양이었다. 금요일 아침에 동아리방 문을 열고 들어오자마자 정현이 말했다.

"재미있는 사실을 발견했어. 이유리의 생일파티를 하다가 불이 났다는 호텔 말이야, 퍼스트 호텔이었다고 했지?"

"응."

"그 호텔, 제일그룹 계열이라는 거 알고 있어?"

"당연하지."

원래 자동차와 조선으로 기반을 닦은 제일그룹은 90년대 들어 반도체 같은 첨단 산업과 숙박 산업으로 영역을 넓혀 큰 이익을 내고 있는 기업이었다. 각국의 대도시에 호텔 체인을 가지고 있었고 필리핀에 있

는 호텔과 카지노, 놀이공원을 연계한 초대형 테마파크는 세계적으로
유명했다.

"그럼 이걸 봐."

정현이 내민 것은 인터넷뉴스 기사를 프린트한 것이었다. 국내 주
요 기업들의 후계구도에 대해 다룬 기사였다.

"이게 뭔데?"

"제일그룹에 대해 쓴 걸 봐."

정현이 중간 부분을 손가락으로 가리키더니 한 대목을 소리내어 읽
었다.

"……이회장의 장손녀인 유리씨는 현재 S대 경제학과에 재학중이
라는 사실 외에는 특별히 알려진 바가 없다…… 어때?"

"우리가 찾고 있는 이유리라는 사람이 제일그룹 회장의 손녀라고
말하고 싶은 거야? 만약 그렇다면 수연이가 이야기하지 않았을 리가
없잖아. 분명히 남자친구가 그 호텔 룸을 빌려서 파티를 열어준 거라
고 했어."

"수연씨는 아마 몰랐을 거야. 별로 친한 사이도 아니었잖아. 기사들
을 쭉 찾아본 바로는 회장이나 아버지인 전무 모두 손녀이자 딸이 보
통 사람들과 다름없는 학교생활을 하길 바랐대. 그래서 어린 시절은
아는 사람 없는 외국에서 보내게 했고 모습이 미디어에 노출되는 것도
막았어. 인터넷에서도 아주 어릴 때 사진 말고는 찾아볼 수 없었어. 고
등학교 때 한국에 있는 학교로 오면서도 밝히지 않았겠지. 본인도 제
일그룹의 손녀라고 하면 누구라도 편하게 대할 수 없을 테니까 아무
말 안 했을 테고. 혹시 의심하는 사람이 생겨도 아니라고 하면 그만이
니까."

"추측일 뿐이잖아. 확신하긴 일러."

"그럼 이걸 봐."

정현이 다른 종이를 내밀었다. 그것은 2002년 12월 20일에 퍼스트
호텔에서 발생한 화재사건을 다룬 기사였다. 화염과 검은 연기에 감싸
인 건물 사진이 눈에 들어왔다.

"거기 사망자 명단이랑 부상자 명단 보이지? 그런데 이유리라는 이
름만 없어. 부상 정도가 심각했다면서 왜 이름이 나오지 않았을까? 생
각해봐. 아무리 미디어에 노출되는 걸 막았다고 해도 제일그룹 손녀의
이름 정도는 기자들 사이에선 잘 알려져 있었겠지. 혹시라도 오너의
손녀가 화재가 벌어진 파티 현장에 있었다는 게 밝혀지면 여러모로 시
끄러워질 가능성이 있으니까 아예 그럴 위험성을 차단한 게 아닐까?
어때? 이래도 아직 추측일 뿐이야?"

나는 사진에서 눈을 뗄 수 없었다. 그 건물 안 어딘가에 그들이 있었
을 것이다. 이유리와 기묘한 표정의 남자. 그리고 수연. 건물이 이렇게
불타오르는 동안 수연은 과연 어디에 있었을까. 어떻게 무사할 수 있
었을까.

*

눈을 떴을 때 주위는 어둠에 잠겨 있었다. 책상 위에 놓아둔 휴대폰
이 푸른빛을 내며 울리고 있었다. 언제 잠이 들었던 것인지 기억을 더
듬어보려 했으나 전화벨 소리 때문에 집중이 되지 않았다.

휴대폰 액정에는 정현의 이름과 번호가 떠 있었다. 손으로 눈 주변
을 두어 번 문지르고 전화를 받았다. 여전히 머릿속이 멍했다.

"응, 나야."

"여보세요."

뜻밖에도 남자의 목소리가 들려왔다. 다시 한번 화면을 들여다보았다. 분명 정현의 번호였다.

"누구시죠?"

나는 전화기에 대고 물었다.

"이 핸드폰 주인이랑 아는 사이시죠?"

"네."

"전화기를 주웠어요. 지금 받으러 오셨으면 하는데요."

남자는 느리고 여유 있는 어조로 말했다.

"그러셨군요. 어디로 가면 될까요?"

바보같이 덜렁대긴. 나는 속으로 혀를 차며 물었다. 남자는 내 위치를 묻더니 종로 쪽에서 만나자고 했다.

집을 나서자 눅눅하고 매캐한 여름밤의 대기가 몸을 감싸왔다. 끝없이 이어지는 자동차의 물결과 내가 알지 못하는 곳으로 향하는 무표정한 사람들이 거리를 채우고 있었다. 탑골공원 앞에서 다시 전화를 걸자 남자는 공원 담장을 따라 낙원상가 쪽으로 걸어오라고 말했다. 상가 입구에 다다랐을 때 도로 변에 서 있던 자동차 한 대가 짧게 경적을 울렸다. 어두워서 안에 앉은 사람의 모습은 제대로 보이지 않았다. 그리로 다가가자 안에 있던 남자가 고개를 내밀고 말했다.

"타요."

어째서 타라는 것인지 잘 이해가 가지 않았지만 자동차 문을 열고 남자의 옆자리에 앉았다. 남자는 한 손에 반쯤 남은 햄버거를, 다른 손에는 맥도널드 로고가 그려진 컵을 들고 있었다. 사십대 초반쯤 되었을까, 느긋한 분위기의 사내였다. 한낮의 낚시터에 앉아 있는 모습이 어울릴 것 같은 느낌이었다. 처음 보는 사람을 옆에 앉혀놓고 혼자 햄버거를 먹고 있는 상황 때문에 그런 느낌이 들었는지도 모른다. 입고 있는 감색 재킷은 적어도 십 년은 되어 보였다.

　남자는 얼마 동안 한마디도 하지 않고 먹기만 했다. 햄버거를 다 먹고, 공기 빨아들이는 소리가 날 때까지 빨대로 콜라를 마셨다. 그다음에는 컵에 담긴 얼음을 우적우적 씹어먹었다. 끄윽. 남자가 길게 트림을 했다.

　"자, 이제 갑시다."

　남자가 시동을 걸며 말했다.

　"네? 어디를요? 전화기는요?"

　"참."

　남자가 재킷 주머니에서 휴대폰을 꺼내 넘겨주었다. 뒷면에 스누피 스티커가 붙어 있는 검정색 폴더형 전화기. 정현의 휴대폰이었다. 폴더를 열자 화면에 설정해놓은 사진이 눈에 들어왔다. 기타를 연주하는 정현의 옆모습이었다. 겨울에 찍은 사진인지 헐렁한 아이보리색 니트를 입고 있었다.

　"전화로 미처 알려주지 못한 게 한 가지 있는데."

　남자가 핸들에 손을 올린 채 말했다.

　"뭔데요?"

　"자네는 전화기 주인도 찾으러 가야 하네."

　"네?"

　남자는 '자네'라고 했고, 명확한 반말로 말했다. 갑자기 다른 사람이 된 것 같았다.

　"그게 무슨 말이죠?"

　"전화기 주인도 우리가 데리고 있다고. 자네가 가야 찾을 수 있어."

　남자는 무표정한 얼굴로 날 바라보고 있었다. 남자의 얼굴을 자세히 보자 생각보다 나이가 더 많을 수도 있으리란 생각이 들었다.

"혹시 무슨 테스트 같은 건가요?"

내가 그렇게 묻자, 남자가 희미하게 미소를 띠었다.

"그렇게 말할 수도 있겠지. 자네는 나랑 같이 갈지 말지를 결정해야 하니까."

"정현이를 납치했다는 뜻인가요?"

"그 단어가 적합한지는 모르겠군. 내가 말할 수 있는 건 어쨌든 우리가 그 사람을 데리고 있고, 만나고 싶으면 나와 같이 가야 한다는 거야. 여기까지 데리러 와준 것에 대해 고마워해준다면 더 좋겠지."

농담이 아닌 것이 분명했다. 남자의 표정에는 내 반응에 대한 기대가 결여되어 있었다. 나는 침착해지려고 애썼다.

"그 말을 어떻게 믿죠?"

"믿지 않아도 돼. 그럼 자네는 여기서 내려서 그냥 집으로 돌아가면 돼. 난 내 길을 가면 되고. 그다음엔."

남자는 거기서 말을 멈췄다. 그뒤에 숨어 있는 말은 듣지 않아도 짐작할 수 있었다. 남자는 내가 선택할 일이라고 했지만 이것은 선택의 문제가 아니었다. 여기 앉아서 아무리 머리를 굴려봐야 남자의 말이 사실인지 거짓인지는 알 수 없다. 그렇다면 위험 부담을 최대한 줄이는 길을 택할 수밖에 없었다. 나는 휴대폰 화면 속의 정현을 내려다보았다.

"십 초 동안 내리지 않으면 같이 가겠다는 뜻으로 알지."

남자가 다시 한번 컵에 들어 있는 얼음을 깨물었다. 으드득. 이빨이 딱딱한 물건을 깨부수고 잘게 으깨는 소리가 들려왔다. 저 나이때 저렇게 이빨을 막 써도 되는 걸까? 내가 무의식중에 그런 생각을 하는 동안 차가 출발했다.

21시 17분. 정현의 휴대폰을 쥐고 있었기 때문에 나는 출발 시간을 정확히 기억할 수 있었다. 그러나 이 숫자가 과연 무슨 도움이 될까? 나는 한숨을 쉬고 고개를 좌우로 흔들었다. 그러나 그럴수록 21과 17이라는 두 개의 숫자가 기억 속에 견고하게 뿌리내리는 것 같았다.

남자가 수면용 안대를 주며 쓰라고 말하는 순간 불안감이 극도로 증폭했다.

"나는 별로 필요 없으리라고 생각하지만 그래도 절차와 방식이라는 게 있으니까. 마음 편히 잠이라도 자두라구."

나는 쓰는 걸 거절할까 하다가 포기했다. 이미 같이 가기로 한 이상 남자와 부딪쳐봤자 좋을 일은 없을 것이었다. 그리고 눈을 가린다는 건 적어도 다시 집으로 돌려보내주긴 한다는 뜻이었다. 나중에 목적지를 다시 찾지 못하게 하려는 의도일 테니까. 긍정적인 쪽으로 생각하려 애썼으나 그래도 불안의 크기가 줄어들진 않았다. 몇 번 안대를 고쳐 쓰는 시늉을 하며 슬쩍 창밖을 살피자 남자가 말했다.

"자네가 안대 쓰기를 거부한다면 나로서도 강제로 쓰게 할 뜻은 없어. 그렇지만 한 시간 걸릴 거리가 다섯 시간이 된다거나, 두 시간 거리가 열 시간이 될 수는 있겠지. 늘어난 시간 동안 자네 친구에게 무슨 일이 생길지도 모르는 일이고 말이야."

남자는 손가락 하나 까딱하지 않고 나를 꼼짝 못 하게 만들고 있었다. 간신히 억누르고 있던 화가 치밀어올랐다.

"도대체 당신들이 왜 정현일 데리고 있는 거죠? 설마 정현이한테 이상한 짓이라도 한 건 아니겠죠?"

남자는 대답하지 않았다. 라디오를 켰는지 노래가 흘러나왔다. 어머나, 어머나, 이러지 마세요. 여자의 마음은 갈대랍니다……

"이봐요."

나는 안대를 벗고 남자를 노려보았다. 안대를 쓴 채 화를 내는 게 바보 같다는 생각이 들었던 것이다. 남자는 느긋한 태도로 주파수를 이리저리 바꾸다가 라디오를 껐다.

"그걸 벗으면 곤란한 일이 생길 수도 있다고 말했을 텐데."

"내 질문에 대답하지 않으면 나도 당신을 곤란하게 만들 방법을 찾겠어요. 경찰에 전화를 한다든가, 창문을 열고 사람들한테 소리를 지른다든가. 운전을 방해할 수도 있겠죠."

남자가 곁눈질로 힐끗 나를 쳐다보았다. 별로 당황한 표정은 아니었다.

"좋아. 대답해주지. 그러면 자네도 내가 됐다고 할 때까지 그걸 쓰고 있겠다고 약속하겠나?"

"그러죠."

"우선 그 아가씨한테는 아무런 문제도 없어. 아주 편안한 상태로 자넬 기다리고 있지. 왜 그 아가씨를 데리고 있냐는 질문에 대한 답은 가보면 곧 알게 될 거야. 내가 대답해줄 수 있는 건 이게 다야. 자네가 믿을 수 있을지는 모르겠지만."

"믿도록 해보죠."

나는 털썩 소리가 나도록 등받이에 몸을 기댔다. 무슨 말을 들었다 한들 백 퍼센트 믿을 수 있을까. 남자의 말이 사실이기를 바랄 수밖에 없었다. 어둠 속에서 눈을 감았다. 생각을 정리할 필요가 있었다. 도대체 무슨 일이 일어나고 있는 것인지, 이 남자는 누구인지, '우리'란 누구를 말하는 건지 생각해야 했다. 정현의 전화기를 가지고 있는 걸로 봐서 정현이를 데리고 있다는 말은 사실일 것이다. 정현의 전화로 날 불러낸 건 내가 아무 의심 없이 약속장소로 나오게 하려고 그런 걸까……

　얼마나 달렸는지 짐작해보려 했으나 도저히 감이 오지 않았다. 눈을 가리자 시간감각도 사라져버린 것 같았다. 얼마 전에 정현과 했던 내기가 떠올랐다. 눈을 감은 채 누가 더 정확하게 육십 초를 헤아리나 하는 내기였다. 나는 연전연패했다. 매번 플러스 마이너스 오 초 정도의 오차가 났다. 반면 정현은 귀신같이 육십 초를 맞췄다. 오차는 0.5초 안팎에 불과했다. 피부가 시뻘게질 정도로 내 손목을 때리고 난 다음에야 정현은 비법을 가르쳐주었다. 포인트는 일 초를 둘로 나누어서 세는 것. 그건 메트로놈을 가지고 스케일 연습을 하는 기본적인 방법이기도 했다. 속도를 60에 놓고 1연음 2연음 4연음 8연음 3연음 6연음을 차례로 연습한다. 3연음을 제외하고는 역시 한 박을 둘로 나누어 세는 것이 요령이었다. 이건 사기야, 미리 가르쳐주고 시합을 했어야지. 미리 가르쳐주었어도 넌 못 이겨. 내가 몇 년 동안 이 연습을 해왔는데. 다시 해볼래? 나는 시간을 분절하는 일에 대해서 생각했다. 하루를, 한 시간을, 일 분을, 일 초를, 반으로, 반의 반으로, 반의 반의 반으로, 반의 반의 반의 반으로, 그렇게 끝없이…… 그러면 내일은 오지 않고, 화살은 표적에 닿지 못하고, 아틀라스는 언제까지나 거북이를 따라잡지 못한다. 그리고 나는 수연을, 그리고 피리를 불었다는 그 남자를……

　"이제 안대를 벗어도 돼."

　남자의 목소리가 들렸다.

　차는 덜컹거리며 산길을 달리고 있었다. 라이트가 비추는 곳 외에는 아무것도 보이지 않을 정도로 어두웠다. 길은 오른쪽으로 왼쪽으로 몇 번이나 급하게 꺾어졌다. 남자는 운전에 신경을 집중하고 있는 듯 아무 말도 하지 않았다. 한동안 오르막길이 이어지더니 비교적 평평한 길이 나왔다. 차가 속도를 줄이고 멈춰 섰다. 눈앞에 철조망으로 된 높은 담장과 커다란 철문과 불 켜진 작은 초소가 보였다. 철문 옆 높은 나무에 매달린 수은등이 이쪽을 비추고 있었다.

"다 온 건가요?"

나는 왠지 모를 불안을 느끼며 물었다.

"아직이야."

남자의 말이 신호라도 되는 것처럼 커다란 철문이 좌우로 천천히 열렸다. 남자는 차를 몰아 안으로 들어갔다. 비교적 완만한 경사로가 길게 이어졌다. 길 양쪽에는 시커멓고 커다란 나무들이 빽빽했다. 일정한 간격으로 늘어선 수은등이 길을 비추고 있었다.

"자네 친구 말인데." 남자가 입을 열었다. "상당히 용기가 있더군. 영리하고."

나는 말없이 듣고 있었다.

"어린 아가씨가 그러기가 쉽지 않은데. 원래 이런 얘긴 할 필요 없지만 한 가지 말해두고 싶은 게 있어."

남자는 여전히 정면에 시선을 둔 채 말을 이었다.

"도착하면 자네들은 한 여자를 만나게 될 거야. 그 사람이 자네들에게 무슨 얘기를 하고 자네들을 어떻게 대할지는 나도 예측할 수 없어. 누구도 예측할 수 없는 부분이 있거든, 그 사람에게는. 단지 처음 봤을 때 자네가 보기에 그 여자의 모습이 좀 이상하다고 해도 되도록 그런 반응을 보이지 말도록 하게. 그러는 게 조금이라도 도움이 될 거야."

"저희한테 말인가요?"

"그래, 그 여자한테도 그렇고."

인위적으로 만들어놓은 듯한 커브 길을 몇 번 돌자, 마침내 붉은 벽돌로 된 삼층 건물이 모습을 드러냈다. 언뜻 보기에도 무척 튼튼해 보이는 건물이었다. 남자가 건물에서 조금 떨어진 곳에 차를 세우고 시동을 껐다. 남자의 뒤를 따라 현관으로 걸어가는 동안 발밑의 자갈들이 자그락거리는 소리를 냈다. 숲 가운데 있는 집인데도 집 주변은 온통 자갈밭이었다. 가까이 다가가자 상당히 독특한 형태의 건물이라는 걸 알 수 있었다. 뒤쪽에서 봤을 때는 단순한 삼층 건물이었지만 정면에서 보자 별채 같은 이층 건물과 단층 건물이 좌우에 붙어 서서 ㄷ자 형태를 이루고 있었다. 입구는 삼층 건물의 중앙에 있었다. 이쪽에서 보이는 창문들은 모두 불이 꺼져 있어 마치 빈집처럼 느껴졌다.

아치형의 유리로 된 현관문은 이상할 정도로 크고 넓었다. 남자는 익숙한 태도로 문을 열고 들어갔다. 남자의 뒤를 따라 텅 비어 있다시피한 홀을 가로질러 계단을 올랐다. 유리판에 넣은 조그만 입체 사진들로 한쪽 벽이 장식된 복도를 따라 걸었다. 희미하게 불이 밝혀진 복도는 막다른 곳에서 왼쪽으로 구부러졌다. 나는 밖에서 본 이층 건물로 접어들었으리라고 추측했다. 남자는 묵묵히 걷기만 했다. 왠지 그가 차 안에서 했던 말이 거짓이 아니리라는 확신이 들었다. 그래도 집 안이 너무 조용한 나머지 긴장이 배가되는 것은 어쩔 수 없었다. 한두 발짝 앞서 걷던 남자가 몇 개의 문을 지나 오른쪽에 있는 문을 두드렸다. 그리고는 곧바로 문을 열었다.

방안은 어두웠다. 복도만큼은 아니었지만 일반 가정집 조명의 밝기를 10이라고 한다면 3이나 4정도밖에 되지 않을 것 같았다. 안으로 들어서자 고양이 한 마리가 문 맞은편에 앉아 있는 게 보였다. 놀랄 만큼 팔랑과 닮아 보여서 나는 깜짝 놀랐다. 그러나 자세히 살펴보자 털이 하얀색이라는 점 외에는 사실 별로 닮은 곳이 없었다. 몸집이 훨씬 날렵했고 얼굴 생김새도 완전히 달랐다. 팔랑이 게으르고 무심해 보인다면 이 고양이는 날카롭고 영리해 보였다. 내가 고양이에게 정신을 파는 동안 방 저쪽에서 누군가가 소리를 질렀다.

"왜 이렇게 늦게 온 거야? 너 때문에 케이크를 세 조각이나 더 먹었잖아."

목소리만으로도 별 이상이 없다는 걸 알 수 있었다. 다행히도. 정현은 방 저편에 놓인 소파에 앉아 있었다. 그 옆에는 아래위로 하얀 요리사 복장을 한 남자가 서 있었다. 요리사는 모자는 쓰지 않았고 금색 무늬가 들어간 플라스틱 쟁반을 들고 있었다. 꽤 넓은 방인데 비해 가구나 장식은 간소했다. 정현이 앉아 있는 검정색 소파와 탁자 외에는 한쪽 구석에 놓인 철제 책상과 의자, 그 옆에 오래되어 보이는 자개 장식장이 전부였다. 바닥에는 카펫도 깔려 있지 않았고 창에는 커튼도, 창을 가릴 만한 다른 어떤 것도 쳐져 있지 않았다. 나는 정현의 옆자리에 털썩 주저앉았다. 정현을 보자 비로소 긴장이 풀렸다. 나를 데려온 남자는 우리 맞은편에 앉았다.

"이런 데서 만나니까 반갑구나."

정현이 내 얼굴을 들여다보며 말했다.

"다른 땐 안 반가웠어? 너 입술에 크림 묻었다."

"그래? 네가 빨리 안 오는 바람에 케이크를 세 조각이나 더 먹었다고. 어떻게 할 거야?"

정현이 입술을 대강 문지른 뒤 손에 든 포크로 테이블에 놓인 접시를 가리켰다. 삼분의 일가량 남은 티라미수 한 조각이 놓여 있었다.

"뭘 어떻게 해?"

"오늘 먹은 걸로 이 킬로는 찔 거야. 분명해."

"케이크 몇 조각 먹은 거 가지고 뭘 그래?"

"다른 것도 많이 먹었단 말이야." 그러더니 정현이 손바닥을 내 귀에 대고 속삭였다. "여기 음식 맛이 장난이 아니야. 케이크도 여기서 직접 구운 거래."

맞은편에 앉아 있던 남자가 입을 열었다.

"자네도 뭔가 들겠나? 배가 고플 텐데."

"괜찮아요."

"그래? 나도 생각 없으니까 이제 내려가서 말씀드리게."

남자가 요리사에게 말했다. 요리사가 막 걸음을 떼려는 순간 정현이 황급히 끼어들었다.

"잠깐만요. 케이크 한 조각 더 부탁할 수 있을까요? 아까 먹은 치즈케이크로요."

요리사가 남자를 쳐다보자 남자가 고개를 끄덕였다. 요리사가 옆방으로 연결된 문으로 나갔다가 잠시 후 들어와 치즈케이크 한 조각을 탁자 위에 내려놓고 다시 나갔다. 그 동안 정현은 남아 있던 케이크를 먹어치웠다. 점점 더 뭐가 뭔지 알 수 없었다.

"하나만 묻자."

나는 목소리를 낮춰 물었다.

"뭔데?"

"여긴 왜 와 있는 거야? 도대체 여기가 어디야?"

"하나만 묻는다며?"

"그게 중요한 게 아니잖아. 대체 여기가 어디냐고."

"어딘지는 나도 몰라. 우릴 보고 싶어하는 사람이 있나보지. 굳이 집 앞까지 데리러 온 걸 보면."

정현이 새로 가져온 접시를 끌어당겼다. 그녀는 이상할 정도로 태연했다.

"집 앞까지 데리러 왔다고?"

"갑작스럽게 나타나서 자기들 마음대로 차에 태우긴 했지만 어쨌든 집 앞이긴 했어."

"우릴 보고 싶어하는 사람이 누군데?"

"나도 몰라."

"뭐?"

"그렇지만 대충 짐작은 가."

남자는 우리가 하는 이야기에는 관심 없다는 듯 고양이를 바라보고 있었다. 고양이는 바닥에 엎드려 있다가 이따금 몸을 일으켜세우고 귀를 쫑긋거렸다.

오 분 정도 후에 요리사가 나간 문이 열리고 머리가 긴 여자가 들어왔다. 고양이가 달려와 여자의 주위를 맴돌았다.

"아."

정현이 낮게 소리를 냈다. 여자의 모습을 보자마자 남자가 차에서 했던 말을 이해할 수 있었다. 여자는 온통 검정색으로 몸을 감싸고 있었다. 까만 원피스와 손목 위까지 올라오는 까만 장갑, 역시 검정색인 스타킹과 구두. 그리고 얼굴에 쓴 검정색 가면까지. 여자의 모습은 기괴했고 동시에 기묘한 아름다움을 뿜어내고 있었다.

*

여자가 천천히 우리 맞은편으로 다가왔다. 매우 독특한 모양의 가면이었다. 얼굴의 사분의 삼 정도를 가리고 코 아랫부분부터 입술과 턱, 그리고 오른쪽 뺨의 일부만을 노출시키고 있었다. 어떤 재질로 만들어졌는지 짐작하기 어려웠다. 윤기 없는 검정색 표면에 손가락을 대면 어떤 느낌일지 상상이 되지 않았다. 여자는 말없이 우리를 내려다보았다. 가면 속의 두 눈이 정현과 나를 차례로 훑고 지나갔다. 시선이

닿는 곳마다 피부가 스멀거렸다. 여자는 마치 진기한 물건이라도 보는 것처럼 오랫동안 우리를 살피더니 정현 쪽으로 다가와 오른손을 뻗어 정현의 얼굴을 만졌다. 정현이 미처 피할 틈도 없었다.

"피부가 참 부드럽군요." 여자가 마침내 입을 열었다. "머릿결도 좋고. 짧은 머리보다 지금의 머리가 더 잘 어울려요."

"내가 짧은 머리였던 걸 어떻게 알고 있죠?"

정현의 목소리가 조금 떨려 나왔다.

"사진을 봤으니까요. 당신들이 날 찾아다닌다기에 나도 당신들에 대해 알아봤지요."

여자가 맞은편으로 돌아가 자리에 앉으며 말했다. 그 말에 비로소 나는 여자가 누구인지 깨달았다. 정현은 이미 짐작하고 있었던 것 같았다.

"내가 사는 곳은 어떻게 알았죠?"

정현이 말했다.

"정말 궁금해서 묻는 건가요? 그런 걸 알아내는 일 정도는 아무것도 아니에요."

"그럼 우리에 대해 또 뭘 알고 있나요?"

"지금 뭘 알고 있느냐는 별로 중요하지 않아요. 알고 싶은 게 생기면 얼마든지 알아낼 수 있으니까. 자, 당신도 묻고 싶은 게 있나요?"

여자가 나를 바라보았다.

"당신이 이유리씨군요?"

나는 일부러 가면 속의 두 눈을 쳐다보며 말했다. 기대와는 달리 동요하는 기색은 없었다.

"질문이 너무 직접적이네요. 재미가 없어요."

아까의 요리사가 노크를 하고 들어와 여자와 우리 앞에 유리잔을 하나씩 내려놓고 갔다. 물처럼 투명한 액체가 잔의 절반쯤 담겨 있었다.

"마셔봐요. 처음 느껴보는 맛일 거예요. 혹시 약을 탔을지도 모르니까 너무 많이 마시지는 말아요."

농담인지 진담인지 알 수 없는 말이었다. 정현이 잔을 들더니 한 방울도 남김없이 마셔버렸다. 여자가 웃음소리를 내더니 잔을 들어 입에 갖다댔다. 나는 마시지 않았다. 여자가 잔을 내려놓고 말했다.

"나는 연이라는 걸 매우 중요하게 생각해요. 모든 만남에는 이유가 있죠. 류는 당신들이 아무것도 모른다고 했지만 나는 당신들이 날 찾아다닌 건 분명 내게 뭔가를 전해주기 위한 걸 거라고 믿어요. 당신들 스스로는 모르고 있다고 해도 말이죠. 자, 이제 말해봐요. 왜 나를 만나려 한 거죠? 누가 당신들을 보냈죠?"

류는 나를 데려온 남자의 이름인 듯했다. 남자는 여자의 옆에서 우리를 주시하고 있었다.

"누가 시켜서 당신을 찾아다닌 건 아니에요. 우리가 당신을 만나려고 한 건……" 정현은 거기서 말을 멈추고 여자의 얼굴을 똑바로 쳐다보았다. "그전에 먼저 묻고 싶은 게 있어요. 당신이 이유리씨가 맞다면 왜 얼굴을 가리고 있는 거죠? 그리고 왜 우리를 납치하듯 이리로 데려온 건가요?"

가면 속의 두 눈이 잠시 정현의 눈을 마주 보았다.

"이름이 정현이라고 했나요? 당신은 내가 가면을 쓰고 있는 이유를 짐작하면서도 묻고 있군요. 그런 질문은 날 아주 불쾌하게 만들어요."

여자는 불쾌함의 정도를 가늠하기라도 하는 듯 말이 없었다. 그러더니 갑자기 태도를 바꿔 지극히 상냥한 목소리로 말했다.

"어쨌든 이런 방식으로 당신들을 데려온 것에 대해서는 사과할게요. 피치 못할 이유가 있어서 어쩔 수 없었어요."

"피치 못할 이유가 뭐죠?"

정현이 계속해서 추궁하듯 물었다.

"날 만나려고 한 건 당신들이 아니었던가요? 당신들에겐 한 번뿐인 기회일 수도 있는데 쓸데없는 얘기로 시간을 허비하고 있는 건 아닐까 걱정되는군요."

"그렇지만 이런 상황에서 어떻게 이야기를 할 수 있겠어요? 모든 게 수상하고 의심스러운데."

정현이 목소리를 높였다. 나는 조바심이 나서 끼어들었다.

"저희가 어떤 남자를 찾고 있는데 그 남자에 대해서 아는 게 거의 없어요. 저희 생각에는 당신이 그 남자를 알고 있을 것 같았고, 그래서 당신을 만나려고 했던 거예요."

"왜 내가 그 남자를 알고 있을 거라고 생각했죠?"

여자가 팔짱을 낀 채 소파 등받이에 몸을 기대며 물었다.

"그 남자가 당신의 생일파티에 참석했었거든요. 이 년 전에. 챙이 달린 모자를 쓰고 있었고, 구석자리에 앉아 당신을 바라보고 있었대요."

"아는 게 그것뿐인가요?"

나는 잠시 머뭇거리다가 말했다.

"이건 확실하지는 않지만, 그 남자가 피리를 분다고 하더군요."

여자가 입을 열지 않은 채 웃음소리를 냈다. 가슴 깊은 곳에서 흘러나오는 듯한 소리였다. 그리고 갑자기 웃음을 멈추더니 물었다.

"어디에 있죠?"

"누가요?"

나는 당황해서 되물었다.

"니콜라스 말이에요."

"그 남자의 이름이 니콜라슨가요? 저희도 그가 있는 곳을 알고 싶어요."

"그 남자의 이름이 니콜라스냐고? 연기가 너무 서툴군. 이런 식으로 나를 모욕하고 떠보려 하다니. 류, 당신이 알아서 해요. 어디에서 뭘 꾸미고 있는지 확실히 알아내요."

여자는 무척 화가 난 것 같았다. 줄곧 말이 없던 남자가 입을 열었다.

"좀더 얘기를 들어보시죠. 이 사람들이 그자들과 관계가 있다는 증거는 찾지 못했습니다만……"

그러나 여자는 아랑곳하지 않고, "아는 게 없으면 지하에 가둬버려요" 하고 내뱉듯 말하더니 방을 나가버렸다. 쾅, 소리와 함께 문이 닫혔다. 남자가 곤란하다는 듯 이맛살을 찌푸렸다.

"오해가 생긴 것뿐이니 걱정할 필요 없네. 아까도 말했지만 종잡을 수 없는 분이라서."

남자가 팔짱을 끼고 우리를 차례로 바라보았다.

"지난 일주일간 나는 사람을 시켜 자네들에 대해 조사하고 자네들을 미행했네. 얼마 동안은 내가 직접 미행하기도 했지. 자네들이 왜 아가씨를 만나려 하는지 파악하기 위해서. 우리를 찾아오는 손님은 반갑지 않은 상대인 경우가 대부분이거든. 결론적으로 의심스러운 부분은 찾지 못했어. 평범한 대학생들이 왜 아가씨를 만나려는 건지도 알 수 없었고. 나는 그렇게 보고했지만 아가씨는 자네들이 분명 뭔가를 알고 있을 거라고 생각했지. 그래서 자네들을 데려왔는데 마침 자네들 입에서 피리 부는 사나이에 대한 얘기가 나온 거야. 결과적으로는 아무것도 모른다는 내 보고가 틀린 셈이 되었지. 아가씨가 화를 내는 건 날 탓하는 거야."

남자는 나와 정현을 차례로 바라보았다.

"우선 그 이야기부터 해보도록 하지. 자네들은 어떻게 피리 부는 사나이에 대해서 알고 있지?"

남자는 우리가 찾는 남자를 피리 부는 사나이라고 불렀다. 그 말을 들자 자연스럽게 하멜른의 피리 부는 사나이가 떠올랐고, 그러자 언젠가 이반 형이 쥐 신전에 대해서 이야기한 내용이 떠올랐다. 그때까지 나는 '하멜른의 피리 부는 사나이'와 수연의 이야기 속에 등장한 피리를 불었다는 남자를 연결시킬 생각을 하지 못하고 있었다. 그런데 류의 입에서 '피리 부는 사나이'라는 말이 나오는 순간 갑자기 내가 듣고 보았던 모든 이야기와 이미지 들이 한데 뒤엉키는 듯한 느낌이 들었다. 타로카드 속의 피리를 든 판, 판과 고흐의 그림이 뒤섞인 언젠가의 꿈, 이반 형이 쥐 신전에서 만난 남자와 피리 부는 사나이의 연주를 들었다는 또다른 남자의 이야기, 하멜른의 피리 부는 사나이 전설, 그리고 수연이 그린 그림 속의 남자. 뭐가 뭔지 알 수 없는 기분이었다. 내가 혼란에 빠져 있는 사이, 정현이 남자의 말에 대답했다.

"저희가 아는 건 그게 전부예요. 우리가 찾고 있는 남자가 피리를 분다는 것. 그리고 이유리씨의 생일파티에 나타났었다는 거요. 그런데 왜 그 남자를 피리 부는 사나이라고 부르는 거죠? 그건 동화 제목이잖아요?"

"자네들은 정말 아무것도 모르는군. 그러면서 어쩌다 그 남자를 찾아다니게 된 거지?"

남자가 이해가 가지 않는다는 듯 중얼거렸다.

"우선 자네들에게 도움이 될 만한 얘기를 해주지. '피리 부는 사나이'라는 건 그 남자를 쫓는 기관들 사이에서 비공식적으로 사용되고 있는 용어야. 이 말은 즉, 그를 쫓는 그룹이 다수 존재한다는 뜻이지. 우리도 그중 하나고, 미국을 비롯한 몇몇 나라의 정보기관에서도 비밀리에 그를 쫓고 있네. 그런데도 아직 그의 소재는커녕 신상에 대해서

조차 제대로 밝혀내지 못했어. 아가씨가 말한 니콜라스는 바로 피리 부는 사나이와 접촉하는 걸로 알려진 유일한 사람이야. 이제 자네들이 어떻게 피리 부는 사나이에 대해 알게 되었는지 말해주게."

"잠깐만요. 어째서 당신들뿐 아니라 국가 정보기관까지 나서서 피리 부는 사나이를 쫓는다는 거죠?"

정현이 물었다.

"자, 우리 최대한 공정한 거래를 하자고. 나는 마음만 먹으면 자네들을 억류할 수도 있네. 자네들의 이야기를 듣기 위해 동원할 수 있는 방법은 많아. 자랑은 아니지만 우린 그런 일에는 밝은 편이거든. 그런데도 내가 지금 우리 쪽이 가진 이점을 포기하고 자네들에게 먼저 피리 부는 사나이에 대해서 이야기한 건 자네들에게 솔직한 이야기를 듣고 싶기 때문이네. 자네들이 그 남자를 찾고 있다면 우리는 어차피 같은 목적을 갖고 있기도 한 거니까."

남자는 느긋한 태도를 유지하고 있었다. 함께 차를 타고 오면서도 느꼈지만 남자는 좀처럼 당황하는 일이 없었다. 빠른 시간 안에 적당한 타협 선을 제시하고 설득하는 데 익숙했다. 그것은 오랜 숙련의 결과로 보였다. 나는 고개를 돌려 정현의 얼굴을 바라보았다. 눈이 마주치자 정현이 고개를 끄덕였다. 나는 입술을 축이고 이야기를 시작했다.

"아까 말했던 이유리씨의 생일파티에 제 친구가 있었어요. 그 남자의 옆자리에 앉아 있었대요……"

나는 수연이 파티에서 겪은 일을 순서대로 남자에게 이야기했다. 어떻게 파티에 가게 되었는지에 대해. 어떻게 자신도 알 수 없는 증오심을 느꼈고 남자를 발견하게 되었는지에 대해. 정신을 잃었다가 지하실에서 눈을 떴을 때 들려온 피리 소리에 대해. 그러나 수연이 이유리에게 느낀 질투심이나 지하실에서 발견한 꽃에 대해서는 말하지 않았다. 그래야겠다고 생각한 것은 아니었는데 나도 모르게 이야기가 그렇게 흘러갔다. 나중에 수연이 호텔에 화재가 났었다는 사실을 알고 죄책감 때문에 학교를 그만두었다는 사실을 말했다.

"……한동안 방황하다가 다른 학교에서 다른 생활을 시작해보려고 했던 거죠. 그런데 그 피리 소리와 발작이 그애를 놓아주지 않았어요. 그래서 그 남자를 찾아야겠다고 마음먹은 거예요. 저희는 얘기를 듣고 그애를 도우려는 거구요."

긴 이야기가 될 거라고 생각했는데 생각보다 오래 걸리지 않았다. 남자는 시종 무표정한 얼굴로 이야기를 듣고 있었는데 화재에 대한 이야기가 나오자 언뜻 동요하는 기색이 느껴졌다.

"왜 그러시죠?"

"아니, 아무것도 아니야. 자네들은 역시 그 화재에 대해서 알고 있었군."

"네."

"아까 아가씨가 왜 자네에게 그렇게 말했을까 생각하고 있었는데 그것 때문이었나."

남자가 정현을 향해 말했다.

"저도 깜짝 놀랐어요. 분명 그 분이 이유리씨라는 걸 눈치채고 있었고, 화상 때문에 가면을 썼으리라고 짐작하고 있었던 건 사실이지만……"

"아가씨는 때때로 사람의 마음을 놀라울 만큼 정확하게 꿰뚫어볼 때가 있어. 나도 가끔 깜짝 놀라곤 하지. 어쨌거나 그래서 그 수연이라는 친구는 지금 어디 있지? 어떻게 피리 부는 사나이를 찾겠다는 거지?"

"그것에 관해서는 이야기하지 않았어요. 지금은 마음도 안정시킬 겸 언니와 유럽을 여행하는 중이에요. 갔다 와서 뭔가 방법을 찾으려는 생각 같은데 그 생각이 어떤 건지는…… 저희는 그애가 오기 전에 그 남자를 찾아주려고 한 거예요."

"흠…… 어쩌면 유럽으로 간 게 이미 피리 부는 사나이를 찾기 위해서인지도 모르지."

남자가 중얼거리는 말을 듣고 나는 깜짝 놀랐다. 왜 그 생각은 한 번도 하지 못했을까. 나는 수연이 찾으려는 남자가 당연히 한국에 있을 걸로만 생각하고 있었다. 갑자기 마음 한구석이 불안해졌다. 남자를 찾는 일이 내가 생각했던 것보다 훨씬 복잡하고 어려운 일이 될 것 같은 예감이 스쳐갔다.

"미안하지만 잠깐 실례하겠네. 오래 걸리진 않을걸세."

남자가 그렇게 말하더니 밖으로 나갔다. 이유리를 만나러 가는 듯했다. 보고해야 할 내용이 있다고 판단한 걸까? 나는 그게 내 이야기의 어떤 부분일지 생각해봤으나 알 수 있을 리 없었다. 정현이 조용히 내 어깨에 몸을 기대왔다. 그때서야 겉으로는 태연해 보이던 그녀가 사실은 상당히 긴장하고 있었다는 걸 깨달았다. 부드러운 정현의 몸과 어렴풋한 향기가 느껴지자 언젠가 정현의 방에서 눈을 떴던 순간이 떠올랐다. 대체 무슨 일에 이 아이를 끌어들인 걸까. 내 속에서 누군가 중얼거렸다.

*

남자는 십오 분 정도 후에 돌아왔다. 그리고 자리에 앉자마자 입을 열었다.

"아까 왜 국가 기관에서까지 피리 부는 사나이를 쫓고 있느냐고 물었지? 그에 대한 답을 해주지. 친구가 관계되어 있는 이상 자네들도 어차피 알아야 할 테니까. 먼저 몇 가지 사실들을 나열해야 하네. 올해 2월에 스페인의 마드리드에서 일어난 열차 폭탄테러에 대해 들어봤나?"

우리는 둘 다 고개를 가로저었다.

"하긴 테러는 기억할 수 없을 만큼 자주 일어나니까. 꽤 큰 규모의 테러였네. 사망자만 백구십일 명, 부상자는 그 수십 배였지. 테러가 발생하기 나흘 전에는 마드리드의 아토차 역에서 불이 났었어. 새벽이라 다행히도 피해자는 그리 많지 않았는데, 주목해야 할 건 아토차 역이 나흘 후 폭탄이 터진 마드리드의 세 개 기차역 중 하나였다는 사실이야. 그리고 또하나. 화재가 벌어지기 구 개월 전부터 화재가 벌어질 때까지 그 주변에서는 십대에서 이십대 사이의 여자 열두 명이 차례로 실종되었네. 경찰에선 특별팀까지 구성했지만 그럴듯한 단서조차 발견하지 못했지. 그런데 그 연쇄실종이 화재와 테러사건이 벌어진 다음 멈췄어. 2003년 4월에는 북아일랜드 벨파스트의 한 빌딩에서 폭탄테러가 있었네. 이 사건도 꽤 주목을 받았지. 당시 IRA와 영국 정부가 협상중이었기 때문에 테러의 배후를 두고 격론이 벌어졌거든. 여덟 명이 죽었고 부상자는 수십 명이었어. 이십이층짜리 건물이었는데도 사망자가 많지 않은 건 당시 빌딩 일부가 폐쇄되어 있었기 때문이야. 테러 닷새 전에 있었던 화재로 빌딩 한쪽이 무너져내렸지. 이 사건의 경우엔 오히려 화재로 인한 사망자가 더 많았어. 그리고 그 지역에서는 사건이 벌어지기 전 팔 개월 동안 아홉 명의 여성이 실종되었었지. 역시 연쇄실종은 테러가 벌어진 뒤 끝났어. 그러니까 실종, 화재, 테러가 같은 건물을 중심으로 차례로 벌어진 거야. 실종, 화재, 테러, 똑같은 순서로. 그리고 두 군데만이 아니었네. 비슷한 사건이 벌어진 곳이. 미국, 인도, 그리고 이스라엘에서도 있었지."

"그 말은, 우연이 아니라는 뜻이군요."

나는 말했다.

"그래, 우연이 아니야. 그런데 처음에는 누구도 그걸 눈치채지 못했네. 왜냐하면 테러의 배후도 목적도 확실치 않았으니까. 자신들이 저질렀다고 나서는 단체도 없었고 조사 결과도 신통치 않았지. 매체들도 테러가 실행되기 며칠 전에 같은 건물에 화재가 벌어진 걸 우연의 일치로만 생각하고 비중 있게 다루지 않았어. 사건들이 전부 테러가 빈번한 지역에서 일어났기 때문에 기존 테러 집단의 소행일 거라는 추측이 지배적이었네. 그러다가 처음 이 실종, 화재, 테러의 연쇄법칙이 밝혀진 건 이스라엘의 정보국인 모사드에 의해서였어. 그들은 예루살렘에서 벌어진 테러 때 범인들 중 하나를 체포하는 데 성공했고, 심문을 통해 그들이 지금껏 알려진 적 없는 집단이라는 걸 밝혀냈지. 범인은 자신들을 '문을 두드리는 자들'이라고 불렀고, 자신들은 불을 쫓아 문을 두드린다고 말했어. 그리고 불을 움직이는 것은 피리 부는 사나이라고 말했지."

"피리 부는 사나이가 불을 움직인다구요?"

정현이 되물었다.

"그래, 처음엔 그 말을 동료들에게 전하는 일종의 암호 같은 걸로 여겼네. 그런데 얼마 뒤 중요한 실마리가 되는 일이 생겼어. 벨파스트 사건과 예루살렘 사건에서 실종된 여자들 가운데 각각 한 명씩이 발견된 거야. 그녀들은 전혀 엉뚱한 도시에서 완전히 탈진한 상태로 발견되었어. 어느 정도 회복한 뒤에도 우울증과 강박증, 주기적인 발작에 시달렸고 가족들을 제대로 알아보지 못했어. 그들이 사라져버린 동안 무슨 일이 일어났는지도 전혀 기억하지 못했지. 그런데 그들이 유일하게 기억하는 게 있었어."

"그게 뭐죠?"

나는 몸속 깊은 곳이 떨리는 걸 느끼며 물었다. 왜 그런 느낌이 드는지 알 수 없었다.

"바로 피리 소리야."

정현이 숨을 들이마시는 소리가 들렸다.

"그리고 더 결정적이었던 건, 목격자들의 증언에 의해 벨파스트 사건에서 실종되었다가 돌아온 여자가 바로 빌딩 화재사건의 범인이었다는 게 밝혀진 거야. 물론 여자는 자신이 그랬다는 사실을 기억하지 못했지만."

"잠깐만, 잠깐만요."

나는 뭔가 크게 잘못되었다는 걸 느꼈다. 생각하지 말아야 한다고 느꼈지만 나는 생각하고 있었다. 입 밖에 내면 안 된다고 생각했으나 어느새 이야기하고 있었다.

"그 얘기는, 그러니까, 이유리씨의 생일파티 때 호텔에 난 화재가…… 수연이가 한 일일 수도 있다는 말인가요?"

"나는 아직 그렇게 단정짓지는 않았어. 하지만 자네의 이야기로 미루어봐선 그럴 가능성이 적지 않다고 생각하네."

"그렇게 돌려 말할 필요 없어요, 류. 내가 보기엔 수연이라는 아이가 저지른 게 확실하니까."

언제 들어왔는지 이유리가 문 앞에 서 있었다. 그녀는 아까의 고양이를 가슴에 안고 있었다.

"불쌍한 아이야. 이런 이상한 일에 엮여들다니. 몇 번 본 적 없지만 사려 깊고 밝은 아이였는데. 나는 그애를 원망할 생각은 없어요. 그건 그애 탓이 아니니까. 그애도 피해자일 뿐이지."

이유리가 고양이를 쓰다듬으며 말했다. 마치 고양이에게 하는 말 같았다.

"말도 안돼요. 이런 얘기. 믿을 수 없어."

내가 그렇게 중얼거리는 소리가 들렸다. 마치 다른 사람의 목소리 같았다.

"믿고 안 믿고는 당신 자유예요. 당신이 꼭 믿어야 할 필요도 없고." 여자의 말투는 냉정했다. "원한다면 지금까지의 이야기는 안 들은 걸로 하고 지금 바로 여길 떠나도 좋아요."

내가 그러지 못할 거라는 걸 알고 하는 말이었다.

"잠깐만요. 실종, 화재, 테러의 순서라고 했잖아요. 그 화재가 나기 전에 실종사건이 있었나요? 퍼스트 호텔이 테러를 당했다는 말도 듣지 못한 것 같은데."

정현이 끼어들었다.

"그 사건은 특별한 경우네. 이제부터 그 얘기를 하려던 참이었는데."

남자는 그렇게 말하고 이유리의 얼굴을 힐끗 쳐다보았다. 여자는 몸을 구부려 고양이를 바닥에 내려놓고 소파로 다가와 앉았다.

"왜 특별한 경우인지는 내가 설명해야 하겠군요. 퍼스트 호텔 화재는 피리 부는 사나이의 원래 의도가 아니었어요. 내가 그걸 알고 있는 건 그가 그곳에 나타난 게 나를 만나기 위해서였기 때문이에요. 그날 그는 내게 이떤 제안을 했고 나는 그 제안을 거절했죠. 그때만 해도 나는 그가 어떤 일을 벌이고 다니는지 알지 못했어요. 아주 오랜만에 그를 만나는 것이기도 했고……"

"역시 당신은 그 남자와 아는 사이였군요. 그가 한 제안이라는 게 뭐죠?"

정현이 물었다.

"당신들이 거기까지 알 필요는 없어요. 어쨌든 그때 나는 무척 당황스러웠고 불안했어요. 그는 내가 아버지와 통화를 하러 잠시 혼자 옆방에 가 있는 사이에 내 앞에 나타났는데, 남자친구와 여러 친구들이 모인 자리에 그가 예고도 없이 찾아왔다는 것부터가 곤혹스러웠어요. 내가 그의 제안을 매몰차게 거절하고 즉시 떠나달라고 말하자 그가 생각을 바꾸지 않으면 후회할 일이 생길지도 모른다고 말하더군요. 그때는 당연히 대수롭지 않게 여겼죠. 그 말이 내 삶을 이렇게 바꾸어놓을 거라고 어떻게 예상할 수 있었겠어요."

이유리의 목소리가 살짝 잠겨들었다. 처음으로 가면 속의 얼굴이 어떤 표정을 하고 있는지 보이는 것 같았다. 그녀는 곧 원래의 담담한 말투로 되돌아왔다.

"긴 시간이었고, 긴 고통이었어요. 아주 길었죠. 그 시간을 어떻게 통과해왔는지 잘 기억나지 않아요. 몇 번의 수술 끝에 가까스로 사람들과 대화를 나눌 수 있게 되었을 무렵에 류가 찾아왔어요. 그때는 이미 남자친구가 죽은 것도, 내 모습이 말라붙은 나무처럼 변했다는 것도 알고 있었고, 내 남은 삶에 무슨 의미가 있을까 의심하던 시기였죠. 류의 얘기를 듣고 나는 비로소 화재가 그의 짓이라는 걸 알았어요. 그리고 그를 붙잡기로 마음먹었죠. 그는 내게서 가장 중요한 것들을 가져갔고 내 인생을 송두리째 바꿔버렸어요. 이젠 그를 추적해서 붙잡는 것만이 내 삶의 목표예요. 앞뒤 내용을 설명할 순 없지만 그가 그때 내게 했던 제안의 요점은 자기를 따라오라는 거였어요. 나는 그 제안을 거절한 결과로 이제 내 모든 걸 바쳐 그를 따라다니게 된 거죠. 정말 우습지 않나요?"

여자가 웃음을 터뜨렸다. 그것은 삶을 전적으로 저주하는 자의 웃음이었다. 남자가 측은한 눈길로 여자를 바라보았다.

"실종도 테러도 없었는데 어떻게 피리 부는 사나이의 짓이라는 걸 알았나요?"

나는 류에게 물었다.

"나도 곧바로 확신한 건 아니야. 처음부터 설명해야겠군. 예루살렘 사건 때는 대학 건물에서 폭탄이 터져 학생들이 많이 희생됐지. 그중에 이스라엘 출신으로 미국에서 엄청난 부를 모은 사업가의 아들이 있었네. 모사드가 '문을 두드리는 자들'의 존재를 밝혀낸 후 이 사업가가 각국 정보국에서 요원들을 스카우트해서 '문을 두드리는 자들'만을 쫓는 조직을 만들었어. 나도 그때 합류했지. 실제로 우리는 어느 정도 소득을 거뒀어. 필리핀에서는 조기에 폭탄을 발견해서 테러를 무산시키기도 했고, 조직원을 붙잡아 그들의 우두머리가 니콜라스라는 남자고 그만이 피리 부는 사나이와 접촉한다는 사실도 알아냈지. 그러나 그럼에도 여전히 피리 부는 사나이 자체에 대해서는 아무것도 알아내지 못하고 있었네. 게다가 '문을 두드리는 자들' 쪽에서도 우리를 공격하기 시작해서 우리 요원들이 납치되거나 살해당하는 일들이 벌어졌지. 우리 쪽 활동이 조금씩 위축되던 시기에 마침 '문을 두드리는 자들' 쪽에서 흘러나온 정보를 통해 그들이 한국의 한 호텔에서 벌어진 화재사건으로 혼란해하고 있다는 걸 알게 되었네. 그들도 그게 피리 부는 사나이가 한 일인지 확신하지 못했던 거지. 한국말을 할 수 있는 내가 파견되었고 아가씨를 만나 이야기를 나눈 끝에 나는 대단히 중요한 정보를 얻게 된걸세. 즉, 처음으로 피리 부는 사나이에 대해 아는 사람을 찾은 거지."

"설명은 이 정도로 된 거 같은데. 더 궁금한 게 있나요?"

여자가 말했다.

"가장 중요한 이야기를 안 한 것 같은데요. 피리 부는 사나이는 어떤 사람이죠? 그 니콜라스라는 남자는요?"

정현이 물었다.

"니콜라스는 독일계 미국인으로 MIT의 수학교수 출신이야. 98년에 교수직을 그만두고 잠적했다가 갑자기 테러 집단의 우두머리로 등장했지. 이들은 테러를 예고하지도, 자기들이 한 짓이라고 밝히지도 않아. 특별한 목적도 없는 것으로 보이네. 그러면서도 제일 인명 피해가 클 만한 곳을 노려 사건을 일으키지. 가장 위험한 종류의 테러 집단이야."

남자가 말을 마치자 이번에는 여자가 입을 열었다.

"피리 부는 사나이에 대해서는 별로 이야기하고 싶지 않군요. 내게는 떠올리고 싶지 않은 기억이고 사실 별로 아는 것도 없어요. 미국에 있을 때 알게 되었고 당시 로버트 존슨이라는 이름으로 불렸다는 것만 말해두죠. 물론 본명은 아니었지만."

"로버트 존슨…… 서양 사람일 줄은……"

나는 그 이름을 어디선가 들어봤다고 생각했으나 확실하지는 않았다. 누구나 들어봤다고 느낄 만한 흔한 이름이었다.

"방금 뭐라고 했죠?"

여자가 날카로운 목소리로 물었다.

"네?"

"방금 뭐라고 중얼거렸잖아요. 서양 사람일 거라고는 생각지 못했다는 건가요?"

"네……"

"왜 그렇게 말했죠? 미국 사람이 아니라 서양 사람이라고."

"그림을 봤거든요. 수연이가 그린. 서양인의 얼굴 같아 보이지는 않았어요."

"아까 류의 말을 들었어요. 수연이도 그 남자의 얼굴을 봤다고 했죠?"

"네."

"그래도 그림을 그릴 정도로 자세히 기억하고 있다니…… 내 생각엔 그 역시 특별한 경우인 것 같군요. 어쩌면 피리 부는 사나이가 수연이를 다시 찾아갈지도 몰라요. '문을 두드리는 자들' 쪽에서도 이 사실을 알면 그애를 확보하려 할 테고. 그래서 당신에게 부탁하고 싶은 게 있어요. 우리가 당신에게 피리 부는 사나이와 테러 조직에 대해 이렇게 자세하게 설명한 것도 실은 그 때문이에요."

"뭘 부탁하고 싶다는 거죠?"

"그들이 수연이에게 접근하기 전에 우리가 먼저 찾아서 데려와야 해요. 우리도 가능한 수단을 동원해서 그애를 찾겠지만 당신이 개인적으로 연락을 취해주면 좋겠군요."

"저도 그러고 싶지만 제가 연락할 수 있는 방법은 이메일뿐이에요. 그것도 언제 확인할지 확실치 않아요."

"다른 방법은 없나요?"

문득 강화도에서 만난 은주씨가 떠올랐다.

"수연의 언니와 연락이 될 만한 사람을 알아요. 사는 곳에 가본 적이 있긴 한데 다시 찾을 수 있을지는 모르겠군요."

나는 여자에게 은주씨에 대해 말했다. 여자가 고개를 끄덕였다.

"그렇군요. 그분의 정확한 위치는 우리가 찾도록 하죠. 연락처를 알아내든가. 얼마 걸리지 않을 테니 그때 수연이 쪽에 연락을 취해달라는 부탁을 해줘요. 이건 아주 중요한 일이라 가능한 방법을 모두 동원해야 해요."

"그러죠. 대신 저도 부탁이 있어요."

"뭐죠?"

"피리 부는 사나이를 찾는 일에 참여하게 해주세요. 정보기관들도 찾아내지 못한 사람을 나 혼자서 찾아내기는 불가능하겠죠. 그렇지만 수연이에게 약속했어요. 그 남자를 찾아주기로. 약속을 가능하게 만들 방법은 이것밖에 없을 것 같군요."

그때 조용히 듣고 있던 정현이 끼어들었다.

"당신들은 피리 부는 사나이와 그 테러 집단을 쫓고 있다고 했죠? 그런데 지금 당신들이 여기 있다는 건, 설마 지금 서울에서 일어나고 있는 연쇄 실종사건이 피리 부는 사나이와 관련되어 있다는 뜻인가요?"

이유리가 류를 바라보고 웃었다.

"거기까지 얘기할 생각은 없었는데, 눈치가 빠르군요."

남자가 말했다.

"그 사건들 때문에 와 있는 게 맞네. 그러나 확실치는 않아. 현재 실종사건이 연쇄적으로 벌어지고 있는 도시가 서울만은 아니야. 서울을 제외하고도 세 곳의 대도시에서 실종사건이 벌어지고 있고, 어느 사건이 화재와 테러로 이어질지는 알 수 없어. 전부 다 일 수도 있고, 전부 아닐 수도 있지. '문을 두드리는 자들' 쪽에서 초점을 분산시키기 위해 일부러 실종사건을 벌이는 경우도 있었네."

"그럼 그 도시들에 전부 당신네 사람들이 가 있는 건가요?"

남자가 다시 이유리의 얼굴을 바라보았다. 계속 이야기해도 되는지 묻는 것 같았다. 여자가 가볍게 고개를 끄덕였다.

"그래. 서울에서는 이번에 붙잡힌 연쇄 살인마가 저지른 사건들이 뒤섞여 있어서 조사가 힘들었고 사람도 많이 필요했지. 이제 이곳에 있는 인원 중 나를 포함한 몇 명은 런던으로 갈 예정이야. 거기도 사건이 벌어지고 있는데다, '문을 두드리는 자들'에 속한 테러리스트들이 런던으로 모여들고 있다는 정보가 있었거든."

"그렇다면 지금 피리 부는 사나이는 런던에 있다는 건가요?"

내가 물었다.

"확실하지는 않지만 흔적을 발견한 것 같다는 보고가 있었네."

"저도 런던으로 가겠어요. 제가 도울 수 있는 일이 없을까요?"

"말리고 싶군요. 그들은 전문적으로 훈련된 테러리스트들이에요. 당신 같은 사람이 괜히 끼어들었다간 위험해질 수 있어요. 당신뿐 아니라 우리까지. 피리 부는 사나이를 금방 찾을 수 있을 거라는 보장도 없고."

여자가 말했다.

"하지만 당신도 이 일을 하고 있잖아요."

내 말에 여자가 웃었다.

"나는 이 일에 자금을 대고 지시를 내리는 사람 중 한 명이에요. 당신의 경우와는 달라요."

"잘 할 수 있어요. 아니 꼭 해야겠어요. 당신이 소중한 사람을 잃은 것처럼 나도 소중한 사람을 잃었어요. 하지만 내겐 아직 가느다란 실한 줄은 남아 있어요. 이것마저 놓칠 수는 없어요."

저절로 말이 입에서 튀어나왔다. 정현이 날 바라보고 있는 게 느껴졌다. 잠시 침묵이 흐른 뒤 류가 천천히 입을 열었다.

"데려가죠. 방해만 안 되도록 하면 되지 않겠습니까."

"좋을 대로 해요. 대신 책임은 류 당신이 지는 거예요."

여자가 냉정한 말투로 말했다.

"그럼 저도 가겠어요."

정현이 말했다.

"그건 안 돼."

남자가 고개를 저었다. 여자가 비웃는 듯한 웃음소리를 냈다.

"왜 웃는 거죠?"

정현이 물었다.

"당신은 무척 어리석군요. 이 사람은 당신이 아닌 다른 사람을 원하는데 왜 그 다른 사람을 찾는 일을 도우려는 거죠?"

"당신이 상관할 일이 아니에요."

"난 그저 정현씨가 안되어 보여서 하는 말이에요."

여자는 이번에는 나를 향해 말했다.

"당신도 우습긴 마찬가지예요. 당신은 비겁한 짓을 하고 있어요. 어째서 확실한 태도를 보이지 않고 정현씨를 이용하는 거죠?"

나는 허를 찔린 기분이 되어 잠시 머뭇거리다가 그런 게 아니라고 했다. 정현도 피리 부는 사나이를 찾아 나서자고 한 것은 자기였다고 말했다. 그러나 여자는 여전히 우습다는 듯 가면 밖으로 드러난 입술을 일그러뜨리고 있었다. 나는 마음을 가다듬고 정현에게 말했다.

"역시 나 혼자 가야 할 것 같아."

"어째서? 저 여자가 하는 말 같은 건 신경쓰지 마."

"이유리씨 말 때문이 아니야. 그렇게 하는 게 맞는 것 같아. 미안해. 그리고 고마워, 정말. 여기까지 올 수 있었던 건 전부 네 덕분이야."

"내가 싫다고 하면 어떡할 건데?"

내가 우물쭈물 대답하지 못하는 사이에 이유리가 정현에게 잠깐 둘이서만 이야기를 나누자고 했다. 그리고 정현을 문 밖으로 데려가더니 잠시 후 돌아왔다. 여자가 내게 말했다.

"정현씨도 당신 혼자 가는 걸 받아들이기로 했어요."

나는 정현을 바라보았다. 그녀는 고개를 숙인 채 내 시선을 외면했다.

"출국은 사흘 후니까 준비하도록 하세요. 여권은 있죠?"

"없는데요."

"여권도 없으면서 따라가겠다고 한 건가요?" 여자가 웃음소리를 냈다. "우리 쪽에서 준비해야겠군요. 출국 전에 강화도에 있다는 그분과 만나야 한다는 거 잊지 마세요."

류가 운전하는 차를 타고 돌아오는 길에 우리는 한마디의 말도 하

지 않았다. 나는 동화 속에서 피리 소리를 따라 사라진 아이들을 생각
했다. 사나이를 따라가지 못한 아이가 있었다는 사실이 떠올랐다. 다
리가 불편한 아이였던가? 눈이 안 보이는 아이였던가? 기억나지 않았
다. 아이가 매우 슬퍼했다는 사실만이 기억에 남아 있었다. 분명 외롭
고 비참한 기분이었을 것이다. 친구들이 전부 사라져버린 마을에 홀로
남겨진다는 것은. 그리고 어쩔 수 없는 제약 때문에 자신을 매혹시킨
대상을 따라가지 못한다는 것은. 그 좌절의 기억은 아마도 아이의 남
은 삶 전체를 지배했으리라.

　정현은 내내 창밖에 시선을 두고 있었다. 어둠에 잠긴 세계를 바라
보며 그녀가 무슨 생각을 했는지는 알 수 없었다.

＊

　이반 형에게 자초지종을 모두 설명하는 데는 적지 않은 시간이 소
요되었다. 이반 형은 언제나처럼 연신 담배를 피우며 내 이야기를 들
었고, 내 걱정과는 달리 조금도 황당해하거나 의심하는 기색을 보이지
않았다. 오히려 내가 이런 이야기를 꺼내기를 지금껏 기다려온 사람처
럼 차분했다. 내가 아직도 그들의 이야기가 믿어지지 않는다며 런던에
가기로 한 게 잘 한 일인지 모르겠다고 털어놓자, 이반 형이 말했다.

　"그곳에 가지 않는다면, 넌 여기서 뭘 할 거지? 어떤 방법으로 피리
부는 사나이를 찾을 거지?"

　"글쎄요. 그건 아직 생각해보지 않았지만……"

　"방금 네 이야기를 듣는 동안 깨달은 게 있어. 내가 인도에 가서 우
연한 계기로 피리 부는 사나이에 대한 이야기를 듣게 된 게 다 이유가
있었다는 거야. 나는 이제까지 그 이야기들이 대체 내게 무슨 의미일

까 생각해왔어. 너도 알다시피 나는 이 좁은 방과 가게를 오갈 뿐이고 만나는 사람도 거의 없지. 그런 내가 왜 그런 이상한 이야기를 듣게 된 걸까? 그것도 두 번씩이나 말이야. 이제 알았어. 그건 네게 그 이야기 들을 전하기 위해서였던 거야."

이반 형의 어조는 확신에 차 있었다.

"형, 그건 너무 운명론적인 생각이에요. 이건 그냥 우연일 뿐이라구요."

"그렇지 않아. 증거를 보여줄까?"

"증거요?"

"처음 만났을 때 내가 준 가이드북 가지고 있지?"

"네."

나는 내 방에 가서 이반 형이 준 낡은 가이드북을 가져왔다. 이반 형은 책을 받아들고 뒤적이더니 한 곳을 펼쳤다. 그곳은 데시노크의 쥐신전이 소개된 페이지였고, 페이지 상단에는 흐릿한 검은색 글자로 이메일 주소 하나가 적혀 있었다.

"이게 헉이라는 남자가 가르쳐준 이메일 주소야. 그는 피리 부는 사나이의 연주를 들은 적 있다고 했고, 그 말은 피리 부는 사나이에 대해서 뭔가를 알고 있다는 뜻이지. 나는 이제부터 이 주소로 메일을 보내서 그가 알고 있는 것에 대해서 물어볼 거야. 그리고 답장이 오면 런던에 가 있는 네게 알려주도록 하지. 결국 이 책이 네게 전해진 것처럼, 이 책에 적힌 이메일 주소를 통해서 알게 될 이야기도 전부 네게 전해지도록 되어 있었던 거야."

나는 기가 막혀서 입을 벌리고 그의 얼굴을 쳐다보았다.

"형, 진심으로 그렇게 생각하는 거예요?"

"물론이지."

이반 형이 엄숙한 표정으로 고개를 끄덕였다. 나는 더이상 아무 말도 할 수 없었다. 어떤 일이 운명이었다고 말할 때, 그것은 이해의 문제가 아니라 믿음의 문제가 된다. 나는 차라리 이반 형의 말대로라면 좋겠다고 생각했다. 그것은 이 기묘한 사건들 속에 내가 맡은 역할이 존재한다는 뜻일 테니까.

8월 24일 오후에 나는 런던으로 향하는 비행기를 탔다. 그에 앞서 사흘 동안 몇 가지 일을 처리해야 했다. 휴학 신청을 했고, 학교 홈페이지 게시판에 글을 올려 갑자기 떠나게 된 나 대신 방을 쓸 사람을 구했다. 내 물건들은 이반 형의 배려로 'Fragile'의 창고에 보관하게 되었다. 그때까지만 해도 나는 두세 달이면 모든 일이 마무리될 걸로 믿었고, 그래서 하숙집에 들어올 사람도 굳이 졸업 학기만을 남긴 사람으로 구했다. 그것이 쓸데없는 노력이 될 거라는 생각은 조금도 하지 못했다.

부모님께는 우진이 아버님 덕분에 우진과 미국에서 영어를 배우며 한 학기를 보낼 수 있게 되었다고 말씀드렸다. 정작 우진은 내가 출발하고 나서 이틀 후에 한국에 도착할 예정이었다. 나는 우진에게 메일을 써서 간략히 상황을 설명했고 자세한 얘기는 이반 형에게 들으라고 했다. 류가 전화로 번호를 일러줬기 때문에 강화도에 찾아가는 대신 은주씨와 통화를 했다. 은주씨는 지연씨도 전화를 정지시키고 떠난 터라 자신도 연락한 적이 없다고 말했고, 급한 일이라면 메일을 보내두겠다고 했다. 나는 수연이에게 꼭 전해야 할 말이 있으니 지연씨에게서 연락이 오는 대로 내게 알려달라고 부탁했다.

떠나는 날은 날씨가 흐렸다. 회색 구름이 하늘을 메우고 있었다. 아침에 류가 동료로 보이는 두 명의 남자를 태우고 나를 데리러 왔다. 정현이 배웅하러 나왔으나 마지막 순간까지 짐을 챙기느라 제대로 인사를 나눌 틈도 없었다. 어떤 표정으로 정현의 얼굴을 봐야 할지 알 수 없었기 때문에 차라리 다행스러운 기분이었다. 차에 오르기 직전에 정현이 노트 한 권을 건넸다. 나는 가방에 쑤셔넣은 그 노트를 런던 히드로공항에 도착한 뒤에야 열어볼 수 있었는데, 거기에는 내가 배우고자 했던 그 곡의 악보가 그려져 있었다. 여백마다 빼곡히 적은 연습 요령 메모와 함께.

9

2004년 8월 말에 런던에 도착한 나는 다음해 2월까지 꼬박 여섯 달을 런던에 머물렀다. 앞서 말한 것처럼, 처음 류를 따라가겠다고 나섰을 때는 그렇게 길어질 줄은 예상하지 못했다. 그걸 알았다면 류를 따라나서지 않았을까? 아니다. 그렇다 해도 나는 이곳에 왔을 것이다. 그리고 똑같은 하루하루를 살았을 것이다. 그것이 그때 내가 택할 수 있는 유일한 길이었다.

짧지 않은 시간을 보냈음에도 불구하고 나는 지금도 런던에 대해서 잘 안다고 말할 수 없다. 내가 기억하는 것은 극히 한정된 것들뿐이다. 늘 찌푸린 날씨와 살갗에 휘감기는 듯한 축축한 대기의 느낌, 우중충한 빛깔의 하늘, 가끔씩 내비치던 햇살이 잔디 위에 부서질 때의 눈부심, 매일 다를 바 없는 몇몇 거리의 풍경, 점심때마다 먹던 샌드위치의 맛, 그런 것들. 그것들은 런던이 아닌 다른 어떤 이름으로 불린다 해도 상관없을 것들이었다.

나는 캠든의 한 아파트 삼층에 류와 함께 머물렀다. 폭이 좁고 계단이 많은 사층짜리 건물이었다. 세 개의 방과 거실은 기본적인 가구 외에는 거의 비어 있다시피 했다. 류는 개인적인 물건들을 커다란 가방에 넣어둔 채 거의 풀어놓지 않고 생활했다. 그것은 언제라도 즉시 떠날 수 있어야 하는 사람이 택하는 방식이었다. 특별한 말은 없었지만 나도 자연스럽게 그 방식을 따랐다. 계단을 오르내리며(엘리베이터는 없었다) 마주치는 아파트의 다른 주민들은 대개 남자였고 비슷비슷한 분위기를 풍겼다. 그들은 무표정했고 말이 없었다. 눈이 마주치면 가볍게 고개를 숙여 보일 뿐이었다. 나는 그중 몇 명은 류의 지시를 받는 사람들일 거라고 추측했다.

겉으로는 평범한 한국 사람으로 보였던 류는 사실 영국인 할머니를 둔 혼혈로, 십대를 영국에서 보냈다고 했다. 그럼에도 그는 마음만 먹으면 완벽한 한국인처럼 행동할 수 있었고, 또 반대로 완벽한 영국인처럼 행동할 수도 있었다. 류가 과연 내게 어떤 일을 맡길 것인지 궁금했으나 그는 며칠간 일에 대해서는 아무런 말도 하지 않았다. 우선 여독을 풀면서 새로운 환경에 적응하라고 했다. 반면 류 자신은 도착한 날부터 바빠서 매일 아침 일찍 집을 나가 밤늦게야 돌아왔다. 며칠 동안 나는 텅 빈 집에 남아 절반도 이해되지 않는 텔레비전 방송을 보거나 집 주변을 돌아다니며 시간을 보냈다.

월요일 아침, 류가 나를 불러 스크랩된 신문기사들을 보여주었다. 최근 런던에서 실종된 여자들에 관한 기사였다. 내가 기사들을 보는 동안 류가 식탁 위에 런던 시내 지도를 펼치더니 붉은 펜으로 지도 위에 몇 개의 조그마한 원을 그렸다.

"세 달 동안 다섯 명이네. 적은 숫자는 아니지."

지도 속의 런던은 언뜻 서울을 연상시켰다. 큰 강이 도심을 가로지른다는 점 때문이었을 것이다. 류가 그린 원들의 위치는 제각각이었다. 도심 중앙에 두 개가 모여 있었고, 나머지 셋은 북서쪽과 북동쪽 그리고 템스 강 너머 남쪽이었다. 연결하면 조금 삐뚤어진 Y자가 될 것 같았다.

"꽤 퍼져 있군요."

"실종자들이 마지막으로 목격된 곳이네. 아직 이 사건들이 모두 피리 부는 사나이와 관련되어 있다고 단정할 순 없어."

류는 가운데 위치한 두 개의 원이 들어가도록 주변의 도로를 변으로 삼아 그보다 조금 더 큰 사각형을 그렸다. 그리고 내가 할 일이 사각형 안쪽을 돌아다니는 일이라고 말했다.

"간단해. 돌아다니고, 살펴보고, 관찰하고, 이상한 일이 있으면 내게 연락하면 되네. 연락할 만한 일이 어떤 건지는 자네가 판단할 수 있겠지. 화재나 납치사건, 그에 준하는 시도, 사건이 벌어졌다는 단서, 여성이 관련된 폭력사건. 그 외에 자네가 판단했을 때 의심할 만한 것들. 두 가지를 당부하고 싶네. 우선 혹시 눈앞에서 사건이 벌어져도 절대로 끼어들지 말게. 위험해질 수 있으니까 무조건 내게 먼저 연락을 해. 수상한 인물을 발견해도 멋대로 따라가지 말고 연락부터 하게. 그리고 또하나는 그렇다고 너무 사방을 기웃거리면서 다니지는 말라는 거야. 자네가 그러고 있으면 경찰이 먼저 자네를 수상한 인물로 여기고 다가올 테니까. 이곳 경찰들도 꽤나 신경이 곤두서 있거든."

류가 내게 지도책과 휴대폰, 그리고 오래된 노트북을 내밀었다. 나는 무작정 돌아다니는 일이 피리 부는 사나이를 찾는 데 과연 효과가 있을지 의심스러웠지만 잠자코 그가 내미는 물건들을 받았다. 런던에 도착하면 무조건 류의 말에 따르기로 약속한 바 있었고, 나 자신도 조바심이 나서 못 견딜 참이었기 때문이었다. 내 생각을 눈치챈 것처럼

248

류가 말했다.

"때로는 제일 단순해 보이는 방법이 가장 좋은 효과를 낼 때가 있지."

"네?"

"간단해 보여도 중요한 일이야. 쉽게 생각하지 말게."

"그럼 저와 같은 일을 하는 사람들이 더 있나요?"

"그건 말해줄 수 없네."

류는 자신과 다른 사람들이 어떤 일을 하는지에 대해서도 알려줄 수 없다고 했다. 일에 대해 모르면 모를수록 자네는 더 안전해. 류는 그렇게 말했다. 류가 내게 시킨 또 한 가지 일은 틈날 때마다 인터넷으로 기사를 검색하라는 것이었다. 자세히 볼 필요도, 많이 볼 필요도 없고 사소한 단신을 위주로 마음 내키는 만큼만 뒤적여보라고 했다. 기사를 모니터하는 사람들이 있기는 하지만 혹시 사소한 것들을 놓칠지도 모르기 때문이라고 했다.

방으로 돌아와 노트북을 켜고 인터넷에 접속하자 우진으로부터 메일이 와 있었다. 우진은 이반 형에게 자세한 이야기를 들었으며, 그런 말도 안 되는 이야기 때문에 내가 런던까지 가 있다는 게 믿기지 않는다고 쓰고 있었다. 나는 나 자신도 믿기지 않는다고 답장을 썼다.

다음날부터 며칠 동안 나는 임무를 수행하기 위한 기본적인 작업을 했다. 지도와 축척을 비교해본 결과, 류가 그린 마름모꼴의 사각형은 러셀 스퀘어 역을 중심으로 반경 이삼 킬로미터 정도 되는 구역이었다. 북쪽 끄트머리에는 킹스 크로스 역이 있었고 남쪽으로는 대영박물관을 포함하고 있었다. 나는 큰 거리부터 시작해 작은 골목길들까지 길 하나하나를 몇 번씩 반복해 걸으며 지도와 비교했고, 대략적인 소요시간을 기록했고, 표지가 될 만한 건물들을 체크했다. 그리고 최대한 동선이 겹치지 않도록 이동경로를 짰다. 그렇게 만든 경로를 따라

보통의 걸음걸이로 내게 맡겨진 구역 전체를 돌아보는 데는 네 시간에서 다섯 시간 정도가 걸렸다. 그 말은 하루에 기껏해야 두 번밖에 정해진 구역을 돌 수 없다는 뜻이었다. 그때까지만 해도 나는 그보다 더 많이 돌 수 없다는 사실에 아쉬움을 느낄 만큼 의욕에 차 있었다.

그리고 한동안 비슷한 생활이 계속되었다. 오전에 집에서 나와 버스를 타고 킹스 크로스 역에 내린다. 열한시쯤 그날의 첫 순찰을 시작하면 네시가 되기 전에 사각형의 반대편 모서리에 도착한다. 그곳에서 점심을 먹고 삼십 분 정도 휴식을 취한 뒤 올 때의 루트를 되짚어가는 두번째 순찰을 시작한다. 아홉시쯤 킹스 크로스 역에 도착해 버스를 타고 집으로 돌아온다. 집에 와서는 저녁을 먹고 인터넷으로 신문기사를 검색하다가 잠자리에 든다.

계획에 따른 생활을 시작하자마자 나는 이것이 예상보다 훨씬 힘든 일이라는 걸 깨달았다. 이렇게 많이 걸어본 게 처음이었으니 당연했다. 매일 녹초가 되어 집에 돌아와 컴퓨터 앞에서 끄덕이며 졸다가 침대로 가는 일이 되풀이되었다. 단순히 걷기만 하는 게 아니라 내내 긴장한 채 주위를 살펴야 한다는 것도 피로를 가중시키는 요인이었다. 단순하면서도 동시에 긴장을 늦출 수 없는 일, 그것이야말로 인간을 가장 빨리 지치게 만드는 일이다. 일마 전까지 성현과 아침마다 반복하던 크로매틱 스케일(반음계) 연습이 그랬다. 기타 지판에서 플랫 한 칸은 반음의 차이를 갖는다. 크로매틱 스케일 연습은 기타의 모든 지판을 하나도 빼놓지 않고 연주하는(같은 지판을 반복해 누르기도 하면서) 연습이었다. 정현은 얼핏 단순해 보이는 이 연습이 결코 기계적인 반복이 되어서는 안 된다고 강조했다. 음 하나하나를 연주할 때마다 박자와 강약, 음의 지속, 음과 음 사이의 연결 등을 끊임없이 의식해야 한다고 했다. 그러나 그것은 정현의 바람일 뿐이었고, 숙련되지 않은 내 손가락들에게 그것은 연주도, 연습도 아닌 지루한 고행이었다.

매일 걷기만 하는 똑같은 생활의 반복이 내 인내심을 점차 고갈시킨 것은 당연한 일이었다. 처음에 가졌던 기대와 의욕은 어느새 희미해지고 나는 육체적으로도 정신적으로도 조금씩 지쳐갔다. 내게는 목적지가 없었다. 실재하지 않는 성지로 향하는 순례자처럼 끝없는 순례가 계속될 뿐이었다. 처음 한동안은 낯선 풍경과 다양한 외양의 사람들이 신선함을 주었지만 시간이 지나자 거기에도 점점 무뎌져갔다. 다리가 뻐근할 정도로 걷다보면 나는 이곳에서 삶을 살아가는 존재가 아니며, 언제까지나 스쳐 지나가기만 할 존재라는 사실을 몸으로 느낄 수 있었다.

류에게 연락할 만한 사건은 좀처럼 일어나지 않았다. 어쩌면 날마다 벌어지는 사건을 내가 발견하지 못한 것인지도 모른다. 나는 내가 맡은 일 자체가 무의미할지도 모른다는 의구심에 시달렸다. 자기들에게 방해가 되지 않도록 일부러 불필요한 일을 시키고 있는 것은 아닐까 하는 의심도 들었다. 무엇보다 나를 곤혹스럽게 만든 생각은 아무리 열심히 돌아다닌다 해도 결국 내가 존재할 수 있는 곳은 지도 위의 한 점에 불과할 뿐이라는 것이었다. 인간인 이상 모든 구역을 동시에 감시하기란 불가능하다. 그렇다면 이렇게 돌아다니는 것이 무슨 소용이 있을까? 어차피 한 점에 머물 뿐이라면 열심히 걸어다니든, 그저 한곳에 죽치고 앉아 기다리든, 사건을 만날 확률은 비슷하지 않을까? 그 생각은 몸이 지쳐갈수록 나를 사로잡아서 나중에는 발걸음을 내딛을 때마다 머릿속에서 울리는 것 같았다.

류는 여전히 바빴고 며칠씩 집을 비우는 일도 있었다. 가끔 얼굴을 마주할 때마다 힘들지 않느냐고 묻거나 너무 조급해하지 말라고 말했는데, 나는 그런 말 또한 내가 빨리 포기하고 돌아가길 바라는 마음에서 나온 것이리라고 의심했다. 그러나 생각해보면 류는 구역을 정해줬을 뿐 방식에 대해서는 전적으로 내게 맡겼기 때문에, 내가 매일같이 녹초가 될 정도로 돌아다닌다는 사실도 알지 못할 터였다.

어느 날, 오전에 얼마 걷기도 전에 발바닥에 커다란 물집이 잡히는 일이 생겼다. 전날 세일숍에서 헐값에 사신은 신발 탓이었다. 한동안 참고 걸었으나 정오가 지나자 발바닥이 불에 달군 철판 위를 걷는 것처럼 화끈거렸다. 결국 돌아다니기를 포기하고 가까이에 있던 러셀 스퀘어 가든 안으로 들어갔다. 나는 그 공원의 이름이 언젠가 우진이 처음으로 내 방에 가져다놓았던 그 책을 쓴 철학자의 이름과 같다는 사실을 늘 의식하고 있었다. 신발과 양말을 벗고 잔디밭에 앉아 있는 동안 나는 하숙집 책상에 놓여 있던 책의 표지를 떠올렸고, 몇 달 전의 일인데도 그 일이 까마득히 오래된 옛날 일처럼 느껴진다는 사실에 놀랐다. 뭔가를 읽는다는 행위 자체가 이제는 너무도 생소했다. 이곳에서 내가 읽는 것은 인터넷의 신문기사들뿐이었고 그나마도 제목만 보고 넘어가는 일이 많았다. 나는 한때 열심히 읽었던 소설들의 제목을 떠올리려 했으나 좀처럼 생각이 나질 않아 당황했다. 그때 십여 미터 정도 떨어진 분수에서 뛰어노는 아이들의 웃음소리가 귀에 들려왔다. 햇살에 금발 머리가 하얗게 빛나는 어린아이들이 새소리처럼 높은 소리로 웃고 있었다. 그 웃음소리가 이상할 정도로 내 마음을 가라앉게 만들었다. 생각해보면 런던에 도착한 날 이래 나는 늘 무엇인가에 쫓기는 기분이었던 것이다. 나무 둥치에 기대 누운 채, 한동안 넋 나간 사람처럼 아이들과 솟아오르는 물줄기와 그 위로 부서지는 햇살을 바라보았다. 그러다가 깜빡 잠이 들었다. 깨어났을 때는 가을해가 이미 서쪽 하늘로 저물고 있던 참이었다. 아이들은 보이지 않았고 저녁의 붉은빛과 스산한 바람이 주위를 감싸고 있었다. 나는 더 돌아다니기를 포기하고 곧장 집으로 돌아왔고 그날 밤부터 꼬박 이틀을 앓아누워 있었다.

　육체의 균형이 무너지자 간신히 유지하고 있던 정신의 균형도 무너졌다. 나는 똑같은 일과를 지속할 힘을 잃었다. 몸이 회복된 뒤에도 돌아다니는 일을 그만두고 한두 장소에서 시간을 보내기 시작했다. 날이 좋을 때는 러셀 스퀘어 가든에 머물렀고, 그렇지 않은 날에는 주로 대영박물관에서 시간을 보냈다. 공원의 자연과 박물관의 유물들이 주는 느낌은 서로 매우 달랐다. 공원에서 나는 종종 오직 지금 이 시간만이 존재하고 있는 것 같은 기분을 느꼈다. 과거도 미래도 존재하지 않고 나와 날 감싸고 있는 자연이 숨 쉬는 현재만이 존재하는 것 같은 기분. 한편 박물관은 수없이 많은 시간이 중첩된 시간의 지층이었다. 유물들은 내가 살아본 적 없는 시간을 떠올리게 했다. 공원과 박물관을 오가는 일은 현재와 과거 사이를 오가는 일이었다. 그러나 그것은 내가 속한 현재와 과거가 아니었고, 엄밀히 말해 나는 도망치고 있을 뿐이었다. 나의 현실에서. 나의 과거와 미래에서. 수연을 위해 피리 부는 사나이를 찾겠다고 이곳까지 와서는 고작 육체의 피로와 고통을 이기지 못해 도망치고 말았다는 사실에 나는 심한 자괴감을 느꼈다. 그러면서도 어디에 있든 어차피 지도 위의 한 점일 뿐이라고 스스로를 위로했다.

*

　신문에는 때때로 아주 이상한 기사가 실렸다. 상식적으로 이해할 수 없는 일들, 과장된 농담처럼 느껴지는 사건들이 아무렇지도 않게 화면 한구석을 차지했다. 바로 그런 점 때문에 신문에까지 실린 것이겠지만.

대낮에 길을 걷다가 뚜껑이 열려 있던 맨홀에 빠져 실종된 남자가 있었다. 면도를 하다가 실수로 자신의 성기를 잘라, 그걸 입에 물고 병원까지 뛰어간 남자도 있었다. 어째서 면도를 하다가 성기를 자르게 되었는지에 대해서는 쓰여 있지 않았다. 냉동실을 청소하다가 십구 년 전에 자신의 아버지가 살해한 여자의 신체 일부를 발견한 남자도 있었다. 그 남자는 십구 년 만에야 냉동실을 청소할 생각을 한 것이다. 윌트셔에 사는 한 남자가 외계인을 만났다는 기사도 있었다. 남자는 기르던 개와 집으로 돌아가다가 번쩍이는 비행접시와 외계인을 발견하고 정신을 잃었는데, 아침에 눈을 뜨자 그 자리가 거대한 십자가 모양 미스터리 서클의 중심이었다고 한다. 개는 사라져 보이지 않았고, 남자는 그날 이후 직장도 그만두고 개를 찾아다닌다고 했다. 무심코 보게 된 이 기사 덕분에 나는 로버트 존슨이라는 이름을 어디서 들었는지 떠올릴 수 있었다.

로버트 존슨은 'Fragile'의 벽장을 채운 수많은 블루스 음반들 가운데 한 장의 주인공이었다. 내 기억으로 이반 형이 그 음반을 틀었던 것은 한두 번에 불과했다. 그럼에도 내가 로버트 존슨이라는 이름을 기억하는 것은 언젠가 그의 음악을 듣다가 이반 형이 지나가듯 한 말 때문이었다. "어떤 남자가 한밤중에 길을 걷다가 사거리에서 악마를 만났어. 그리고 악마한테 영혼을 팔아 누구도 연주한 적 없는 음악을 얻었지. 그 사람이 로버트 존슨이야." 나는 그 음악에 별로 끌리지 않았기 때문에 이반 형의 말을 곧 잊어버렸다. 그러나 왜 하필 악마를 만난 곳이 사거리였을까 하고 무심코 생각했던 일이 내 머릿속 한구석에 남아 있었다. 십자가의 중심에서 외계인을 만났다는 남자의 기사가 그 기억을 끄집어낸 것이었다.

나는 인터넷으로 로버트 존슨을 검색해 내 기억이 틀리지 않았음을 확인했다. 델타 블루스의 왕으로 불리는 이 흑인 남자는 혁신적인 노래와 기타 연주로 초기 대중음악에 지대한 영향을 끼쳤다. 놀라운 음악 덕분에 생전에 이미 악마에게 영혼을 팔았다는 소문이 따라다녔고, 평소의 기행과 악마와의 거래를 암시하는 듯한 노래가사는 그러한 소문을 부추겼다. 스물일곱의 나이로 요절했을 때는, 노래가사로 자신과의 거래를 밝힌 것에 화가 난 악마가 그의 영혼을 회수한 것이라는 말이 나돌았다. 그 로버트 존슨이 피리를 들고 다시 돌아온 것이다. 나는 알 수 없는 떨림을 느꼈다.

그날 밤 류가 집에 돌아오길 기다려 로버트 존슨의 이야기를 꺼냈다. 자정이 넘어서 돌아온 류는 유난히 지쳐 보였다. 소파 등받이에 몸을 기대고 눈을 감은 채 내 이야기를 들었다. 내가 로버트 존슨이라는 이름을 가진 실존 인물이 있었다는 사실을 이야기하는 동안 아무런 반응도 보이지 않았다. 내 말이 끝나자 주방으로 가서 반쯤 남은 위스키 병과 잔을 들고 왔다. 주방에 술이 있었다는 사실을 나는 처음 알았다.

"마시겠나?"

류가 자기 잔에 술을 따르며 물었다. 나는 고개를 저었다. 류는 단숨에 한 잔을 비우고 다시 잔을 채웠다.

"자네, 종교가 있나?"

"아뇨."

"그럼 무엇을 믿지?"

"글쎄요, 너무 어려운 질문인데요."

"그런가."

류가 손에 든 술잔을 천천히 흔들었다.

"여기는 무엇 때문에 와 있는 거지?"

류는 술잔을 쳐다보고 있었다. 나는 질문의 의도를 알 수 없어 머뭇거리다가 말했다.

"피리 부는 사나이를 찾기 위해서죠."

"친구를 위해서? 수연이라는?"

"네."

"수연이라는 그 친구가 자네가 피리 부는 사나이를 찾아주길 바란다고 믿나?"

"제가 여기서 이러고 있는 걸 알면 저한테 미안해하겠죠. 그렇지만 피리 부는 사나이를 찾아서 만나게 해준다면 분명 기뻐할 거예요."

"다른 사람이 끼어드는 걸 싫어할 수도 있잖아. 반드시 자기가 찾아야 한다고 생각할지도 모르지."

순간적으로 말문이 막혔다. 그런 생각은 해본 적이 없었다.

"그럴 이유가 있을까요?"

"그건 나도 알 수 없네. 자네도 모른다면 그 친구만이 알겠지."

"그런데 왜 그런 질문을 하는 거죠?"

"궁금하니까. 궁금한 걸 묻는 건 당연한 일 아닌가. 그게 언제까지나 답을 찾을 수 없는 질문이라 해도 말이야. 그리고 자네도 궁금해해야 할 문제라는 생각이 들어서."

류는 어딘가 평소와 달라 보였다. 피곤하기 때문만은 아닌 듯했다. 생각해보니 집에 들어올 때부터 술기운이 있었던 것 같았다.

"피리 부는 사나이 동화에서 말이야, 사라진 아이들은 누군가가 자기들을 찾아주길 바랐을까?"

"바라지 않았을 수도 있다고 말하고 싶은 건가요?"

"난 잘 모르겠네. 정말 모르겠어. 그 아이들은 누구도 알지 못하는 곳으로 갔지. 그들이 그곳에서 어떤 생각을 했을지 누가 알겠나." 류는 침울한 표정으로 어두운 창밖을 바라보았다. "벨파스트 사건 때 실종되었다가 돌아온 여자가 있었다고 말했었지. 좀 아까 연락이 왔어. 병원에서 죽었다고. 마지막까지 가족들이 자신에게 다가오는 걸 거부했대. 그리고 마지막까지 돌려보내달라고 애원을 했다는군."

"어디로 말입니까?"

"피리 소리가 들리는 곳으로."

잠시 침묵이 흘렀다. 나는 내가 줄곧 서 있었다는 걸 깨달았다. 바닥에 앉는 동안 류가 여전히 창밖에 시선을 둔 채 말했다.

"피리 부는 사나이를 따라간 여자들 중에 내 조카가 있네. 형과 형수가 죽으면서 내게 부탁했던 아이지. 아버지 역할을 잘했다고 말할 수는 없지만 내겐 가장 소중한 존재였어. 그애를 잃어버린 이후로 나는 줄곧 찾아다니고 있어. 그렇지만, 나는 그애를 잃어버렸다고 생각하지만, 그애도 과연 그렇게 생각할까?"

류의 손에 들린 술잔이 가늘게 떨리는 게 보였다. 술잔에 담긴 액체가 출렁이자 지축이 흔들리는 것 같은 착각이 들었다.

"하지만…… 이유리씨는 피리 부는 사나이를 만났던 사람인데도 그를 증오하잖아요?"

"아가씨는 피리 부는 사나이 때문에 애인을 잃었고 자기 자신을 잃었어. 증오할 만한 이유는 충분하지. 게다가 아가씨가 피리 부는 사나이를 처음 만난 것은 오래 전 일이야. 실종사건 같은 게 일어나기 훨씬 전."

"이유리씨는 어떻게 피리 부는 사나이를 알게 된 거죠?"

"자네가 말한 로버트 존슨이라는 뮤지션에 대해서는 우리도 알고 있네. 본인이 먼저 그렇게 불렀는지 다른 사람들이 부르기 시작했는지는 알 수 없지만, 팔, 구 년 전 뉴욕 외곽에 있는 민턴스 플레이하우스라는 재즈클럽에 로버트 존슨이라고 불리는 젊은 연주자가 나타났네.

젊다고 해도 고작 십대 후반에 불과했는데 처음 그 남자가 무대에서 연주를 시작한 순간 모두들 넋을 잃었다고 해. 민턴스 플레이하우스는 작고 오래됐지만 뉴욕에서 가장 유서 깊은 클럽 중 하나야. 재즈계의 이름난 연주자들이 무명 시절에 대부분 그곳을 거쳐갔지. 그런데 로버트 존슨이라 불리는 청년은 그곳에 등장했던 수많은 천재들 중에서도 단연 뛰어난 연주자로 꼽혔어. 그는 관악기에 천재적인 재능을 가지고 있어서 색소폰이나 트럼펫같이 재즈에 자주 쓰이는 악기는 물론이고 클라리넷이나 플루트를 가지고도 놀랄 만한 연주를 보여주었다고 하네. 당시 아가씨는 보스턴에서 학교를 다니고 있었는데 어느 날 뉴욕에 놀러 갔다가 민턴스에서 로버트 존슨의 연주를 보았네. 남자도 아가씨를 보았지. 아가씨 말로는 그날 이후로 로버트 존슨이 아가씨를 거의 스토킹 하다시피 했다고 해. 학교에 찾아오기도 했고 심지어 납치를 하려던 적도 있었어. 위협을 느낀 아가씨는 한국으로 돌아올 수밖에 없었지. 그리고 몇 년 후 생일파티에 갑자기 그 남자가 다시 나타났던 거네."

"클럽에서 연주하던 시절에는 아직 사람의 마음을 뜻대로 움직이지 못했다고 봐도 되겠군요?"

"그렇지. 아가씨가 한국에 돌아온 이후 로버드 존슨도 뉴욕에서 모습을 감췄네. 어디서 무엇을 했는지 행적이 묘연해. 그리고 그로부터 이 년 정도 뒤인 1999년부터 실종이 시작되었어. '문을 두드리는 자들'의 활동이 시작된 것은 그보다 조금 뒤였고."

"전부터 궁금했는데, 그 이름에서 그들이 두드리는 문이라는 게 도대체 뭘 말하는 겁니까?"

"우리가 필리핀에서 붙잡은 조직원 말에 의하면 '새로운 세계를 여는 문'이라고 하더군."

258

"새로운 세계라구요?"

"그들은 자신들의 테러행위를 문을 두드리는 행위에 비유하고 있는 걸세. 새로운 세계를 여는 문 말이지. 그 새로운 세계라는 게 대체 어떤 세계를 말하는 건지, 그들의 목적이 대체 뭔지, 그것까지는 알 수 없었네."

류가 다시 잔을 들이켰다. 멀리서 자동차가 브레이크를 밟으며 미끄러지는 듯한 날카로운 소리가 들려왔다. 불안한 침묵이 주위를 감싸고 있었다. 나는 오랫동안 궁금했던 질문을 꺼냈다.

"정말로 피리 부는 사나이가 여자들로 하여금 불을 지르게 했다고 생각해요? 그런 일이 가능하다고 믿어요?"

"벨파스트 사건에서 실종되었던 여자가 빌딩 화재의 범인이었던 건 분명한 사실이네."

"그렇지만 그 여자가 피리 부는 사나이의 뜻대로 움직인 거라는 증거는 없잖아요."

류가 내 쪽을 바라보았다.

"그렇게 따지면 피리 부는 사나이가 여자들을 데려갔다는 증거도 없어. 그걸 확인하기 위해서라도 더더욱 그 남자를 잡아야 하는 거겠지."

그뒤로 삼십여 분 동안 류는 위스키 반병을 다 비웠다. 사막을 헤매다 막 돌아온 사람처럼 연신 잔을 들이켰다. 그 동안 나는 옆에 앉아 있었다. 왠지 그래야 할 것 같았다. 언젠가 강화도에서 헤어질 때 수연이 했던 말들이 떠올랐다. 그녀는 내 도움을 바라지 않았다. 그저 미안하다고 했다. 그때 나는 그 말이 진심이 아닐 거라고, 누구보다 절실하게 도움을 바라지만 차마 미안해서 말하지 못하는 것이리라고 생각했다. 그러나 그것은 진심이었을지도 모른다. 그녀는 누구도 자신의 일에 끼어들지 않기를 원했는지도 모른다. 그날 처음으로 나는 그런 생각을 했다.

그로부터 일주일도 지나기 전에 놀라운 소식들이 연이어 전해졌다. 11월 초에 여섯번째 실종사건이 발생했다. 런던 대학에 다니는 에밀리라는 이름의 스무 살짜리 여학생이었다. 경찰에 따르면 에밀리는 코벤트 가든에서 친구들과 저녁식사를 하고, 코벤트 가든 곳곳에서 벌어지는 젊은이들의 악기 연주와 춤, 퍼포먼스 등을 즐겼다고 했다. 그리고 일곱시경에 학교로 돌아가겠다며 친구들과 헤어진 것이 마지막이었다. 그뒤로 그녀는 모습을 감췄다. 코벤트 가든은 구역 밖이었지만 런던 대학은 내가 맡은 구역 안에 있었다. 그리고 그녀가 사라진 날은 박물관이 문을 일찍 닫아서 내가 일찌감치 집으로 돌아온 날이었다. 소식을 전해준 류는 내게 다른 말은 하지 않았다. 그러나 나는 이루 말할 수 없는 죄책감을 느꼈다. 만약 그날 내가 집에 일찍 돌아오지 않았다면, 순찰을 포기하지 않고 예전에 그랬던 것처럼 맡은 구역을 돌아다니고 있었다면 어땠을까.

그리고 이틀 뒤 은주씨에게서 메일이 왔다. 가능한대로 빨리 전화를 달라는 내용이었다. 메일을 보자마자 나는 은주씨에게 전화를 걸었고, 수연이 독일에서 사라졌다는 소식을 들었다.

*

수연 자매가 최초로 택한 여행지는 스위스의 베른이었다. 그들의 삼촌이 한때 베른 대학에 다녔기 때문에 그들은 어렸을 때 그곳을 방문한 적이 있었다. 도착해서 마주한 도시의 느낌이 두 사람의 마음에 들었으므로 그들은 오래 묵을 수 있는 민박을 구했고, 어릴 적의 기억을 더듬으며 꽤 오랜 기간을 보냈다. 멀리서 보면 정교한 미니어처처럼 보이는 건물들과 시내 곳곳의 분수들, 푸른 들판과 나무 들, 도시 외곽을 싸고도는 하천이 그들의 마음을 편안하게 해주었다. 그때까지만 해도 모든 것이 잘 되어가는 것처럼 보였다. 수연은 한국에서보다 한결 안정되어 보였고, 베른 미술관에 전시된 파울 클레의 그림들을 보면서는 즐거워하는 모습을 보여 언니의 마음을 기쁘게 했다.

베른에 머문 지 두 달쯤 지났을 때 수연에게 가벼운 발작이 찾아왔다. 한국에서 겪었던 것만큼 격렬하지는 않으나 수연은 금세 모든 일에 예민해졌다. 그리고 언니에게 그만 베른을 떠나 다른 곳을 돌아다니자고 했다. 수연의 언니는 스위스의 다른 도시들을 돌아보자고 했으나 수연은 독일로 가고 싶어했다. 지연씨는 따뜻한 스위스를 떠나 북쪽으로 가는 일에 반대했지만 결국 수연의 뜻대로 되었다. 독일에서는 반갑지 않은 일들이 연이어 생겼다. 뮌헨으로 가는 기차에서는 중국인 승객들이 소란을 일으키는 바람에 일행으로 오인받아 덩달아 객실에서 내쫓기기도 했고, 프랑크푸르트에서는 지연씨가 지갑을 도둑맞아 며칠 동안 발이 묶이기도 했다. 한편 수연은 거의 이틀에 한 번 꼴로 앓아누웠고, 그러면서도 한곳에 머물 생각은 하지 않고 끊임없이 돌아다니려고 했다. 지연씨가 몇 번이나 말렸지만 듣지 않았다. 은주씨의 말에 의하면 지연씨는 수연이가 마치 뭔가에 쫓기고 있는 것 같은 느낌을 받았을 정도였다고 한다.

10월 17일에 자매는 하노버에 도착했다. 그즈음은 내가 런던에서 매일 되풀이되는 걷기에 지쳐 공원과 박물관을 오갈 때고, 은주씨가 지연씨에게 세번째 메일을 보낸 직후였다. 지연씨는 수연이 한동안 한국과 관계된 어떤 것과도 접촉하지 않길 바랐기 때문에 한국을 떠나온 이후 한국에 있는 사람들과 연락하지 않았고, 인터넷도 거의 사용하지 않았다. 그 때문에 은주씨의 메일들은 물론, 내가 이 모든 여정이 시작되기 전 수연에게 보낸 짧은 메일조차 그때까지 그들의 메일함에 잠들어 있을 수밖에 없었다.

하노버에 도착한 다음에는 수연의 태도가 갑자기 바뀌었다. 하노버 시내를 돌아다니지도 않았고 다른 도시로 떠날 생각을 하지도 않았다. 지연씨가 혼자 관광을 하는 동안에도 몸이 안 좋다는 핑계로 숙소에만 머물러 있었다. 그리고 어느 날 저녁 숙소로 돌아온 지연씨는 수연이 짐과 함께 사라져버린 걸 발견했다. 남겨놓은 것이라고는 짧은 메모 한 장이 다였다. '친구가 찾아와서 함께 떠나. 시간이 좀 걸릴지도 모르지만 걱정하지 마. 나를 믿어줘. 연락할게.' 당황한 지연씨가 혼자 하노버 시내를 뒤졌으나 수연의 흔적은 찾아볼 수 없었다. 기차역에서도 수연을 보았다는 사람은 없었다. 현지 경찰에 알려야 할까 말까를 놓고 지연씨는 꼬박 하루를 고민했다. 순간순간 가슴이 타들어가는 것 같은 통증을 느끼며. 그러나 연락하겠다는 편지까지 남겨놓고 떠난 사람을 잃어버렸다고 신고할 수도 없는 일이었다. 결국 지연씨는 혼자 한국으로 돌아올 수밖에 없었다.

*

은주씨로부터 수연의 소식을 듣는 순간 나는 놀라서 정신을 못 차릴 정도였다. 그다음에는 이 사태를 어떻게 받아들여야 할지 고민했다. 수연이 말한 친구가 누구를 가리키느냐가 문제의 핵심이었다. 일말의 희망을 가지고 류에게 수연의 소식을 전했으나 류가 표정이 변할 정도로 놀라면서 내 희망도 사라졌다.

"실은 며칠 전에 그들 자매로 보이는 사람들을 발견했다는 보고를 받았었네. 곧 만나게 될 줄로 믿었는데."

"그럼 발견했는데도 불구하고 놓쳤다는 건가요?"

"그들이 지나간 경로를 확인했다는 보고였네. 곧 따라잡으리라고 생각했던 거지."

"저, 독일로 가야겠어요."

"독일로 가다니? 왜?"

"수연이를 찾아야지요. 위험에 빠진 게 틀림없어요."

"친구와 함께 떠난다는 편지를 남겼다면서?"

"그 말을 믿으라구요? 한국에 관련된 것과는 거의 접촉하지 않고 지냈다고 했어요. 여행중에 우연히 친구를 만난다는 건 불가능해요. 전에 그랬잖아요. '문을 두드리는 자들' 쪽에서도 수연이를 쫓고 있을 거라고. 그자들이 뭔가 저지른 것이 틀림없어요. 속고 있거나 위협을 당했을 거예요."

"언니를 안심시키기 위해 거짓말한 걸 수도 있지. 피리 부는 사나이를 찾으려는 목적으로 혼자 떠난 걸 수도 있어."

"그럴 수도 있겠죠." 그 또한 내가 생각한 한 가지 가능성이었다. "그렇지만 이 상황에서 혼자 돌아다니는 것 역시 위험하긴 마찬가지예요."

류는 잠시 생각에 잠겼다.

"하노버에서 기차로 한 시간도 떨어지지 않은 거리에 하멜른이 있네. 거기서부터 시작이라고 생각했을지도."

"그렇군요. 하멜른으로 가야겠어요."

"바보 같은 소리 하지 마. 추측일 뿐이야. 만약 갔다고 해도 아직까지 거기 있을 리가 없잖아. 하멜른에 남아 있는 피리 부는 사나이는 축제를 위해 변장한 배우들뿐이야. 그애가 피리 부는 사나이를 쫓고 있다면 결국 런던으로 올 거야. 지금 피리 부는 사나이가 있을 확률이 가장 높은 곳이니까. '문을 두드리는 자들'과 접촉했다면 더더구나 이쪽으로 오겠지. 그렇지 않고 계속 독일에 머문다면 우리 쪽 사람들이 찾아낼 거고. 자네가 지금 독일에 가서 그애를 찾는다는 것은 모래밭에서 바늘을 찾으려는 것밖에 안 돼."

류가 속담을 써서 말하자 굉장히 이채롭게 들렸다. 그의 말은 관용적인 표현이 아니라 실제 사태를 말하는 것처럼 느껴졌다. 그 생경한 느낌이 나를 냉정하게 만들었다. 류의 말이 옳았다. 지금 와서 하노버로 간다 한들 수연을 찾는 일이 가능할 리 없었다.

"결국 제가 지금 할 수 있는 일은 아무것도 없다는 말이군요."

"왜 아무것도 없어? 지금까지 해오던 걸 계속하는 거지. 설사 당장 수연을 찾지 못한다 해도 자네가 피리 부는 사나이를 찾아낸다면 수연은 반드시 자네를 찾아올 거야." 류가 달래듯 말했다. "지난번 보고를 자네에게 이야기하지 않았던 건 자네를 깜짝 놀라게 해줄 생각이었기 때문이야. 지금부터는 수연에 관한 것은 어떤 소식이든 들어오는 대로 자네에게 알려주겠네."

내가 할 수 있는 일은 결국 그것뿐이었다. 지금까지 해왔던 일을 계속하는 것. 아니, 제대로 하지 않았던 일을 제대로 하는 것. 그것만이 실종된 여자에 대한 내 죄책감을 덜 수 있는 길이었고 사라져버린 수연을 기다리는 방법이었다.

다시 런던 시내를 걸어다니기에 앞서 나는 두 가지를 다짐했다. 스쳐가는 모든 것을 하나도 빼놓지 말고 주시할 것, 고통을 달콤하게 여길 것. 그리고 첫날, 쉬는 시간을 빼고 꼬박 열두 시간을 걸었다. 구역은 코벤트 가든과 그 주변까지 확장되었고, 걷는 속도도 예전보다 훨씬 빨라졌다. 그러면서도 지나가는 사람과 사물 들을 놓치지 않으려 애썼다. 단지 눈으로 훑고 지나가는 것만이 아니라 나는 내가 보고 있는 대상을 순간순간 스스로에게 일깨우려 했다. 파란 모자를 쓴 백인 남자를 볼 때는 파란 모자를 쓴 백인 남자라고 속으로 되새겼고, 선글라스를 쓴 흑인 여자를 볼 때는 선글라스를 쓴 흑인 여자라고 되새겼다. 앞마당까지 붐비는 펍(Pub)을 보면 이 펍은 앞마당까지 붐비고 있다고 되새겼고, 빨간 이층버스가 지나가면 빨간 이층버스가 지나간다고 되새겼다. 물론 내가 스스로에게 속삭이는 언어가 내가 바라보는 사람과 사물의 특성을 전부 설명할 수는 없었다. 감각으로 들어오는 정보와 그에 따른 순간적인 판단은 언어로 이루어진 생각보다 빠르기 때문이다. 내가 되새기는 문장은 정보를 파악하려는 것이 아니라 집중하기 위한 노력이었다. 다른 생각, 즉 수연에 대한 걱정이나 사라져버린 사람들에 대한 죄책감이나 내가 하는 일의 효과에 대한 의심에 빠져 눈으로 보면서도 보지 않는 것과 같은 상태가 되지 않도록 경계하기 위함이었다. 뜻하지 않은 순간에 나를 스쳐갈지 모르는 사건의 징후를 놓쳐서는 안 된다고 다짐했다. 훗날 나는 바라보는 대상을 의식적으로 되새기려 했던 나의 노력이 불교에서 이야기하는 수행법 중 하나와 비슷한 면이 있다는 걸 알게 되었다. 그러나 비슷한 것은 방법뿐이었다. 나는 나 자신이 열반에 이르길 바라지 않았다.

다시 거리를 걸어다니기 시작하자 고통과 피로도 되돌아왔다. 무릎이 욱신거리고 발과 다리에 피가 몰려 부은 것 같은 느낌이 지속되었다. 그 상태로 걸음을 내딛으면 둔하고 묵직한 통증이 소리없는 종처럼 몸속을 울렸다. 그러나 나는 고통스러운 순간을 감미롭게 여겼다. 그것은 내 속죄의 표지였고 기다림의 증거였다. 오직 그것만을 생각하려 했다. 그렇게 11월이 지나가고 12월도 끝이 다가왔다.

신체를 지배하는 것은 버릇이다. 그리고 버릇은 반복에 의해 만들어진다. 나는 점차 오랫동안 쉬지 않고 걸어다니는 일에 익숙해졌다. 몸이 걷는 일에 길들자 통증도 거의 사라졌다. 체중이 좀 빠진 것 같았지만 오히려 한결 가벼운 느낌이었다. 추위도 별로 문제가 되지 않았다. 나중에는 평소보다 적게 걸으면 뭔가 부족한 느낌이 들 정도였다. 아무런 사건도, 사건의 징조도 발견되지 않았으나 몇 시간이고 계속해서 걷다보면 그런 목적조차 잊어버리는 순간이 찾아왔다. 오직 걷는 일과 주시하는 일에 온 정신을 쏟은 채 다른 것은 아무것도 생각하지 않았다. 그것은 일종의 '러너스하이'였다.

어느 날 나는 빅토리아 풍의 저택 앞을 지나다가 정원에 나와 있는 노부부를 보았다. 정원과 보도 사이에는 검은 쇠창살로 된 문이 가로 놓여 있었다. 창살 사이로 그들을 바라보다가 나는 대학에 입학하기 직전 반지하방 구석에 처박혀 창밖으로 지나가는 사람들을 관찰하던 일을 떠올렸다. 그리고 갑자기 뒤통수를 얻어맞은 것 같은 기분이 되어 걸음을 멈췄다. 내 걸음걸이가 그때와 완전히 달라졌다는 사실을 깨달았던 것이다. 그 당시 나는 걸음걸이는 몸이 기억하는 역사라는 결론을 내렸고, 내가 지금껏 그렇게 걸어왔기 때문에 앞으로도 같은 방식으로 걸어갈 것이라고 믿었다. 그런데 나는 이제 전혀 다른 방식으로 걷고 있었다.

그때의 나와 지금의 내가 같은 사람이라는 사실이 믿어지지 않았다. 고개를 조금 숙이고, 팔을 거의 움직이지 않고, 좁은 보폭으로 걷던 나는 이제 존재하지 않았다. 나는 거리의 누구보다 빠른 속도로, 이리저리 고개를 돌려 사방을 둘러보며 성큼성큼 걷고 있었다. 단지 걸음걸이만이 아니었다. 매일 생각하는 것들도, 생각하는 방식도, 떠올리는 기억도, 인간과 세계를 바라보는 관점도 달라졌다. 어떻게 달라진 거냐고 물으면 대답하기 어려웠지만 분명 달랐다. 이러한 변화를 성장이라고 부를 수 있을까? 그러나 내가 느끼기에 이것은 연속적인 성장이 아닌 단속적인 변화였다. 마치 어느 순간 갑자기 전혀 다른 사람으로 변해버린 것 같은. 나는 멍하니 철문 앞에 서 있었다. 내 세계를 이루고 있던 많은 시간들, 유년의 기억, 청소년기의 기억, 심지어 일 년도 채 지나지 않은 대학생활의 기억, 사람과 사물로 이루어진 모든 기억들이 지금의 나와는 전부 무관한 것들이 되어버린 것 같았다. 나 자신이 이렇게 변했다면, 내가 기억하고 있는 수연과 지금 어딘가에 있을 수연이 같은 사람이라는 것을 어떻게 확신할 수 있을까. 얼마나 그렇게 서 있었는지 기억나지 않는다. 철문 안쪽에 있던 노부부 중 남편이 문 앞으로 걸어와 내게 도움이 필요하냐고 물었다. 나는 괜찮다고, 아무 일도 아니라고 말했다. 다시 발걸음을 옮기며, 나는 이방의 땅에서 느끼는 외로움과 향수가 나를 혼란스럽게 만든 것이리라고 중얼거렸다. 진심으로 그렇게 믿고 싶었다.

크리스마스를 앞두고 우진에게서 이메일을 받았다. 내 소식을 묻고 자신과 이반 형의 소식을 전하는 편지였다. 나는 정현의 이야기가 있을까 기대했지만 정현에 대해서는 한마디도 쓰여 있지 않았다. 편지의 마지막 문장이 나를 놀라게 했다. 우진은 어째서 연락이 이렇게 없냐고 나를 나무라더니, 이번 겨울방학도 미국에서 보낼 예정인데 가는 길에 런던에 들르겠다고 썼다. 도대체 내가 어떤 꼴로 무슨 짓거리를 하며 지내는지 직접 봐야겠다는 것이었다. 그 말에 나도 모르게 피식 웃음이 나왔다. 그것은 아주 오랜만에 들어보는 내 웃음소리였는데 마치 억지로 웃는 것처럼 어색하게 들렸다. 나는 우진에게 답장을 썼다. 나는 잘 지내고 있고, 지금 내가 해야만 한다고 믿는 일에 최선을 다하고 있으니 걱정하지 말라고. 지금은 네가 와도 만나기가 힘들 것 같다고. 그리고 전송 버튼을 누르려는데 갑자기 어떤 생각이 떠올랐다. 나는 고민 끝에 몇 문장을 더 추가했다. 수연이 독일에서 사라진 사실에 대해 썼고, 뉴욕의 민턴스 플레이하우스에 가서 팔, 구 년 전에 활동했던 로버트 존슨이라는 인물에 대해서 알아봐달라고 적었다. 왠지 류가 내게 숨기고 이야기하지 않은 부분이 있을 것 같다는 생각이 들었던 것이다. 수연 자매를 발견했다는 소식을 내게 말하지 않은 것처럼, 자신과 동료들이 하는 일에 대해서 전혀 이야기해주지 않는 것처럼 말이다. 그렇지 않더라도 뭔가 단서가 될 만한 것을 찾을 수 있을지도 몰랐다. 그렇게 유서 깊은 클럽이라면 십 년 정도 전의 일을 기억하고 있는 사람도 분명 있을 것이었다.

크리스마스에도 나는 잔뜩 들뜬 도시의 거리를 홀로 걸어다녔다. 그리고 다음날 동남아시아를 강타한 쓰나미 소식을 들었다. 사망자만 수십만 명에 달하는 엄청난 재해였다. 실시간으로 현지 상황이 보도되었다. 몇몇 매체는 쓰나미를 두고 인간의 횡포에 대한 지구의 반격, 또는 자연의 분노라고 표현했다. 나는 자연을 의인화하는 이런 표현들이 싫었다. 자연은 어루만져주지도, 분노하지도 않는다. 외면하지도, 미소짓지도 않는다. 자연은 스스로 존재할 뿐이다. 그리고 물리적인 법칙에 따라 움직일 뿐이다. 그러나 인간은 다르다. 인간은 악의를 가지고 타인을 희생시킨다. 인터넷으로 쓰나미에 관한 기사를 보다가 나는 최근 일어난 테러 기사들을 검색했다. 인간의 악의가 만들어낸 처참한 광경들을 보았다. 그리고 생각했다. 피리 부는 사나이에 의해 사라지는 사람들을. 화재와 폭발에 의해 죽어가는 사람들을.

10

새로운 해에도 하루는 여전히 하루씩 흘러갔다. 나는 기다리는 일에 너무나 익숙해져 있어서 내가 간절히 기다리는 것에 대해 한 번도 생각하지 않고도 하루를 보낼 수 있었다. 마치 아무것도 기다리지 않는 것처럼. 알 수 없는 일이 너무 많았기 때문에 아무런 질문도 하지 않고도 하루를 보낼 수 있었다. 마치 모든 것을 알고 있는 것처럼.

내 안의 의지는 아직 굳건했다. 나는 끈질기게 걷고 명민하게 주위를 주시했지만, 한편으로 내 의식의 어느 부분은 완전히 무뎌져 있었다. 거리를 돌아다닐 때를 제외한 일상에서는 어떤 일에도 집중하기 어려웠다. 그것은 매일 똑같이 반복되는 하루하루를 견디기 위한 변화였다.

새해가 시작된 지 얼마 되지 않은 어느 날, 이반 형이 보내온 메일을 확인할 때도 그랬다. 나는 메일 중간에 놓여 있는 숫자와 영문자의 조합으로 된 문장 하나를 되풀이해 읽으면서도 그 문장의 의미를 파악하지 못했다. 그러다가 어느 순간 끊어진 퓨즈가 연결된 것처럼 집중력이 되돌아왔고, 그때서야 그 문장이 주소라는 걸 깨달았다. 이반 형은 그 주소로 찾아가면 언젠가 자신이 말했던 허클베리 핀을 만나 이야기를 나눌 수 있을 거라고 쓰고 있었다. 다른 설명은 없었다.

다음날 아침, 나는 사막 한가운데서 발견한 희미한 발자국을 뒤쫓는 심정으로 메일에 쓰여 있던 주소로 향했다. 버스에서 내려 세인스베리 체인점의 주차장을 가로지르자 작은 마켓이 나왔다. 지도책을 펴든 채, 과일과 야채, 각종 생활용품과 가죽제품, 그 외 잡동사니들을 쌓아놓고 팔고 있는 사람들 사이를 걸었다. 마켓의 중간쯤에 좁은 골목길이 있었다. 그 길의 이름은 갓슨 스트리트(Godson street)였고, 그 길의 끝에 이반 형이 알려준 주소의 집이 있었다. 노란색으로 칠해진 문이 달린 이층집이었다. 문 앞에 놓인 세 개의 돌계단을 하나씩 오르며 나는 생각했다. 앞으로 얼마나 더 많은 계단을 올라야 할지를. 운 좋게 지금 눈앞에 보이는 문을 여는 것으로 이 여정이 끝날 수도 있지만, 앞으로 디뎌본 적 없는 수많은 계단을 딛고 두드린 적 없는 수많은 문들을 두드린 뒤에도 끝내 목적지에 닿지 못할지도 몰랐다. 나는 문 앞에 선 채 잠시 심호흡을 했다. 등뒤에서 마켓을 오가는 사람들의 경쾌한 소란스러움이 느껴졌다. 그들은 아무것도 알지 못하기 때문에, 아무것도 걱정할 게 없었다. 나는 갑자기 이 모든 일에서 도망치고 싶은 충동을 느꼈다. 무심히 일상을 살고 있는 사람들 속으로 숨어버리고 싶었다. 그러나 나는 이미 세상에 숨겨진 비밀 중 하나를 알아버렸고, 그것은 이제 되돌릴 수 없는 일이었다.

문을 두드리자 안에서 누구냐고 묻는 남자의 목소리가 들려왔다. 영어였지만 한국 사람이라는 것을 알 수 있었다. 나는 한국말로 이반 형이 보낸 사람이라고 외쳤다. 그러자 이번에는 한국말로 들어오라고 말하는 소리가 들렸다. 조심스럽게 문을 열고 안으로 들어섰다. 현관 반대편으로 문이 반쯤 열린 방이 보였고, 벽을 따라 몇 걸음 가니 오른쪽으로 꽤 넓은 거실이 있었다. 그곳은 상당히 어질러진 상태였다. 이삿짐으로 보이는 상자들과 옷가지들이 한가운데 놓인 소파를 중심으로 아무렇게나 흩어져 있었다. 거실에는 쥐색 카펫이 깔려 있었고 벽은 아이보리색으로 칠해져 있었는데, 칠한 지 오래되었는지 군데군데 얼룩이 묻어 있었다. 나무로 된 칸막이가 있는 거실 한쪽의 주방에서 청바지와 갈색 스웨터를 입은 남자가 걸어나왔다. 키가 크고 무척 날씬한 남자였다. 아니, 지나치게 말라 보였다는 쪽이 옳을 것이다. 나는 나를 발견했을 때 그가 지었던 표정을 기억하고 있다. 그것은 깜짝 놀랐다는 표현으로는 부족한, 있을 수 없는 것을 본 사람의 경악에 가까운 표정이었다. 순간적이었지만 잊을 수 없을 만큼 강렬했다. 그는 플라스틱으로 된 우유병을 들고 있었는데 나와 마주친 순간 그걸 떨어뜨려서 큰 소리가 났다. 그러나 몸을 굽혀 떨어진 우유병을 집어든 남자는 거짓말처럼 태연한 얼굴로 돌아와 있었다. 그리고 소파를 가리키며 내게 잠시 앉아 있으라고 하더니, 사올 게 있다면서 밖으로 나갔다. 나는 당황한 나머지 앉지도 못하고 그 자리에 서 있었다. 남자는 십오 분쯤 있다가 돌아왔다. 태연한 표정이었으나 여전히 어딘가 불안해하는 것 같은 느낌이었다. 자주 문 쪽으로 고개를 돌렸다. 나는 남자에게 혁씨가 맞느냐고 물었고, 이반 형의 연락을 받고 왔다고 말했다. 남자는 고개를 끄덕이더니 잠시 물끄러미 내 얼굴을 쳐다보았다. 나도 그의 얼굴을 바라보았는데, 순간적으로 어디선가 마주친 적이 있는 사람인 것 같은 느낌을 받았다. 그러나 그 느낌은 혁이 입을 여는 순간 사라졌다. 그는 잠시 망설이는 듯하더니 빠르게 말했다.

"미안하지만 내일 이 시간에 다시 와줬으면 좋겠는데."

"네?"

"지금은 이야기 나누기가 곤란해. 그러니까 내일 다시 와줘."

그러더니 먼저 현관 쪽으로 발걸음을 옮기고 나를 쳐다보았다. 나는 뭐라고 더 묻지도 못하고 그 집을 나올 수밖에 없었다.

다음날에도 똑같은 일이 반복되었다. 혁은 내가 문을 두드린 후 안으로 들어서자마자 기다렸다는 듯 내일 한 번 더 와달라고 말했다. 이번에는 저녁에 오라고 했고, 꼭 오라는 말을 덧붙였다. 나는 화가 치밀었으나 또다시 잠자코 되돌아나왔다. 그는 전혀 바빠 보이지 않았다. 뭔가 곡절이 있을 것 같았다.

다시 하루가 지나고, 하루가 찾아왔다. 나는 거리를 걸어다니다가 어두워질 무렵 혁의 집으로 향했다. 그날 저녁은 유난히 추워서 가는 동안 내내 몸이 떨렸다. 그리고 아침햇살 아래서는 늘 싱싱해 보이던 마켓의 토마토와 오렌지, 붉은빛이 도는 청포도가 어둠에 잠겨 색을 잃은 모습은 나를 우울하게 만들었다. 혁은 말없이 문을 열어주었고 내게 소파에 앉으라고 하더니 맞은편에 앉았다. 집 안은 여전히 정리되지 않은 채 어질러져 있었다. 거실에 난 창으로 뿌연 햇살이 힘없이 스며들어왔다. 혁이 팔짱을 낀 채 날 바라보며 단도직입적으로 말했다.

"이반씨에게 대강의 이야기는 들었어. 네가 물어보고 싶은 걸 물어봐."

나는 그의 태도에 왠지 모르게 주눅이 들었다. 어디서부터 이야기를 시작해야 할지 고민하다가 말했다.

"당신은 피리 부는 사나이를 만난 적 있나요?"

"아니."

"그렇지만 그 사람의 연주를 들은 적 있다고 했다면서요?"

"들은 적 있어."

"들은 적은 있지만 만나지는 못했다는 건가요?"

"그래."

"모습도 보지 못했나요?"

"못 봤어."

헉은 하나의 질문이 끝날 때마다 지체 없이 짧은 말로 대답했다. 두 눈은 내게 고정되어 있었다. 누가 봐도 그다지 우호적인 분위기는 아니었다. 가슴이 답답해졌다. 방 안의 온기에 얼어 있던 얼굴이 녹으며 달아오르는 게 느껴졌다.

"그럼 어디서 어떻게 그의 연주를 듣게 된 거죠?"

헉이 자세를 고쳐 앉았다.

"몬트리올의 어느 공원이었어. 밤이었고, 나는 좀 취한 상태로 그 근처를 헤매고 있었지. 그러다가 어딘가에서 들려오는 피리 소리를 들었어. 소리를 쫓아 공원을 헤매다녔으나 끝내 어디서 들려오는 소리인지는 찾지 못했어."

"그런데 어떻게 그 소리가 피리 부는 사나이의 것인지……"

내 말이 채 끝나기도 전에 헉이 귀찮다는 듯 말했다.

"그 연주를 실제로 들어보지 않은 사람에게는 아무리 설명해봐야 소용없어." 그러더니 손목에 찬 시계를 흘끗 보고 딱딱한 어조로 말을 이었다. "내가 해줄 수 있는 이야기는 이게 다야. 피리 부는 사나이에 대해서 더 알고 싶다면 나와 함께 만나러 갈 사람에게 물어봐."

"만나러 간다구요? 누굴요?"

헉이 뭐라고 대답하려 할 때 전화벨이 울렸다. 소파 옆에 놓여 있던 헉의 휴대폰이었다. 헉은 나를 한번 쳐다보더니 칸막이로 나눠진 주방 쪽으로 가서 전화를 받았다. 그리 먼 거리가 아니어서 조그맣게 목소리가 들려왔다. 나는 엿듣고 싶지 않아서 화장실로 갔다. 손을 씻고 거울에 비친 내 모습을 바라보았다. 조금씩 얼굴을 거울 가까이 가져갔다. 코앞에서 바라보자 그것은 더이상 내 얼굴이 아닌 것처럼 보였다.

방문 앞을 지날 때 조금 열려 있던 문틈으로 방의 풍경이 눈에 들어왔다. 나는 깜짝 놀라 나도 모르게 발을 멈추고 방 안을 들여다보았다. 가구 하나 없는 작은 방에는 오직 악기들만이 있었다. 이름조차 알 수 없는 수십 가지의 크고 작은 악기들이 바닥에서 천장까지 제멋대로 쌓여 있었다. 북을 닮은 타악기만 해도 축구공만한 것에서부터 내 가슴 높이에 이르는 것까지 다양했다. 현악기들도 크기와 모양이 제각각이었다. 줄을 가졌다는 공통점이 아니라면 현악기라는 이름으로 한데 묶기 어려워 보일 정도로 기묘하게 생긴 악기들도 있었다. 크기와 모양과 색깔이 제각각인 건 관악기도 마찬가지였다. 그리고 이런 분류 자체가 불가능한, 도저히 어떤 방식으로 소리가 나는 것인지 짐작하기 어려운 악기들도 있었다. 악기들을 살펴보다가 나는 또 한번 놀랐다. 대부분의 악기들이 제대로 된 상태가 아니었던 것이다. 북을 닮은 악기들은 대부분 막이 찢어져 있었다. 현악기들 중에는 제대로 모든 현을 갖춘 악기가 드물었고, 몸통 이곳저곳이 깨진 악기들도 많았다. 관악기들은 뒤틀리거나 부러져 있었다. 그 방은 악기들의 부상 병동이었다.

나는 방의 풍경에 압도당한 채 잠시 서 있었다. 문득 구석에 놓인 짙은 밤색의 몸통을 가진 클래식 기타 한 대가 눈에 들어왔다. 이 기타도 몸통 이곳저곳이 까지고 프렛은 녹이 슬어 있었지만 다행히도 현은 전부 끼워져 있었다. 손을 내밀어 가장 굵은 현을 퉁겨보았다. 낮고 은은한 울림이 방 안을 채웠다. 나는 내 허리까지 오는 항아리처럼 생긴 타악기 위에 걸터앉아 기타를 조율했다. 그리고 무의식적으로 언젠가 정현이 연주했던 그 곡을 연주하기 시작했다. 내가 제대로 연주할 수 있는 부분은 어깨 너머로 배운 처음 열여섯 마디 정도뿐이었다. 그뒤부터는 반주는 생략한 채 멜로디만을 더듬더듬 연주했다. 손끝으로 현을 튕길 때의 감각, 몸 안에서 뭔가가 함께 공명하는 느낌이 되살아났다.

얼마나 시간이 지났을까, 등뒤에서 인기척이 느껴졌다. 뒤돌아보니 혁이 나를 내려다보고 있었다. 그의 얼굴을 보고 나는 깜짝 놀랐다. 그는 내가 처음 그의 집을 찾아왔던 날 보았던 것과 비슷한 경악에 가까운 표정을 짓고 있었던 것이다. 내가 기타를 손에 든 채 자리에서 일어나자 그가 더듬거리며 말했다.

"넌 대체…… 대체 어떻게 그 곡을 알고 있는 거지?"

잠시 침묵이 흘렀다. 내가 그 말의 뜻을 생각하는 동안 그가 내게서 기타를 받아들더니 내가 앉았던 자리에 앉았다. 그리고 조율을 다시 하고 연주를 시작했다. 첫 화음이 울리는 순간 어떤 막연한 예감이 날 사로잡았다. 그리고 네번째 마디가 채 끝나기 전에 나는 비로소 그가 누구인지 깨달았다. 그가 연주하는 곡은 조금 전에 내가 연주한 것과 똑같은 곡이었다. 믿을 수 없었다. 그런데 그의 연주는 정현의 연주와 달랐다. 그는 아주 느리게, 더이상 느려질 수 없을 정도로 느리게 그 곡을 연주했다. 대신 음 하나하나는 놀랄 만큼 섬세했다. 강할 때는 줄이 끊어질 정도로 세게 연주했고 약한 음은 한없이 잦아들었다. 그런 강약 조절은 지금 연주되고 있는 음악이 기타 한 대에 의한 것이 아니라 소규모 오케스트라에 의한 합주인 것처럼 느끼게 만들었다. 나는 눈을 감고 그 음악에 담긴 지나간 시간들을 생각했다. 연주가 조금씩 빨라지다가 마침내 절정에 이르려 할 때 그가 갑자기 연주를 멈췄다. 그리고 물었다.

"정현이는 어떻게 지내고 있지?"

나는 눈을 뜨고 대답했다.

"여전히 기타를 연주하고 있어요. 대학 동아리에서."

"대학생이 되었군. 나에 대해 뭐라고 하던가?"

"도대체 무슨 생각을 하는지 알 수 없는 사람이지만 기타를 가르쳐준 것에 대해서는 감사하고 있다고."

헉이 갑자기 킬킬거리며 웃었다.

"그 아이는 내 성격을 잘 알고 있지. 지금 내가 어떻게 살고 있는지를 알아도 눈 하나 깜짝 안 할 거야." 그러더니 웃음을 멈추고 다시 말했다. "어째서 좀더 빨리 얘기하지 않았지? 진작 알았더라면 그 사람에게 네가 왔다는 사실을 알릴 필요는 없었을 텐데."

그는 기타를 내려놓고 초조한 듯 방 안을 오갔다.

"어쨌든 지금은 늦었어. 우리는 출발해야 해."

그는 나를 데리고 나와 코트를 건네주고 자신도 외투를 걸쳤다. 문을 나서기 직전에 그가 내 팔을 잡고 말했다.

"그 남자를 만나면 궁금해했던 것들을 많이 알게 될 거야. 그렇지만 그 사람 말에 현혹되어서는 안 돼. 너 자신을 잃지 마. 네가 찾으려는 자는 다른 사람에 의해서 설명될 수 있는 존재가 아니야."

밖은 이미 완전히 어두워져 있었다. 버스정류장이 있는 큰길로 나가자 노란 택시 한 대가 시동을 건 채 우리를 기다리고 있었다. 차체에 몸을 기대고 서 있던 검정색 페도라를 쓴 백인 청년이 헉에게 고개를 끄덕여 보였다. 우리가 택시 뒷자리에 나란히 앉자 운전석에 올라탄 청년이 차를 출발시켰다.

*

차가 몇 번 코너를 돈 것만으로도 나는 방향감각을 잃었다. 차는 일부러 그러는 것처럼 계속해서 급커브를 돌고, 차가 다닐 수 없을 것 같

276

은 골목을 위주로 달렸다. 어디를 향해 달리고 있는지 알 수 없었다. 런던은 나에게 있어서 미로였다. 매일 같은 길을 헤매며 미로의 일부를 익혔지만 미로의 다른 곳에서는 아무 소용도 없는 지식이었다. 템스 강을 건널 때에야 나는 우리가 남쪽으로 가고 있다는 걸 알았다.

차가 멈춰 선 곳은 어느 인적 없는 뒷골목이었다. 낡고 지저분한 건물들로 이루어진 거리의 한구석에 허름한 펍이 있었다. 헉이 앞장서서 안으로 들어갔다. 서너 명의 남자가 지루한 표정으로 축구 중계를 보고 있었다. 아무도 우리를 신경쓰지 않았다. 실내를 가로질러 입구 반대편에 있는 문으로 들어갔다. 술병이 든 박스와 부서진 의자, 고장난 물건들이 쌓인 창고의 한구석에 지하실로 내려가는 계단이 있었다. 계단 아래에는 또다른 창고가 있었고 그곳에는 무엇이 들었는지 알 수 없는 커다란 박스들이 한쪽 벽면 가득 쌓여 있었다. 그리고 한쪽에 나무로 된 문이 있었다. 헉이 손가락으로 문을 가리켰다. 그리고 내게 고개를 끄덕여 보이며 속삭였다. 내가 아까 했던 말을 잊지 마. 문을 여는 동안, 나는 문고리를 잡은 손이 떨리는 걸 느꼈다.

텁텁한 먼지 냄새와 나무 향이 맡아졌다. 그리고 커다란 테이블 앞에 앉아 뭔가를 문지르고 있는 남자의 옆모습이 보였다. 남자는 머리카락이 거의 없는 대신 검은 턱수염이 무성했고 기름때 묻은 작업복 바지와 푸른빛이 도는 낡은 체크무늬 셔츠를 입고 있었다. 문 여닫는 소리에도 고개를 들지 않고 하던 일에만 열중해 있었다. 그 방은 목재소나 실험실, 혹은 작은 공장을 연상케 했다. 방 한쪽 구석에는 다양한 크기와 길이의 목재가 쌓여 있었고 선반에는 화학약품이 든 병들이 늘어서있었다. 테이블 위에는 전선, 철사, 금속판, 나무 조각들, 실험 도구들, 각종 공구들이 널려 있었고, 재료들이 결합된 물체도 눈에 띄었다. 자세히 보니 남자는 사포로 나무 조각을 문지르고 있었다. 갑자기 엉뚱한 세계에 떨어져버린 것 같은 기분이 들었다. 남자에게 말을 걸려고 입을 열었다가 다시 다물었다. 왠지 방해해서는 안 될 것 같았다. 남자에게서는 자신을 잊고 무엇인가에 열중해 있는 사람만이 가질 수 있는 경건함이 배어났다. 나는 문 옆에 놓여 있는 의자에 앉아 남자의 행동을 지켜보았다. 남자는 마치 예술품을 만드는 사람처럼 공들여 사포질을 했다. 한참 나무를 문지른 뒤 눈앞으로 가져가 나뭇결을 확인하고 다시 문지르는 과정을 반복했다. 천장에 매달린 형광등의 노란 불빛과 그 불빛에 반짝이는 유리병들, 사각거리는 사포질 소리가 나를 나른하게 만들었다. 긴장 상태에 있던 몸과 마음이 조금씩 이완되는 걸 느꼈다. 그것은 오랜만에 맛보는 안온함이었다. 차차 졸음이 밀려왔다. 나는 얼마 동안 아무런 생각도 하지 않고 앉아 있었다.

어느 순간 남자의 목소리가 들려왔다.

"수연은 우리와 함께 있어."

그 말은 혼잣말을 중얼거린 것처럼 들렸다. 나는 남자의 말을 정확히 듣지 못했다. 내 영어 실력은 런던에 처음 왔을 때보다는 많이 나아진 편이었으나, 남자의 억양은 영국식이 아니었다. 그런데도 나는 남자의 말을 이해했다. 수연의 이야기가 나올 것을 예감하고 있었기 때문이었다.

"그렇지만 이곳에 있는 건 아니야. 여기서 멀리 떨어진 곳에 있어."

남자가 나무를 문지르는 손을 멈추지 않은 채 말했다.

"멀리 떨어진 곳이 어딘가요? 당신들은 누구죠? 어떻게 수연이를 알고 있죠?"

"그녀는 특별해. 놀라울 정도로 강한 의지를 갖고 있어. 도구로 쓰인 자가 스스로 피리 부는 사나이를 찾아나선 건 내가 알기로 처음이야. 그녀라면 정말로 피리 부는 사나이를 찾아낼지도 몰라."

"도구라니요?"

남자는 손을 멈추고 생각에 잠긴 듯 허공을 바라보았다.

"당신은 누군가요?"

갑자기 가슴속 깊숙한 곳이 아려왔다. 나도 모르게 목소리가 커졌다.

"수연이는 대체 어디 있는 거예요?"

비로소 남자가 나를 향해 고개를 돌렸다.

"서두르지 마. 곧 알게 될 거야." 남자의 눈은 놀랍도록 차분했다. "다들 나를 니콜라스라고 부르지."

"당신이 니콜라스라구요?"

나는 놀라서 되물었다. 테러 집단의 우두머리가 이렇게 평범한 차림을 하고 있으리라고는 상상도 하지 못했던 것이다. 그가 자아내던 장인 같은 차분함과 경건함이 나를 혼란스럽게 했다. 속았다는 느낌과 그럴 리 없다는 생각이 머릿속에서 충돌했다. 나는 탁자 위에 흩어져 있는 물건들을 바라보았고, 비로소 그가 만들고 있던 것이 폭발물이나 기폭장치 따위일 거라는 사실을 깨달았다. 그걸 만드는 과정을 보며 평온을 느꼈다는 사실을 믿을 수 없었다.

"당신이…… 어떻게 수연이를 알고 있는 거죠?"

"당신이 류의 패거리와 함께 있다는 이야기를 들었을 때 수연도 그런 반응을 보였어. 당신은 어쩌다 그들과 함께 있게 된 거지?"

니콜라스가 내 눈을 바라보았다. 그러나 그는 대답을 기다리고 있지 않았다. 그는 대답을 찾고 있었다. 내 눈 속에서, 내 표정과 태도에서.

"당신이 런던에 온 건 좋은 생각이 아니었어. 그들이 당신을 런던에 데려온 건 수연을 끌어들이기 위한 거야. 그들은 이곳에서 당신을 스물네 시간 감시할 수 있게 됐지. 그리고 당신은 그들이 준 컴퓨터와 휴대폰을 썼어. 전화를 도청하고 이메일을 열어보는 일쯤은 그들에게 아무것도 아니야. 당신이 여기 있다는 걸 수연이 알게 되면 어떻게든 접촉해올 거라고 생각한 거지. 당신은 그자들에 대해서 몰라. 그들은 피리 부는 사나이를 따라갔다가 돌아온 여자들을 보호한다는 구실로 병원에 감금하고 있어. 가족들도 만나지 못하게 해놓고. 어떻게든 피리 부는 사나이를 찾아낼 단서를 얻으려는 거지. 그들에게 잡혔으면 수연도 같은 꼴을 당했을 거야."

생각지도 못한 이야기에 나는 깜짝 놀랐다. 도저히 그의 말을 믿을 수 없었다.

"그렇지만 런던에 오겠다고 한 것은 나였어요. 그들은 원래 반대했었다구요."

"그랬어도 결국 당신은 이곳에 와 있잖아."

니콜라스가 조용히 말했다.

"그럼 그게 속임수였다는 말인가요?"

나는 갑자기 혼란스러워졌다. 내가 런던에 가겠다는 걸 말리던 이유리의 태도를 떠올려보았다. 이상한 점이 있었던가? 류의 행동은 자연스러웠던가?

"속은 건 당신만이 아니야. 우리도 속았어."

"그게 무슨 뜻이죠?"

"런던에서 벌어지고 있는 일 자체가 거대한 속임수였다는 말이야. 당신에게도 그들이 얘기했을 거야. 실종사건이 벌어지고 있고 피리 부는 사나이의 흔적이 발견되었다고. 우리도 그 정보를 얻었어. 그들이 일부러 흘린 거였겠지만. 그래서 다들 런던으로 모여들었고 그다음엔 이곳에 갇혀버렸어. 그들은 런던을 완전히 봉쇄했어. 공항은 물론이고 도로와 철도도. 우리를 비공식적으로 수배하고 우리 명단과 몽타주를 배포했어. 입국하다가 체포된 동료들도 많아."

"잠깐만요. 당신은 피리 부는 사나이와 접촉하는 사람이라고 들었어요. 그런데 어떻게 그런 속임수에 넘어갈 수 있죠?"

"나라고 항상 피리 부는 사나이의 위치를 알고 있는 건 아니야. 피리 부는 사나이가 알려오지 않으면 알 수 없어. 그럴 때는 우리도 사라지는 여자들과 옮겨지는 불로 짐작할 뿐이지."

"그렇지만 실종은 런던에서 실제로 일어나고 있잖아요. 불과 두 달 전에도 일어났죠. 여자들은 아직도 발견되지 않았구요."

"우리도 실종사건에 대해서는 전부 조사하고 있어. 런던 경찰에 우리 쪽 사람이 있어서 정보를 얻기도 했지. 그러다가 실종자로 알려진 여자 중 한 명이 몇 달 전 템스 강에서 투신한 뒤 사체로 발견된 여자와 동일 인물이라는 걸 알아냈어. 이미 신원이 확인되었는데도 작전을 위해 경찰과 언론이 짜고 거짓말을 하고 있었던 거야."

"그 말이 사실이라 해도 한 사건뿐이잖아요. 경찰 쪽의 실수일 수도 있구요. 류도 지난 몇 달간 일어난 모든 실종사건이 피리 부는 사나이의 짓은 아닐 거라고 말했어요."

나는 애써 니콜라스의 말에 의문을 제기했다. 만약 그의 말이 사실이라면, 런던에서 벌어진 실종사건들이 조작된 거라면 이곳에서 지난 몇 달간 수연을 위한 일이라고 믿고 행한 노력이 전부 무의미한 것이 되어버리기 때문이었다. 나는 그걸 견딜 수가 없었다.

니콜라스가 씁쓸한 미소를 지으며 말했다.

"류의 말을 철석같이 믿고 있군. 그렇지만 우리가 그렇게 결론을 내린 건 그럴 만한 근거가 있어서야."

"그게 뭐죠?"

"피리 부는 사나이로부터 온 메시지야. 그런데 이번에는 내게 온 게 아니야."

"그럼?"

"수연에게."

"뭐라구요? 수연이가 있는 곳을 어떻게 알고 메시지를 보내왔다는 거죠?"

"피리 부는 사나이의 메시지는 물리적인 게 아니야."

"그럼요?"

"꿈이야."

"꿈이라구요?" 나는 나도 모르게 되물었다. "꿈에 피리 부는 사나이가 나타나기라도 한다는 건가요?"

"그럴 때도 있지만 그건 아주 드문 일이고 대개는 추상적이고 모호한 형태의 꿈이야. 어떤 때는 어둠 속의 희미한 빛, 어떤 때는 폐허의 조그만 불꽃, 때로는 사막을 흐르는 물방울이기도 해. 꿈속에서 내 곁에 있는 다른 사람들은 그걸 느끼지 못해. 오직 나만이 홀로 눈이 부시거나, 불꽃의 열기에 몸이 그을리거나, 물방울에 숨이 막힐 것 같은 고통을 느껴. 그리고 그 시간을 견뎌내면 알게 돼. 그가 어느 곳에서 이 꿈을 꾸고 있는지를."

"피리 소리에, 이번에는 꿈이라니……"

니콜라스는 내 중얼거림에 아랑곳하지 않고 말을 이어갔다.

"수연도 오래 전부터 이런 꿈을 꾸고 있었다고 했어. 그런데 그 의미는 잘 몰랐던 것 같아. 그러다가 인도에 가서 비로소 깨닫게 된 거지. 꿈의 의미를."

그때서야 나는 기억해냈다. 수연이 꿈에 대해서 말했던 것을. 언젠가 그녀가 피리 소리를 듣고 돌아와 기나긴 잠에 빠져들었을 때, 그녀는 그때까지 한 번도 꾼 적 없는 온갖 이상한 꿈들을 꾸었다고 했다.

"수연이 꾼 꿈의 내용이 뭔가요?"

"그건 알려줄 수 없어. 피리 부는 사나이의 위치와 관련된 거고, 그게 런던이 아니었다는 것은 알려주지."

"그럼 인도였나요? 방금 인도에 갔다고 했잖아요."

"아니, 인도에 간 건 그곳에 피리 부는 사나이의 고향이 있기 때문이야."

"역시 그는 서양 사람이 아니었군요."

나는 수연이 그린 남자의 그림을 떠올렸다.

"알고 있었어? 류가 말해주지는 않았을 텐데. 그들에게는 감추고 싶은 부분이 얽혀 있어서."

"수연이 그린 그림을 봤어요."

"그림을?" 니콜라스가 잠시 생각에 잠겼다가 중얼거렸다. "역시 피리 부는 사나이는 수연을 만나길 기다리는 것 같군."

그 말을 듣자 갑자기 한없이 쓸쓸한 기분이 들었다.

"인도 중부에 보팔이라는 도시가 있어. 그곳이 피리 부는 사나이가 태어난 도시지. 그는 어릴 때 사고로 부모를 잃고 미국으로 입양되었는데, 중요한 것은 바로 그 사고야. 1984년에 일어난 그 사고는 산업혁명 이후 벌어진 가장 끔찍한 산업재해였어."

보팔 시는 공업이 발달한 도시였다. 1984년 12월 3일 새벽, 보팔 시 빈민 구역 거주자들은 코를 찌르는 듯한 냄새에 깨어났다. 곧바로 호흡 곤란과 구토 증세가 찾아왔고, 거리로 뛰쳐나온 사람들은 불과 수십 초 만에 생명을 잃고 길 위에 쓰러졌다. 그들은 어디로부터 온 무엇이 자신의 생명을 빼앗는지도 알지 못했다. 병원은 가득 찼고, 살아남은 사람들은 아무 곳에나 쓰러져 신음했다. 원인은 미국계 다국적 기업인 유니언 카바이드 사의 살충제 공장에서 유출된 메틸이소시안염이라는 삼십 톤이 넘는 독가스였다. 공장은 주거 지역의 한가운데 있었으나 이 공장이 맹독성의 살충제를 생산한다는 사실을 아는 보팔 시민은 거의 없었다.

"……선진국의 기업들이 환경적으로 위험한 공장을 아시아나 아프리카의 후진국에 세우는 건 흔한 일이야. 이 나라들은 자국만큼 엄격한 안전관리시설과 공해방지시설을 요구하지 않으니까. 게다가 싼 값에 노동력을 이용할 수 있고. 결국 산업 발전에 도움이 된다는 명목으로 선진국이 져야 할 위험 부담을 후진국의 사람들이 대신 짊어지는 꼴이지. 보팔 시에서 벌어진 사고로 최소 삼천 명 이상의 사람이 사고 당일 사망했어. 그리고 이십만 명 이상이 실명과 호흡기 장애, 중추신경계와 면역체계 이상 등으로 고통받으며 평생을 살아가게 되었어. 지금도 그곳에서는 기형아들이 태어나. 생태계가 크게 파괴된 건 말할 필요도 없지. 유니언 카바이드 사는 사고 당시 비용 절감을 위해 검증되지 않은 기술을 사용했고, 이 때문에 공장의 여섯 개의 안전장치 중 단 하나도 작동하지 않았다는 사실을 인정했어. 그러면서도 형사 책임은 회피했고 터무니없이 적은 보상금밖에 지급하지 않았어. 오히려 이 사건으로 이득을 본 건 미국의 영악한 변호사들이었어. 그들은 보팔로 날아가 빈민들을 대상으로 무료 변론을 해주면서 유니언 카바이드 사를 상대로 상당한 돈을 챙겼지. 놀랍지 않나? 타인의 고통을 가지고도 거래를 하고 돈을 벌 수 있는 게 이 세계의 시스템이야. 유니언 카바이드 사는 2001년에 별 문제 없이 판 케미컬이라는 또다른 회사에 인수되었어. 그 회사의 회장이 바로 류로 하여금 우리를 쫓는 조직을 만들게 한 인물이야."

"그럴 수가……"

"피리 부는 사나이는 그 사고에서 살아남은 사람이야. 겨우 여섯 살의 나이에 지옥을 경험한 거지. 목숨을 건진 대신 그는 가족과 친척

들을 잃었고, 그 자신도 후각과 미각의 전부, 그리고 시각의 상당부분을 잃었어. 나는 1996년 뉴욕에서 처음으로 그와 식사를 하던 날을 기억해. 나는 로버트 존슨이라고 불리던 그의 연주에 완전히 매료돼서 그의 연주가 있는 날이면 항상 클럽을 찾곤 했어. 그날 그는 모든 음식을 똑같은 표정으로 먹었고, 식사는 자신에게 같은 리듬이 끝없이 반복되는 음악과 같다고 말했지. 그가 음악에 천재적인 재능을 보인 건 어쩌면 그에게 듣는 것 외에 다른 감각이 남아 있지 않았기 때문인지도 몰라."

"수연이는 그 도시를 보기 위해 인도에 갔던 거군요."

나는 중얼거리듯 말했다. 그녀가 그곳에서 보았을 풍경, 그리고 풍경 속에서 되살아났을 끔찍한 환영이 마음을 무겁게 만들었다.

"그래. 수연을 찾았다는 보고를 듣고 내가 이 이야기를 전했고, 그녀도 가보길 원했어. 그곳이 피리 부는 사나이를 오늘날 이 세계로 불러낸 곳이니까. 그리고 그곳은 최초로 피리 부는 사나이에 의해 화재가 발생한 장소이기도 해. 유니언 카바이드 사의 옛 공장 부지와 건물들. 그 건물들은 1999년까지도 남아 있었고 그때까지도 독성 폐기물이 흘러나와 주변을 오염시키고 있었어. 언젠가 나도 혼자 그곳에 가서 화재가 났던 현장을 확인했지."

"불이 난 게 1999년이라면, 로버트 존슨이 뉴욕에서 모습을 감추고 찾은 곳이 인도였던 거군요?"

니콜라스가 내 눈을 들여다보았다.

"당신은 이유리를 만났군. 내가 이 세상에서 만나보고 싶은 사람이 한 명 있다면 그건 그 여자야. 1997년에 나는 어머니가 위독해지는 바람에 몬태나 주의 링컨에서 몇 달을 지냈어. 어머니의 장례를 마치고 돌아왔을 때는 이미 한바탕 사건이 지나가고 여자도 로버트 존슨도 뉴욕을 떠난 뒤였어. 확인할 길 없는 몇 가지 소문들만 클럽의 연주자들과 손님들 사이에 나돌고 있었지. 나는 그 소문들을 믿을 수 없었어. 로버트 존슨은 말이 없고 사람들과 어울리는 걸 꺼려하는 사람이었어. 나와 마음을 터놓고 대화를 나누기까지도 꽤 시간이 걸렸지. 그런 그가 처음 만난 여자에게 그토록 빠져들었다는 게 믿어지지 않았어. 나는 낙심했고 교수직을 그만둔 뒤 다시 링컨으로 돌아갔지. 그때는 이미 지식을 전하는 일의 무의미함에 진저리치고 있었거든. 뉴욕으로 돌아갔던 건 오직 로버트 존슨의 연주를 다시 듣고 싶어서였어."

니콜라스가 이야기를 멈추고 생각에 잠겼다.

"언어로 음악을 표현할 수 없다는 건 애석한 일이야. 그렇지만 다른 어떤 것으로 환원할 수 없기 때문에 음악이 가치 있는 것이겠지."

나는 그가 로버트 존슨의 연주를 떠올리고 있다는 것을 알았다. 이제 기억 속에만 남아 있는 연주. 니콜라스가 다시 이야기를 이어갔다.

"그뒤 나는 딱 한 번 실제로 그를 만났어. 1999년이었어. 그 당시는 밀레니엄버그 문제로 한창 시끄러울 때였어. 방송과 신문은 너나 할 것 없이 심각한 문제가 생길 거라고 떠들어대고 있었고, 실제로 식료품을 사재기하는 사람도 많았지. 심지어 밀레니엄버그에 의해 핵전쟁이 촉발될 수 있다는 전망까지 있었어. 그건 곧 현대판 노스트라다무스의 예언이었지. 그 예측이 맞고 틀리고를 떠나 나는 과학기술에 의존하는 이 세계의 시스템이 얼마나 취약한 것인지를 느끼고 충격을 받았어. 우리는 갈수록 과학기술에 의존할 테고 어느 순간 이 시스템에 작은 결함이라도 생긴다면, 아니 실제로 결함이 있지 않아도 단지 실수나 착각만으로도 세계 자체가 붕괴해버릴 수 있다는 걸 깨달은 거지. 인류는 이미 한순간에 스스로를 완전히 소멸시킬 수 있는 힘을 가지고 있었고, 그럼에도 인간은 여전히 불완전한 존재니까. 머릿속으로는 알고 있던 것이었지만 실제로 그로 인한 혼란상을 눈으로 보는 것은 전혀 다른 느낌이었어. 그즈음의 어느 날 밤 갑자기 로버트 존슨이 나를 찾아왔어. 그는 그 동안 자신이 태어난 나라에 다녀왔다고 했고, 다시 한번 자신이 하는 일을 감상해주기를 부탁하러 왔다고 말했어. 그때 나는 그 말의 의미를 이해하지 못했지. 그는 겨우 이십 분 정도를 앉아 있다가 일어나더군. 보팔 시의 화재 현장에 가보라는 말을 남기고. 헤어질 때 내가 무심코 이름을 부르자 그가 말했어. 자신은 이미 자기가 가지고 있었던 세 개의 이름을 모두 잊어버렸다고. 세 개의 이름이란 인도에서 태어났을 때 붙여진 이름과 미국에 입양되면서 불리던 이름, 그리고 연주를 하면서 얻게 된 로버트 존슨이라는 이름을 가리키는 말이었지. 그는 말했어. 자신은 모든 이름을 버렸고 더이상 아무도 아니게 되었다고.”

*

더이상 아무도 아니게 되었다고……

니콜라스의 말이 머릿속에서 맴돌았다. 우리는 한동안 아무 말도 하지 않았다. 형광등은 똑같은 밝기로 우리를 비추고 있었다.

“당신이 궁금해할 만한 것들에 대해서는 그럭저럭 다 이야기해준 것 같군. 이제 본론으로 들어가지. 당신에게 한 가지 거래를 제안하고 싶어. 당신은 수연이 어디에 있는지 알고 싶겠지. 우리는 런던에서 무사히 빠져나가길 원해. 류와 함께 있는 당신이 협력해준다면 계획이 훨씬 수월해질 거야. 나는 이런 거래는 좋아하지 않지만 지금 상황은 어쩔 수가 없어.”

그것은 경우에 따라서는 류를 배신하라는 말과 같았다. 류와 나 사이가 배신이라는 게 가능한 관계라면 말이다. 그러나 그런 것에 관계없이 나는 당연히 그 제안을 받아들여야 했다. 수연이 있는 곳을 알 수만 있다면 그 정도 희생은 아무것도 아니었다. 그런데 그 순간 내 입에서 예상치 못한 질문이 튀어나왔다.

"그전에 묻고 싶은 게 있어요. 왜 당신들은 여자들을 납치하는 거죠? 왜 건물을 불태우고 폭파하는 거죠?"

내가 그들과 함께 있다는 사실을 생각한다면 그것은 위험할 수도 있는 질문이었다. 그렇지만 나는 진심으로 대답이 궁금했다. 그것은 런던을 돌아다니던 지난 몇 달간, 아니 그보다 훨씬 전부터 내 무의식 속을 끊임없이 맴돌던 질문이었다. 니콜라스 앞에서 나도 모르게 질문이 튀어나오는 순간 나는 그 사실을 깨달았고, 이것이 지금 여기서가 아니면 이제 다시는 던져질 수 없는 질문이라는 것을 깨달았다.

"여자들은 우리와 관계없어. 불도. 우리는 불을 쫓아 문을 두드릴 뿐. 불을 움직이는 것은 피리 부는 사나이야."

언젠가 류가 비슷한 말을 했던 것이 기억났다.

"그러니까, 당신들은 폭탄테러만 한다는 거군요. 그래도 질문은 달라지지 않아요. 왜 그런 테러를 저지르는 거죠?"

"내가 당신에게 그걸 설명할 필요가 있을까?"

"있어요. 당신은 수연이가 있는 곳을 안다고 했지만 나는 당신 말을 믿을 수 없어요. 수연이가 당신들 같은 테러리스트들과 같이 있었다는 사실도 믿을 수 없어요."

"당신이 믿지 않는다 해도 사실은 사실이야. 그렇지만 믿기를 강요하고 싶은 생각은 없어. 거래를 받아들일지 말지는 당신의 자유야."

"말해줘요. 당신들은 무엇을 위해 행동하는 거죠?"

나는 다급하게 말했다. 니콜라스가 손에 들고 있던 나무 조각을 만지작거리다가 내 눈을 들여다보았다.

"지금 이 세계는 곧 끝날 거야. 이 세계는 스스로 다른 세계가 될 힘을 상실했어. 그래서 우리가 새로운 세계의 문을 두드리는 거야."

"그게 다른 사람들을 희생시키는 이유라구요?"

니콜라스가 말했다.

"이미 이 세계에선 인간 같은 건 중요하지 않아. 인간은 재료나 도구일 뿐이야. 다른 존재들도 마찬가지야. 이 세계에서 중요한 건 오직 이 세계 자체를 공고히 유지하는 것뿐, 모든 존재는 그 목적을 위해서 소모돼. 우리를 둘러싼 과학기술과 소비문화와 모든 종교와 도덕의 목적이 그거야. 당신도 이미 알고 있어. 인간이 만든 모든 사상과 단체가 인간을 구속하기 위함이라는 걸."

니콜라스가 말했다.

"이 세계의 사람들은 진정으로 두려워해야 할 것이 무엇인지 몰라. 우리는 그걸 일깨워주려는 거야. 공포는 존재를 자각하게 만들어. 우리 덕분에 오히려 그들은 인간이 얼마나 소중한지를 깨닫게 될 거야. 다른 모든 존재도."

니콜라스가 말했다.

"새로운 탄생에는 고통과 희생이 따라. 우리는 희생되는 사람들에게 감사하고 있어. 음식을 먹을 때 우리를 위해 희생된 생명에 감사하는 것처럼."

"끔찍한 궤변이군요." 나는 억지로 고개를 저으며 중얼거렸다. 퍼뜩 어떤 생각이 떠올랐다. "당신들은 설마 전쟁이 일어나길 바라고 있나요? 그래서 가장 민감한 분쟁 지역에서 사건을 일으키는 건가요?"

"파괴는 곧 창조의 시작이지. 그렇지만 방금 전에 말했잖아. 우리는 피리 부는 사나이를 따라다닐 뿐이라고."

"피리 부는 사나이의 뜻이 그렇다고 믿는 건가요?"

"누구도 그의 뜻을 알 수 없어. 그 자신조차 모를지도 몰라. 그 또한 선택된 존재일 뿐. 그렇지만 생각해봐. 불은 인간의 진보와 발전의 상징이야. 불이 없었다면 인간의 문명은 존재하지 않아. 피리 부는 사나이는 바로 그 불로 지금의 문명을 태우고 있어."

나는 믿을 수 없었다. 너무 비현실적인 이야기였다.

"당신은 피리 부는 사나이를 본 적 있죠? 정말 그런 게 가능하다고 믿나요? 피리 소리로 다른 사람을 마음대로 움직이는 일이?"

똑 똑 똑똑 똑.

니콜라스가 갑자기 손에 들고 있던 나무 조각으로 테이블을 두드렸다.

똑 똑 똑똑 똑.

똑 똑 똑.

그는 거기서 멈추고 날 바라보았다.

"나는 두드리는 걸 멈췄지만 당신 머릿속에서는 계속되고 있을 거야. 그건 어쩔 수 없는 본능이지. 단지 리듬만으로도 인간을 지배할 수 있어. 리듬 연주만으로 듣는 사람들이 무아지경에 빠지는 일은 세계 곳곳의 민속음악에서 흔히 볼 수 있는 일이야. 신화에는 목소리나 피리 소리로 사람을 사로잡는 이야기가 종종 등장해. 그가 가진 피리의 음색, 그리고 그가 연주하는 멜로디와 리듬을 상상할 수 있나? 나는 오래 전 그가 클럽에서 연주하는 모습을 누구보다 많이 지켜봤지만 상상조차 할 수 없어. 그의 연주는 늘 예상을 뛰어넘었어."

"그 당시의 연주는 어땠죠?"

나는 물었다.

"아무도 그에게서 눈을 떼지 못했어. 모두 멈춰버린 채 그에게 귀 기울였어.”

그리고 침묵이 찾아왔다. 웬일인지 깨질듯이 머리가 아프고 숨이
가빠왔다. 시간이 얼마나 흘렀는지 알 수 없었다. 니콜라스가 다시 나
무 조각으로 테이블을 두드렸다. 느리게, 아주 조그만 소리로. 나는 눈
을 감은 채 소리를 들었다. 심장이 쿵쿵대고 온몸이 화끈거렸다. 소리
가 들려올 때마다 심장 뛰는 소리는 점점 커졌다. 마음속 깊은 곳에서
뭔가가 요동치는 것 같았다. 수연이 어디 있는지 알아내야 한다고 생
각했으나 눈이 달라붙은 것처럼 떠지지 않았다.

“우리는 태어나기도 전부터 엄마 뱃속에서 고동 소리를 들었어.”

니콜라스가 속삭였다.

“모든 리듬이 정지하는 순간 생명도 끝나.”

누군가가 문을 두드린 덕분에 나는 겨우 정신을 차리고 눈을 떴다.
안으로 들어온 사람은 헉이었다.

“이쯤 해서 돌려보내지 않으면 저쪽에서 의심할 겁니다.”

헉의 말에 니콜라스가 고개를 끄덕였다. 그리고 다시 나를 향해 말
했다.

“제안을 받아들일지 말지는 지금 당장 결정하지 않아도 돼. 이 친구
가 연락할 방법을 가르쳐줄 거야. 혹시나 해서 하는 말이지만 우리에
대해서 류에게 이야기한다 해도 별 소용은 없을 거야. 우리는 당신이
가고 나면 바로 거처를 옮길 거니까.”

“하나만 더 대답해줘요. 당신들이 두드리는 문이 열린 다음 찾아올
새로운 세계란 대체 어떤 세계죠? 모든 문명을 거부하고 원시로 돌아
가는 건가요?”

뜻밖에도 니콜라스가 조용히 웃었다.

“어떤 세계가 될지는 나도 몰라. 더 나은 세계가 오리라는 확신도

없어. 더 나은 세계라는 생각조차 어쩌면 무의미할지도 모르지. 그렇지만 설사 그렇다 해도 지금의 세계가 한계에 다다른 건 분명해. 변화를 예고하는 징후를 발견했다면 그걸 붙잡기 위해 노력하는 것 외에 다른 길은 없어."

잠시 침묵을 지키던 니콜라스가 다시 말했다.

"우리도 피리 부는 사나이의 정확한 뜻은 알지 못해. 다만 믿을 뿐이야. 반드시 묵시론적인 재난에 의해 종말이 찾아오고 새로운 세계가 열린다고 말할 수는 없지만, 어떤 커다란 계기가 있어야 한다는 건 분명하니까. 대부분의 사람들은 눈앞의 현실이 변화하기 전까지는 아무 것도 생각하려 들지 않지. 우리가 문을 두드리는 건 그 때문이야. 진정으로 두려워해야 하는 게 무엇인지 사람들이 깨닫게 되는 것만으로도 우리의 목표는 이루어진 거야."

나는 니콜라스를 남겨둔 채 혁과 함께 방을 나왔다. 그가 말한 것은 종교일까? 사상일까? 아니면 그저 터무니없는 환상에 불과할까? 니콜라스의 말은 내가 한 번도 생각해보지 못한 것들이었다. 나는 어떻게 그의 말을 받아들여야 할지 알 수 없었다.

*

차는 안개 낀 밤거리를 달렸다. 검은 어둠과 뿌연 안개, 도시에 드리운 이중의 장막으로 인해 오 미터 앞도 제대로 보이지 않았으나 혁은 익숙하게 핸들을 움직였다.

"놀랐어요. 당신도 '문을 두드리는 자들'이었다니."

내 말에 혁이 흥, 하고 코웃음을 쳤다.

"그렇게 말해도 상관없지만 나로서는 그럴 만한 사정이 있어. 시간이 없으니까 내 말을 잘 들어. 앞으로 우리가 다시 만나기는 힘들 거야. 내일부터는 너에 대한 미행도 강화될 테니까."

"미행이라구요? 누가 절 미행한다는 말이죠?

"모르고 있었나? 당연히 류의 부하들이지. 내가 두 번이나 널 그냥 돌려보낸 건 그 사실을 확인하기 위해서였어. 미행이 없다면 오히려 너를 의심했을 거야. 그들과 짜고 날 찾아온 건 아닌가 하고. 다행히도 이틀 내내 미행이 따라붙었다고 하더군. 오늘 널 놓쳤으니 아마 내일부터는 더 열심히 따라다니겠지."

나는 전혀 눈치채지 못하고 있었다. 이제까지의 내 일거수일투족을 누군가가 낱낱이 살펴보고 있었다는 사실을 알게 되자 등에서 소름이 돋았다.

"그런데 첫날 제가 찾아갔을 때 왜 그렇게 놀란 표정을 지었죠?"

"그야 당연하지. 우리 쪽에서도 널 계속 감시하고 있었다구. 그런데 네가 갑자기 제 발로 날 찾아왔으니 놀랄 수밖에. 이반씨가 말한 사람이 너일 거라고는 전혀 생각지 못했어."

"그랬군요. 저는 여러모로 표적이 되어 있었던 거군요. 그것도 모르고……"

내가 중얼거리자 헉이 내 쪽을 힐끗 보더니 말했다.

"네가 눈치채지 못한 건 당연한 거야. 눈치채도록 미행했다면 그게 더 웃긴 일이지."

나름대로 위로라고 한 말이었겠지만 별로 기분은 나아지지 않았다.

"니콜라스를 만나러 가기 전에는 왜 제게 그런 말을 한 거죠?"

"내가 먼저 묻지. 넌 니콜라스의 이야기를 듣고 무슨 생각을 했지?"

"말도 안 되는 궤변이라는 생각은 들었지만 한편으로는 깜짝 놀랐어요. 그들이 그렇게 분명한 확신을 가지고 행동하고 있을 줄은……

그는 자신의 생각이 진리라고 믿는 건 아니지만 오늘날의 상황에서는 이렇게 행동할 수밖에 없다는 확신은 가지고 있었죠. 그에 비해 류가 아무 말 없이 절 이용한 건 비겁한 짓이에요."

"그래서, 니콜라스의 제안을 받아들일 건가?"

"그건 잘 모르겠어요. 그렇지만 수연의 행방을 아는 일은 제게 가장 중요한 일이에요."

"흐흥, 니콜라스의 의도대로 되는군. 정말 대단한 사람이야."

혁이 비웃는 듯한 소리를 냈다.

"무슨 뜻이죠?"

"내가 너라면 그렇게 순진하게 그 사람이 한 말을 다 믿지는 않을 거야. 하긴 대부분의 사람이 그의 말을 믿어서 '문을 두드리는 자들'이 유지되고 있는 거지만."

"그가 한 말이 거짓말이었다는 말인가요?"

"그에게는 널 끌어들여야 할 이유가 두 가지 있지. 하나는 런던에서 빠져나가는 것이고, 다른 하나는 수연을 다시 찾는 거지."

"수연이는 당신 동료들과 함께 있다고 들었는데요."

"몇 주 전까지만 해도 그랬지. 그렇지만 인도에서 다시 혼자 사라졌어. 동료들은 지금쯤 한국을 뒤시고 있을 거야. 제안을 받아들이는 대가가 수연을 만나게 해준다는 거였나? 니콜라스 쪽도 널 비겁하게 이용하려 하는 건 마찬가지인 것 같군. 뭐, 그게 당연한 거지만."

혁이 핸들을 손으로 두드리며 즐거운 듯 웃었다. 나는 부아가 치밀었지만 참고 물었다.

"수연이가 지금 한국에 있나요?"

혁이 웃음을 멈추고 말했다.

"수연이 받은 메시지의 내용으로 봐선 피리 부는 사나이가 한국에

294

있는 게 거의 확실해. 수연도 아마 한국으로 갔겠지."

그 말을 들었을 때 내가 느낀 허탈감은 말로 표현하기 어렵다. 런던까지 와서 몇 달을 고생한 끝에 알아낸 사실이 결국 피리 부는 사나이와 수연이 한국에 있다는 것이라니. 그것도 여전히 확실한 위치는 파악되지 않은 채로. 차라리 수연이 '문을 두드리는 자들'과 함께 있는편이 나았으리라는 생각이 들었다. 그럼 내가 제안에 응하기만 하면만날 수 있었을 테니까.

"나는 피리 부는 사나이와 관련된 니콜라스의 이야기도 전적으로믿지 않아. 너한테도 보팔사건에 대해서 이야기했겠지? 니콜라스는피리 부는 사나이와 로버트 존슨이라는 인물을 완전히 동일시하고 있지만 니콜라스가 말한 로버트 존슨의 이력이 과연 어디까지 사실인지는 아무도 모르는 일이야. 그리고 그의 말이 사실이라고 해도 피리 부는 사나이가 어떤 의도로 움직이는지는 알 수 없는 일이고. 세상을 바꾸려는 니콜라스의 생각이 틀렸다고 말하고 싶은 건 아니야. 사실 난그런 데는 관심 없어. 그렇지만 피리 부는 사나이가 니콜라스가 말한이유에서 움직이는 건 아니라고 봐. 보팔사건? 문명을 불로 태워? 솔직히 그 불들이 전부 피리 부는 사나이에 의한 것인지도 확실치 않잖아. 어쩌면 니콜라스가 시킨 일인지도 모르지. 피리 부는 사나이의 연주는 모든 것을 초월해 있어. 이 세계의 문제 같은 건 그 음악과 아무상관도 없어."

"그걸 어떻게 알죠?"

"그의 연주를 들으면 알 수 있어. 그의 연주를 표현할 수 있는 말은오직 아름다움뿐이야. 거기엔 다른 목적이 끼어들 수 없다고. 만약 피리 부는 사나이의 연주가 화재를 일으킨다 해도 그건 본래의 목적이아니야. 그냥 아름다움이 전달되는 거지. 불 자체의 아름다움으로 말이야. 그 음악을 들은 사람들이 그 아름다움을 그런 식으로 전달하지 않고는 못 견디는 거겠지."

나는 수연이 피리 부는 사나이의 연주를 들었을 때 주변의 모든 것을 잊을 정도의 만족과 평안을 느꼈다고 했던 것을 떠올렸다. 그 말을 하자 헉이 고개를 끄덕이며 동의했다.

"그래, 그런 거야. 들어본 사람은 느낄 수 있지."

"그렇다면 헉 씨는 왜 '문을 두드리는 자들'과 함께 있는 거죠?"

"니콜라스가 피리 부는 사나이와 밀접하게 연결되어 있는 것은 사실이거든. 어째서 나한테는 꿈이 다시 찾아오지 않고 그에게 오는지는 모르겠지만."

"꿈이라는 건, 피리 부는 사나이의 메시지 말인가요?"

"그래. 나는 피리 부는 사나이의 연주를 듣기 전날 꿈을 꿨었지. 피아노를 치는 꿈이었는데, 내가 피아노 앞에 앉아 손가락을 올리자마자 건반이 제멋대로 움직이면서 음악이 흘러나왔어. 그런데 그 음악이 이 세상의 것이 아닌 것 같을 정도로 매력적이어서 나는 그야말로 황홀경에 빠져 있었지. 아침에 깨어나서는 잊어버렸는데, 그날 밤 술에 취해 길을 걷다가 피리 소리를 듣고 공원을 헤매는 동안 꿈에서와 똑같은 기분을 느꼈던 거야. 내가 몬트리올에 있었던 건 그곳에서 열리는 재즈 페스티벌 때문이었어. 그때만 해도 나는 내 연주에 대해 상당히 자신만만했기 때문에 페스티벌 기간중에 대가라고 하는 사람들의 연주를 듣고도 '저 정도라면' 하고 생각하고 있었는데 그날 밤에 들은 피리 소리로 완전히 생각이 바뀌어버렸어. 나는 음악에 대해서 아무것도 모르고 있었던 거야. 그저 재능을 뽐내려는 생각밖에 없었지. 그렇지만 그 연주에 실려 있던 감정은 인간을 새로 깨어나게 하는 힘이 있었어. 나로서는 절대로 흉내낼 수 없는 연주였어. 지금도 눈을 감으면 그

296

때의 연주를 기억해낼 수 있어. 그렇지만 흉내낼 수는 없지. 이건 말로 설명하기는 어렵지만 엄청나게 괴로운 일이야. 분명 기억하는데 흉내 낼 수 없다니. 나는 그 연주를 다시 한번 듣고 싶어서 피리 부는 사나 이를 쫓아다니는 거야. 한 번만이라도 실제로 다시 듣고 싶어."

말을 끝내고 나자 그는 좀 겸연쩍은 기분이 들었는지 가로막는 차 도 없는데 차선을 바꾸고 속도를 높였다.

"그래도 대단하시네요."

"뭐가?"

"안 될 거라고 생각하면서도 그 음악에 도달하고 싶어서 노력하는 거잖아요. 방에 있는 수십 가지의 악기로. 악기들이 다 부서질 정도로 말이에요."

내 말에 헉이 큰 소리로 웃음을 터뜨렸다. 나는 영문을 몰라 그를 쳐 다봤다. 몸까지 들썩이면서 한동안 킬킬대던 그가 간신히 웃음을 멈추 고 말했다.

"그 악기들은 그냥 부순 거야."

"네?"

"그냥 부순 거라고. 피아노를 부수는 건 돈이 너무 많이 드니까. 악 기를 부수는 일에도 상당한 쾌감이 있어. 악기가 부서지는 순간에 나 는 소리는 비명같이 들리기도 하고 마지막 힘을 다 짜낸 혼신의 연주 인 것처럼 들리기도 하지. 무엇보다, 그건 이 세상에 꼭 한 번밖에 울 릴 수 없는 소리니까."

나는 뭐라고 할 말이 없어서 가만히 있었다. 확실히 헉에게는 일반 적인 상식으로는 이해할 수 없는 부분이 있었다.

"어쨌든, 니콜라스가 한 제안 같은 건 잊어버려. 류와 함께 있는 것 도 그만둬. 되도록이면 빨리 서울로 돌아가. 더구나 런던은 지금 상당히 위험한 상태야."

"그건 왜 그렇죠?"

"9·11테러와 마드리드 열차테러 이후 런던이 테러 집단들의 가장 큰 표적이라는 건 누구나 아는 사실이야. 게다가 이번에 류가 정보부와 공모해서 런던을 폐쇄하는 작전을 펴면서 위험성이 더 커졌지. 안에 갇혀 있는 테러 집단들 중 누가 어떤 사건을 저지를지 모르는 상태라고. 그러니 쉽지는 않겠지만 되도록이면 빨리 서울로 돌아가."

"그렇군요. 한 가지 물어볼게 있어요."

"뭔데?"

"제가 정현이에게 배운 곡을 연주하지 않았어도 제게 이런 말들을 해줬을까요?"

그러자 혁이 히죽거리며 말했다.

"그걸 묻는 걸 보니 답도 이미 알고 있겠지? 난 내가 관심 없는 일에는 끼어들지 않아. 내가 너에게 해줄 수 있는 것도 여기까지야."

"그 말을 들으니 무척 고맙군요."

아파트에서 가까운 곳에 접어들자 혁이 속도를 줄였다.

"안개가 껴서 다행이군. 이쯤에서 내리는 게 좋겠어."

내가 치에서 내리자, 혁이 창문을 열고 다시 말했다.

"참, 정현이에게 쓸데없는 이야기는 하지 마."

"왜요? 하나밖에 없는 오빠가 도대체 무슨 생각을 하고 살고 있는지 궁금해하던데."

"그 아이는 그 아이 나름대로의 삶을 살 권리가 있어. 다른 사람 문제에 대해 신경쓰지 않고. 그건 내가 그 아이를 신경쓰지 않고 내 삶을 사는 것과 마찬가지야. 아, 그리고 내 이름은 규현이야. 한국말로 혁 씨라고 부르는 건 좀 이상하지 않아? 이반씨가 부를 때는 괜찮았는데 말이야. 그에게 안부 전해줘. 그는 말이 통했던 드문 한국 사람이야."

말을 마치자 그는 내게 한 손을 들어 보이더니 차를 돌려 안개 속으로 사라져갔다.

*

그뒤로 얼마간 일 년 같은 하루하루가 흘러갔다. 내가 런던에 와서 보낸 오 개월의 시간이 완전히 무의미했다는 사실이 밝혀졌음에도, 나는 여전히 매일 똑같은 일상을 보내며 무의미의 심연에 하루를 더하고 있었다. 사막 한가운데였다는 것을 깨닫고도 밤새 파던 우물에 삽질을 되풀이하는 기분이었다. 순간순간 서울에 있을 수연과 피리 부는 사나이를 생각했다. 수연은 그를 만났을까? 아직 찾아다니고 있을까? 나는 내가 어느 쪽을 바라야 하는지 알 수 없었다.

류의 얼굴을 볼 때마다 내가 알게 된 사실들을 쏟아내고 싶은 충동을 느꼈다. 그 충동은 그에 대한 분노에서 나온 것이기도 했고, 연민에서 나온 것이기도 했다. 때때로 주방 찬장을 열어 류가 보관해둔 술병을 확인했다. 류의 모습에서 술기운을 느낀 적은 그가 조카에 대해 털어놓은 날 이후 한 번도 없었으나, 마시는 양이 늘어나고 있는 것은 확실했다.

나는 한국으로 돌아가겠다는 말을 류에게 어떻게 꺼내야 할지 고민하고 있었다. 나를 데려온 게 그들의 뜻이라는 걸 알게 되자, 쉽게 돌려보내주지 않을 거라는 생각이 들었던 것이다. 그리고 너무 빨리 돌아가겠다는 말을 하면 의심을 살 수도 있었다. 그날 규현은 류가 이미 이반 형이 보낸 메일을 열어보고 나를 미행함으로써 내가 그의 집을 찾아간 걸 알고 있을 거라고 말했다. 그의 정체까지는 알지 못하더라도.

마침내 내가 한국으로 돌아가겠다는 말을 꺼낸 것은 규현과 니콜라스를 만난 날로부터 이 주 정도가 흐른 뒤였다. 나는 기약 없이 기다리기만 하는 일에 질렸다고 말했다. 류는 내 말이 끝나기도 전에 나를 만류하고 달래기 시작하더니, 급기야 최근에 수연으로 여겨지는 여자가 파리에 머물렀다는 보고가 있었다는 말까지 했다. 그것은 빤히 보이는 거짓말이었다. 나는 분노와 안쓰러움을 동시에 느꼈다. 내가 보기에 류 자신도 누구보다 지쳐 있었지만, 그래서 더더욱 피리 부는 사나이와 관계된 자그마한 끈이라도 놓치지 않기 위해 안간힘을 쓰고 있는 것 같았다. 더 고집을 부렸다가는 어떤 일이 벌어질지 두려웠다. 다음 날 나는 처음으로 내 뒤를 미행하는 사람을 발견했다. 그는 아파트 입구를 오가며 가끔 마주치던 일층에 사는 남자였는데 이제는 내가 눈치채는 것을 별로 두려워하지도 않는 듯했다.
　탈출구는 뜻밖의 곳에서 나타났다. 1월의 마지막 토요일에 우진으로부터 메일이 왔다. 그의 아버지가 네덜란드에서 열리는 학회에 참석하게 되어 같이 유럽에 올 예정인데, 사흘 정도 시간을 내서 런던에 들르겠다는 내용이었다. 우진은 이번에는 안 된다고 해도 무조건 갈 거니까 그런 줄 알라고 덧붙이고 있었다. 나는 좋은 기회라고 생각했다. 우진의 아버지를 만나 뵌다든가 하는 핑계로 어떻게든 런던을 빠져나가기만 하면 곧바로 서울로 날아갈 생각이었다. 류에게 우진이 온다는 말을 전하자, 류는 그날 자신은 바쁜 일이 있어서 못 들어올 것 같으니 아파트에 머물게 하라고 했다.
　2월 6일 저녁, 우진이 탄 비행기는 예정보다 두 시간 정도 늦게 도착했다. 공항에서 우진의 모습을 발견하는 순간 나는 그 동안 내가 얼마나 그를 보고 싶어했는지를 깨달았다. 나는 칠 개월 전 서울의 공항에서 그를 배웅한 뒤, 이번에는 지구 반대편 도시의 공항에서 그를 마중하게 된 것이었다. 나를 본 우진은 마치 그날이 어제였던 것처럼 얼굴을 찌푸리며 말했다.

"거봐. 비행기는 역시 믿을 게 못 된다니까. 두 시간이나 늦었잖아."

"떨어지지 않은 것에 감사해야지."

나는 웃으며 말했다.

"떨어졌으면 어린 왕자를 만났겠지. 양도 그려주고 말이야."

그날 밤 우리는 시내의 작은 레스토랑에서 식사를 하고 맥주를 마셨다. 공항을 나설 때부터 우진이 피곤하다고 투덜댔지만 나는 최대한 늦게 집에 돌아갈 생각이었다. 도청. 류가 우진을 아파트에 머물게 하라고 말한 뒤부터 그 단어가 머릿속에서 떠나지 않고 있었다.

식사를 하는 동안 우진이 미국에서의 생활에 대해 이야기했다. 주로 철학자 누구를 보았다느니, 누구의 특강을 들었다느니, 물리학자 누구와 커피를 마셨다느니 하는 이야기들이었다. 모르는 이름들이라 방심하고 있는 사이에 불쑥 아는 이름이 나왔다.

"정현이가 걱정하더라."

"아, 그래."

나는 엉겁결에 대답했다.

"나한테는 그렇다치고 어째서 정현이한테 연락 한번 안 한 거야? 이래저래 많이 도와줬다면서?"

"그래서 더 연락 못 하는 거야. 미안해서."

우진이 웃음을 터뜨렸다. 낄낄거리는 웃음소리는 여전했다.

"제대로 한국 사람다운 대답이군. 미안하면 얼른 연락해서 미안하다고 해야지 뭘 주저하는 거야? 이게 이럴 때 보통 미국 애들이 보이는 반응이지."

"진심이야. 무슨 말을 해야 할지 모르겠어. 연락하지 않는 게 맞는 것 같은 생각도 들고. 정현이가 많이 걱정하는 거 같아?"

"글쎄. 학교에서 보는 모습은 이전과 다를 바 없어. 가끔 나한테 와서 너한테 연락온 거 없냐고 묻는 정도야. 가끔, 하루에 세 번 정도?"

"뭐?"

우진이 다시 낄낄거리다가 진지한 표정이 되어 말했다.

"잘 모르겠다, 나도. 그애도 속마음을 겉으로 드러내는 편은 아니잖아."

"그래."

널 좋아하니까. 마음 깊은 곳에 담겨 있던 정현의 목소리가 흘러나왔다. 그 말에 가슴이 설레지 않았다고 한다면 거짓말일 것이다. 그러나 그래서 더욱, 런던에 정현을 데려오지 않은 것은 잘한 일이었다.

"그건 그렇고 네가 부탁한 로버트 존슨이라는 남자 말인데."

"응."

"정말로 그 클럽의 전설적인 존재더군. 그런데 실제로 그에 대해 기억하고 있는 사람은 많지 않았어. 그저 전설일 뿐이라고 생각하는 사람이 더 많더라."

"음."

"워낙 갑자기 나다났다가 짧은 시간 동안 활동하고 또 갑자기 사라져버려서일 거야. 어쨌든 기억하고 있는 사람들을 몇 명 만나봤는데 얘기를 종합해보면 대단한 연주 실력을 가진 사람이었다는 건 확실해. 활동할 당시는 아직 십대였다는데 뉴욕에서 이름난 연주자들도 연주를 보러 왔다고 하더군. 반면 그렇게 주목받은 것에 비해서 개인적인 신상은 알려진 게 거의 없어. 어디 출신인지도 확실하지 않고, 본명이 뭔지도 알려지지 않았어. 나중에 어디로 사라졌는지도 미스터리야. 그런데 사라진 계기에 대해서 재미있는 소문들이 많더군."

우진이 싱긋 웃더니 맥주잔을 들어 목을 축이고 다시 말했다.

"가장 황당한 건 뉴욕에 놀러 온 아시아 어느 나라의 공주를 사랑했다가 암살당했다는 이야기였어. 이건 아무래도 그의 전설에 신비를 더하기 위해 각색된 얘기라고 봐야겠지. 실제로 동양에서 온 여자한테 빠져서 밤낮으로 쫓아다니는 바람에 여자가 견디지 못하고 떠나버렸다는 얘기가 많았거든."

"역시 그런가."

"그런데 말이지, 내가 제일 그럴듯하다고 생각하는 얘기는 따로 있어."

"그게 뭔데?"

"그 클럽을 이십 년 넘게 드나들다가 로버트 존슨이 떠난 다음 발을 끊은 존 리 부커라는 남자가 로버트 존슨과 친했다는 얘길 듣고 찾아갔었어. 다 죽어가는 흑인 영감이더군. 그런데 이 남자가 로버트 존슨이라는 이름을 듣는 순간 갑자기 팔팔해져서 한참 떠들어댔어. 연주 스타일이 어땠고, 어떤 곡을 주로 연주했고, 하면서. 존은 눈이 안 보이는 맹인이었는데 그 사람 말에 따르면 로버트 존슨이 자기와 친해진 건 그도 시력에 문제가 있었기 때문이었다고 하더군. 그리고 로버트 존슨이 사라진 건 코리아에서 온 백만장자의 딸과 사랑에 빠져 한동안 함께 살았는데 어느 날 백만장자가 보낸 사람들이 여자를 데려갔기 때문이라고 했어. 그리고 그 여자의 성이 자기 가운데 이름과 비슷하다고 했지. 어때?"

우진이 의기양양한 표정으로 나를 쳐다보았다. 나는 입을 벌린 채 말을 잇지 못했다.

"야, 뭐 해?"

"아, 미안. 전혀 예상치 못한 얘기라."

우진이 나를 빤히 바라보았다.

"로버트 존슨이 피리 부는 사나이야?"

"아마도."

나는 고개를 끄덕이며 대답했다.

"어디 있는지는 알아냈어?"

망설이다가 나는 다시 고개를 끄덕였다.

"좋아. 자세한 이야기는 내일 듣기로 하지. 지금은 너무 피곤해서 물구나무를 선 채로도 잘 수 있을 것 같으니까."

우진이 그렇게 말하고 몸을 뒤틀며 하품을 했다.

금방이라도 쓰러져 잠들 것 같던 우진은 그날 밤 내 침대를 차지하고 누워 한동안 잡담을 늘어놓았다. 나중에는 오히려 내가 반쯤 졸며 건성으로 대답을 하고 있었다. 런던의 아파트가 아닌 서울의 하숙집에 누워 있는 것 같은 착각 속에서 나는 잠이 들었다.

*

이튿날은 날씨가 좋았다. 모처럼 해가 나자 음울하게만 보이던 겨울 풍경이 생기를 띠었다. 새벽녘에 비가 내렸는지 습기를 머금은 신선한 공기가 도시를 감싸고 있었다. 아직 시차 적응이 덜 된 우진이 새벽부터 일어나 나를 깨웠다. 우리는 서울에서 그랬던 것처럼 집 주변을 산책했고, 내친김에 시내로 걸어나가 아침을 먹기로 했다.

처음 이상한 징후를 느낀 것은 킹스 크로스 역을 지날 때였다. 경찰이 역 주변을 통제하고 있었다. 피가 묻고 연기에 그을린 사람들이 눈물을 흘리며 역을 빠져나오는 모습이 보였다. 주변에 서 있던 사람들이 경찰과 나누는 대화가 들렸는데, 역 안에서 폭발이 있었고 아마 전력 문제 때문인 것 같다고 했다. 별로 큰 사고로 보이지는 않았다. 우리는 곧 그 자리를 떠났다. 타비스톡 스퀘어 근처를 지날 때 빨간 이층 버스 한 대가 우리를 지나쳐 조금 떨어진 정류장에 멈추는 모습이 보였다.

"저거 타보자."

이층버스를 처음 본 우진이 소리치더니 정류장을 향해 달리기 시작했다.

"버스는 왜? 어디로 가는 건지도 모르잖아?"

"아무 데서나 내리면 되지. 빨리 따라와."

어쩔 수 없이 우진의 뒤를 따라 달렸다. 그때까지만 해도 나는 버스에 올라 탄 뒤, '탈 것은 뭐든 싫어한다며?' 하고 투덜댈 작정이었다. 그 순간 주머니에 넣어둔 휴대전화가 울리기 시작했다. 이 시간에 전화가 걸려오는 건 그 동안 한 번도 없었던 일이었기 때문에 나는 나도 모르게 발걸음을 늦추고 전화기를 꺼냈다. 화면에 뜬 류의 전화번호를 확인하는 동안 앞쪽에서 우진이 나를 부르는 소리가 들렸다. 우신은 버스를 따라잡아 세운 뒤 출입문 앞에 서 있었다. 내게 손짓하며 득의양양한 미소를 지어 보였다. 그것이 내가 본 우진의 마지막 모습이었다. 그 순간 엄청난 폭발음과 함께 버스가 산산조각 났다. 나는 충격으로 길바닥에 처박혔다가 간신히 고개를 들었고, 버스의 윗부분 절반이 공중에서 떨어져내리는 장면을 보았다. 그리고 그대로 정신을 잃었다.

*

병원에서 눈을 뜨자마자 우진이 죽었다고 생각했다. 아무도 이야기 해주지 않았지만 나는 이미 알고 있었다.

다시 눈을 떴을 때 귀가 들리지 않는다는 것을 알았다. 몇 명의 남자가 번갈아가며 내 앞에서 뭐라고 말을 했다. 나는 그들의 입을 바라보았고, 언젠가 이와 비슷한 일이 있었던 것을 기억해냈다. 나는 입모양에 맞춰 고개를 끄덕이지 않았다. 이대로 영원히 소리가 돌아오지 않기를 빌었다.

*

류가 내 침대 옆에 앉아 있던 모습이 기억난다. 안경을 쓰고 어깨가 구부정한 중년 남자가 말없이 내 손을 꼭 붙잡고 있었던 것도 기억난다. 그 남자는 우진의 아버지였다. 나는 울고 싶었지만 눈물도 나지 않았다.

*

그리고 몇 가지 일들.

병원을 나온 것은 그로부터 나흘 뒤였다. 오른쪽 손목에 깁스를 하고 몸 이곳저곳에 붕대를 감은 채였다. 귀에서는 이제 고주파 음과 거대한 세탁기를 돌리는 것 같은 소리가 들렸다. 세탁기 속에 들어가 외치는 소리처럼 웅웅거리긴 했어도 사람들의 말소리도 전해졌다. 아무것도 내 뜻대로 되지 않는다는 사실이 분했다. 나는 여전히 아무것도 안 들리는 척했다.

그날 런던 시내에서 폭발이 일어난 곳은 총 네 군데였다. 운행중이던 지하철 세 곳에서 폭탄이 터졌고, 마지막으로 타비스톡 스퀘어를 지나던 이층버스가 날아갔다. 언론은 동시다발적인 자살테러로 인해 오십육 명이 죽고 칠백 명 이상이 부상당했다고 보도했다. 네 명의 범인은 파키스탄 계 영국인들로 밝혀졌다. 테러의 배후가 누구인지, 왜 범인들이 자살 폭탄테러를 감행했는지는 밝혀지지 않았다.

병원에서 나온 다음날, 나는 택시를 타고 규현의 집으로 갔다. 그러면 이번 테러에 대해 뭔가 알고 있을지도 모른다는 생각이 들었기 때문이었다. 그러나 그 집에는 이미 다른 사람들이 살고 있었다. 규현이 이 거대한 미로 같은 도시의 다른 곳에 숨었는지, 아니면 이미 도시를 떠났는지 알 수 있는 길은 없었다. 나는 니콜라스가 있던 펍을 찾아볼까 하다가 그만두었다. 그들을 만나 이번 테러의 배후에 대해 알게 된다고 해도 우진이 죽었다는 사실이 달라질 리는 없었다.

도시는 언제 그런 일이 있었냐는 듯 금세 원래의 모습으로 되돌아왔다. 사람들은 여전히 아침이면 출근을 했고 저녁이 되면 집으로 돌아갔다. 아무렇지도 않게 지하철을 타고, 버스를 타고. 사고 현장에 누군가가 가져다놓은 꽃다발만이 지나간 시간을 되새기고 있었다.

2월 21일 아침, 나는 마침내 런던을 떠났다. 몇 번 거절했는데도 불구하고 류가 굳이 공항까지 나를 태워다주었다.

"이런 식으로 자네를 보내게 되어 유감이네. 최대한 자네에게 도움이 되어줄 생각이었는데."

나는 들리지 않는 척 창밖만 바라보았다.

"그래도 곧 다시 만나게 될 거야. 자네가 이 정도로 포기할 사람이라고 생각지는 않아. 아니, 이제 와서는 더더욱 포기할 수 없게 됐지. 홍대 앞에서도 아직 실종사건이 계속되고 있네. 우리 쪽도 계속 조사를 하고 있었고. 어쩌면 런던일 확률이 높다고 생각했던 건 오판이었을지도 몰라."

나는 계속 들리지 않는 척했다. 이제 와서 그렇게 말하는 류의 의도가 뻔히 들여다보였다. 별로 원망하고 싶은 마음은 들지 않았다. 그는 자신이 택한 방법이 옳다고 믿을 테니까. 다만 그와 더이상 한마디의 말도 나누고 싶지 않았다.

내가 계속 들리지 않는 척하자 류도 더이상 아무 말도 하지 않았다. 극도로 강화된 출입국 수속 덕분에 사람들이 게이트 앞에 긴 줄을 이루고 있었다. 나는 줄의 끝에 가서 섰다. 류가 이미 허가를 받아놓았다며 잡아끌었지만 나는 움직이지 않았다. 류가 어쩔 수 없다는 듯 그곳에서 작별 인사를 했다. 우리는 짧게 악수를 했다. 그리고 돌아서려던 류가 그답지 않게 머뭇거리다가 내 팔을 붙잡고 말했다.

"혹시라도…… 나보다 먼저 자네가 그를 찾게 된다면, 꼭 물어봐 주게. 그를 따라간 여자들이 어떻게 지내고 있는지……"

뜻밖의 말에 얼굴을 쳐다보자 류가 씁쓸한 표정으로 웃었다. 나는 나도 모르게 고개를 끄덕였다.

11

서울로 돌아온 사실을 나는 누구에게도 알리지 않았다. 수연의 언니와 은주씨에게는 어떻게 수연의 소식을 전해야 할지 알 수 없었고, 우진을 아는 사람들에게는 어떻게 우진의 죽음을 이야기해야 할지 알수 없었다. 이미 실시간으로 세계 곳곳에 전해진 뉴스였고, 유일한 한국인인 우진의 사망 소식도 알려졌을 터였지만 그래서 더 그들을 만나고 싶지 않았다. 나는 우진의 죽음과 다시 한번 대면하는 일이 두려웠다. 한편으로는 이유리와 류의 부하들이 다시 나를 발견하고 따라다니게 될까봐 걱정이 되기도 했다. 하숙집으로 돌아가는 대신 홍대 근처에 있는 고시원 방을 구했다. 런던에서는 류가 활동비조로 생활비를 주었기 때문에 처음 미국에서 지내겠다고 했을 때 집에서 보내줬던 돈이 어느 정도 남아 있었다. 나는 방에서 한 발자국도 나오지 않고 물만 마시며 꼬박 이틀을 잤다. 눈을 떴을 때는 전혀 다른 세상이 눈앞에 있길 바랐다. 아니면 다시 내가 세상의 소리를 듣지 못하게 되길 바랐다.

그러나 잠에서 깨어난 뒤에도 달라진 것은 아무것도 없었다. 오히려 이명현상은 조금 잠잠해져서 세상의 소리는 고시원 이웃이 내는 소음의 형태로 내게 되돌아오고 있었다.

멍하니 방 안에 누워 있으면 사고 직전의 일들이 머릿속을 스쳐갔다. 버스를 따라 달리던 우진의 마지막 모습. 그리고 마지막 표정. 마지막 표정조차 그다웠다는 사실에 위안을 느껴야 할까? 나는 수백, 수천 번 그 순간을 떠올렸으나 어떤 감정으로 그 순간을 되돌아봐야 할지 알 수 없었다. 나는 아직도 내가 본 마지막 순간의 의미를 이해하지 못하고 있었다. 몇 번이고 몇 번이고 그 순간을 되돌아볼 뿐이었다.

서울에 돌아온 날로부터 열흘 정도가 지난 어느 밤 나는 'Fragile'을 찾아갔다. 개구리씨가 집으로 돌아가고 이반 형 혼자만 남아 있는 시간을 나는 기억하고 있었다. 이반 형은 여느 때처럼 바 구석에서 LP판을 정리하고 있었고, 실내에는 비틀스가 흐르고 있었다. 비틀스의 나라에 있는 동안 정작 그들의 음악을 들은 적은 한 번도 없었다는 사실이 떠올랐다. 그것은 생각하려고 한 게 아니라 저절로 이루어진 사고 작용이었다. 얼마나 이상한 일인가. 나는 살아 있었다. 살아서 모든 사소한 사실들을 떠올리고 있었다. 입구에 서 있는 나를 발견한 이반 형이 아직 남아 있던 손님들에게 영업시간이 다 되었다고 말했다.

우리는 늘 앉던 자리에 마주 앉아 오랫동안 아무 말도 하지 않았다. 이반 형은 내 말을 기다리고 있었다. 나는 알고 있었지만 도저히 입이 떨어지지 않았다. 어느 순간 〈Strawberry fields forever〉가 흘러나오기 시작했다. 당신을 데려가게 해줘요. 나는 딸기 정원으로 갈 거거든요. 갑자기 눈물이 쏟아지기 시작했다. 마치 땀을 흘리는 것처럼 쉴새 없이 볼을 타고 흘러내렸다. 우진의 죽음을 겪으면서 운 것은 그때가 처음이자 마지막이었다. 울음이 터지자 동시에 말이 흘러나왔다. 눈물을 닦을 생각도 못 하고 나는 떠들기 시작했다.

"도저히 이해할 수가 없어요. 우진이 사라진 순간이 이해가 가지 않아요. 그 순간을 경계로 우진이라는 한 인간이 부재한다는 사실을 받아들일 수가 없어요."

이반 형이 어두운 표정으로 나를 바라보았다.

"그건 더이상 아무것도 남아 있지 않다는 거잖아요. 어떻게 그럴 수가 있죠?"

"너는 부재를 이해하는 게 아니라 존재를 이해해야 해. 우진이는 너에게 어떤 존재였지? 이제 우진이는 그를 아는 사람들의 기억 속에만 존재해. 그걸 이해하는 게 우리에게 주어진 숙제야."

이반 형이 조용히 말했다. 그도 고통스러우리라는 사실은 짐작하고도 남았으나 겉으로 드러내지 않는 그에게 괜스레 화가 났다.

"형은 왜 이렇게 침착해요? 우진이가 죽었는데, 아무렇지도 않아요?"

"그럴 리가. 나도 무척 마음이 아파. 그렇지만 뭐랄까, 나는 이미 다른 사람의 부재를 이해하려는 노력에 익숙해져 있어."

"무슨 뜻이에요?"

"이 얘기를 이런 식으로 네게 하게 되는구나."

이반 형이 눈을 돌려 스툴에 엎드려 있는 팔랑을 바라보았다.

"대학교 이학년 때, 친구들과 계곡에 놀러 갔다가 폭우로 고립된 적이 있어. 구조대가 출동했을 때는 이미 매우 위급한 상황이었지. 구조대가 로프를 이용해 한 사람씩 안전한 곳으로 옮기던 중에 한 아이가 나한테 먼저 가라고 양보를 했어. 나는 고개를 끄덕이고 안전한 곳으로 건너왔지. 괜찮을 거라고 믿었어. 정말로. 그런데 다시 고개를 돌렸을 때 이미 그 아이는 보이지 않았어."

"물에 휩쓸려버린 건가요?"

이반 형이 고개를 끄덕였다. 그리고 잠시 아무 말도 하지 않았다. 음악소리가 우리 둘 사이의 침묵을 메웠다.

"그애는 내 쌍둥이 동생이었어. 언젠가 너희가 어떻게 아무 일도 하지 않을 수 있느냐고 물은 적이 있었지. 내가 아무것도 하지 않으리라고 마음먹은 건 그애의 죽음 때문이었어."

"그렇지만, 아무리 동생이 죽었다 해도 형이 왜 꼭 이런 삶을 선택해야 하는 거죠?"

나는 조심스럽게 물었다.

"살아 있었다면 그애는 어떤 일이라도 할 수 있었어. 이제 그 아이는 할 수 없게 되어버린 일들을 내가 한다는 걸 스스로 용납할 수 없었던 거야. 남이 들으면 이상하다고 생각하겠지만 그것이 내가 그 아이의 부재를 받아들이는 방식이었어. 힘들겠지만 너도 찾아내야 해. 우진이가 없는 현실을 받아들일 방법을. 네 안에 있는 우진이의 존재를 이해할 수 있는 방법을. 그건 누구도 대신해줄 수 없는 일이야."

이반 형의 말을 듣는 순간 나는 내가 해야 하는 일이 무엇인지를 깨달았다. 사실 그것은 이미 오래 전부터 알고 있던 일이었다. 이반 형의 말은 더이상 그 일을 미룰 수 없다는 사실을 일깨워주었다.

다음날부터 나는 준비를 시작했다. 내가 없는 동안 일어난 실종사건들을 조사했고, 런던에서와 마찬가지로 지도를 구해 길들을 걸어보며 이동경로를 짰다. 이미 익숙한 길들이었기 때문에 런던에서보다 쉬웠다. 지난 여섯 달 동안 홍대 앞에서 벌어진 실종사건은 세 건이었고, 마지막으로 벌어진 것은 1월 말이었다. 단서조차 없는 연쇄실종이 계속되고 있음에도 불구하고 여전히 홍대 앞은 젊은이들로 넘쳐났다. 나는 어느새 3월이 되었다는 사실을 깨달았다. 또다시 봄이 찾아오고 새로운 학기가 시작된 것이다. 수연과 우진을 처음 만난 것이 작년 이맘때였다는 사실을 떠올리자 마음 깊숙한 곳이 못 견디게 아파왔다.

그 주 주말에 모든 준비가 끝났다. 저녁 무렵 고시원으로 돌아가는 길에 나는 이명현상이 심해지는 걸 느꼈다. 귓속에서 세탁기가 폭발할 듯 날뛰었다. 다른 소리가 점점 멀어지고 두통이 찾아왔다. 나는 잠시 쉬었다 갈 작정으로 가까이 있던 놀이터로 들어갔다. 주말이라 놀이터 주변은 사람들로 붐볐다. 팔짱을 낀 연인들과 교복을 입은 학생들이 보였다. 젊은 청년들이 좌판에 늘어놓은 액세서리와 옷가지 들을 또다른 젊은이들이 지나치며 구경하고 있었다. 상점가에서 흘러나오는 반짝이는 불빛이 사람들의 들뜬 얼굴을 물들였다. 만약 이곳에서 대형 화재가 발생한다면, 그리고 테러가 벌어진다면 얼마나 많은 것들이 사라질까. 구석에 놓인 벤치에 앉아 이명이 잦아들기를 기다리는 동안 한쪽에 둘러선 사람들이 누군가의 거리 공연을 보고 있는 걸 발견했다. 그곳에서는 흔히 있는 일이었다. 이명이 조금씩 잦아들면서 내게도 음악소리가 들려왔다. 소리가 점점 커질수록 나는 심장이 두근거리는 걸 느꼈다. 그것은 익숙한 음악이었다. 내가 누구보다 잘 알고 있는 연주였다. 가슴이 울렁거렸다. 문득 지난여름으로, 정현과 매일같이 마주 앉아 있던 동아리방으로 되돌아간 것 같았다. 그러나 동시에 나는 그 음악이 그때처럼 나를 사로잡고 있지 않다는 사실을 깨달았고, 그러자 슬퍼졌다.

나는 사람들 사이를 비집고 들어가 정현의 모습을 찾았다. 정현은 언젠가 내가 처음 그녀의 연주를 들었을 때처럼 나를 등지고 앉아 있었다. 나는 익숙한 뒷모습을 바라보며 주위를 둘러싼 사람들 곁을 천천히 돌아 정현의 앞쪽으로 다가갔고, 어느 순간 정현이 가면을 쓰고 있다는 사실을 발견했다. 그 가면은 광대의 가면이었으나 우습기보다는 오히려 슬픈 느낌이었다. 창백한 얼굴에 입술은 붉었고, 눈 주위는 까맸다. 양쪽 눈 위에 세로로 그어진 검은 줄은 마치 눈물 때문에 흘러내린 마스카라처럼 보였다. 정현은 고개를 약간 숙인 채 연주에 몰두해 있었다. 나는 연주가 어서 끝나기를 바랐고, 한편으로는 언제까지나 계속되기를 바랐다. 내가 진짜로 바라는 게 무엇인지 나도 알 수 없었다. 마침내 연주가 끝나자 사람들이 박수를 쳤다. 정현이 자리에서 일어나 고개를 숙였다. 그리고 고개를 드는 동안 나와 눈이 마주쳤다.

사람들이 흩어지는 사이에 나는 그녀에게 다가갔다.

"화장실은 저쪽이야."

광대가 그대로 자리에 선 채 내가 가까이 오기를 기다렸다가 말했다.

"방금 다녀왔어."

나는 대답했다.

정현이 기타를 정리해서 케이스에 넣었다. 그리고 가면을 쓴 채 앞장서서 놀이터를 빠져나갔다. 사람들이 끊임없이 우리 곁을 지나쳐갔다. 우리는 그들을 피해 조용한 쪽으로, 인적이 드문 쪽으로 걸었다. 번화가의 불빛들이 멀어지자 주위가 어두워졌다.

"우진이 일은 유감이야."

정현이 말했다. 나는 말없이 고개를 끄덕였다.

"정말로."

"응."

그 일에 대해 더이상 뭐라고 말해야 할지 알 수 없었다. 그래서 다른 말을 했다.

"길거리 연주는 새로운 연습 방법이야?"

"아니, 대결이야. 대결보다는 도전이 맞으려나."

"누구랑?"

"피리 부는 사나이지."

정현이 당연하다는 듯 말했다.

"정말?"

"바보 같은 생각이지만 내가 할 수 있는 일은 그것뿐이니까. 어디선가 그가 연주하고 있을 때 나는 사람들이 그의 연주에 지배당하지 않기를 바라면서 연주하는 거야. 효과가 있을 리는 없겠지만 뭐라도 하지 않으면 마음이 편치 않아서."

"효과가 있을 거야."

"바보 같은 소리 하지 마. 그런 게 가능할 리 없잖아. 그냥, 사람들은 계속 사라지는데 아무것도 할 수 없는 게 답답해서 하는 거야."

"효과가 있을 거야."

나는 진심으로 말했다. 가로등이 고장나 어두운 골목길로 접어들었을 때 정현이 조용히 물었다.

"런던에서는 뭔가 찾았니?"

"니콜라스를 만났어."

"그랬구나. 피리 부는 사나이는?"

나는 고개를 저었다.

"수연씨는?"

다시 고개를 저었다.

"계속 찾아다닐 거니?"

나는 잠시 망설이다가 "응"이라고 대답했다.

정현이 갑자기 발걸음을 멈추더니 가면을 벗었다. 그리고 내 눈을 바라보며 물었다.

"뭘? 뭘 찾아다닐 건데?"

어둠 속에서 정현의 눈이 빛났다. 나는 과연 무엇을 찾고 싶은 걸까? 무엇을 찾아야 하는 걸까? 처음 내가 피리 부는 사나이를 찾아나선 것은 수연이를 그와 만날 수 있게 해주려는 뜻에서였다. 그러나 이제 수연은 이미 피리 부는 사나이를 만났을지도 몰랐다. 그렇지 않다 해도 나의 도움을 필요로 하지는 않을 것이다. 나는 어떻게든 수연을 다시 만나고 싶은 걸까? 아니면 피리 부는 사나이를 찾아 더이상의 실종을 막고 싶은 걸까? 그렇지만 나는 이제 알지 못한다. 피리 소리를 따라나선 사람들이 불행하고 고통스러울지, 아니면 내가 알 수 없는 만족 속에 살고 있을지.

'문을 두드리는 자들'도 지금쯤 서울에 있을 것이다. 내일이라도 당장 화재가 발생하고, 곧이어 테러가 벌어질지도 모른다. 나는 그들을 막고 싶은 걸까? 아니면 그들의 뜻이 실현되는 모습을 지켜보고 싶은 걸까? 런던에서 나는 니콜라스의 말에 매혹되었었다. 지금도 나는 머릿속으로는 니콜라스의 뜻을 이해하지만 가슴속은 우진의 죽음에 대해 분노하고 있었다. 우진이 그 먼 이국땅에서 왜 그렇게 죽어야 했는지 나는 여전히 이해하지 못하고 있었다.

결국 내가 아는 것은 아무것도 없었다. 이 땅에 돌아온 내게 남은 것은 오직 질문들뿐이었다. 그리고 그 질문들에 답을 줄 수 있는 사람은 피리 부는 사나이 외에는 없었다. 나는 그를 만나 물어야만 했다. 그가 진짜 원하는 것이 무엇인지. 그의 피리 소리가 무엇을 위해 울리는 것인지. 그가 여자들을 데려간 곳, 아주 오래 전에 아이들을 데려간 곳, 그곳은 어떤 세계인지. 우리가 살고 있는 이곳과는 어떻게 다른지 물어야 했다. 그럼으로써 우진의 죽음이, 수연이 가고 있는 길이 어떤 의미인지 알아내야만 했다. 이 질문들의 답을 얻지 못한다면 나는 앞으로 한 발자국도 나아갈 수 없을 것이었다. 그리고 그 답에 이르기 위해 내가 할 수 있는 일은 또다시 끈질기게 걸으며 피리 부는 사나이를 찾아다니는 것뿐이었다.

그러나 정현이 이런 이야기를 이해할 수 있을까? 아니, 정현에게 이런 말을 늘어놓는 게 옳은 일일까? 나는 오랫동안 고민했다. 서늘한 달빛 같은 정현의 눈빛을 바라보며. 그리고 겨우 입을 열어 말했다.

"수연이를 찾을 거야."

그 말을 하는 순간 강화도에서 수연이 내게 피리 부는 사나이를 잊을 수 없을 거라고 말하던 모습이 눈앞을 스쳐갔다. 나는 비로소 그때 수연의 마음을 어렴풋이 이해할 수 있을 것 같았다.

정현이 내게서 고개를 돌리고 우리가 걸어온 길을 바라보았다.

"그날, 이유리를 만난 날, 내가 런던에 따라가겠다고 고집을 부렸을 때 날 데리고 나가서 그녀가 말했어. 네가 수연씨를 찾아내는 게 빠르면 빠를수록 내게는 좋은 일이 될 거라고. 수연씨를 찾는다 해도 두 사람이 같이 있지는 못하게 될 테니까 네가 하고자 하는 대로 두라고. 그 말은 이유리 자신이 그렇게 만들겠다는 뜻이었지. 그렇게 되기를 바랐어. 죄책감을 느끼면서도. 너는 앞으로도 쭉 그녀를 찾아다니겠지. 그녀를 찾아내지 못한다면 언제까지라도."

나는 아무 말도 할 수 없었다.

"안녕."

정현이 여전히 나를 쳐다보지 않은 채 말했다. 그리고 내게서 등을 돌린 채 홀로 어둠 속을 걷기 시작했다.

"길거리 연주 계속 할 거지?"

왜 갑자기 그런 질문이 튀어나왔을까. 정현이 무표정한 얼굴로 천천히 나를 돌아보았다.

"이제 안 할 거야."

"계속해줘. 부탁이야."

"이제 안 할 거야."

정현의 눈에 눈물이 고였다.

"부탁해."

나는 간절히 말했다. 뻔뻔하기 짝이 없는 말이라는 것을 알면서도. 내가 걷고 있는 동안 어느 곳에선가 그녀의 연주가 울려퍼지고 있으리라는 사실이 내게 얼마나 힘이 될지를 알고 있었기에.

정현이 말없이 나를 바라보다가 다시 등을 돌려 멀어져갔다. 나는 오랫동안 그 자리에 서 있었다. 그리고 고시원으로 돌아오는 길에 이유리와 로버트 존슨, 아니 피리 부는 사나이를 생각했다. 그들은 과연 어떤 사이였을까. 서로에게 어떤 기억을 남겼을까.

*

그리고 많은 날들이 지나갔다. 시간이 어떻게 지나가는지 나는 알지 못했다. 내 생활은 극히 단순한 행위들로 채워졌다. 먹고 자는 시간을 제외하고는 오직 걷고 주위를 살피는 일로 하루의 모든 시간을 보냈다. 밤마다 신문기사들을 확인했다. 돈이 떨어질 때까지 이 생활을 지속할 작정이었다. 돈이 떨어진 이후에는 최소한의 생활에 필요한 비용을 벌 수 있는, 그러면서 가장 적은 시간이 소요되는 아르바이트를 찾을 생각이었다.

어느 날 나는 꿈을 꾸었다. 그것은 언젠가 꾼 적 있는 꿈이었다. 노란 밀밭과 밀밭 사이로 난 세 갈래 길, 검은색과 흰색과 푸른색이 뒤섞여 물결치는 하늘, 줄을 지어 날아가는 까마귀떼. 나는 고개를 돌려 남자를 찾았다. 산양의 다리와 둥글게 말린 두 개의 뿔을 가진 남자, 판, 피리 부는 사나이. 그러나 그의 모습은 보이지 않았다. 나는 가운데로

난 길을 따라 걷기 시작했다. 밀밭은 사방으로 끝없이 펼쳐진 것처럼 느껴졌고 길은 무한히 계속되는 것 같았다. 현실에서와 마찬가지로 나는 주위를 살피며 걷고 또 걸었다. 머리 위에서는 끊임없이 까마귀 울음소리가 들려왔다. 어느 순간 길은 험한 오르막으로 변했다. 금방이라도 쓰러질 것 같았지만 이를 악물고 오르막길을 걸었다. 그리고 마침내 언덕 꼭대기에 다다른 순간 나는 볼 수 있었다. 멀리서 나를 돌아보며 손짓하는 수연을. 그리고 그보다 더 멀리서 내게 등을 보인 채 걷고 있는 누군가를. 희미하게 피리 소리가 들린다고 느끼는 순간 나는 잠에서 깨어났고, 그것이 피리 부는 사나이가 보낸 메시지라는 것을 깨달았다. 어슴푸레 창밖이 밝아오고 있었다. 나는 옷을 챙겨입고, 운동화 끈을 꽉 묶고 집을 나섰다. 그리고 또다시 걷기 시작했다. 한 발짝, 한 발짝, 아직은 멀리 있는 그들을 향해. 그러나 언젠가는 반드시 만나게 될 또다른 세계를 향해.

임철우(소설가)

내일의 소설은 과연 어떤 모습일까. 그 궁금증을 한발 앞서 풀어볼수 있다는 점에서, 신인들의 응모작을 읽는 일은 매번 즐겁고 가슴 설렌다. 더구나 '문학동네소설상'에 대한 젊은 세대의 관심이 유달리 뜨겁다는 걸 익히 알기에, 기대감도 그만큼 컸다. 미리 말하면, 전반적으로 애초의 기대엔 미치지 못했다.

새삼 재확인한 사실은, 응모작 절대다수가 영상매체의 압도적 영향력에서 자유롭지 못하다는 점이었다. 이젠 그 정도가 갈수록 심해져서, 아예 영상매체의 상상력에 완전히 점령당해버린 게 아닌가 싶기까지 했다. 응모작 중엔 애당초 소설과 영화를 구분하지 못하거나, 아예 그럴 필요성이 없다고 여기는 듯한 작품들이 적지 않았다. 하기야 조작된 이미지의 세계가 실제 세계보다 위력을 발휘하는 이 전지전능한(?) 스펙터클의 시대에 어찌 소설 저 혼자만 온전히 자유롭기를 바라겠는가. 그렇지만, 소설만이 지니고 있는 고유한 가치랄까 미덕이라 불러도 좋을 최소한의 영역만은 쉽사리 포기해선 안 되리라는 생각이 든다.

가령, 대다수 응모작에서 '묘사'가 대폭 줄어든 대신, 스토리 중심의 서술과 대화에만 과도하게 의존하는 현상이 두드러진다. 물론 시나리오의 경우라면 묘사는 최소한으로도 족할 터이다. 생략된 그 나머지는 초정밀 만능 렌즈가 멋지게 창조해줄 터이므로. 하지만 소설은 오직 작가 혼자서, 문장 한 가지만으로, 영화에서의 렌즈, 감독, 배우, 각종 첨단 기술까지를 도맡아야 하는, 그야말로 철저히 수공업적인 장르이다.

소설에서 묘사가 사라지면 오감 및 공간의 상상력이 약화되고, 무엇보다 소설 고유의 특별한 장기이자 미덕이라 할, 인간 내면심리의 도저한 영역에로의 통로 자체가 실종될 위험에 빠진다. 요즘 소설들이 현란하고 다채로운 스토리 전개와 다양한 화법들을 자랑하지만 정작 생생한 현실감을 주지 못한다거나, 작중인물들이 살아 있는 존재라기보다 스토리상 정해진 역할만 따라가는 로봇처럼 여겨진다는 지적도 더러 들리는데, 그건 어쩌면 묘사의 현저한 약화현상과도 일부분 무관하지 않을 터이다.

김기홍씨의 『피리 부는 사나이』의 강점은 이야기를 끌고 가는 만만찮은 저력에 있다. 매끄러운 문장과 안정된 호흡으로 긴장감과 호기심을 꾸준히 이끌어냈고, 퍼즐을 맞추어가듯 진행되는 스토리도 다채롭고 경쾌한 보폭을 시종 유지한다. 다만 추리소설의 핵심이라 할 논리적 인과관계가 군데군데 허술해 보여 마음에 걸린다. 피리 부는 사나이, 피리 소리, 그리고 수연과 여인들의 연쇄실종사건 간의 연관성이 여전히 모호하다. 그 연결고리로 내세운 것들은 꿈, 전설, 수연이 그린 그림, 음악 따위 다분히 추상적인 항목들이다. 일개 대학생 혼자의 몸으로 전 지구적인 테러 조직과 맞선다는 설정, 또 의문을 풀어가는 과정이 사건 전개를 통해서라기보다 등장인물간의 대화 및 추리에 의존하고 있는 점도 여전히 어색하다. 그럼에도 나는 이 작품을 당선작으로 하는 데 동의했다. 신인다운 패기, 앞날의 가능성을 높이 샀기 때문이었다. 당선자에게 축하를 보내고, 건투하시기 바란다.

정미경(소설가)

김기홍씨의 『피리 부는 사나이』는 여러 개의 겹을 가졌다. 크게 보면 성장소설의 범주에 넣을 만하다. 엇갈리는 청춘의 사랑이 있고, 컴컴하고 단단한 알에서 깨어나게 하는 진하고 운명적인 우정도 있다. 그러나 한편 연쇄실종사건과 테러라는 장르적 감각이 덧입혀지면서 하나로 규정할 수 없는 독특한 스타일을 구축한다. 이 작품은 처음 읽었을 때보다 두번째가 더 좋았다. 중반 이후 스토리의 갑작스런 비약이나 공간적 배경의 과다한 이동, 『다빈치 코드』를 연상시키는 음모론 등이 단점으로 지적되기도 했으나 그것들을 한 작품의 틀 안에서 이만큼 유연히 연결시키는 것도 쉽지 않은 재능이라고 생각한다.

대학생이 된 '나'는 뜻하지 않은 오해―정현이라는 여학생과 자고 그녀를 차버렸다는―로 과의 친구들에게 왕따를 당한다. 그 무렵 우진과 수연이라는 두 친구를 알게 되고 그들을 통해 위로를 얻게 되는 동시에 자아의 균열과 변화를 겪는다. 정현이 자신 때문에 상처받은 줄 뻔히 알면서도 귀찮아서 침묵했던 나는 수연의 사라짐과 우진의 죽음을 겪으며 스스로 고통의 한가운데로 뛰어든다. 소극적이고 자기 중심적인 세계를 깨고 나와 자신을 둘러싼 세계와의 유기적 관계에 눈뜨

게 되는 것이다.

연쇄실종과 테러의 배후인물로 지목되고 있는 피리 부는 사나이는 소설의 전면으로 나오지 않고 다양한 가능성 뒤에 숨어 있다. 그가 누구인지 보여주지 않고 독자로 하여금 끝까지 그에 대해 집중하게 하는 우회의 서술능력은 높이 살 만하다고 생각되었다. 어쩌면 이 소설에서 피리 부는 사나이가 누구인지는 중요하지 않다. 피리 부는 사나이는 자아와 세계를 반영하는 거울 같은 존재로 여겨졌다. 소설의 끝에서 독자는 자신에게 묻게 될 것이다. 너의 피리 부는 사나이는 누구인가? 내가 진정으로 두려워해야 할 것은 무엇인가?

이 소설은 젊다. 자기의 마음이 가리키는바, 모르는 세계로 뛰어드는 주인공의 모습은 빵부스러기를 흘리지 않은 채 미지의 숲으로 걸어들어가는 헨젤과 그레텔이며 귀향을 계산하지 않는 오디세우스를 떠올리게 한다. 이 작가의 차기작을 기대하며 축하를 보낸다.

남진우(시인, 문학평론가)

김기홍씨의 『피리 부는 사나이』는 잘 짜여진 스토리와 감각적인 문장으로 최종심에 오른 작품 중에서도 단연 돋보였다. 피리 부는 사나이라는 동화적 모티프를 현대사회의 여러 증상과 관련지어 풀어나가는 솜씨도 상당했다. 후반부에 소설의 무대가 런던으로 옮겨지면서 리얼리티가 떨어진다는 점이 문제로 지적되기도 했으나 이 소설의 전체적 톤으로 볼 때 그럴 수밖에 없는 필연성 또한 갖고 있다는 옹호 의견이 나왔다. 이 야심만만한 작품의 작가가 비좁은 한국문학의 영토에 새로운 출구를 열어줄지 모른다는 기대를 갖고 나도 이 작품에

한 표를 던졌다. 부디 앞으로의 작품활동을 통해 이런 기대를 현실화
시켜주기 바란다.

류보선(문학평론가)

　김기홍씨의 『피리 부는 사나이』는 올해 투고된 소설 중 상대적으로
제일 좋은 작품이었지만 이전의 소설을 낡은 것으로 만들어버리는 사
건성이 있는지를 판별하기가 힘들었다. 무엇보다 이 소설은 소설의 전
반부와 후반부 사이에 연관성이 너무 떨어졌다. '나'의 성장과정을 축
으로 상징질서 바깥에의 매혹과 그 세계로 나아가야 할 필연성을 제시
하던 소설이 갑작스레 현재 지구의 질서를 파괴하려는 세력과 그것을
지켜내려는 세력 사이의 쟁투로 확대되는 대목은 납득하기 힘들었다.
뿐만 아니라 소설 곳곳에 흩뿌려져 있는 '하루키의 흔적'도 눈에 거슬
렸다.
　하지만 이런 분명한 결여에도 불구하고 『피리 부는 사나이』는 독자
를 끝끝내 소설에 집중하게 하는 어떤 마성적인 힘을 지니고 있었다.
그중 헤겔저인 의미의 '바로 그 사람'을 만들어내는 능력은 단연 압권
이었다. 각 인물들의 사소한 외양이나 습관, 그리고 병증 등을 통해 그
인물의 세계 내적 위치를 자연스럽게 지정하고 그것을 통해 다른 소설
에서는 보기 힘든 특이한 인물들을 창조해가는 대목은 경탄할 만했다.
또한 이렇게 살아 움직이는 인물들의 다양한 관계형식들을 통해 상징
질서 바깥의 윤리의 필요성을 서서히 제시해가는 장면들은 이 작가의
현대성에 대한 성찰 또한 만만치 않음을 보여주기에 충분했다.
　『피리 부는 사나이』는 한계도 뚜렷하지만 장처 또한 만만치 않은,

324

전체적으로는 매우 매혹적인 성장소설이었다. 이 작품에는 특이하게도 두 번의 성장이 있다. 작중화자인 '나'는 상징적 질서와의 불화와 방황을 거쳐 끝내 'Fragile'이라는 카페를 중심으로 한 일종의 작은 공동체에 편입되면서 상징적 질서와 타협을 이루어낸다. 그러니까 '나'는 'Fragile'이라는 느슨한 결사체에 가입되면서 '나'의 욕망과 세상의 질서 사이를 조절하기에 이른다. 세상에 대한 일방적인 부정도 아니고 절대적인 긍정도 아닌 반어적 긍정을 통해 상징적 질서 안에 자기의 욕망을 투사한 자리를 찾아낸 셈이다. 여기까지는 우리가 흔히 보는 성장 이야기이다. 하지만 이 교양에의 의지로 뭉친 작은 결사체 'Fragile'은 형성되는 순간 말 그대로 깨져버리고 또 한번의 성장담이 시작된다. 또다시 불화와 방황이 시작된다. 한데, 이 방황은 상징질서와 '나'의 욕망 사이의 종합으로 끝나지 않는다. 한국이라는 경계 안에서 힘겹게 이루어졌던 세상과 '나'의 종합이 전 지구적 자본주의라는 메커니즘 속에서는 더이상 불가능해진다. 해서 '나'는, 그리고 그 외의 인물 대부분은 성장 이전의 단계로 퇴행한다. 구체적으로 말하자면 추상적 이상주의나 환멸의 낭만주의의 상태로 돌아가서 세상 어느 곳에도 귀속되지 못한 채 떠돌거나 헛돈다. 이렇게 『피리 부는 사나이』에는 기존의 성장담 외에 또하나의 성장의 과정이 외삽되어 있거니와, 이는 작품의 중요한 특성이다. 아니, 이것은 『피리 부는 사나이』에 깃들어 있는 어떤 징후라고 해야 할지도 모른다. 인간 모두가 두 번 죽어야 (상징적 죽음과 실제적 죽음) 죽음을 완성하듯이, 이 지구화시대에서는 성장도 두 번 해야 한다는 것, 그래야만 세계 내적 존재가 된다는 점을 징후적으로 보여주고 있다고나 할까. 그렇다면 『피리 부는 사나이』는 지구화시대라는 지금, 이곳의 현실적 상황을 충실하게 반영한 전혀 새로운 형식의 성장소설이라 불릴 만한지도 모르겠다.

많은 망설임 끝에 『피리 부는 사나이』를 당선작으로 밀었고, 역시 적지 않은 논의 끝에 당선작으로 결정되었다.

당선자에게 축하를 보내며 모든 응모자들의 정진을 기대해본다.

신수정(문학평론가)

처음부터 김기홍씨의 『피리 부는 사나이』를 당선작으로 생각했다. 풍부한 감성과 청초한 문체로 펼쳐지는 스무 살 초입 청춘 남녀들의 대학생활과 관련된 전반부는 오랜만에 맛보는 고전적 소설의 풍미를 그대로 보여주고 있다고 해도 좋았다. 화려하고 발 빠른 최근 소설의 진화에 무심한 듯 오로지 소설만이 보여줄 수 있는 어떤 규범적 세계를 추구하고자 하는 자세 또한 든든하고 묵직한 느낌이었다. 무엇보다도 이 소설은 청춘의 열정과 방황이 궁극적으로는 '피리 소리'로 상징되는 세계에 대한 동경이나 탐구와 무관하지 않음을 보여주고 있어 인상적이었다. 아직도 '피리 소리'를 인생의 궁극적 도달점으로 생각하는 어떤 세대가 존재하고 있다는 사실은 세대적 연속성과 인문적 성찰에 대한 확신을 넘어 우리를 위무하기까지 한다. 어쩌면 세계의 구원은 이 실낱같은 노력에 의해 그것에 이르는 좁디좁은 문을 열게 되는 것인지도 모르겠다. 삶이 마련하고 있는 미세한 균열이나 떨림을 간과하거나 놓치지 않는 삶에 대한 열정은 세계의 거대한 음모에 저항할수 있는 유일한 항체다. 이 소설은 이 아름다운 성찰만으로도 우리의 관심을 끌기에 충분했다. 단 한 순간 임재했다가 사라져버린 연인의 궤적을 좇아 세계의 끝까지 여행하는 주인공의 모험이 단순한 사랑의 추구로만 읽히지 않았던 것은 그 때문이다.

그렇다고 아쉬움이 없었던 것은 아니다. 수연을 찾아 '문을 두드리는 자' 들과 함께 런던으로 공간을 이동하고 있는 후반부는 아슬아슬한 대목이 적지 않았다. 전 세계를 상대로 한 테러집단을 형상화하기란 쉬운 일은 아니다. 유럽 전역에 이르는 소설 공간의 광활함에 비해 그 디테일이나 사실성이 턱없이 부족한 것은 그럴 수밖에 없다. 소설의 개연성은 시공간의 집중성을 기본 전제로 한다. 그런데 이 소설의 후반부는 이 기초 공식을 위반하고 있는 것 아닌가. 그러나 돌이켜보면 이것이 아닌 다른 어떤 것이 가능할 수 있을까 싶기도 했다. 신촌의 한 대학에서 발화한 사랑의 불길이 이 세계의 테러나 참상을 잠재울 세계의 온기에 해당된다는 발상은 얼마나 '윤리적' 인가. 사정이 그렇다면 이 후반부를 지나치게 소설적 규약 속에 묶어둘 필요는 없는 것인지도 모르겠다. 어쨌든 사랑하는 자는 세계의 불행에 고개를 돌릴 수 없는 것이 사실일 것이다. 이 소설은 이제는 가물가물해진 이 명제를 새삼 환기시키는 면모가 있다. 그 환기력을 소설의 힘이라고 볼 수는 없을까. 이 소설을 당선작으로 하는 데 기꺼이 동의한 것은 바로 이 힘에 대한 긍정 때문이었다. 수상을 축하한다. 이제 문은 열렸다. 피리 소리를 따라가다보면 자신이 그 피리 소리의 주인이었음을 알게 될 것이다.

피리 부는 사나이를 따라서

강지희

등단 후, 문단에서 작가들을 만날 때면 가끔 깜짝깜짝 놀라곤 했다. 글이 사람을 닮는 걸까, 아니면 사람이 글을 닮는 걸까. 맞은편에 앉아 있는 작가의 얼굴과 몸짓, 목소리에서 그 사람이 썼던 문장들이 지나 갔다. 그후로 글을 읽고 매혹을 느낄 때면, 작가가 더 궁금해졌다.

제15회 문학동네소설상 수상작인 『피리 부는 사나이』는 이제 막 스 무 살이 된 한 남자가 대학에 들어서며 호된 입사식을 거치는 이야기 였고, 불수의근처럼 어찌할 수 없는 사랑과 이별에 대한 이야기였으 며, 세계 곳곳에서 일어나는 테러와 실종되는 사람들에 대해 문제제기 를 하는 이야기이기도 했다. 타로카드를 선택했을 때, 선택자의 질문 이나 함께 뽑힌 다른 카드와의 맥락에 따라 그 카드의 의미가 무수히 달라지는 것처럼 소설은 다각도로 다가왔다.

'피리 부는 사나이'에 대한 전설을 매력적으로 재해석한 21세기 판 본 『피리 부는 사나이』는 얼핏 세계의 굵직한 테러의 배후를 찾아가며 이들을 문제삼는 것처럼 보이지만, 실은 그 동안 어떤 테러에도 무감 했던 우리를 질책하며 들이받는다. 어떻게 당신은 사람들이 사라져도 아무렇지 않게 살아왔지? 이 세계는 이상해. 어쩌면 당신도 이상할지 몰라. 박진감 있게 서사를 끌어나가면서도 명쾌한 결말로 쾌감을 주기보다는 피리 부는 사나이의 존재를 다시 감추기를 선택한 신중한 이 이야기가 최근에 읽었던 어떤 작품보다 더 많은 말을 걸어왔기 때문에 나는 황홀하게 어지러웠다.

인터뷰를 하기로 한 날은 낙엽의 쓸쓸함과 단풍의 화사함이 적절하게 교차하는 11월 초였다. 약속시간은 세시였지만 그보다 빨리 도착해서 기다리고 있어야 할 것 같아 버스정류장에 내리자마자 종종걸음을 쳤다. 한 걸음씩 앞으로 나아갈 때마다 구두 옆에서 낙엽이 춤을 추며 맴돌았다. 그런데 어느 순간 휙 돌아보자 멀찍이서 멋쩍어하며 걸어오고 있는 한 남자가 왠지 그일 것만 같은 느낌이 들었다. 예감은 맞았다. 알고 보니 우리는 같은 버스를 타고 왔던 것이다. 약속장소에 다다르기도 전에 우연히 마주쳤다는 데서 피어난 따뜻한 공감으로 인터뷰가 시작되었다.

— '문학동네소설상'이라는 커다란 관문을 통과하신 걸 축하드려요. 어릴 적부터 꿈이 소설가가 되는 것이었나요?

그렇지는 않았구요. 오히려 중고등학교 때부터 대학 때까지 친구들과 밴드를 하고 기타를 쳤기 때문에 음악에 대한 생각이 더 많았어요. 꽤 오랫동안 고민했던 것 같아요. 음악과 문학의 길 사이에서요.

—총 들고 찍은 어린 시절 사진을 보니까, 장난꾸러기였을 것 같아요. 유년시절은 어땠어요?

초등학교 시절에는 애들을 끌고 다니는 골목대장 스타일이었어요. 그런데 철이 들면서부터는 좀 조용해진 것 같아요. 고등학교 올라갈 때, 같은 중학교를 나온 친구들이 거의 없었어요. 그러다보니 자연스럽게 아이들과 어울리기보다는 뒤쪽에 앉아서 자는 편이 되었죠. 그래도 시험을 보면 점수는 잘 나오니까 아이들이 의아해했어요. (웃음) 아, 그냥 뒤쪽에서 같이 자던 친구들보다는 조금 더 잘 나온 거예요.

─대학을 들어가기 전에도 문학에 대해 관심을 가지고 있었을 것 같아요.

초등학교 중학교 때는 책을 많이 읽는 편이었어요. 어머니께서 책을 즐겨 읽으셔서, 가끔씩 헌책방에 가시면 당신 책 외에 제 책도 한 아름씩 사들고 오시곤 했죠. 어린이용으로 나온 명작집 같은 것들도 많이 읽고. 그런데 작가들 인터뷰 보면 고등학교 때 세계문학전집을 독파했다는 식의 이야기도 많잖아요? 책을 좋아하긴 했지만 제가 고등학교 때 읽은 걸 생각해보면 그런 것에는 한참 못 미치니까 문학에 관심이 있었다고 말하기는 좀 부끄럽죠. 그렇다고 관심이 없었던 것도 아니지만.

─그때 읽었던 책 중에서 유달리 좋아했던 작품이나 동경했던 소설가가 있었나요?

그때 읽었던 작가는 아니고요. 대학 들어오고 나서는 동아리 밴드 활동을 하느라 매일같이 연습하고 공연 준비하고 공연하고 술 마시는 생활을 계속했어요. 그때는 아마 일 년에 책을 세 권도 안 읽었을 거예요. 수업에 내야하는 과제도 제대로 안 냈으니까. 성적도 완전 엉망이고. 그때는 당연히 이런 게 멋진 거다, 생각을 하고. (웃음) 그렇게 보내다가 스물세 살 때 공익근무를 하면서 다시 책을 많이 읽기 시작했어요. 이때부터 문예지도 보기 시작했고, 자연스럽게 소설을 쓰고 싶다는 욕구가 생겼죠. 아무것도 모를 때라 오히려 뭘 읽어도 나도 이만큼은 쓸 수 있을 거라는 자신감이 있었는데, 그때 처음 보르헤스를 읽고 감탄을 넘어서 충격을 받았죠. '아, 이건 도저히 누구도 흉내낼 수가 없겠구나' 생각했어요.

330

―사실 프로필을 보기 전에 작품을 먼저 읽고 있던 중이었는데, 문학이나 철학을 전공하셨을 거라는 생각이 들었습니다. 소설 속에서 인물들이 문학과 철학을 가지고 설전을 벌이는 장면이 있지요. 대학에 들어갈 때 어떻게 전공을 선택하시게 됐나요?

저는 경제나 경영학과에는 관심이 없다보니까, 자연스럽게 인문학부를 지원했어요. 솔직히 말하면, 별생각 없이 국문과를 선택한 거였는데 나중에 돌아보니 잘한 선택이더라구요. 무심코 선택했는데 제가 흥미 있어하는 분야였던 거죠. 그리고 제2전공은 원래 철학이 아니라 신문방송학이었어요. 그런데 철학수업을 듣다보니 국문학이나 신문방송학에서 나오는 얘기들이 상당 부분 철학에서 비롯되었다는 걸 알게 되었고, 실용학문인 신문방송학에 비해 철학이 좀더 인생의 근본적인 문제에 대해서 얘기한다고 느꼈죠. 그게 좋아서 제2전공을 철학으로 바꿨어요.

―문학과 철학을 전공하면서 제일 크게 느꼈던 즐거움은 어떤 것이었나요?

누구나 내가 왜, 그리고 어떻게 살아야 하는가에 대해서 고민을 하잖아요. 그리고 삶의 자세나 가치관을 가질 때, 그것을 설정하기 위해서 어떤 근거가 있어야 하구요. 그 근거를 찾기 위해서는 뭔가 알아야 하는데, 그 앎에 가까이 갈 수 있게 도와줬던 것 같아요.

―그런 즐거움 이면에 인문학을 전공하는 학생으로서 가지는 고민도 있으셨을 것 같은데요.

예. 저 자신은 수업을 들으면서 즐거웠는데, 오히려 다른 사람들이 걱정을 많이 해주더라구요. 지희씨도 그러지 않았어요? (함께 격하게 동감) 하나 정도는 실용적인 전공을 하라는 충고도 많이 하고. 그래도 별로 그런 말들이 신경쓰이진 않았어요. 부모님도 속으로는 걱정을 하셨을지 모르지만, 그런 문제에 대해서는 저를 신뢰해주셨고.

─작품 속에 미디어 아트 전시에 대한 이야기도 나오고, 고흐의 〈까마귀가 나는 밀밭〉에 대해서도 여러 번 언급됩니다. 미술에 대해 평소에 관심이 많으신가요.

　오히려 미학 쪽에 관심이 있다고 말할 수 있을 것 같아요. 이것은 왜 아름다운 것이고, 이건 아닐까라는 고민을 많이 했고, 그래서 책을 읽고 수업을 듣기도 했죠. 그 미디어 아트 전시는 당시에 실제로 보러 가서 경험했던 거예요. 고흐는 다들 좋아하는 화가고……

　─기존 문학동네소설상 수상자들과 비교해보면 어린 나이에 등단한 편이신데, 수상작이 천 매가 넘는 장편소설이라는 것이 놀랍습니다. 아주 긴 호흡이 필요한 일이었을 텐데요.

　학생일 때는 수업도 있고 과제다 시험이다 해서 흐름이 끊길 때가 많았죠. 몇 달 방치해놨다가 나중에 다시 보면 이건 뭐지, 하는 자괴감이 들기도 하고. 그럼 지우고 다시 쓰고, 뭐 그랬죠. 졸업하면 좀 나아질까 했는데 별로 그렇지도 않더라구요. 그래도 이 작품을 마무리해야 뭐든 다른 작업을 할 수 있을 것 같아서, 작년 말부터 올해 8월 말까지는 계속 여기에만 매달렸어요. 그런데 제가 한번 꽂히면 끝까지 가는 버릇이 있어서…… 우연히 보게 된 드라마도 앞뒤 줄거리가 궁금할 정도로 흥미로우면 찾아서 처음부터 다 봐야 되거든요. 그런 게 소설 쓰는 데 방해가 되기도 하죠.

　─주로 어디에서 글 쓰는 동력을 얻으시나요?

　글 쓰는 일이 즐거울 때는 별로 많지 않아요. 오히려 도망치고 싶을 때가 훨씬 많아요. 그래도 다른 사람에게 좋은 반응을 듣거나, 드물게 스스로 만족스러운 기분이 들면 힘이 나죠.

　─소설을 쓸 때 제일 신경쓰는 것은 어떤 부분인가요?

　독자로 하여금 그럴듯하다고 느끼게 만드는 게 중요하다고 생각해요. 현실을 그리든 환상을 그리든. 그러기 위해서는 디테일한 요소들을 놓치지 않는 게 중요한 것 같아요. 사건의 인과관계를 분명히 하는 것이나, 인물에게 일관된 성격을 부여하는 것, 등등. 말로 하자면, '이건 말이 안 되잖아' 라든가 '얘 갑자기 왜 이래' 같은 말을 피하고 싶은 거죠.

─사실 작품의 주인공이 저와 같은 04학번이라, 2004년에 대학에 입학하며 벌어지는 일들을 이야기할 때 그 당시를 떠올리며 감정이입이 많이 됐었어요. 이 소설 속에서 특별히 애착이 가는 인물이 있다면 누구인가요?

읽어본 주위 친구들은 소설의 주인공에 저를 많이 대입시키려고 하는데, 저는 소설 속 인물들 대부분에 제 모습이 조금씩 투영되어 있다고 생각해요. 주인공이나 우진은 물론, 이반, 수연, 정현 같은 인물들 속에도 모두 저의 일부가 존재해요. 그래서인지 특별히 애착이 가는 인물 하나를 꼽기는 어렵군요.

─소설을 읽으면서 예기치 않게 오해를 사거나 아니면 자신도 모르게 누군가에게 치명적인 상처를 줄 수 있다는 것에 대한 강한 두려움을 가지고 있는 것처럼 느껴졌어요.

도덕의 차원일 수도 있을 것 같은데, 제가 생각하는 건 굉장히 상식적인 거예요. 내가 상처를 받고 싶지 않은 만큼, 다른 존재에게도 그러고 싶지 않다는 것. 그런데 이 세계에 살다보면 어쩔 수 없이 그런 일이 생기잖아요. 그걸 깨달았다가도 잊어버리고. 그러기를 반복하면서 회의를 느끼고…… 아마 그런 고민들이 무심결에 많이 표현됐던 것 같아요. 하지만 결국 요즘도 마찬가지예요. 깨닫고 잊어버리고, 또 후회하고……

─그런데 실제로는 00학번이신 걸로 알고 있는데, 어째서 소설에서는 2004년으로 시간을 옮겨놓으신 건가요.

9·11 테러 이후 제일 크고 중요한 테러 사건이 마드리드 열차 테러와 런던 지하철 테러 사건이에요. 그중에서도 런던 지하철 테러 사건은 9·11 테러 이후 자본주의의 중심이라고 할 만한 도시가 또 한번 대규모 자살 테러의 표적이 된 사건이었고, 범인들이 같은 영국 시민이었다는 사실 또한 큰 충격을 주었죠. 소설의 시간적 배경을 2004년부터 2005년으로 설정한 것은 주인공이 런던에서 이 사건을 겪게 하기 위해서, 라는 이유가 커요. 2004년은 우리나라에서도 충격적인 사건이 많이 벌어진 해이기도 했고요. 실제 런던 지하철 테러는 2005년 7월에 일어났는데, 소설상의 날짜는 조금 달라요. 마드리드 열차 테러도 그렇구요.

─소설 속에도 나오지만 2004년에는 대한민국 헌정 사상 최초의 탄핵소추안 가결이 있었고, 유영철 연쇄 살인사건을 비롯한 강력범죄들이 난무했지요. 악의에 찬 광기와 분노 그리고 공포와 의심이 도시의 대기를 가득 채우고 있던 시기라고 쓰셨는데요. 이 사건들에 대한 충격도 있지만, 그것보다 그럼에도 아무렇지 않게 진행되는 일상에 대해 일종의 괴리감과 분노를 느끼셨던 것처럼 느꼈어요.

네. 그렇지만 그렇다고 해서 2004년이 다른 해보다 특별히 문제가 많았던 해라고 할 수는 없을 것 같아요. 왜냐하면 우리가 모르는 동안에도 사건들은 끊임없이 발생하니까요. 어쩌면 우리가 아는 것보다 모르는 게 더 많을 수도 있고……

─조금 조심스러운 이야기가 될 것 같은데, 2000년대에 대학을 다닌 세대들은 고통스러운 역사를 직접적으로 경험한 세대는 아닌 것 같아요. 전쟁이나, 민주화투쟁과 같이 한 시대를 묶어주는 깊은 상처를 체감했다고 보기는 힘들죠. 실제로 젊은 작가들 중에는 극도로 추상적인 세계를 구현하며 실험적인 작품을 쓰는 작가도 있고요. 이번 당선작을 읽으면서 사회역사적인 맥락을 재현하겠다는

욕구가 뚜렷하다는 느낌을 받았는데, 글을 쓰면서 그런 고민을 많이 하셨나요.

작가도 사회 속에서 살아가는 인간인 이상 현실에서 완전히 자유로울 수는 없겠죠. 표현방식에 차이가 있을 뿐이라고 생각해요. 아까 말씀드렸던 9·11 테러나 런던 지하철 테러 같은 것들은 먼 곳에서 발생했지만 전 세계가 동시적으로 충격을 경험한 사건들이라고 말할 수 있을 것 같아요. 그런 사건이 언제라도 이곳에서도 일어날 수 있다는 생각, 규모는 다르지만 유사한 폭력들이 지금 바로 옆에서 자행되고 있다는 생각을 했어요.

— 요즘 관심을 갖고 바라보고 있는 문제가 있다면 어떤 것인가요.

논리로 사람을 설득하는 것의 어려움, 불가능성 이런 걸 많이 생각해요. 제가 옳다고 믿는 것을 아무리 이성적으로 근거를 대서 이야기해도, 누군가를 설득하기란 굉장히 힘들다고 느꼈어요. TV에서 하는 〈100분 토론〉 같은 것들을 봐도, 사실 나와서 각자 자기 이야기만 하다 끝나잖아요. 그 사람들만의 문제는 아니고, 친구들과 모여서 이야기할 때도 밤새 어떤 주제를 가지고 이야기를 해도 결국 서로 다르다는 것만을 확인하고 끝날 때가 많죠. 그러니까 논리가 아니라 감정, 마음에 와 닿는 뭔가를 통해서만 사람을 움직일 수 있을 것 같아요.

— 그런 고민이 프롤로그에서도 드러나고 있는 것 같아요. 어느 날부터 귀마개를 하지 않았을 때도 소리가 사라지기 시작하는데, 그때 주인공은 사람들이 내게 들려주기 위해 이야기를 하는 것이 아니라 그저 떠들고 싶기 때문에 이야기한다는 사실을 깨달았다고 말하잖아요.

그렇죠. 지금 말한 설득의 문제, 여기에서 더 나아가면 소통에 대한 문제겠죠. 소통에 대한 문제도 그렇고, 소설 속에서 피리 부는 사나이를 찾으려는 것도 그 가능성이 열려 있을 뿐 그것이 정말 이루어질지 어떨지는 확신할 수 없는 것인데, 중요한 것은 그것을 하려는 의지라고 생각해요. 물론 의지와 결과는 대개 아무 상관이 없지만, 그래도 그에 대한 의지나 희망마저 없다면 우리 인생에는 아무것도 남지 않게 되잖아요.

　—친구가 축제에 초대해줘서, 제가 일학년 때 실제로 서강대 축제에 가서 타로카드점을 본 적이 있었어요. 작품에서 주인공 '나'와 수연이 학교 축제 때 타로카드점을 보는 장면은 굉장히 중요한 전환점으로 나오죠. 타로카드의 어떤 점에 매력을 느끼셨나요?

　사실 타로카드를 잘 알거나, 거기에 특별히 관심이 많은 것은 아니었어요. 그런데 사람들이 점이라든가 꿈 같은 초현실적인 것을 받아들이는 방식이 재미있었어요. 대부분의 사람들이 모순 속에서 살아가죠. 예를 들어 기독교를 믿으면서도 점 보는 것을 좋아하는 사람도 있고, 저 자신도 소설 속에 나오는 말처럼 논리와 과학을 더 신뢰하면서도 꿈을 꾸면 그 꿈의 의미가 무엇일까 생각하거든요. 아마 많은 사람들이 그럴 거예요. 그렇게 믿는 것도 아니고 안 믿는 것도 아닌 막연한 모순 속에서 살아가다가도, 때때로 지극한 우연의 일치나 알 수 없는 힘에 의해 선명한 깨달음이 올 때가 있잖아요. 그 꿈이 이런 뜻이었구나, 그 점이 이런 의미였구나 하고 말이에요. 물론 실제로 그런 의미가 존재하는지는 알 수 없죠. 그 역시 의미 부여에 지나지 않을 지도 모르지만 그렇게 생각하는 순간만으로도 뭔가 의미가 있는 것 같아요, 인생에 드물게 찾아오는 순간이니까.

　—그럼 운명 같은 것에 대해서 믿는 편이신가요?

　기본적으로 절대자나 신에 대한 믿음은 있어요. 그런데 한편으로는 '과연 내가 누구에게 기도를 하는 것인가' '내가 운명을 믿는다면 이 운명은 어디로부터 오는가' 하는 생각도 해요. 엄밀히 말하면 믿을 수 없으면서도 믿고 싶다고 생각하는 거 같아요.

—작품 속에서 인물이 런던에 가는데, 왠지 작가의 경험이 반영되어 있다는 느낌을 받았습니다. 영국으로 여행이나 어학연수를 가신 적이 있나요?

그렇게 느끼셨다니까 굉장히 기분이 좋은데, 사실 가본 적은 없어요. 여행도 많이 다녀보진 않은 편이에요.

—작품명이 '피리 부는 사나이'인데, 우리가 알고 있는 독일 전설에서 모티프를 따오신 건가요?

피리 부는 사나이 자체가 굉장히 기묘한 이야기잖아요. 그런데 이 피리 부는 사나이 전설에 대해서 아베 긴야라는 사학자가 연구한 책이 있어요. 그 책을 보면 이 전설이 역사적인 근거가 있는 이야기이며 사료도 많이 존재한다는 것을 알 수 있어요. 그리고 그 사료들을 가지고 여러 학자들이 각기 다른 학설들을 내놓은 걸 정리해놓았더군요. 전설 자체보다, 거기에 대해 사람들이 다양한 추측을 하는 것이 흥미로웠어요. 그래서 저도 생각해보게 된 거죠. 사라진 아이들은 어디로 갔을까. 그다음에는 이렇게 생각이 연결되는 거죠. 오늘날 도시에서 실종된 사람들 중에 끝내 찾아내지 못하는 실종자 수가 적지 않다는데, 그 사람들은 모두 어디로 간 것일까.

—1212년 수천 명의 독일 어린이들을 이끌고 어린이 십자군에 참가했던 인물인 니콜라스를 '피리 부는 사나이'에 비유했다는 주장이 있더라구요. 소설 속 '니콜라스'도 혹시 이런 맥락에서 가지고 오신 건가요?

맞아요. 만나기 전에 조사를 많이 하셨구나. (웃음)

—하멜른의 피리 부는 사나이는 마을 사람들에게 구원이자 재앙이었잖아요. 소설에서도 세계 곳곳에서 발생하는 모든 테러와 사건 들이 '파괴'로 나아갈 것인지 새로운 '창조'가 될 것인지에 대한 판단을 유보하는 것처럼 느껴졌어요. 어떻게 보면 작가의 세계관을 직접적으로 드러낼 수도 있는 부분이었는데요.

예. 하멜른의 피리 부는 사나이가 그 마을의 구원이자 재앙이었다면 소설 속의 피리 부는 사나이는 구원인지 재앙인지 알 수 없는 존재죠. 피리 부는 사나이를 바라보는 각기 다른 시각들만 존재하고 그것들 또한 어느 편이 옳다고 결론 내릴 수는 없어요. 결국 명확한 판단은 유보되고 그것을 찾기 위한 의지만을 확신할 수 있다는 게 어쩌면 작가의 세계관일지도 모르겠네요.

— 독자들이 이 소설을 읽고 어떤 느낌이나 반응을 보여주었으면 좋겠다는 생각을 하시나요?

기본적으로는 재미있다는 말을 듣고 싶죠. 조금 더 욕심을 낸다면 이 소설로 인해 독자들이 생각해보지 않았던 것들을 생각해볼 수 있다면 좋겠고, 그들의 삶에 어떤 작은 영향이라도 미칠 수 있으면 좋겠다고 생각해요.

— 작품 속에서 '시간의 흐름을 증명하는 것들'과 '시간의 흐름을 거스르는 것들'에 대해 쓴 부분이 있었어요. 요즘 본인의 시간의 흐름을 증명하는 것들에 대해서 말씀해주실 수 있으신가요.

아무래도 육체적인 변화에서 그런 걸 많이 느끼죠. 똑같은 일에 예전보다 더 피곤함을 느낀다든가. 초췌한 얼굴, 늘어나는 뱃살…… (함께 폭소)

— 사실 조금 추상적인 이야기를 들을 거라고 생각했어요. 그럼 질문을 좀 바꿔서, 요즘 어떤 책들을 읽으세요?

독서가 많이 부족한 것 같아서 얼마 전에 나름대로 읽어야 할 세계문학작품 리스트를 작성했어요. 그걸 따라서 하나씩 읽어나가고 있죠. 가장 최근에 읽은 건 조지프 콘래드의 『암흑의 핵심』이었어요. 다음으로 존 쿠체의 『야만인을 기다리며』를 조금 읽었는데 연락이 와서 아직 그 상태예요.

— 이십대를 너무나 멋있게 마무리하시게 됐는데, 삼십대에 꼭 이루고 싶은

일이 있다면 말씀해주세요.

이십대 때는 좋아하는 몇 가지 것들에 몰두하느라, 다양한 것들을 경험해보지 못한 것 같아요. 삼십대 때는 좀더 많은 것을 보고, 겪고, 그러면서 분명한 인식이나 시각을 가지고 스스로의 삶에 대한 답을 찾을 수 있었으면 좋겠어요. 그 과정을 통해 좋은 소설을 쓸 수 있다면 바랄 것이 없겠죠. 저는 이제 시작하는 소설가니까 아무것도 확실한 건 없지만, 적어도 소설을 쓸 때마다 조금씩이라도 나아지면 좋겠다고 생각하고 있어요. 글과 삶이 하나가 됐으면 좋겠구요.

—상금 받으신 걸로 하고 싶은 일이 있으신가요? 어디론가 여행을 가신다거나.

아직 계획은 못 세웠는데, 여행이라면 크레타 섬을 언젠가 꼭 가보고 싶다고 생각한 적 있어요.

—와, 멋져요. 안 그래도 무인도에 갈 때 가지고 갈 세 가지를 물어보고 싶었는데, 크레타 섬이 무인도는 아니지만 슬쩍 물어봐도 되죠?

일단 의식주가 해결되어야 할 것 같은데…… (웃음) 그걸 제외한다면, 오랫동안 읽을 수 있도록 아주 길고 이상한 책 한 권과, 뭔가 쓸 수 있는 도구, 그리고 다른 무엇보다 나를 이해해주고 나 역시도 이해해줄 수 있는 사람이 같이 있다면 좋겠죠. 사실 이런 사람은 무인도에 가지 않는다 해도 절실히 필요해요. 만나기 쉽지 않다는 게 문제죠.

사실 직접 만나기 전에 그의 수상 소감에서 '나는 이미 해놓은 말들을 자주 후회하는 사람이다. 미처 하지 못한 말들을 후회하는 사람이다'라는 말을 보고 지레 겁을 먹었다. 인터뷰어에게 가장 무서운 사람은 말을 아끼는 사람이 아닐까. 하지만 실제로 만나본 그는 지적일 뿐만 아니라 푸근하기까지 했다. 인터뷰 후에 식사를 하면서 그는 '낮술의 효용론(밤늦게 술을 마시면 다음날 하루를 날리게 되지만, 낮에 술을 마시면 저녁때 깨서 하루를 번 것 같은 기분이 된다)'을 설파해 우리를 정신없이 웃게 만들었다. 그리고 모르는 사람에게서 잘못 온 문자에도 친절한 답장을 해주어 생긴 일화들도 이야기해주었다. 어떤 질문에도 차분하고 조리 있게 말을 잘하는 그가 말을 후회한 적이 많다면, 그것은 아마도 소통에 대한 회의 때문이 아니라 소통에 대해 가지고 있는 기대치가 너무 높아서였을 것이다.

만나기 전에 대한 이야기로 다시 돌아가서, 나는 그의 걸음걸이가 무엇보다 궁금했다. 소설 속에서 주인공은 처음에는 '고개를 조금 숙이고, 되도록 발소리를 내지 않으며, 팔도 거의 움직이지 않고 좁은 보폭으로' 걷지만, 나중에 어느 순간부터는 '거리의 누구보다 빠른 속도로, 이리저리 고개를 돌려 사방을 둘러보며 성큼성큼' 걷는다. 그는 걸음걸이에 대해 이렇게 적고 있었다. "그것은 몸이 기억하고 있는 역사였다. 걸음걸이에는 내가 지금까지 걸어온 시간이 층층이 쌓여 있었다. 나는 그런 식으로 걸어왔기 때문에 앞으로도 그렇게 걸어갈 것이다." 내가 훔쳐봤을 때 그는 천천히 사뿐사뿐 걸었다. 세상에 절대로 서둘러서 해결될 일이란 없는 것을 알고 있는 것처럼, 세렝게티 초원의 평화로운 기린들처럼 그렇게 걸었다. 그래서 이쩐지 그 걸음을 믿고 따라가고 싶어졌다. 피리를 부는 대신 기타를 치는 이 작가가 한 발짝씩 걸으면서 우리를 홀려 모르는 세계로 데려간다면, 기꺼이 매혹되어 그 길을 따라가고 싶었다. 그곳이 어딘지는 알 수 없지만, 리듬과 우연과 소통을 사랑하는 그가 데려갈 곳은 어쩐지 따뜻한 곳일 것만 같아서.

| 수상소감 |

수상을 알리는 전화가 걸려오기 며칠 전 꿈을 꾸었다. 깊은 밤, 나는 어느 높은 빌딩의 옥상에 서 있었고, 누군지 알 수 없는 사람들과 작별 인사를 했고, 인사가 끝나자 푸른 어둠만이 존재하는 허공으로 도약했다. 몸은 가라앉지 않고 하늘을 향해 빠른 속도로 치솟았다. 차갑고 촉촉한 구름을 뚫고 순식간에 우주에 도달했다. 수많은 별들의 숲을 오랫동안 날았다. 속도감만큼의 순수한 희열이 온몸을 채웠다. 꿈에서 깨어나자 여전히 밤이었다. 어두운 방에 홀로 앉아 좋은 꿈이었다고 생각했다. 곧 좋은 일이 찾아오겠지, 중얼거렸지만 사실 그 말을 믿지는 않았다.

나는 이미 해놓은 말들을 자주 후회하는 사람이다. 미처 하지 못한 말들을 후회하는 사람이다. 필요한 순간에 내놓지 못한 말들은 내 안에서 들썩이다 천천히 사라진다. 그러나 뱉어놓은 말들은 그 순간 이미 내 것이 아닌 다른 사람의 것. 때때로 내가 한 말이 다른 사람의 마음에 얼음 조각처럼 박혀 있을지도 모른다는 생각을 하면 자다가도 등

골이 오싹해진다.

　문장은 짧을수록, 말은 적을수록 많은 걸 담을 수 있다는 걸 안다. 그 비밀을 알기에 나는 늘 부끄럽다. 써놓은 문장은 지워버리고 싶고, 쏟아놓은 말은 잊어버리고 싶다. 이제 두려운 마음으로 말로 엮은 시간의 흔적을 내놓는다. 행여 섞여 있을지 모를 얼음 조각이 당신의 가슴에 오래 박혀 있지 않기를 바랄 뿐이다. 혹시라도, 내 말들이 조금이나마 당신의 마음을 따듯하게 해줄 수 있다면 더없이 기쁠 것이다.

　지금 내가 알고 있는 것들은 모두 다른 이들에게서 배운 것이다. 내가 가진 미덕이 있다면 그 또한 다른 이들에게서 온 것이다. 말 없는 신뢰로 지켜봐주신 부모님과 동생에게, 가르침을 주신 여러 선생님들께, 나 대신 나를 걱정해준 선후배들과 친구들에게 깊은 감사를 전한다. 제니와 조니는 이 소설을 써나가는 데 가장 큰 힘을 주었다. 기꺼이 이 소설의 첫 독자가 되어준 몇몇 가까운 이들이 있었기에 끝까지 써나갈 수 있었다. 진심으로 그들의 행복을 기원한다. 그리고 앞으로 계속 소설을 쓸 수 있도록 기회를 주신 심사위원 선생님들과 문학동네에도 감사드린다.

　'작가의 말'과 신인들의 '수상 소감'을 읽는 일은 오랫동안 내 비밀스러운 취미였다. '작가의 말'은 한 권의 책이 태어나면서 속삭이는 말이다. 수상 소감은 한 명의 작가가 태어나면서 속삭이는 말이다. 비슷하면서도 다른 수많은 수상 소감들을 읽을 때마다 한 명의 작가가 태어나고 존재하고 사라지는 과정을 생각했다. 그것은 슬프면서도 기쁜 일이고, 어쩌면 아무것도 아닌 일이다. 한 인간이 태어나고 죽는 것처럼. 하나의 우주가 태어나고 사라지는 것처럼. 작가는 오직 쓰고 있을 때 존재하는 것이라고 믿는다. 그것이 끝내 아무것도 아닌 일이 될지라도. 그러므로 내가 마지막으로 해야 할 말은 열심히 쓰겠다는 한 마디뿐이다.

문학동네 장편소설
피리 부는 사나이
ⓒ 김기홍 2009

초판인쇄 │ 2009년 12월 15일
초판발행 │ 2009년 12월 22일

지은이 김기홍
펴낸이 강병선
책임편집 조연주 박지영
마케팅 장으뜸 서유경 정소영
제작 안정숙 서동관 김애진

펴낸곳 (주)문학동네
출판등록 1993년 10월 22일 제406-2003-000045호
주소 413-756 경기도 파주시 교하읍 문발리 파주출판도시 513-8
전자우편 editor@munhak.com │ 대표전화 031)955-8888 │ 팩스 031)955-8855
문의전화 031) 955-8890(마케팅) 031) 955-8864(편집)
문학동네카페 http://cafe.naver.com/mhdn

ISBN 978-89-546-0978-4 03810
* 이 책의 판권은 지은이와 문학동네에 있습니다.
  이 책 내용의 전부 또는 일부를 재사용하려면 반드시 양측의 서면 동의를 받아야 합니다.
* 이 도서의 국립중앙도서관 출판시도서목록(CIP)은 e-CIP 홈페이지(http://www.nl.go.kr/ecip)에서 이용
  하실 수 있습니다.(CIP제어번호: CIP2009003995)

www.munhak.com

한국문학을 이끌어가는 힘!
문학동네소설상 수상작

제1회 새의 선물 은희경

대형 신인의 포문을 연 한국문학의 대표작가 은희경의 탁월한 역량이 유감없이 발휘된 수작. 일상 속에 숨겨진 허위와 생에 대한 가차없는 시선, 시종 웃음을 자아내는 해학적 문체와 치밀한 심리묘사가 돋보인다.

*책이랑 선정 좋은 청소년 책
*전문가가 뽑은 90년대 책 100선

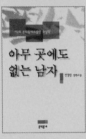

제2회 아무 곳에도 없는 남자 전경린

읽는 이를 저 두려운 낯섦 속에 빠뜨리고, 뜨거운 정염의 불길로 서슴없이 충격을 가하는 귀기의 작가 전경린의 첫 장편소설. '심장에서 그대로 튀어나온 소설'이라는 평가를 받은 화제의 작품으로, 시종 흐트러지지 않는 호흡과 강렬한 문체가 읽는 이를 사로잡는다.

제3회 예언의 도시 윤애순

혁명과 사랑, 음모와 배반이 뒤엉긴 장대한 비극적 대서사시. 힘있는 주제의식과 뛰어난 서사성을 구비하고 있는 작품으로, 다양한 등장인물의 욕망과 관능의 에너지가 원색적인 아름다움과 비의적 색채 속에 녹아들어 있다.

제5회 숲의 왕 김영래

신화적인 관점에서 '인간'을 복원하고 있는 소설. 자연의 생명력을 묘사하는 시적인 문장은 충격적인 아름다움을 느끼게 하며 인간의 삶에 관한 통찰력은 잠언과 경구의 깊이로 다가온다. 신성한 자연의 음성을 들려주는 듯한 이 소설은 가히 우리 소설의 충격이다.

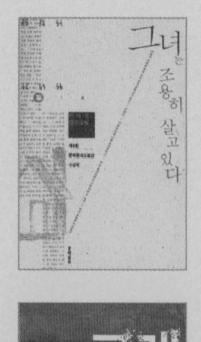

제8회 그녀는 조용히 살고 있다 이해경

거침없는 구어체 문장, '오해의 연속'으로 이어지는 줄거리. 냉소와 조롱의 언어를 통해 좌충우돌, 갈팡질팡의 횡보로 끙끙대는 21세기의 소설가 지망생을 그려나간다. "쓴웃음과 함께 가슴 찡한 아픔을 자아내는" 풍경이다.

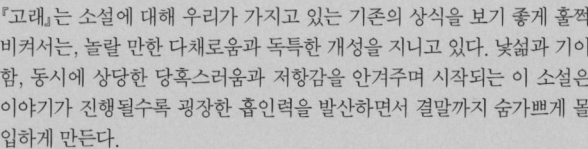

제10회 고래 천명관

『고래』는 소설에 대해 우리가 가지고 있는 기존의 상식을 보기 좋게 훌쩍 비켜서는, 놀랄 만한 다채로움과 독특한 개성을 지니고 있다. 낯섦과 기이함, 동시에 상당한 당혹스러움과 저항감을 안겨주며 시작되는 이 소설은 이야기가 진행될수록 굉장한 흡인력을 발산하면서 결말까지 숨가쁘게 몰입하게 만든다.

* 한국간행물윤리위원회 선정 청소년 권장도서 * 한국문화예술위원회 선정 우수문학도서
* 한국출판인회의 선정 이달의 책

제11회 수상한 식모들 박진규

질주하는, 전복적인, 쾌활한 상상!
그들의 보복은 비장미가 없는 대신 유쾌했고, 폭력적이지 않았지만 잔혹했다. 그리고 모두 여성으로 이루어져 있었다. 그녀들의 집단을 우리는 '수상한 식모'라고 부른다.

* 한국문화예술위원회 선정 우수문학도서

제12회 캐비닛 김언수

최초로 심사위원 만장일치를 이끌어내며 '괴물' 같은 작가의 출현을 알린 화제작. 172일을 잠만 자는 토포러, 인생에서 몇 시간씩, 며칠씩 시간을 잃어버리는 타임스키퍼, 남녀 성기가 한 몸에 있어 자가수정이 가능한 네오헤르마프로디토스…… 상상불가의 변종들에 대한 기발하고 대담한 상상을 탄탄한 필력과 능청스런 입담으로 풀어놓는다.

* 2007 문화관광부 교양도서

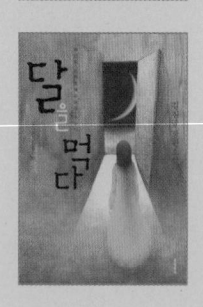

제13회 달을 먹다 김진규

이해와 오해, 사랑과 사랑 아닌 것의 미묘한 간극이 불러온 치명적인 로맨스!
영정조시대를 배경으로 엄격한 법도와 완강한 신분질서가 작동하던 그 시절, 사랑에 죽고 사는, 금지된 사랑에 눈멀어 위험한 죽음충동에 몸을 맡기는 인간 군상의 모습을 그려 보인다.

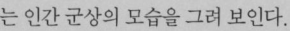